方
寸

方寸之间　别有天地

谨以此书，献给那些仰望苍穹并放飞梦想的女性

引人入胜,叙事全面,突出了女性在科学领域的贡献以及她们面临的挑战。

—— Booklist

作品通过深入的报道和生动的故事,揭示了这些女性在以大胆、勇敢的精神激励世界的道路上所面临的巨大障碍和遭遇的悲剧。这是一个必须要讲述的故事,格鲁什出色地讲述了这个故事。

—— Ashlee Vance, Elon Musk: Tesla, Space X, and the Quest for a Fantastic Future 作者

作品充满动力、令人震惊、感人至深,它记录了美国第一批女宇航员的奥德赛之旅,从地面到天空,从在地球上与性别歧视的斗争到在实际轨道上完成的惊人壮举,都有令人感动的细节。格鲁什是一位叙事大师。

—— Jason Fagone, The Woman Who Smashed Codes: A True Story of Love, Spies, and the Unlikely Heroine Who Outwitted America's Enemies 作者

以引人入胜的手法生动细致地描绘了一群勇敢的宇航员的形象。正是她们改变了 NASA 以及太空探索的面貌。这部著作经过深入的研究,引人入胜。它唤醒了我们对英雄定义的思考。

—— Christian Davenport,《华盛顿邮报》撰稿人,皮博迪奖得主,The Space Barons 作者。

如今,女性在太空中飞行、行走或者生活已经是寻常之事。我们很难想象45年前那六位女性是如何打破天花板、成为宇航员的。正如洛伦·格鲁什在这部具有启发性的著作中所展示的,她们克服了巨大的障碍,在地球和太空中留下了不可磨灭的印记。

—— Andrew Chaikin, A Man on the Moon: The Voyages of the Apollo Astronauts 作者

作品以优美的文笔,完整地叙述了这个充满胜利但夹杂着悲剧的故事。通过这六位女性的亲身经历,生动再现了当时的情境。

—— Michael Cassutt, The Astronaut Maker: How One Mysterious Engineer Ran Human Spaceflight for a Generation 作者

她们登上了太空

第一批
NASA女性宇航员
成长纪实

THE SIX

［美］洛伦·格鲁什 —— 著
Loren Grush

莫晓星 —— 译

The Untold Story
of America's First Women
in Space

社会科学文献出版社
SOCIAL SCIENCES ACADEMIC PRESS (CHINA)

Copyright ©2023 by Loren Grush

Published by arrangement with Waxman Literary Agency, through The Grayhawk Agency Ltd.

目 录

人　物 | 001
序　言 | 005

01　但是，只有男性能当宇航员 | 015
02　背井离乡 | 034
03　还在热身 | 054
04　NASA 迎头赶上 | 070
05　你仍对来 NASA 工作感兴趣吗 | 093
06　喷气式飞机培训 | 109
07　航天飞机的黎明 | 129
08　与男人一起工作 | 146
09　天选之人 | 159
10　预备，发射…… | 175
11　萨莉的旅程 | 196
12　屈居第二 | 215
13　步入虚空 | 238

目 录

14　安娜的救援 ｜ 257

15　抢劫计划 ｜ 275

16　王子与青蛙 ｜ 293

17　转折点 ｜ 308

18　一个篇章的结束 ｜ 322

结　语 ｜ 346

作者致谢 ｜ 357

索　引 ｜ 365

图片来源 ｜ 379

人　物

萨莉·赖德（Sally Ride）

生于1951年5月26日。家乡：加利福尼亚州恩西诺（Encino）和范奈斯（Van Nuys）。斯坦福大学（Stanford University）物理学学士、硕士和博士，英语学士；青少年网球巡回赛冠军。1978年入选NASA宇航员。首位进入太空的美国女性。经验丰富，曾两次执行航天飞机的飞行任务。调查"挑战者"号航天飞机爆炸事件的罗杰斯委员会成员，以及调查"哥伦比亚"号航天飞机失事的"哥伦比亚"号事故调查委员会成员。

朱迪思·雷斯尼克（Judy Resnik）

生于1949年4月5日。家乡：俄亥俄州阿克伦市（Akron）。卡内基梅隆大学（Carnegie Mellon University）电气工程学士，马里兰大学（University of Maryland）电气工程学博士。1978年入选NASA宇航员。第二位进入太空的美国女性，首位进入太空的犹太裔美国人。在执行"挑战者"号航天飞机的飞行任务时牺牲。

凯西·沙利文（Kathy Sullivan）

生于1951年10月3日。家乡：于新泽西州帕特森（Paterson）出生，在加利福尼亚州伍德兰希尔斯（Woodland Hills）长大。加利福尼亚大学（University of California）圣克鲁斯分校地球科学学士，戴尔豪斯大学（Dalhousie University）地质学博士。1978年入选NASA宇航员。第三位进入太空的美国女性。首位在太空行走的美国女性。曾四次执行航天飞机的飞行任务，包括哈勃太空望远镜（Hubble Space Telescope）的部署。唯一一位集完成太空行走和创造深海潜水纪录于一身的人。

安娜·费舍尔（Anna Fisher）

生于1949年8月24日。家乡：于纽约州圣奥尔本斯（St. Albans）出生，在加利福尼亚州圣佩德罗（San Pedro）长大。加利福尼亚大学洛杉矶分校化学学士和硕士、医学博士。1978年入选NASA宇航员。第四位进入太空的美国女性，也是第一位在太空飞行的母亲。曾执行一次航天飞机的飞行任务。

玛格丽特·"瑞亚"·塞登（Margaret "Rhea" Seddon）

生于1949年11月8日。家乡：田纳西州默弗里斯伯勒（Murfreesboro）。加利福尼亚大学伯克利分校生理学学士，田纳西大学医学博士。1978年入选NASA宇航员。第五位进入太空的美国女性。曾三次执行航天飞机的飞行任务。

香农·露西德（Shannon Lucid）

生于 1943 年 1 月 14 日。家乡：于中国上海出生，在俄克拉荷马州贝瑟尼（Bethany）长大。俄克拉荷马大学化学学士、生物化学专业硕士和博士。1978 年入选 NASA 宇航员。第六位进入太空的美国女性。曾五次执行太空飞行任务。一度是美国人和女性中在太空连续停留时间最长纪录的保持者。

序 言

"挑战者"号航天飞机昏暗的驾驶舱里,安娜·费舍尔子然而坐。她透过上方的机舱玻璃窗向外望去,只能看到漆黑深邃的午夜天空。通常,这个狭小的空间里充斥着各种声音和忙碌的活动,但是在这天晚上,这里悄无声息。主控制面板上的模拟显示屏上是一片灰色。墙壁和天花板上分布着上千个金属开关、手柄和五颜六色的拨动装置——它们全部纹丝不动,将安娜围在中央。

在黑暗中,安娜睁大眼睛,一遍遍检查这些小开关和手柄,确保它们位置不变。当清晨来临时,所有的开关都应该在正确的位置。航天飞机的三个主发动机即将被点燃,产生超过 100 万磅*的巨大推力,将五名宇航员送上太空。

安娜是一名训练有素的医生,那天,她穿着一件湛蓝色连体飞行服[美国国家航空航天局(NASA)的标准宇航员工装]仰面坐在驾驶舱的一把椅子上。航天飞机已经竖立在发射台上,傲然耸立在佛罗里达州

---

*　1 磅约合 0.45 千克。——译者注(本书页下注均为译者注,后文不再标示)

中部的海岸线上。安娜独自一人坐在距离地面大概有18层楼高的驾驶舱内。但在一片黑暗中，安娜很难感知真实的高度，唯一能帮她判断高度的是从窗外透进来的怪异光线。发射台周围的氙气泛光灯发出的幽灵般的光芒笼罩着整架航天飞机，也射入了驾驶舱。

那天晚上，安娜看起来是独自一人守在这个狭小的驾驶舱里，但实际上有人陪伴她。当她在黑暗中躺在椅子上时，能感觉到在隆起的腹部处衣服有些紧了。即将出生的女儿克里斯汀（Kristin）在安娜的腹中陪伴着她。距离孩子降生还有一个月的时间。怀孕的宇航员出现在航天飞机驾驶舱中是件不寻常的事。安娜是太空计划历史上第二位怀孕的母亲。几十年前，这样的事情绝无可能发生，因为只有男性才能成为宇航员。

那天晚上，安娜的工作很简单：守护现状。当天早些时候，其他宇航员和飞行支持人员已经进入过驾驶舱，将两千多个开关和按钮设置到当前的位置。他们完成任务后，安娜接手守护这个小空间里的一切。她要确保没有一个开关被意外地拨到错误的位置，这种微小的失误很可能会牵一发而动全身，从而危及发射。虽然安娜不会参加第二天早上的飞行任务，但她仍然是避免最后一分钟出现延误或中止的关键。这项工作看似普通，但至关重要。

另外，安娜很喜欢这项任务。经历了五年高强度的训练，今晚的任务很有趣——这是为她自己执行航天飞行任务而进行的一次小彩排。她以实际行动展示了自己对工作的全身心投入，向任何心存顾虑的人证明，怀孕也不会妨碍她履行宇航员的职责。最重要的是，她为此次任务的成功贡献了自己的一分力量，这次飞行将成为NASA历史上最重要的任务之一。

那天是 1983 年 6 月 17 日。第二天，另一位宇航员萨莉·赖德将成为首位进入太空的美国女性。

深夜慢慢变成了清晨，安娜一直守在驾驶舱里，直到乘组人员准备进入。她离开后，飞行工程师将超过 50 万加仑*的冷冻液体作为推进剂注入航天飞机巨大的外部燃料箱，这是一个绑在航天飞机下腹部的膨起的暗橙色球体。这些超低温液体由于在混合时易燃的特性而被选中，被放置在储存罐内，在合适的时机混合并燃烧，产生强大的推力，把航天飞机送入天空。离发射台几英里**的草地上，竖立着 NASA 的巨型倒计时时钟。指针滴答滴答地走着，直到发射的那一刻。

几英里外，一位身材娇小，有着一头卷曲黑发的女士信步走出宇航员宿舍敞开的灰色金属大门，步入黎明前的夜幕中。身穿蓝色连体飞行服的天体物理学家萨莉·赖德在四名男同事的簇拥下走下楼外坡道，微笑着举起右手，向附近的一群摄影师挥手致意。她的脸上看不出一丝一毫的紧张。萨莉迈着坚定的步伐和队友们大步前行，直至消失在转弯处。然后，一行人登上一辆两侧装饰着一条水平棕色花纹的灰白色伊塔斯卡阳光巡游者（Itasca Suncruiser）房车。跟随乘组人员前往发射台的还有一位身材匀称、留着平头、身穿深色西装的中年男子——乔治·阿比（George Abbey）。乔治作为负责人挑选了萨莉和其他乘组人员执行这次任务。在宇航员们摆脱地球引力冲向太空之前，这是他最后一次与他们碰面。

星光尚未在晨曦中消失，车子沿着一条孤零零的水泥路向 LC-39A

---

*　1 加仑约合 3.8 升。
**　1 英里约合 1.6 千米。

发射台疾驰而去。该地点以前已经进行了几次开拓性发射。十多年前，宇航员尼尔·阿姆斯特朗（Neil Armstrong）、巴兹·奥尔德林（Buzz Aldrin）和迈克尔·柯林斯（Michael Collins）乘坐"土星五号"（Saturn V）巨型火箭从这里起飞，奔赴月球。现在，发射台已经准备好执行另一项关键任务——许多人认为这项任务早就应该开展。

载着萨莉和乘组其他人员的房车在离发射台仅3英里的著名的发射控制中心（Launch Control Center）外面慢慢停了下来。这是一座低矮的灰白色建筑，厚实的混凝土墙保护着内部，巨大的窗户朝向天空。自阿波罗计划以来，发射控制中心一直是监控所有从卡纳维拉尔角（Cape Canaveral）开启的人类太空飞行任务的中心。今天也不例外。在几个小时的清晨时光里，这里再一次充满了活力和兴奋，所有人都在为今天的发射忙碌着。乔治下了车，并祝愿乘组人员飞行顺利，然后走进中心。LC-39A近在眼前，车子重新进发。

乔治在发射控制中心的发射室里落座。灰色的控制台前是数百名工作人员，所有人的眼睛都专注地盯着屏幕。头顶上的宽大倾斜天窗引诱人们时不时瞥一眼外面。透过玻璃窗可以看到远处发射台的全景——对于观赏从LC-39A发射的航天器来说，这也许是最佳视角。唯一能与之匹敌的位置是中心的屋顶上。安娜很快就会爬上屋顶，观看航天飞机起飞。

载着宇航员的车辆停在了发射台旁，萨莉下了车。黑白相间的巨大航天飞机矗立在前方，萨莉和乘组其他人员向它走去。航天飞机的腹部与巨大的橙色燃料箱相连，燃料箱左右两侧分别固定着一个摩天大楼那么高的白色火箭助推器。现在万事俱备，只等点火，让几百万磅的推力把他们送入太空。萨莉看着眼前已经就位的航天飞机，此时此刻，她觉得自己面对的并不是一艘没有生命的航空器,而是一头有呼吸、有温度的巨兽。液体推进剂的蒸汽一波一波地喷出,和水蒸气从开水壶中喷出的状态一模一样,航天飞机发出嘶嘶声和呻吟声,听起来就像获得了生命。萨莉竭尽全力不让自己走神,专注地前行。

五名乘组人员进入航天飞机底座旁边的电梯,这是一个巨大的金属结构体。其中一人按下按钮,电梯开始带着他们向195英尺*的高度攀升。到达顶端后,一行人从电梯门后走出,踏上一条悬挂在空中的长走廊。走廊尽头是一个白色的小房间,里面是敞开的航天飞机舱门。萨莉和乘组其他人员进入这个房间,一队飞行技术人员已经在这里等候多时。萨莉戴上头罩、无线电耳机和头盔。然后,她和同伴一个接一个地进入航天飞机,坐在座椅上,等待旅程开始。萨莉的座位在飞行员和指挥官的正后方,这个位置可以让她在升空过程中看到控制面板和航天飞机的窗户。她静静地坐着,让收尾的工作人员把她固定在坚硬的金属座椅上。

然后,就像前一夜的安娜那样,萨莉也仰坐着,等待着。收尾小组帮乘组人员系好安全带后,离开了驾驶舱,并关闭了舱门。"哦,天呐,这真的要发生了!"萨莉想。

早上6:30左右,炙热的太阳从地平线上升起,高悬在大西洋上空。常年被阳光炙烤的佛罗里达州卡纳维拉尔角是NASA的肯尼迪航天中心(Kennedy Space Center)的所在地,也是航天飞机的主要发射场。清晨的阳光逐渐照亮了大地,可以看到佛罗里达州中部海岸边的各处沙滩上满是支起帐篷和折叠椅的露营人群。除此之外,还有数千人站

---

* 1英尺约等于0.3米。

在附近宁静的海滨小镇可可比奇海滩（Cocoa Beach）的道路上等待发射。天气酷热，很多人穿着短裤、背心，戴着遮阳帽。几个小贩在叫卖着 T 恤，他们的手持收音机播放着音乐。整条海岸线上，到处都能听到《野马萨莉》（Mustang Sally）这首歌。当地一家银行拉出横幅，写着："飞吧，萨莉！飞！小伙子们，跟着她飞！"（RIDE, SALLY RIDE! AND YOU GUYS CAN TAG ALONG, TOO!）

那天在现场观看航天飞机发射的人数可能达到了 50 万人，此外还有数百万名观众通过电视观看。许多亲临现场的观众是特意从外地坐飞机或驱车数百英里来到美国东海岸的，只是为了亲眼见证历史。

那天上午的晚些时候，另一名宇航员在离发射台仅几英里的地方走出房间，沐浴在佛罗里达的阳光之下。那是香农·露西德，她来到航天中心附近海滩上安静的一隅，远离喧嚣的人群。普通观众是不能进入 NASA 场地的。她前一天晚上也在"挑战者"号的驾驶舱内工作，检查所有开关，然后由安娜接手看管一整晚。在这次任务中，为飞行任务提供支持的宇航员有一个非正式头衔——"海角十字军"（Cape Crusaders），而香农和安娜都是其中的一员。这次轮到安娜做"海角十字军"的领队。这份工作的好处之一是可以在一处相对私密的海滩上安静地独自观看发射。那天早上，香农耳中所能听到的只有海浪拍打沙滩的声音。

对于那天早上坐在驾驶舱内的人不是自己这件事，香农并不太在意。仅仅是拥有一份工作——更不用说是宇航员这样独特而大胆的工作——她就已经非常知足了。在加入 NASA 之前，她曾经努力到处求职，希望雇主不会因她是已育女性而有偏见。最终，太空计划因她本身的才能而接纳了她，给了香农发挥化学专长的舞台。对香农而言，只要最终能飞上太空，谁先谁后并不重要。倒计时时钟上，时间一分一秒地过去，香农等待着发射的那一刻。

在佛罗里达开阔的天空下，安娜站在发射控制中心的屋顶上，遥望发射台。几个小时前，她还坐在高耸的航天飞机里，但是现在，从这里看去，航天飞机就像地平线上的一个小凸起，掩映在环绕肯尼迪航天中心的苍翠树梢之间。一大群人爬上屋顶，和她一起等待。一位身材瘦长的红头发宇航员走到她的身边，他是萨莉的丈夫——史蒂夫·霍利（Steve Hawley）。站在史蒂夫旁边的是卡罗琳·亨通（Carolyn Huntoon），她是萨莉在NASA的朋友和导师。当萨莉刚被选中加入太空计划时，卡罗琳对这位新人十分照顾。倒计时越来越近，大家闲聊着，交换着焦虑和兴奋的能量。

时间一分一秒地过去，屋顶上等待的人越聚越多。身材娇小，拥有一头齐肩浅金色头发的瑞亚·塞登向屋顶的边缘走去。她是土生土长的田纳西州人。这也是她第一次在发射控制中心的屋顶上观看发射。瑞亚前来目送她的同事飞向太空，那也是她的梦想。虽然不知道自己何时能够圆梦，但她已经准备好了。作为一名训练有素的外科医生，瑞亚一直在休斯敦她就职医院的急诊室和NASA的技术任务之间来回奔波。她也是一位新手妈妈，儿子保罗还不到一岁。作为第一位当母亲的宇航员，瑞亚在内心深处认为自己已经准备好了，能够履行母亲的责任、医生的使命和执行航天飞行任务。她只是需要一个机会。

那天，有着黝黑的皮肤和一头乌黑卷发的朱迪思·雷斯尼克也在观看发射。如今，朱迪思当天所在的具体地点已经不可考，她可能就站在离瑞亚不远的地方；也可能从远处看着地平线上小小的航天飞机，梦想也像萨莉一样飞向太空；抑或可能是通过电视观看发射的。对于电气工程师朱迪思来说,何时能轮到她上太空还是个未知数。那年2月,在乔治的办公室里,朱迪思被指派参与航天飞行任务,这意味着她将成为继萨莉之后第二位飞往太空的美国女性。随着时间的推移,她知道属于自己的高光时刻越来越近,即使不是第一个也没关系,她只想尽快飞上太空。当那一刻真正到来,当她飞速冲破大气层时,意味着自由、独立和达成目标——这是她毕生所求。

那天,几乎所有人都在卡纳维拉尔角,除了一位关键的宇航员。两千多英里之外,凯西·沙利文没有关注发射倒计时,而是在加州圣地亚哥(San Diego)的斯克里普斯海洋研究所(Scripps Institution of Oceanography)进行水肺潜水检查。作为一名狂热的探险家和航海家,凯西一直渴望探索世界,无论是去往幽暗的海洋深处,还是从航天飞机上俯瞰地球。这次潜水是她为了完成开放水域水肺潜水认证而计划的。第二天,她将在加利福尼亚大学圣地亚哥分校的毕业典礼上发表演讲。

对她来说,这是一个逃避观看发射的合适借口。因为她本来希望自己能成为第一位进入太空的美国女性。但事与愿违,所以她决定接受加利福尼亚大学圣地亚哥分校的演讲邀请。这样,她就不必装出一副高兴的样子来观看休斯敦的航天飞机发射。这是凯西第一次错过目睹航天飞机发射的机会。当时的她还不知道,在不久之后,自己也将执行航天飞行任务——再过一年多,凯西将以另一种重要的方式创造历史。

虽然那天这六位女性并不在同一个地点,但萨莉、朱迪思、凯西、安娜、瑞亚和香农以一种跨越空间和时间的方式建立了彼此之间的联系。她们是"太空六人组",即NASA挑选的首批六名女性宇航员。多年来,太空计划只允许男性驾驶宇宙飞船飞离地球,驶向浩瀚的宇宙。1978年,她们六人被选为航天飞行任务专家,成为第一批飞入太空的美国女性。蓝色地球柔美的曲率映在她们的眼眸中,这是何等的荣幸!等待她们的是身穿厚重的宇航服应付失重状态,同时执行部署卫星和望远镜、操纵机械臂等任务;回到陆地后,她们还将会见总统、皇室成员和达官显贵,在数千名心怀太空探险梦想的观众面前演讲,并为之后的数十名女性宇航员铺平道路。

被选为第一批女性宇航员让六人都获得了先锋的地位,但率先打破这个国家最高"玻璃天花板"的只有一个名额,然后才轮到其他人。萨莉就是这位天选之人,她的成就使她与艾伦·谢泼德(Alan Shepard)、约翰·格伦(John Glenn)和尼尔·阿姆斯特朗等人一样家喻户晓。成为美国女性宇航员的先驱,让萨莉成为女权主义的偶像、公众榜样,还被比利·乔尔(Billy Joel)写进歌词。这也给她的余生加上了一副重担。

选择萨莉并不是从一开始就板上钉钉的事。朱迪思、安娜或其他几位都能胜任,她们不分伯仲。乔治·阿比和NASA的管理层最终决定了这六个人的命运:以萨莉为首,其他人紧随其后。随后的飞行任务将不可逆转地改变这六位女性的余生,有人实现了梦想,有人创造了历史,也有人经历了难以想象的悲剧。

乔治在会议室内的轻轻一点头,决定了萨莉的命运。1983年6月18日早上,刚过7:30,萨莉仰面坐在"挑战者"号航天飞机内,静静等待着。她凝视着前方,满脑子都是眼前的工作,迫切地希望万无一失。在坚硬的灰色金属座椅上仰面躺了三个小时后,她在耳机里听到飞行控制员开始倒计时,改变一切的那一刻即将到来。

"倒计时十秒。九、八、七、六,准备启动主发动机,主发动机启动,点火……"

01
但是，只有男性能当宇航员

　　距离日出还有好几个小时，而玛格丽特·"瑞亚"·塞登已经在为患者做开腹手术了。这是一位枪伤患者，子弹严重撕裂了他的内脏。和往常一样，玛格丽特竭力控制患者的失血速度，并修复他的器官损伤。现在她已经习惯了这种可怕的景象。作为约翰·加斯顿医院（John Gaston Hospital）急诊科的一名外科住院医生，她目睹了各种可怕的枪伤和刀伤——通常是两个愤怒的男人酒后互殴的结果。EMS救护车会把这些酒吧斗殴的伤者送到约翰·加斯顿医院——医生们戏称之为"厕所"*——通常是在半夜。在夜班剩下的时间里，瑞亚或其他医生会一直忙着抢救。每天晚上，医院的急诊室都会接收大量的创伤患者，以至于它获得了一个更吓人的绰号："坑"（the pit）。

　　有时，瑞亚能够成功止血，把伤口缝合得很好；但有时，面对严重的伤害，她的确无能为力。那些时刻令人绝望。然而，在那天清晨，抢

---

* "约翰"（John）在俚语中是"厕所"之意。

救看起来进行得很顺利,她最终缝好患者的伤口,把他送入重症监护室。不过,工作还没有结束,作为这位病人的主治医生,她还得时刻监控,以防出现意想不到的并发症。于是她去了靠近重症监护室的医生休息室。

很难相信,曾经有一段时间,瑞亚出现在医生休息室里是一种严重的违规行为。当她在田纳西州孟菲斯市约翰·加斯顿医院对面的浸礼会纪念医院(Baptist Memorial Hospital)做外科实习医生时,曾经被禁止进入医生休息室。休息室"仅限男性"使用,而她是当时唯一的女性外科实习医生。主任告诉她,原因是有时男性会只穿着内裤在休息室里走来走去。她表示并不在乎,但主任说男同事会感到尴尬。她的上级说,她在做手术外的时段可以在护士浴室里休息。瑞亚试图改变政策,但以失败告终,她只能在浴室里放一张折叠椅,把头靠在墙上休息。这条规定促使她在规培期间转去约翰·加斯顿医院,因为那里并不坚持这种性别歧视政策。

自瑞亚决定从医以来,她似乎总是以某种方式冲破自己的舒适区。她在一个完全不同的世界里长大:一个有着金色直发的小女孩,生活在田纳西州默弗里斯伯勒(Murfreesboro)这一中上阶层郊区小镇上。在那里,她所受的教育旨在将她培养成一名合格的南方淑女。她在米特维迪小姐(Miss Mitwidie)的舞蹈室里学习淑女必修的芭蕾舞。此外,她还学习正式的用餐礼仪、弹钢琴、在裙子上缝纽扣,以及园艺等。这些技能是她的母亲克来顿(Clayton)年轻时的必修课,她只是循规蹈矩地教导女儿,一心想把瑞亚塑造成她认为应该成为的那类女孩。

瑞亚说:"人们总是会追随父母的脚步,我一直以为我会像母亲一样成为一名南方淑女,待在家里相夫教子。"但她的父亲爱德华

（Edward）有不同的打算。作为一名律师，爱德华希望瑞亚在成长过程中获得比她的母亲和祖母更多的东西。这意味着让瑞亚接触到更多不同的体验。1957年10月的一天晚上，爱德华把瑞亚叫到屋外，将她的目光引向昏暗的天空。一个微弱的光点穿越黑暗的苍穹，这个小小的光点就是人造卫星，一颗沙滩排球大小的铝制卫星。它环绕地球飞行，不断向广瀚的宇宙发出蜂鸣信号。在前一两天的10月4日，苏联刚刚发射了航天器，将第一个人造物体送入轨道。苏联在太空竞赛中占了上风，这让美国公众惊恐不已。

但有些人意识到，这不仅对苏联人，对所有人来说都是一个分水岭。爱德华说："你在见证一个新时代的开始，这叫作太空时代。"虽然那时瑞亚还差一个月才满10岁，但她幼小的心灵已经意识到一个新的世界即将到来。然而，她当时并没有意识到太空将在她的生活中扮演多么重要的角色。

"斯普特尼克"（Sputnik）号人造卫星的发射是一个契机，最终使瑞亚走上了一条与她母亲规划的截然不同的道路。美国对"斯普特尼克"号人造卫星发射的下意识反应之一是提高小学的科学教育水平，大力培养下一代年轻人，以造就新一代人才，让美国在如火如荼的太空竞赛中保持竞争力。很快，瑞亚爱上了科学课程，尤其是生命科学。但她仍然按部就班地按着母亲计划的方向成长。她会在课上饶有兴致地解剖老鼠，挖出内脏，也会在放学后和啦啦队一起表演特技。

到了考大学的时候，她被加利福尼亚大学伯克利分校（University of California at Berkeley）的生命科学课程吸引，申请该校并被录取。虽然她只是跨州上学，但这所学校给她的感觉就像是存在于另一个星球上一样。1965年开学季，瑞亚作为一名大一新生，来到了一个充满政治激进主义活动的校园。在她到来的前一年，全美国爆发了言论自由运动（Free Speech Movement）。当时，学生涌入各个大学校园，抗议一名同学因在校园散发传单而被捕。随之而来的是一个政治抗议时代——有的学生谴责越南战争中的暴行，有的学生支持民权运动和黑豹党（Black Panthers）。瑞亚来自田纳西州的一个保守小镇，其总人口只是加利福尼亚大学伯克利分校人数的1/3，大学里激进的言辞和自由主义倾向深深震撼了这个17岁的年轻人。

她大一的平均绩点（GPA）并不出色。瑞亚的父亲爱德华是家乡一家小医院的董事会成员，在那一年的暑假，他把瑞亚安排进医院做暑期工，因而她体验了外科医生的工作。最初，她计划在医院新的冠心病监护病房的重症监护室工作，但这个科室迟迟没有正式启用。所以医生把她安排到外科工作。瑞亚从一开始就被深深吸引住了。此时，她不再局限于观察被解剖的青蛙和啮齿动物的内脏，而是更上一层楼，观察人类的内脏。

受到这份暑期工作的启发，从那时起，瑞亚就立志成为一名外科医生，并在1970年如愿被田纳西大学医学院录取。不过，这条路差一点无疾而终。在大学里，她差点步入婚姻，甚至已经定好了婚期。瑞亚后来回忆道："接近婚礼时，我对自己说：'这不会有好结果的。'他想让我帮他熨衬衫，成为家庭妇女，所以我提出退婚。"事后看来，这是一个正确的决定。

在医学院的第一年，她是班上100多名学生中仅有的6名女生之一。在学校、实习和规培期间，她的周围都是男性，她也早就习以为常。虽然成为一名医生是最终目标，但她从医还有一个不为人知的动机。私下里，她希冀从医能带来效力于太空事业的机会。目睹人造卫星穿越太空的那一晚，一颗种子已经种在她的心中。瑞亚认为将来有一天太空轨道上会有配备医生的空间站，也许她可以成为空间站里的一名医生。

这个希望渺茫的想法多年来一直伴随着她。给枪伤患者做完手术后的那个清晨，在医生休息室里，这件事一直萦绕在她的脑海里。在充满着体味和其他人类体液味道的休息室，瑞亚思考着这是不是她真正想要的生活。这时，一位名叫拉斯（Russ）的神经外科住院医生大步优雅地走进休息室，坐在她旁边。他似乎和瑞亚一样面临生活意义的危机，这使得两个朋友能够共情对方的疲惫。然后，拉斯问了一个许多人在处于低谷时会提出的一个问题。

"如果你不做这份工作，你会做什么？"

瑞亚想了想，然后诚实地回答："我想成为一名宇航员。"这也许是她第一次把这个想法宣之于口。

对其他人来说，这可能是一个奇怪的回答，但拉斯的回复不同寻常。"我曾经在 NASA 工作。"他说。他向瑞亚解释了以前的工作内容，不过瑞亚并不能完全理解。拉斯说，他仍然和参与太空计划的前同事有联系。接着他们就聊起了别的话题，两人歇了一会儿，又起身投入紧张的工作中。

几个星期后，瑞亚回到约翰·加斯顿医院上班，开始了普普通通的一天，切开患者的伤口，做手术，缝合。在工作的间隙，她正好碰上赶着去做下一台手术的拉斯。当两人擦肩而过时，拉斯突然想起瑞亚在医生休息室里说过的话，于是连忙拦住了她。"嘿，我的一些朋友说航天飞机项目已开放申请，"他说，"我听说他们有一个平权行动计划！"然后就急匆匆地走了，没来得及多说什么。

瑞亚目瞪口呆地站在原地，无数的问题在她的脑海里闪过。

那是1963年8月,香农·威尔斯(Shannon Wells)就快要尝到自由的滋味了。两周以后,她将从俄克拉荷马大学毕业,获得化学学士学位。再也不会有考试,再也不用写论文。是时候开始考虑就业问题了。但随着毕业日的临近,香农意识到,在她的圈子里,没有一个人成功地获得与她的专业相关的工作,她也全然不知从何入手。于是,她向一位教授求助。

"我两周后就要毕业了,"香农回忆起在她最后一堂课上对无机化学课教授说的话,"我想请教,怎样才能找到一份与化学相关的工作?"

教授似乎被她的想法惊到了。"什么?"他不相信地问,"你想去工作?"

"是的!"香农回答道,"我主修化学,就是为了从事这方面的工作。"

教授摇了摇头,明确表达了自己的观点:"绝对不会有人雇用你。"至于原因,虽然他没有直白地说出来,但香农明白他的意思,因为她是女性。

香农带着深深的震惊离开了教室,但残酷的事实是,教授一语成谶。

可悲的是,面对这类言论是香农生活中的家常便饭。当她还是一个婴儿时,在能够爬行之前,就显现出渴望冒险的性格,但她成长的环境一直强迫她循规蹈矩。

香农·威尔斯——后来成为香农·露西德——并非出生在俄克拉荷马州,而是生在中国上海,她的父母在上海相遇并结合。香农的外祖父是一位传教士兼医生。他带着全家来到世界的另一端，投身于麻风病和肺结核的治疗事业。香农的母亲默特尔（Myrtle）是在中国长大的。1940年，长大成人的默特尔在上海参加了一场圣诞晚会。在晚会上，她遇到了一位名叫约瑟夫·奥斯卡·威尔斯（Joseph Oscar Wells）的浸礼会传教士。他大学刚毕业就到了中国。

那天晚上，约瑟夫（常用名奥斯卡）向默特尔做了一个大胆的预言：“我们最终会结婚的。”奥斯卡在情人节那天正式求婚，并于6月1日娶得美人归。

结婚不到两年，1943年1月14日，香农出生。此时正值二战时期，就在她来到这个世界的6周后，她和家人被日本军队俘虏，并被关押在上海闸北拘留营（Chapei Civilian Assembly Center）里。当时香农还太小，并不记得这段经历。她们一家在集中营待了大约一年，最终登上了一艘日本籍船只来到印度——这是他们返回美国的第一站。整个航程中，默特尔只为香农找到一片尿布。

抵达印度后，一家人登上了"格里普斯霍尔姆"号（MS Gripsholm），这是一艘为美国国务院服务的瑞典大型远洋客轮，多年来一直用于交换战俘。这艘船载着美国、加拿大、日本和德国的战俘，前往世界各地的交换点。威尔斯一家乘坐这艘船绕地球航行了两圈才到达美国。在中途，他们在南非（South Africa）的约翰内斯堡（Johannesburg）的一个港口短暂停留，香农在那里得到了人生中的第一双鞋。在她很小的时候，香农对人生的认知就是不断搬家，她以为这是大多数家庭的常态。

最终，威尔斯一家抵达了纽约港，在美国等待战争结束。战争刚结束，他们就回到了中国，香农的好奇心再次被激发出来。

她被乘飞机旅行的魅力深深吸引，不能自拔。当她5岁的时候，一家人短暂地搬到了庐岭乡下，以躲避上海的酷暑，而且凉爽的天气对她患有肺炎的妹妹也有益处。在西行的第一站，他们挤进了一架战争遗留下来的 DC-3 飞机。老飞机震荡不已，香农的母亲、哥哥和姐姐都在极力忍受晕机的痛苦，但香农完全没被影响。她凝视着窗外的景色，被白云环绕山峰的美景深深震撼。飞机向着一条短小的砾石跑道行进，她发现地面上有一个小点。随着小点越来越大，香农意识到那是一个人，不久后他们就会降落，来到那个人身边。

香农回忆说："我看到一个身影站在那里，脖子上围着一条红色围巾。我觉得这是世界上最神奇的事情——一个人，一个飞行员，能够把飞机开到那里。"香农立刻做出决定：有朝一日她要学会驾驶飞机。

威尔斯夫妇这次在中国并没有逗留很长时间。1949 年，香农还在上幼儿园的时候，她的父母决定举家搬回美国生活。他们在俄克拉荷马州的贝瑟尼定居，但香农不太喜欢这种安逸的生活。有一天，她问正在厨房里忙碌的妈妈："为什么我们不再搬家了呢？为什么我们只待在这里？"

"这里很好啊！"默特尔回答说，她对不再漂泊的新生活感到非常满意。

"不好，一点也不好！我必须不断换地方！"香农说。

结果是，她找到了一种不用离开家就能旅行的方式。她在小学时阅读了人生中第一本科幻小说，跟随着书中的文字逃到了遥远的琼宇深处。香农完全沉迷其中，如饥似渴地阅读了一个又一个关于太空文明和航天英雄探索宇宙奥秘的故事。读完一本立刻开始下一本。就在她喜欢上科幻小说后不久，香农听说了罗伯特·戈达德（Robert Goddard），他是火箭技术的先驱之一（NASA 在马里兰州的戈达德太空飞行中心就是以他的名字命名的），曾经在新墨西哥州（New Mexico）进行原型火箭的试飞。很快，香农开始建造自己的火箭——或者更准确地说，是火箭模型。在家中的阁楼里，她假装在自己的纸板飞船里训练，决心要驾驶这艘飞船前往火星。

这种激情与日俱增。有一天，她的叔叔从密歇根州（Michigan）前来拜访，她花了几个小时和叔叔谈论火箭以及为什么美国应该有一个太空计划。"你就没有别的话题了吗？"叔叔问道。

香农从未放弃她对太空探索的热爱。12岁时，她在报纸上读到一篇文章，其中提到苏联很快就会把人类送上太空。她想，这就是离开这个星球的方法！她把文章从报纸上剪下来给妈妈看，高兴地宣布了一个重要的结论。

"我必须加入共产党才能去太空！"

这一声明在保守的威尔斯家族中并不受欢迎。

没过多久，美国开展了自己的太空计划，香农的太空梦似乎要实现了。有一天，她看到七位男士登上了《生活》（Life）杂志的封面。杂志将他们誉为"英雄"和"开拓者"。这七人是NASA的开创性项目"水星计划"（Project Mercury）的成员。第一批美国人将乘坐火箭，在火箭与大气摩擦导致的尖啸声中冲破大气层，进入浩瀚无垠的太空。这个团队被称为"水星七人组"，他们后来实现了美国在载人航天领域的许多重大里程碑式突破。

当香农看到封面时，立刻注意到了一个特点。他们的名字是约翰、艾伦、格斯等男性名字。这个精英太空团队里只有白人男性。她的心沉了下去。"我完全被排除在外。"

不满于这种不公，她给杂志写了一封信，要求编辑解释为什么美国只选择送男性上太空。她想知道，所有美国人都包括在内了吗？令人惊讶的是，她收到了某个不知名编辑的回复，只有一句话。

"也许有朝一日，女性也可以进入太空。"香农回忆起信中的话。

然而，无论是在太空探索领域还是在地球上的各种科学学科中，"有朝一日"似乎都遥遥无期。当香农大学毕业时，正如她的教授所预测的那样，她找不到任何化学方面的工作机会。她毕业后找到的第一份工作是在养老院上夜班——这与化学领域相去甚远。香农后来说："我只能做一些别人不屑干的活儿。"

最终，一个机会出现了。俄克拉荷马州医学研究基金会（Oklahoma Medical Research Foundation）实验室的一名员工突然离职，它迫切需要一个人补缺。正好香农愿意填补空缺，基金会让她担任癌症研究项目的技术员，香农第一次在真正的实验室工作。在工作后的几年里，虽然她喜欢这份工作，但也表示，"歧视依然普遍存在"，她根本无望晋升。

当一笔关键的拨款落空后，香农被告知她的职位将在两周后被撤销，她必须迅速行动，寻找新工作。此时，她拥有一件非常重要的交通工具——一架派珀"快船"（Piper Clipper）飞机，但为此背上了贷款。高中一毕业，香农就兑现了她在中国机场看到那个戴着鲜红围巾的男子时对自己许下的诺言。她参加飞行课，拿到了飞行员执照，最终攒钱给自己买了一架小"快船"飞机。她会驾驶飞机和父亲一起前往教堂参加集会。为了能继续飞行，香农必须找到另一个收入来源，而且要快。

她发出了一份又一份简历，渴望得到回复。由于香农在当时并不是一个很常见的名字，有时她会收到回信，但是收信人是香农·威尔斯先生。她很快就了解到，这还算是比较好的回复。有一次，一家公司让她寄一张自己的照片。她照做了，不久就收到了一封特快专递，信中明确告知，公司绝对没有工作机会给她，任何机会都没有。

香农回忆道："那时候人们不会雇用女性。当时我试图与联邦政府和它的科学实验室联系，但它们甚至根本不会考虑女性。"

最后，香农联系了俄克拉荷马市的一家职业介绍所，告诉他们自己找工作已经找得绝望了，问他们有什么适合她的工作机会。该机构告诉她，位于该市的石油公司科麦奇（Kerr-McGee）最近有一个职位空缺。公司的一名员工即将离职六个月，参加国民警卫队（National Guard）的训练，科麦奇公司需要有人在他离开期间填补空缺。不过，这不是一个长期职位，当那名员工回来时，香农就得把工作归还。但在此之前，香农可以接手他的工作。

尽管明白这是一种不公平的情况，她还是愉快地接受了。"我是本科毕业生，修过一些硕士学位课程，却要为一个我认为是大学肄业生的人工作。"

尽管如此，她还是很庆幸自己能被雇用，而且是在能够真正发挥她的化学技能的领域。在公司任职期间，她的多名上司都是男性，其中一人名叫迈克尔·露西德（Michael Lucid）。他最初认为公司只雇用香农六个月是错误的，因为她资质甚高，这是大材小用。但他不是老板，所以这个意见还是被否决了。在共事时，他很少与香农交流。

六个月的时间飞逝而过，就在香农的合同即将期满时，她的一位上司问她有什么打算。当时，香农开始了新一轮疯狂求职，这几乎占据了她全部的自由时间。她告诉上司自己非常需要一份工作。上司说，科麦奇公司愿意让她成为全职员工，但起薪微薄。香农回答说，她知道在同一个实验室的同事大卫（David）的工资远不止这些，而且他的教育背景不如自己。

上司盯着她，说道："香农，你是女性。我们不可能付给你和男性一样的工资。"她很快地看了一下日历，上面显示两周后她将加入失业大军。别无选择的香农只好再一次对职场的不公平低头。

在接受这个长期职位后不久，1967 年 2 月，香农意外地接到一通电话。电话的另一头是她的前上司迈克尔，他邀请她一起去看周末的船展。这个邀请有点出乎意料。香农完全不知道迈克尔对她有好感。她本计划在那个周末驾驶飞机出游，但恶劣的天气不适合飞行，所以她改变主意，同意和迈克尔一起去看船展。

两人开始约会，没过多久迈克尔就建议他们结婚。当他第一次提起这件事时，香农告诉他这是不可能的。"我计划做一个独立的人——而不是某个人的妻子。"她说。在香农的童年和职业生涯中，她学到了许多教训，知道人们希望已婚妇女待在家里……做些什么。香农说："我一直搞不清楚，待在家里有什么可做的。"

迈克尔也是在 20 世纪 50 年代那个古板时代中长大的，但他告诉香农，在婚后也没有什么可以阻止她在职场上一展身手。他爱上的是在科麦奇公司里遇到的那个香农，并不希望她因为婚姻而完全改变自己。

随后，香农向迈克尔坦白了一个秘密，一个从小就有的愿望。她希望有一天能为 NASA 工作——成为一名宇航员。她问迈克尔怎么看待这件事。

这件事并没有改变迈克尔对香农的看法。"当然没问题。"他说。迈克尔和香农于 1967 年 12 月在香农父母家举办了婚礼。小家庭很快就迎来了新成员。香农在夏威夷度蜜月时怀上了第一个女儿，为了纪念，他们以度假的岛屿给女儿命名——卡瓦伊·道恩（Kawai Dawn）。婚礼后的几周，新婚夫妇沉浸在幸福之中。

但是当香农告诉科麦奇公司她怀孕时,立即就被解雇了。

结婚的喜悦很快就被失业的痛苦掩盖——至少对香农来说是这样。公司并没有解雇迈克尔,他继续工作,赚钱养家。连续几个星期,香农都会在迈克尔早上离开时站在门口哭泣。最后,迈克尔决定必须结束这种情况。他说:"我们不能一直这样下去。"于是提出了一个建议:香农为什么不去读研究生,获得更高的学位?在20世纪60年代这样一个不公平的世界里,香农显然需要积累尽可能多的资本,以便找到稳定的工作。

因此,她回到俄克拉荷马大学攻读生物化学硕士和博士学位。在此期间,她和迈克尔有了第二个女儿——珊达拉(Shandara)。在珊达拉出生后不到一周,香农就回到学校参加期末考试。她解释说:"我不能缺考。"

香农花了四年时间才到达学术象牙塔的顶峰,但是即使在获得博士学位后,找工作仍然很困难。几个月的求职过程中,她向政府发出了一轮又一轮的申请,一次又一次尝受失望之苦。最终她在一个熟悉的地方找到了工作。1974年,俄克拉荷马州医学研究基金会再次聘用香农,这次她担任研究助理,研究各种化学物质导致细胞癌变的机制。在接下来的几年里,她一直在那里就职,满足于这份来之不易的全职工作。

1976年7月的一天,香农在实验室阅读基金会的科学杂志时,读到了一篇短文。短文提到,NASA正在为其新的航天飞机招募新一批宇航员。这一次,他们希望女性也来申请。

安娜·李(即将成为安娜·费舍尔)筋疲力尽地瘫坐在洛杉矶海港

综合医院（Harbor General Hospital）的一把椅子上。这是她今天第二轮十二小时的外科实习值班了。从加利福尼亚大学洛杉矶分校医学院毕业后，这种高强度的辛苦工作成了她的日常。去年一整年都是如此，她总是被安排连续值班，在夜里任何时间都有可能被一个电话叫去做紧急手术。虽然安娜知道这是成为一名外科住院医生必须经受的历练，但也开始怀疑这是否真的是她想要的生活。

安娜只休息了一小会儿，就听到医院的扬声器里传来一个熟悉的声音。那是她的未婚夫比尔·费舍尔（Bill Fisher）的声音。他希望安娜给他回电话。"到底什么事啊？"她一边猜测，一边不情愿地从椅子上站起来，来到附近的电话机旁。

安娜边走边环顾海港综合医院的一切，在过去的一年里，她几乎以这里为家了。事实上，她和这家医院的渊源颇深。20世纪60年代末，安娜和她的朋友凯伦·海斯（Karen Hayes）在圣佩德罗高中（San Pedro High School）就读时，曾在海港综合医院做志愿者。这两个姑娘曾经穿着"糖果色条纹制服"，穿梭在各个病房。这个称呼是对女性志愿者的粉白相间围裙制服的一种致意。医院的志愿者工作让她得以窥见医学世界里令人生畏的一面。病房里住满了病情严重的癌症患者，安娜共情他们的痛苦，这令她自己难以承受。所以，为了能不直接面对病患，她和凯伦选择在医院的暗房里冲洗X光照片，对两个高中生来说，这是一项非常重要的工作。

正是在做志愿者期间，安娜向凯伦承认了一件大事。有一天，这两个朋友在暗房里肩并肩站在一起，不断把胶卷翻面，把照片放进显影液里。也许这样幽暗的环境有令人安心的效果，安娜分享了她内心深处的渴望。黑暗掩盖了凯伦的面颊，遮蔽了她可能做出的任何表情。在那一刻,安娜向凯伦坦白了一个深藏心底的秘密。两人谈起高中毕业后的未来,安娜说:"我真的希望有一天能成为一名宇航员。"

凯伦很震惊,因为安娜从来没有流露出任何迹象。但事实是,从初中开始,这个想法就一直萦绕在安娜的心中。具体的开始日期是1961年5月5日。

那天,在佛罗里达州的卡纳维拉尔角,一位名叫艾伦·谢泼德的男子穿上了银色的太空服,戴上了白色的头盔。在凌晨4点之前,他登上了一辆白色厢车,来到了一枚巨大的火箭前。黑白相间的火箭被架在红色金属发射台上,发出嘶嘶声,同时释放出一股股气体,等待升空的那一刻。火箭的侧面涂有鲜红的 UNITED STATES(美国)字样。艾伦右手拿着一台便携式空调设备,缓步下车。他最后一次抬头看了看这艘水星 - 红石运载火箭。

然后,他进入了位于火箭顶部的太空舱,几个小时后,火箭载着艾伦冲向天空。火箭将水星飞船"自由7号"(Freedom 7)发射到离地球表面116英里的高空中,然后在大西洋上空下坠,降落伞带着飞船落入大海,溅起巨大的水花。从起飞到降落,整个航程只花了15分钟。但在那短暂的时间里,艾伦成为第一位到达太空的美国人。不过,他并不是有史以来第一个进入太空的人。这一称号的获得者是苏联飞行员尤里·加加林(Yuri Gagarin),他在不到一个月之前成功进入太空,完成了绕地球飞行。

那天,不到12岁的安娜在坎普贝尔堡(Fort Campbell)的学校外面,用晶体管收音机收听了整个飞行过程。坎普贝尔堡军事基地是一个横跨肯塔基州和田纳西州的陆军基地。她和一群同学不顾晨露的寒冷,紧紧地围绕着收音机坐在操场上,希望能从刺耳的噪声中分辨出播音员的声音。安娜一直担心她可能会错过那天早上的发射。火箭原本计划在美国东部时间早上7：20发射，但那时她必须准备上学。不过那天早上发射场上空的云层太厚，所以发射被推迟了几个小时，火箭升空的时间正好是安娜的第一节体育课的时间。更幸运的是，她的老师暂停了当天的体能测试，以便让孩子们见证历史。（艾伦·谢泼德就没那么幸运了。在等待发射升空四个小时后，他只能在太空服里解手。）

那15分钟的太空飞行永远铭刻在安娜的心中。她说："我一直在收听整个发射过程。在那一刻，我就做出了决定，如果有机会一定要成为一名宇航员。"对她来说，宇航员这份工作综合了她热爱的一切：涉及科学、具有挑战性，还涉及探索未知。

在这一刻之前，安娜的生活和志向一直飘忽不定，现在，她的生命中有了清晰的目标。安娜的父亲赖利·廷格尔（Riley Tingle）是美国陆军的一名中士，每次他被派遣到新的军事基地时，家人都得随军搬迁。这样的生活有它的好处。首先，如果她的父亲没有被外派，安娜就不会出生。第二次世界大战后，赖利·廷格尔因公驻扎柏林，在那里遇到了埃尔弗里德（Elfriede），一位精通英语，为美军工作的德国女子。他们于1949年4月结婚，并一起回到美国，在美国有了安娜。安娜记事后发现，全家人每隔几年就会搬到一个新的地方。这个喜欢数学的害羞小女孩一直努力地结交朋友，希望得到认同。

直到在坎普贝尔堡学校外收听火箭发射过程的那一刻，安娜才真正决定了自己想走的路——尽管她几乎立刻意识到这个梦想也许永远只是梦想而已。她也注意到，到目前为止，宇航员全部都是男性。另外，所有宇航员都必须有驾驶喷气式飞机的经验，这种经验是只有加入美国军队才有可能获得的。但是当时女性是不被允许成为喷气式战斗机飞行员的。

安娜13岁时,一家人终于结束了漂泊不定的生活,定居在加利福尼亚州的圣佩德罗,这是一个由来自世界各地的移民家庭组成的小镇。安娜后来对自己能在一个地方度过余下的童年时光感到很满意。她在圣佩德罗上的初中是她就读过的第13所学校,这意味着在那之前,她平均每年就要转一次学。现在,她再也不用每隔几个学期就不得不重新认识一大批同学了。

1967年,安娜结束了医院志愿者的工作,考入了大学。此时,遨游太空的梦想被她藏在了内心深处,迫在眉睫的是要现实地考虑未来。安娜凭借SAT考试的优异成绩被加利福尼亚大学洛杉矶分校录取,这是她唯一申请的学校。该校还在全体师生大会上为她颁发了奖学金。在那个年代,作为家里第一个大学生,安娜的确有些离经叛道。她的老师们并不鼓励女学生追求大学学位,安娜的大多数女同学也并无追求更高学历或全职工作的意愿。那个时代的女孩一直被教导,当她们长大后,并不需要接受更高的教育或全职工作。

安娜最初选择的专业是数学,但不久后就开始怀疑自己拥有高等数学学位后究竟有何用武之地。最终她认识到,成为一名数学教授或理论数学家并非她所愿,是时候考虑其他方向了。在攻读数学专业的时候,安娜还学习了几门化学课程,这激起了她对化学的极大兴趣。她认识到,接受科学教育会带来更大的成就感,因此决定转攻化学学位。

安娜在加利福尼亚大学洛杉矶分校度过了充实且富有挑战性的时光。她曾经有过一段激情四溢的婚姻,但是在婚后发现对方并不合适,所以很快就离婚了。在本科毕业前夕,她决定申请加利福尼亚大学洛杉矶分校医学院,而不是从事化学方面的研究工作。放弃化学而从医固然是因为她想成为一名医生，但还有一个不为人知的动机，她依然没有放弃有朝一日能遨游太空的梦想。安娜认为在太空中围绕地球运行的空间站迟早会成为现实，而这些空间站将需要医生，这个想法与瑞亚不谋而合。安娜认为自己或许可以成为空间站上照顾生病宇航员的人。这是一个与众不同的豪赌，在入学面试时，她并未将这个想法宣之于口。

尽管安娜没有透露想成为宇航员这个看起来狂妄的野心，但还是被加利福尼亚大学洛杉矶分校拒绝了，只进入了候补名单。这无疑是一个打击，但她很快调整好自己，决定充分利用这段时间。她一边攻读化学硕士学位，一边担任助教。在当时看来，宇航员的梦想似乎永远不可能成真，但事有两面，这个化学学位会在后来派上用场。

最终得以进入医学院后，安娜选择了熟悉的海港综合医院进行实习。在海港综合医院的自助餐厅里，她遇到了比她高一届的外科实习医生比尔。当时安娜无意中听到一群人在笑，比尔正大声讲着一些让人脸红的笑话。比尔有着棱角分明的面庞和明媚灿烂的笑容，看起来更像是一位电影明星。这两个年轻人有很多共同之处。他们对医学有着共同的热情，更重要的是，在第一次约会时，他们就发现两人都心怀成为宇航员的梦想。这对情侣经常谈论，一旦机会降临，就毫不犹豫地申请加入NASA。两人很快就坠入爱河，交往不到一年，比尔求婚了。

有一天，安娜在港湾综合医院给未婚夫回电时，比尔的兴奋之情几乎从电话中溢出。他解释说，他刚和他们共同的朋友马克·梅西卡尔斯基（Mark Mecikalski）博士一起吃了午餐，对方透露了一个重要的消息。马克是NASA的狂热粉丝，他得知该机构即将开始新一轮宇航员招募，这一次他们鼓励女性申请。马克经常听安娜和比尔谈论希望有一天为NASA工作，所以将招聘的消息告诉了他们。

这个消息果然令安娜十分振奋。她从孩童时起就一直在等待这一刻,而现在终于有资格去尝试。

比尔告诉她,申请面临一个问题。

他说:"离申请截止只有三个星期了。"

02
背井离乡

凯西·沙利文站在甲板上,寒冷的海浪不断击打着船舷,她几乎可以尝到海浪腥咸的味道。她正站在戴尔豪斯大学的白色科考船"哈德逊"号(CSS Hudson)上,其正乘风破浪,驶向北大西洋的开阔水域。其实,冰冷的海浪下面隐藏的秘密才是船员们最感兴趣的目标。凯西所在的探险队正在前往大浅滩(Grand Banks)的途中,这是加拿大纽芬兰省(Newfoundland)海岸附近的一系列海底高地。沿着海底地貌的边缘散落着不知休眠了几个世纪的死火山,凯西和其他队员即将领略这些古老海山的美景。

"哈德逊"号来到一座海底山峰的上方,凯西将一根缆绳吊到甲板外,探入水面下。他们的目标是轻轻地刮擦山峰的顶部,抓取一小块样本带回船上。凯西和她的团队急切地想知道在这些古老的火山岩中沉积了哪些化学物质。这些信息或许能解答大西洋海底地貌最初如何形成之谜。

对凯西来说,没有什么能比这样的出海更令她欢喜的了。她享受探险成功带来的兴奋感。对她来说,这就像是精心编排的一首优美乐章,是几个月辛苦排练和协调的交响乐的高潮。但最重要的是，这是她从儿时起就梦寐以求的冒险之旅——站在船头，被水晶般湛蓝的海水包围，让强劲的北风撩起发丝。

从记事起，凯西就对探索未知世界有强烈的渴望。但最初引起她兴趣的并不是浩瀚的太空，而是她生活的星球。地图是她通往这种兴趣的大门。在地图上，她饱览了欧洲大陆上复杂的地貌和河床，以及亚洲广阔的山脉和遥远的海洋。7岁时，凯西亲手绘制了她的第一张地图。她很快就学会了复杂的制图学术语，读懂了《国家地理》杂志上地图的图例和方位。

想了解更多，揭开周围世界的奥秘正是她的天性。当她还在幼儿园的时候，有一次看到了一个塑料玩具绒球枪的电视广告。这把玩具枪模拟了安装在战舰甲板上的真实炮塔的后坐力。她迫切地想得到它。这倒不是因为她开始对枪支感兴趣，而是因为想把枪放在手里把玩，观察各个结构是如何工作的——弄明白杠杆究竟是如何像膝跳反应那样运行的。

凯西对工程学的热情可能是受到她的父亲唐纳德（Donald）的影响，正是唐纳德把航空航天世界介绍给了凯西。凯西6岁时，她的父亲接受了一份新工作，前往加州范奈斯的马夸特公司（Marquardt Corporation）担任航空航天工程师。该公司参与了冲压发动机的开发。突然之间，飞机成了这家人生活中不可或缺的一个元素。唐纳德会把图纸带回家，让小凯西用手指描着玩。马夸特公司的总部恰好紧挨着范奈斯机场，唐纳德很快就加入了公司的飞行俱乐部，驾驶塞斯纳（Cessna）和派珀飞机和朋友们一起去钓鱼。凯西的哥哥格兰特（Grant）也被感染，爱上了飞行，父子俩经常一起驾驶飞机。

尽管随着美国太空计划的展开，凯西对太空的热爱与日俱增，但她对在地球上旅行更感兴趣。不过，在她成长的岁月里，家里还需要她，所以她只能暂时推迟旅行。12岁时，她的外祖母——唯一的祖父母辈亲人——死于癌症，凯西的母亲悲痛欲绝，开始酗酒以逃避悲伤。凯西眼看着曾经熟悉的母亲变成了一个被悲伤折磨得不成人样的陌生女人。她只能站出来，帮助维持这个家的安稳。凯西不但要承担各种家务活，还要在家人激烈争吵时耐心调解。为了防止母亲酒后开车，兄妹俩甚至会在父亲上班后把汽车弄坏。

她渴望有一台时间机器，带她回到过去，找回曾经熟悉的母亲。最终，她的母亲接受了治疗，战胜了抑郁症，但沙利文家的生活再也回不到从前了。

在凯西临近高中毕业时，她为自己设定了一个具体的目标：去国外生活。为了达到目的，她认为外语将是她的通行证，可以让她进入那些原本不允许进入的国家。然而，她的语言学习之旅并没有持续太久。在加利福尼亚大学圣克鲁兹分校（University of California, Santa Cruz）读大一的时候，一位导师坚持让凯西至少上三门科学课程。她很不情愿，但导师对此极为坚持，他推荐了几门凯西可能会喜欢的课程，比如海洋学和地质学。

这些课程把凯西带到了一个全新的世界。其中一门课程的教授会带领学生去加利福尼亚海岸边的潮汐池，寻找奇特的海洋生物，比如海鞘。潮汐和洋流的节奏令凯西着迷，海底错综复杂的岩石结构以及陆地和海洋交织的方式也将她深深吸引住了。当她得知海洋研究人员可以去往世界各地进行探索（这是他们的工作性质所决定的）时，这对她来说简直是意外之喜。

最终，凯西鼓起勇气问她的一位海洋学课程教授，海洋学家的工作内容是什么。教授对她十分照顾，耐心地回答问题，并建议她选修更多的课程来满足好奇心。完成几门课程之后，凯西从语言学专业转到了地球科学专业。这个转折仍然能为她争取到去国外生活的机会。大三时，她前往挪威卑尔根大学（University of Bergen）求学。

对一名研究海洋的学生而言，那是一段激动人心的经历。就在凯西上大学的前几年，地质学界开始接受板块构造和大陆漂移的概念，即庞大的大陆板块不断移动，像许多块拼图一样拼在一起。这个概念为年轻的海洋学家带来了大量的科研机会。凯西在挪威求学时正好搭上了这趟顺风车。后来她前往加拿大新斯科舍省（Nova Scotia）的戴尔豪斯大学攻读博士学位。

她在戴尔豪斯大学度过了三年半的时间，无数次乘坐"哈德逊"号出海探险。不过，当她站在甲板上，使用工具从海底抓取岩石样本时，心中最想做的其实是潜到海面之下。在之前的一次探险中，她乘坐的船搭载了"阿尔文"（Alvin）号微型潜水艇。这艘潜水艇能够将人类带到海下极深的地方，使人类可以采集足够精确的水文信息以正确绘制海底地图。当她亲眼看见两名研究人员进入潜水艇沉入水中时，凯西就知道，亲自驾驶"阿尔文"号将是她的追求。她的目标是到达海洋中尽可能深的地方。

尽管未能驾驶潜水艇，凯西还是在新斯科舍省附近的大西洋海面上经历了一生难忘的有趣冒险。她在1976年圣诞节期间回到加利福尼亚探亲，兴致勃勃地与家人分享了这些奇趣的探险经历。她向哥哥倾诉愿望，希望有一天能驾驶"阿尔文"号潜水艇。哥哥听着凯西喋喋不休地谈论着她给自己规划的众多目标，然后建议了一条截然相反的职业道路：他问凯西有没有考虑过申请NASA新一轮的宇航员计划？这次NASA打算招募女性和少数族裔。

凯西完全没有听说过这件事。她大部分时间都住在加拿大，当时，来自美国的消息向北传播的速度并不迅速。作为家里的航空迷，格兰特已经提交了申请。他在凯西回家探亲期间一直劝说她也提交申请。"世界上有几个 26 岁的女博士？"他问。

起初，凯西认为这是一个荒谬的想法。她一直认为从地球表面研究海底已经够困难了。把她放在距离地面几百英里的高空只会更糟。所以她还是回到了新斯科舍，没有听从格兰特的劝告去申请那个并不适合她的宇航员计划。

几周后，凯西在翻阅一本科学杂志时，看到了一则关于 NASA 宇航员选拔过程的广告。这篇文章列出了一些她不知道的关键事实：这一轮被选中的宇航员将乘坐一种全新的交通工具飞往太空。这种交通工具被称作航天飞机，将用于发射卫星和进行科学实验。由于科学研究是这些任务的重点，所以 NASA 不仅仅招募飞行员，他们还需要有人胜任"任务专家"这一新角色。这些宇航员不需要有任何飞行经验，他们将主要从事科研项目。

在那一刻，凯西意识到她在海上的航行和科研经验可以完美地平移到太空轨道的飞行任务上……

萨莉·赖德抬头注视着一颗排球越过球网直冲她飞来。她快速移动，举起双手，就在球与她的手接触的那一刻，用手指形成一个三角形，把球垫起，球悠悠地向上方弹去，这给了她的队友比尔足够的时间助跑、起跳，然后狠狠地扣球过网。两人的传球加扣球组合天衣无缝，他们在斯坦福大学校园里的几十场排球比赛中完美地磨合了这套动作。

萨莉和她的朋友们几乎每天都打排球。密不可分的四人组包括两位男性——比尔·科尔森（Bill Colson）和理查德·蒂茨（Richard Teets），以及萨莉和她的室友莫莉·泰森（Molly Tyson）。他们几乎每天都聚在一起，经常在白天打排球，然后前往萨莉和莫莉在斯坦福大学校园里租住的两居室小房子共进晚餐。

萨莉很满意研究生的生活，也很高兴再次住在自己的家乡。她差一点就与这种生活失之交臂，曾经有一段时间，萨莉似乎可以在网球场上闯出一片天地，而不是在学术界。

10岁时，萨莉在西班牙的一个橙色红土网球场上第一次拿起球拍。她是一个土生土长的加利福尼亚女孩，但在1960年，她的父母卖掉了在范奈斯的房子，带着两个女儿，驾驶一辆宝沃（Borgward）房车［他们给这辆车起了个名字，叫"博吉"（Borgy）］在欧洲进行了长达一年的自由行。这次旅途让一家人领略了多彩的新文化和美食，增长了知识，丰富了见识。但在西班牙的那一天，当萨莉学会如何发球并赢得一场比赛时，网球真正激起了她的兴趣。

1961年，赖德一家回到加州圣费尔南多谷（San Fernando Valley）恩西诺时，萨莉立刻全身心扑到网球上。她轻松地连续获胜，但她的发球和截击技巧并不出众。她一直是一个技巧娴熟的运动员和体育爱好者。这种对体育的热爱来自她的父亲戴尔（Dale）。他狂热地爱好所有球类运动，总是在电视上观看体育赛事，也喜欢与萨莉和她的妹妹凯伦（Karen）在后院玩耍。作为圣莫尼卡学院（Santa Monica College）的政治学教授，他经常帮助篮球和足球运动员从这所学院转学到加利福尼亚大学洛杉矶分校。通过人脉，他和女儿们去看了棕熊队的训练，进一步培养了萨莉对各种竞技比赛的热爱。

事实上，萨莉最先爱上的体育项目是棒球。作为一个加利福尼亚女孩，她最崇拜的是洛杉矶道奇队，还收集了大量的球队棒球卡。萨莉只有5岁的时候，戴尔就教她如何解读每日晨报上刊登的球队得分——也许这是她第一次接触到错综复杂的数学。

成长在这样一种体育氛围中，萨莉几乎注定要成为一名运动员。网球让萨莉受益良多，比如获得灵敏性和良好的手眼协调能力，也给她带来了一群热爱这项运动的密友。在加利福尼亚州雷德兰兹（Redlands）举行的一次锦标赛中，她与一位名叫塔姆·奥肖内西（Tam O'Shaughnessy）的12岁女孩同台竞技。她们在球场上相遇的那一天，一拍即合。塔姆的母亲和萨莉的父亲无奈地看着两个女孩花更多的时间叽叽喳喳地聊天，而不是比试球技。塔姆回忆道："萨莉和我之间没有竞争。我们更感兴趣的是了解对方，享受一边喝水一边聊天，而不是一较高下。我们的家长对此非常不解，他们互相问：'她们在干吗？'"

萨莉经常长途跋涉到圣地亚哥去找她的球友，包括塔姆，朋友们也会来洛杉矶的萨莉家玩。她们白天一起练习吊球，晚上就像其他少女一样出去玩。在户外运动了一整天后，女孩们通常会听唱片来放松，在书房和客厅里举办即兴舞会。萨莉永远不会是第一个起身跳舞的人。她是典型的内向人格，通常坐在角落里，避免引起别人的注意。塔姆通常会在角落里找到独自蜷缩着的萨莉，然后拉着她的手到房间中央，加入集体舞。用不了多久，萨莉就会和大家一起放声歌唱。

这种退缩的倾向也会反映到她的网球比赛中，不过这并不是因为她缺乏勇气。有时候萨莉只是想偷个懒。她经常无法兑现练习承诺，会趴在电视屏幕前，大脑处于关闭状态——她的这种消遣方式让戴尔烦恼无比。他试图鼓励女儿勤加练习，但萨莉置若罔闻。她把自己的休闲时间看得与打出完美的 ACE 球一样重要。

尽管她每隔一段时间就会偷懒，但在那个时代的网球巨星比利·简·金（Billie Jean King）、潘乔·冈萨雷斯（Pancho Gonzalez）、玛丽亚·布埃诺（Maria Bueno）和罗德·拉沃尔（Rod Laver）的激励下，仍然成长为一名强大的球员。她的高超球技最终让她在豪华的西湖女子学校（Westlake School for Girls）球队中获得了一席之地。这是一所洛杉矶地区富有的商业巨头和名人的子弟学校。由于学校离比弗利山庄（Beverly Hills）和贝莱尔（Bel-Air）很远，她和一位名叫苏·奥基（Sue Okie）的同学一起拼车上学，苏·奥基是个高个子女孩，她被萨莉灿烂的笑容深深折服。她们每天一起驾车走加州高速公路去上学，渐渐变得形影不离。

如果萨莉愿意努力，她可以轻松取得好成绩。但是，正如她轻飘飘地拒绝父亲让她多练习的要求一样，她也会拖延写作业，自嘲是个后进生。苏说："如果她想，她当然能够获得全 A 的成绩。但她绝不会累着自己——你知道，她不那么努力准备考试——而且引以为傲。"如果萨莉不喜欢某样东西，就不会付出太多努力。在英语和历史课上，更是如此。她因此非常害怕在这两门课上被老师点名。

但科学课——是另一番景象。

在萨莉小时候，父母给她买了一台小型博士能（Bushnell）牌望远镜，这是她第一次接触科学和太空。她会在夜晚透过镜片窥视苍穹，仔细观察各个星座。她最喜欢三颗星星组成的猎户座的腰带，因为这三颗星星很显眼。萨莉对太空的迷恋也感染了朋友们。奥基说："有一天晚上，我们睡在屋外的草坪上。我们一边数星星，一边谈论着宇宙的浩瀚，以及光需要多少年才能到达这里。她真的深深地热爱这一切。"

真正激发萨莉对科学的热情的是伊丽莎白·莫默茨博士（Dr. Elizabeth Mommaerts），她是两个女孩在十一年级时的生理学课程的教师。莫默茨博士曾是加利福尼亚大学洛杉矶分校的教授，是当时少有的拥有博士学位的女性。另外，她相当酷。这位匈牙利女士是一位世界主义者，她给高中生传授大学理解水平的科学知识。萨莉对这位老师和她的教学方式佩服得五体投地，而莫默茨博士则发现了萨莉身上的巨大潜力。师徒二人会在课堂上互相挑战，尤其是在萨莉毫无准备的情况下（这种情况偶尔会发生）。

莫默茨博士会为她青睐的学生举办晚宴，萨莉总是兴致勃勃地赴宴。有时，萨莉会用脑筋急转弯挑战老师，而莫默茨博士总能很快得出答案，并反手给萨莉出一个谜语。萨莉非常在意莫默茨博士对她的看法，虽然她并不特别喜欢生理学，但莫默茨博士激发了她对科学的热爱。莫默茨博士鼓励她追求科研事业上的成功，不管是哪个领域。

最终，萨莉在1968年上大学时选择了物理学专业。多亏了网球，她获得了宾夕法尼亚州（Pennsylvania）斯沃斯莫尔学院（Swarthmore College）的全额奖学金。但没过多久，她就意识到斯沃斯莫尔并不是正确的选择。她很喜欢这所学校，这里的课程也培养了她对物理学的热爱。但她开始想念气候温和的加利福尼亚。在美国东北区的网球巡回赛中占据主导地位后，她有了一个小小的顿悟。"趁着还不太晚，或许我真的能在职业网球界有一席之地？"她连战连捷，主宰了一场又一场比赛，并获得了美国东部大学校际网球比赛女子单打冠军的殊荣。

因此，萨莉在三个学期后从斯沃斯莫尔学院退学，回到家乡，尝试走上职业网球选手的道路。这意味着她再也不能偷懒了，从此以后，必须全力以赴。她转学到家乡的加利福尼亚大学洛杉矶分校，加入了网球队,立即开始了如火如荼的训练。但成为职业选手的努力也和斯沃斯莫尔学院的求学生涯同样短暂。经历了几个月的高强度网球训练后,萨莉醒悟:她的心已经不在这了。她发现自己无法完全投入成为一名优秀职业选手所需的严酷训练中。而且,随着时间的推移,她意识到自己对科学和教育的热爱比成为网球明星重要得多。在那之前,萨莉一直在两条路之间犹豫不决——一条通往体育,另一条通往科学——现在,她决定专注于通往科学的道路。

在加利福尼亚大学洛杉矶分校期间,她选修了一门莎士比亚文学课和一门基本量子力学课。这两门课她都喜欢——是的,现在她甚至喜欢英语课。于是,她决定转学到斯坦福大学,主修物理学和英语。同时,与网球的缘分也没有结束。斯坦福大学的招生办公室主任碰巧就是那个在斯沃斯莫尔学院录取她的人。他很高兴地批准了她的转学申请,并将她收入斯坦福大学网球队。

斯坦福大学的拱顶砂岩建筑群掩映在加州北部的红杉林和起伏的山丘之间,萨莉非常喜欢这里,她在这里继续研究生生涯,专攻物理学。她是整个物理系中为数不多的女性之一,但这并没有将她吓倒。一位教授告诉萨莉,他教的课程退出率高达60%,但萨莉坚持到学期结束,眼看着同学一个接一个地退出课程。

几个月后,她开始将研究重点缩小到天体物理学上,即研究遥远的恒星和行星这样的天体是如何在整个宇宙中相互作用和形成的。在小时候,她曾仰望夜空,追寻夜空里闪烁的星座。在这些课上,这一童年爱好自然而然地延伸成为正规的学习。萨莉热爱这个新的研究领域并全身心地投入学习中——不再戏称自己是后进生。这个领域的研究围绕自由电子激光展开,具体涉及通过磁场发射微小粒子束(电子),以引发辐射波。

她同样热爱她的排球队。

有一天，在一场比赛后，萨莉刚回到她和室友莫莉同住的两居室房子，就有人敲门。门外是比尔，她的朋友和排球搭档主攻手。他想进来和她谈谈。两人坐在沙发上，比尔显得有些局促不安，终于，他开了口：他喜欢萨莉。作为朋友，两人经常待在一起，因此比尔对萨莉渐生情愫。

萨莉沉默了一会儿。"这真的很难启齿。"她说。

停顿了一下，她说出了原因，"我爱的人是莫莉。"

这是萨莉第一次向别人承认这一点。在此之前，她与莫莉一直保持着地下恋爱关系。她们的感情始于友谊，就像大多数恋爱关系一样。这两个女孩相识于青少年网球巡回赛。当萨莉来到斯坦福大学后，她通过徇私的方式打探到了莫莉的情况。当时，在注册办公室勤工俭学的萨莉利用这个令人羡慕的职位的便利寻找她认识的学生名字（这是被明令禁止的）。当她在名单上看到莫莉·泰森时，立刻想到了这个儿时伙伴，并写下了她的地址。

不久后，莫莉听到敲门声，她惊讶地发现她的老朋友萨莉·赖德站在门口。她们少年时并没有多么亲近，因为萨莉比莫莉大一岁，排名也比莫莉高。但很快这就不重要了。两人又开始一起打球，几乎立刻就成为形影不离的一对。当她们加入斯坦福大学网球队时，萨莉坚持和莫莉做双打搭档，尽管萨莉排名第一，而莫莉排名第六。她们无论做什么事都要在一起，例如周末去塔尔萨旅行，或在食品包装纸上写一本长且无聊的儿童书。莫莉也主修英语专业，两人会在聊天时互相引用莎士比亚的文字，创造只有她们才知道的笑话。

友谊的种子逐渐发芽、成长，演变成一种超越友谊的关系。1970年，萨莉刚转学到斯坦福大学，就第一次体验到心碎。她的第一个真正意义上的男朋友前往莫斯科研学，在此期间给萨莉写信提出了分手。莫莉一直为萨莉提供贴心的陪伴和温柔的安慰，这种安慰发展成了一段浪漫史。对两个人来说，这都是她们第一次和另一个女性恋爱。因此，她们对这段新开始的爱情秘而不宣。在20世纪70年代，人们对同性恋的态度可能已经发生了一些变化，但仍有相当多的人认为同性恋伴侣是不正常的。两人从未公开谈论过这件事，心照不宣地对她们的爱情保密。另外，不确定性也是一个因素。在那之前，莫莉和萨莉都只和男性交往过，而且在开始这段关系之后，两人都不打算公开自己是同性恋的事实。她们隐藏得如此之深，以至于比尔从未有过怀疑。他对这个消息表现得非常冷静，并没有评判萨莉——而是因为不可能与她发展恋爱关系而感到沮丧。第二天，比尔到她们的住所时，莫莉找到了他，问他和萨莉谈了什么，比尔如实相告。"这下完了，完全没有希望了。"比尔想。

但比尔当时不知道的是，莫莉和萨莉的关系已接近尾声。那时她们已经秘密相恋近五年了，两人一起经历了无数美好时光。萨莉和莫莉在太浩湖（Lake Taho）旁的一个网球营地担任营地老师时，遇到了网球巨星比利·简·金，她正巧路过此地。莫莉观看了萨莉与金的一场表演赛。金称赞萨莉的"反手击球很好"，这让萨莉非常高兴。

这段关系中有许多美妙的回忆，但莫莉开始感到不悦。萨莉在某些方面几乎完美无瑕，她是一名优秀的运动员和研究员，但是，对莫莉而言，与拥有如此天赋的人保持恋爱关系变得越来越难。莫莉希望不再严防死守她们的恋情。她厌倦了做躲在黑暗中的恋人，渴望和萨莉一起坦荡地生活在阳光之下。但萨莉还没准备好让世界知道她的性取向。两人的渴望无法调和，不可避免地导致分手。莫莉逃到了美洲大陆另一侧的纽约，成为一名体育记者，离开了加利福尼亚和萨莉。萨莉再次痛失爱人。

她花了很多年才真正从与莫莉的感情中走出来。但在斯坦福大学期间，生活还得继续。比尔·科尔森开始和其他女性约会。萨莉在听说后的第二天就去了他的办公室，告诉他自己吃醋了。比尔的爱意死灰复燃，两人成了一对，回到了无时无刻不待在一起的日常状态。

1977年1月，距离萨莉从斯坦福大学毕业还有一年半的时间，她开始思考研究生毕业后何去何从。她和比尔谈过这件事。这对情侣认为，毕业后，他们可能会去某个地方当教授。但对于进入什么样的学术象牙塔，两人没有明确的想法。

那年1月的一天早上，萨莉走进斯坦福大学的学生会，在上课前喝了杯咖啡，吃了点早餐。她边吃边拿起一份《斯坦福日报》(Stanford Daily)，当她读到报纸头版的一篇文章时，不禁睁大了眼睛：

NASA开始招募女性。

朱迪思·雷斯尼克坐在一辆时髦的凯旋（Triumph）TR6跑车的副驾驶座上，目不转睛地盯着手中的计算器。驾驶座上的是她的丈夫迈克尔·奥尔达克（Michael Oldak），他正驾驶汽车奔驰在新泽西州的一条小路上。迈克尔把脚稳稳地放在油门上，竭力保持朱迪思刚刚计算出的速度。他们一直留意应该在前方不远处出现的地面检查站，努力在一个特定的时间到达标记点。

这是一场不以速度论胜负的比赛，比赛的目标是准时。朱迪思和迈克尔是时间-速度-距离（TSD）跑车拉力赛的狂热粉丝，这是一项适合书呆子的运动，车手必须保持不快不慢的速度，在预定的时间到达各个检查站。归根结底，这是一项团队运动，需要一名驾驶员和一名能够实时计算的熟练领航员。朱迪思凭借聪明的头脑成为完美的领航员。对这对夫妇来说，这场比赛只是一个普通的周末消遣，是他们在美国无线电公司（RCA）工作之余放松的一种方式。

但这也是使朱迪思具有极强逻辑性的大脑感到满足的完美爱好。朱迪思出生于1949年4月5日，5岁时就学会了阅读和解数学题。事实上，朱迪思在幼儿园时就掌握了很多知识，以至于老师推荐她直接上小学一年级。学校的心理学家认为她可以适应，所以，朱迪思很快就成为俄亥俄州阿克伦市（Akron）费尔劳恩小学（Fairlawn Elementary School）班上最小的学生之一。

对她来说，容易的不仅是功课。朱迪思从小学开始学习弹钢琴，师从俄亥俄州著名音乐家亚瑟·雷金纳德（Arthur Reginald）和帕特·佩斯（Pat Pace）。很快，她就成为一名出色的古典钢琴演奏者，她的老师告诉朱迪思的父母，她有潜力成为专业钢琴家。

朱迪思在阿克伦的哈维·费尔斯通高中（Harvey Firestone High School）上学时取得了高达4.2的平均绩点，也是该校数学社团中唯一的女性成员。这个社团只是她在一生中遇到的无数个性别不平衡的团体之一。不过，高中时代的朱迪思取得的最高成就是在SAT考试的数学科目上获得满分。她以年级第一名的成绩毕业。

大多数同龄男孩都不太敢亲近黑发、聪明的朱迪思，除了迈克尔。他们两人在卡内基理工学院（Carnegie Institute of Technology，当时叫"卡内基理工"）读大一时相识。迈克尔所在的兄弟会有一个传统，男生会拜访所有大一女生并赠予其玫瑰花。兄弟会秘密地统计了一份最漂亮女孩的名单，朱迪思就是其中之一。根据这份名单，迈克尔的室友决定试着与朱迪思约会。但当他把朱迪思约到兄弟会后，迈克尔决定介入，他自己对朱迪思展开了攻势。"他配不上她。"迈克尔声称。

迈克尔符合朱迪思想要的男朋友的所有条件。他是一名聪明努力的电气工程专业学生。他承认朱迪思的聪明才智，但并没有因此而退却。他也是犹太人，对朱迪思的犹太大家庭来说，他是一名合适的伴侣。朱迪思的祖父拉夫·雅各布·雷斯尼克（Rav Jacob Resnik），曾是一位俄罗斯基辅的拉比。他曾举家迁往巴勒斯坦，在那里，他的孩子们[包括朱迪思的父亲马文（Marvin）]学会了说希伯来语。最终，他和妻子安娜（Anna），以及六个孩子移民到美国，定居在俄亥俄州。马文和他的兄弟哈罗德（Harold）成为验光师，而其他兄弟姐妹也大多经营着自己的生意。雷斯尼克大家庭每周五都会在克利夫兰（Cleveland）的雅各布和安娜家共进晚餐——大人们坐在一桌，朱迪思和家里其他的孩子们坐另一桌。

朱迪思开始与迈克尔约会后，陪他上了几节电气工程课，发现自己对这个领域很感兴趣。最终，她从数学专业转到了电气工程专业，成为整个专业中的三名女生之一。不过，把他们紧紧联系到一起的不仅是学业。有一次，他们约会时去了匹兹堡郊外一家叫"肯尼伍德"（Kennywood）的主题公园玩，迈克尔怂恿朱迪思和他一起坐过山车。他软磨硬泡，终于使她同意，两人经历了在钢轨上上下下翻滚的惊悚三分钟。一轮结束后，朱迪思转过身对迈克尔说："咱们再玩一次吧。"

总的来说，大学为朱迪思打开了一个灿烂新世界的大门。她在姐妹会Alpha Epsilon Phi中获得了友谊。当时一位姐妹正在寻找能够坚持犹太生活方式的室友，朱迪思顺理成章地搬了进去。虽然朱迪思并不执着于犹太生活方式，但如果能帮助朋友，她也不介意这样做。与此同时，她一如既往地在所做的每一件事上都出类拔萃，轻松地驾驭新专业。当迈克尔熬夜准备电气工程专业的考试时，朱迪思却能保证10点前上床睡觉，对第二天的考试胸有成竹。她在所有课程中都得了最高分，总能给出正确答案。迈克尔说："她真是才华横溢，无论做什么都很有天赋。"同学们也注意到了这一点，投票选她为"返校节女王"，最终她得了第二名。作为奖励，在返校节音乐会上，她和迈克尔登上了舞台，与芝加哥乐队同台起舞。

卡内基理工学院是朱迪思的避风港，让她享受了在家时梦寐以求的自由。但大学距离阿克伦的家只有几个小时的路程，朱迪思仍然无法切断她与过去的联系——那是一段痛苦的回忆。

从小，朱迪思的母亲萨拉（Sarah）就要求她出人头地。萨拉试图为女儿制定一种非常严格的生活制度，以此向朱迪思灌输秩序感和纪律感。某一天，朱迪思和好朋友芭芭拉·奇克（Barbara Cheek）放学回家，发现桌子上摆满了烤饼干的食材。芭芭拉惊讶地看着萨拉徘徊在朱迪思身后，喋喋不休地告诉她如何混合食材，一步一步地指导她完成整个烘焙过程。上完烘焙课，朱迪思就要立刻练习钢琴。这类课程是常态，朱迪思放学后的时间基本上被精准地安排到每一分钟。

"她所有的时间都是计划好的，一切都完全计划好了，这让我惊讶，因为我的生活是一团乱麻。"芭芭拉·罗杜纳（婚前姓氏为奇克）说。这样一个死板的时间表让朱迪思渴望体验别人的生活。"这也是她想来我们家的原因——看看一种不同的生活方式。"

朱迪思从母亲那里学到了纪律，但她与父亲的关系融洽得多。芭芭拉注意到，当马文回家时，房间里的气氛立刻就变了。芭芭拉说："他推门进屋的那一刻，孩子们就自由了，他们会直接抱住他的腿，他也会花很多时间陪伴孩子们。"每当有客人来访，朱迪思就会立即开始弹奏钢琴，马文则会引吭高歌，为她伴奏。他从不错过任何一个机会让朱迪思知道，他对女儿的成就有多么自豪。

这种教育方式的结果是，朱迪思同时继承了萨拉和马文的特质。根据芭芭拉的说法，朱迪思可以表现得严肃而紧张，完全专注于她的学习和工作；但朋友们也知道她其实很善良且富有同情心。朱迪思很少表达自己的感情，把自己的脆弱藏在心里。但她对所爱的人很热情，当有人需要帮助时，会不遗余力地伸出援手。与此同时，对于当时的青少年来说，些许叛逆行为是长大成人的必经之路，而在这样的时候，朱迪思的朋友们成为她的坚强后盾。最终，在高中的时候，朱迪思鼓起勇气，与芭芭拉和她的妹妹帕姆（Pam）一起溜出了家门。

大约在那个时候，朱迪思在一场篮球赛上认识了"坏男孩"莱恩·纳米（Len Nahmi）。对于一名叛逆少女来说，怎能少得了与坏男孩交往？他们开始约会。他在很多方面都与朱迪思相反：他在阿克伦高中的成绩不是很好、学习不努力，也不是犹太人——这一切都让马文和萨拉生气。他们严禁两人见面，但朱迪思总能想出对策。当朱迪思去克利夫兰的亲戚家小住的时候，他们会偷偷见面。那时的莱恩不是朱迪思那样的名人，但他确实表达了希望能成为飞行员的雄心，这引起了朱迪思的兴趣。

朱迪思父母的性格截然相反，生活无法持久，他们的婚姻开始恶化。大约在同一时间，朱迪思和她的母亲之间也产生了龃龉。"朱迪思14岁的时候，她所有的朋友都在学滑冰，"马文回忆说，"她想要一双溜冰鞋，但是萨拉拒绝了，所以我给她买了一双。萨拉非常气愤，把那双冰鞋付之一炬。你能想象那个场景吗？第二年，我又给她买了一双。"萨拉仍然不同意女儿与莱恩交往，这让双方的摩擦愈演愈烈。为了在一起而付出的巨大努力也令这对恋人身心疲惫。最终，莱恩打电话给朱迪思，提出分手，说这样下去不会有结果。他告诉她：这场恋爱只会给她带来焦虑和痛苦。

朱迪思17岁时，正打算独立生活之前，马文和萨拉的婚姻结束了。按照当时离婚的惯例，朱迪思和她的弟弟查克（Chuck）的监护权归属母亲。但朱迪思在离家求学之前做了一个大胆的决定。在父亲的帮助下，她准备打一场官司，要求将监护权从母亲转移到父亲的手中。法院批准了这一请求。

这个举动的象征性意义超过了实际意义。这是一段有毒关系的结束，或许也是她争取自由的一次努力。

朱迪思在求学期间与父亲保持密切联系，定期用希伯来语给他写信，并在假期和周末把新男友带回家。朱迪思的父亲在她高中毕业后再婚，生了一对双胞胎女儿，朱迪思越来越喜欢这两个小妹妹。迈克尔也喜欢朱迪思的父亲一家，很欣赏马文的幽默感，能够轻松融入这个家庭的氛围。

但拜访朱迪思的母亲是另一番景象。显而易见，朱迪思和母亲萨拉的关系越来越紧张。

在卡内基理工学院求学期间，朱迪思和萨拉之间的感情鸿沟越来越大，也许正因如此，朱迪思对自己的私生活一如既往地保密。虽然她受到所有朋友的喜爱，但大家都知道她是一个非常注重隐私的人，不轻易吐露心声，这让她身边的人——甚至是迈克尔——都很难真正了解她。迈克尔说："她总是很开心，总是面带微笑，和她在一起很有趣，但你没法看到真实的她。"

有一次放假时，朱迪思前往迈克尔家小住。当大家围坐在一起聊天时，迈克尔忽然单膝跪地向朱迪思求婚，她答应了。朱迪思以名列前茅的成绩从大学毕业之后，她和迈克尔在贝斯埃尔犹太教堂（Beth El Synagogue）举行了婚礼，这也是她在高中时受坚信礼的地方。

在牙买加度完蜜月后，这对新婚夫妇搬到了新泽西州的一间公寓里。为了朱迪思可以继续演奏肖邦，他们花掉一大笔积蓄买了一架立式施坦威钢琴。两人都在美国无线电公司找到了工作，朱迪思担任集成电路设计师。尽管朱迪思是公司里为数不多的女工程师之一，但公司认可她卓越的才能，甚至给她比迈克尔更高的薪酬。

在美国无线电公司工作了几年后，迈克尔做出了一个人生的重大转折决定，前往乔治敦大学（Georgetown University）法学院深造。朱迪思要求追随丈夫调到美国无线电公司在弗吉尼亚州（Virginia）斯普林菲尔德（Springfield）的办公室，但她也开始思考是否真的应该将自己的未来奉献给美国无线电公司。她觉得美国无线电公司不知道应该如何充分利用她的才能。

最终，朱迪思获得了美国国立卫生研究院（National Institutes of Health，NIH）的研究奖学金，前往马里兰大学攻读电气工程博士学位。在深造期间，她在NIH担任生物医学工程师，以出色的逻辑思维能力帮助了众多医生更深入地了解人眼的结构。这让她的验光师父亲倍感骄傲。

对这对夫妇来说，这是一段紧张的时光。再也没有整个周末赛车的好时光，取而代之的是年复一年的刻苦学习。朱迪思会在实验室里一坐就是好几个小时，用显微镜观察青蛙裸露的视网膜。但她仍然不确定这是不是她想奉献余生的工作。她沮丧地问一位同事："你的想法从哪里来？"她仿佛在寻找科学灵感的源泉，但直到那时为止一无所获。他回答道："如果你必须思考想法从何而来，那么也许你不应该从事这门科学研究。"

虽然朱迪思在所有的工作中都表现卓越，但她渴望从事一项自己甘愿全身心投入的事业。

最终，迈克尔完成了法学院的学业，他的未来一片光明，他与朱迪思商量要个孩子。但朱迪思多年前就决定丁克。很可能是她与母亲之间的痛苦拉扯让她做出了这个决定。

她在丁克问题上态度坚决，导致两人之间很快就产生了隔阂。迈克尔深爱朱迪思，但他也清楚妻子的生活正朝着另一个方向发展。一天，夫妇俩来到霍华德·约翰逊餐厅，着手分割财产。这段婚姻善始善终，两人继续保持朋友关系，承诺在任何一人取得某个里程碑式成就，或面临重大生活危机时给对方打电话。

朱迪思留在了华盛顿，全身心地投入学习和工作中。她会在休息日和朋友一起去海滩，把皮肤晒成古铜色，享受阳光。有一天，她寄了一张明信片到加拿大。这是寄给莱恩·纳米的，当时他已经是加拿大航空公司在多伦多的一名飞行员。明信片上写道："我是单身。"莱恩跳上了前往华盛顿的飞机，见到了来机场迎接他的朱迪思。从这次重聚开始，两人开始多次往返于华盛顿和多伦多之间。他们从未正式成为一对，但重新成为彼此生活中的一部分。

1977年的一天，朱迪思得到了NASA正在选拔宇航员的消息。今天，她得到消息的确切途径已经不得而知，也许她打开收音机，听到了关于这件事的广播。也许，她在工作地点的公告栏上看到了招聘信息。也有可能，她从莱恩那里听说了此事，而莱恩是在多伦多的公寓里听广播时得知这件事的。多年来，不同的报纸或受访者给出了不同版本的具体细节。

但关键的细节是，朱迪思知道了这件事。有一天，在海滩上，一位朋友问朱迪思她在纸上写什么？"申请成为一名宇航员。"她回答说。

03
还在热身

大约在 NASA 呼吁女性加入宇航员队伍 15 年前的一天，杰拉尔丁·"杰里"·科布（Geraldyn "Jerrie" Cobb）和简·"珍妮"·布里格斯哈特（Jane "Janey" Briggs Hart）坐在华盛顿特区一间办公室里的一张厚重的木桌子旁，凝视着一个由男性组成的议员小组。狭窄房间所剩不多的空间里挤满了好奇的观众，给这个场景平添了一种类似法庭的戏剧气氛。

不过，这两位女性并非在接受审判。她们是这个众议院小组委员会听证会的证人。

杰里把一头金色卷发别在耳后。议员们一个接一个地提问，她极力抑制自己的怯场情绪，冷静作答。小组中的一些人感觉到了她的焦虑。来自印第安纳州的民主党议员约翰·爱德华·罗什（John Edward Roush）居高临下地看着杰里，问起她在听证会前说的话。杰里曾表示自己对在活动中发言"怕得要死"。

这位议员问道："你发表过这种情绪化的声明，但是你也清楚宇航员必须具备无畏、勇敢、情绪稳定的品质，请问你如何自圆其说？"

杰里回答说："坐在这里可比上太空可怕多了。"房间里爆发出一阵笑声，化解了紧张的气氛。

那一天是1962年7月17日。杰里和珍妮试图向美国政府特别是NASA阐述女性宇航员的优势。这两位女性自己也有成为宇航员的抱负。她们都是经验老到的飞行员，都在新墨西哥州沙漠中的训练地点接受了一系列测试，以证明自己无论在体能还是精神方面都完全可以应对太空旅行的严酷考验。事实上，她们证明了自己符合NASA挑选首批宇航员的标准。而且，在某些测试中，她们的表现甚至超过了NASA挑选出的男性。

但她们面临的问题很简单：NASA不想——也不会——允许女性加入宇航员计划。

几乎从NASA成立之初，乃至从艾森豪威尔（Eisenhower）总统上任开始，美国政府就根本没有考虑过让女性成为宇航员。具有讽刺意味的是，艾森豪威尔总统从一开始就对太空探索不感兴趣。他对"斯普特尼克"人造卫星[*]嗤之以鼻，称其为"空中的小球"，也从未真正喜欢与苏联进行某种"太空竞赛"，他担心这会导致联邦预算的膨胀。但即使是艾森豪威尔总统也不能忽视苏联接二连三地向太空发射火箭这个事实。最后，他的政府向国会提交了一项法案，内容是将现有的国家航空咨询委员会（National Advisory Committee for Aeronautics，NACA）改组为美国国家航空航天局（NASA）。

---

[*] "斯普特尼克1号"卫星，即"人造地球卫星1号"是苏联研制发射的第一颗人造地球卫星，也是人类研制发射的第一颗人造地球卫星，开启了人类的航天时代。

这个新诞生的组织有一个关键之处：由于艾森豪威尔总统致力于和平探索宇宙，NASA这个新的太空机构的性质将是民用，而非军用。但在挑选执行太空任务的人员时，艾森豪威尔总统决定，只有受过军事训练的试飞员才能胜任这项工作。这种观点可能看起来很奇怪，但彼时对他和其他许多人来说，这是最明智的决定。试飞员通常身体健康，状态良好。他们有坐在狭窄空间里以惊人的速度飞行的经验。他们习惯了接受命令，即使这些命令可能会令他们面对死亡的威胁。（分析中没有考虑到的是，许多男性试飞员都有劣迹，比如酗酒、超速驾驶和婚外情。）

在NASA发展最快的几年里，艾森豪威尔总统的决定的确成为女性进入太空的障碍。将女性排除在外的原因并不是缺少女飞行员。到20世纪50年代，许多女性已经具有飞行经验，少数人甚至在第二次世界大战期间作为女子航空勤务飞行队（Women Airforce Service Pilots，WASP）的成员驾驶过喷气式飞机。该组织旨在培训女性在美国领空内驾驶飞机，以便让更多男性飞行员去海外参战。

当战争接近尾声时，军队中弥漫着一种担忧情绪，从战场上归来的男性可能会发现他们的飞行员工作被女性抢走了。结果，国会解散了女子航空勤务飞行队，而且在接下来的30年里，军方禁止女性驾驶飞机。这是小说《第二十二条军规》（*Catch-22*）里描述的那种难以逾越的障碍。要想成为一名试飞员——并驾驶喷气式飞机——唯一的途径就是加入军队，但女性被禁止驾驶军机。因此，当20世纪50年代末NASA开始为水星计划选拔宇航员时，可选人员只有男性。

即使军方变得宽容，心怀宇航员梦想的女性还得面对其他绊脚石。NASA的高层官员明目张胆地展示那个时代的偏见，并自主起草他们对候选人的初步要求。候选人不一定必须是试飞员，但最好拥有科学、数学或工程学学位，具有多年从事技术工作或研究，抑或操作某种飞机或潜艇的经验，并愿意接受太空飞行带来的风险。年龄必须在25~40岁，身高在5英尺11英寸（约1.8米）以下，只有这样的宇航员才能像罐头盒里的午餐肉一样挤进罐状发射舱里。最后，NASA规定候选人必须是"男性"。

这一要求与某些专家的观点契合，即女性寻找在做家务之外的工作机会将威胁到传统的性别分工，甚至国家安全。当时报纸的招聘版面分为两个单独的部分：男性和女性。猜猜飞行员招聘广告在哪个部分？

然而，假设NASA没有在文件初稿中指定男性，艾森豪威尔总统也没有指示NASA从试飞员中选拔宇航员，女性和有色人种大概率仍然难以满足选拔要求。有飞行经验是优势，但NASA同时也要求其是受过大学教育的工程师和科学家。因为他们认为宇航员应该了解他们驾驶的航天器的细节，如果在飞行过程中出现问题，其应能够迅速找到解决方案。宇航员必须比"罐头盒里的午餐肉"强，他们不能只是被动地坐在一个金属容器里，被发射进入太空。

但那时并没有多少女性和有色人种拥有NASA列出的学位和经验。1950年至1960年，女性工程师约占所有受雇工程师的1%，女性科学家占受雇科学家的9%~11%。

由于种种原因，这扇阻挡女性成为宇航员的大门似乎将永远保持关闭。但是，随着NASA开始积累大量关于男性在太空中的数据，几位关键人物想知道，女性在同样的情况下会有怎样的表现。

在1959年9月的一个早上，杰里·科布在迈阿密海滩上悠闲地散

步，走向环绕佛罗里达半岛水晶般湛蓝的大海。那是早上7点左右，一轮红日刚刚从地平线上升起。杰里是土生土长的俄克拉荷马州人，她是来迈阿密参加空军协会（Air Force Association）全国大会的，这是会议的第二天。那天早上，她和朋友兼同事汤姆·哈里斯（Tom Harris）一起散步到海边。

他们就职于一家飞机制造公司（后来更名为 Aero Commander），杰里是公司的飞行员，她和汤姆是盟友。尽管她有驾驶 Aero Commander 飞机的丰富经验，在一开始，公司也并不太愿意聘用她。杰里从12岁时就开始驾驶飞机，16岁时获得了私人飞行员执照，这是获得该执照的最低年龄要求。从那时起，她已经累积了7000个小时的飞行经验，驾驶飞机前往世界各地，并为前雇主弗利特韦公司（Fleetway Inc.）运送货物到南美。（几年后的1962年，她被评为"年度航空女性"。）

尽管如此，在一开始，这也不足以让她获得在 Aero Commander 工作的机会。公司认为女性雇员是个累赘，所以，她和公司的副总裁兼总经理汤姆一起密谋了一个计划。汤姆安排杰里驾驶公司的一架飞机按从拉斯维加斯到旧金山再到圣地亚哥的三角航线飞行，杰里打破了这条航线的飞行速度纪录，证明了自己的实力。这是她一生中最艰难的飞行之一，空中出现了各种各样的小故障，但她以26秒的优势打破了之前由一名苏联飞行员保持的纪录。这足以使她在 Aero Commander 获得一份长期工作。

9月的一天，当杰里和汤姆走向大海时，两个英俊的男人从海浪里冒了出来，他们刚刚晨泳回来。海水从男人们的泳衣上滑落，在晨光中闪闪发光，他们走近时，汤姆认出了他们，并将他们介绍给杰里。

"洛夫莱斯博士，弗利金格将军，"汤姆说，"这是杰里·科布小姐。"

杰里立刻想起来他们是谁。弗利金格将军的全称是唐纳德·D. 弗利金格准将（Brigadier General Donald D. Flickinger）。他是美国空军的飞行外科医生，在航空航天医学领域做出了开创性的贡献。洛夫莱斯医生的全名是威廉·伦道夫·"兰迪"·洛夫莱斯二世医生（Dr. William Randolph "Randy" Lovelace II）。他也是一位著名的航空航天科研人员，他发明了一款氧气面罩，让飞行员在低压和氧气稀薄的高空能够呼吸。在第二次世界大战期间，他从一架位于40200英尺高空的飞机上跳伞，以测试他的面罩在紧急情况下的使用效果，由此一举成名。这次冒险使他在空中失去知觉，并导致手指冻伤。

但最让杰里感兴趣的是这两位男性在"航天"方面的工作。新成立的NASA任命兰迪·洛夫莱斯为该机构的生命科学特别咨询委员会（Special Advisory Committee on Life Sciences）主席，并委托他研究太空旅行对人体的影响。不久，这位医生在新墨西哥州阿尔伯克基（Albuquerque）经营的洛夫莱斯诊所成为选拔美国首批NASA宇航员的地方。大约七个月前，在诊所里，洛夫莱斯和他的医生同事们对一批军方试飞员各种敲、捏、量，检查他们是否适合太空旅行。经过几天特别的，甚至是侵入性的检查，32名候选人缩减到7名。胜出者将被冠上"水星七人组"的头衔，介绍给全世界。

当汤姆说这两个人刚参加完莫斯科太空科学家会议时，杰里更加感兴趣了，她完全被眼前的这两位男性的事迹迷住了。随后汤姆告诉两人，杰里是一名经验丰富的飞行员，并列举了她的各种速度纪录。他开玩笑说："她下一步可能会尝试在太空中创造纪录。"

这句话无疑激起了洛夫莱斯和弗利金格的兴趣。他们邀请杰里稍后见面详谈。她同意了，几个小时后，在迈阿密海滩旁的枫丹白露酒店里，这两位男士连珠炮似地向她提出关于女性和航空的问题：还有其他像杰里一样的女飞行员吗？她们都是多大年纪？她们的健康状态如何？

然后他们聊到了重点，洛夫莱斯和弗利金格都很好奇，想看看女性在接受与"水星七人组"相同的测试时会有怎样的表现。由于水星计划只考虑试飞员，洛夫莱斯最初的所有"小白鼠"都是男性。但研究已经表明，女性可能才是太空飞行的最理想人选。女性通常体型更小，体重更轻，这意味着她们可以更轻松地把自己塞进航天器内部狭小的空间里，而且由于体重较轻，发射升空时所需的火箭燃料也更少。也有人猜测，女性可以更好地适应充满辐射的太空环境，20世纪50年代的研究表明，女性在隔离实验中的表现更好。

弗利金格已经开始在空军内策划一个项目，让女性接受与男性相同的宇航员训练，洛夫莱斯是前来与他合作的。他们认为让女飞行员参与测试是顺理成章的事，特别是因为水星计划的宇航员也都是飞行员出身。在与杰里交谈后，两人想知道她是否有兴趣成为测试对象。

她激动得热泪盈眶，简单地回答："我愿意。"

5个月后，杰里直挺挺地躺在一张可以从水平位置向前或向后旋转到65度的木桌上。她必须在不借助任何束带的情况下尽力保证不摔下来。每隔一段时间，医生会测量她的血压，同时连接在她身上的电极也会检测任何由振荡引起的不可预见的循环问题。如果杰里有朝一日进入太空，医生们想知道她的心脏和血管是否能承受在翻滚的太空舱里被抛来抛去。

这个"倾斜台测试"只是杰里于1960年2月在洛夫莱斯的诊所接

受的几十个不寻常的实验之一。在大约一周的时间里,她每天都要忍受8个小时以上的各种测试,检查她的平衡能力、视力、耐力、肺活量和其他方面。这些测试与前一年洛夫莱斯对水星计划宇航员进行的测试完全相同。

然而,通往测试的道路并不平坦。弗利金格最初的这个空军计划——他最早将其暂时命名为"早期太空女性智慧计划"(WISE for Women in Space Earliest)——并没有获得批准。就在弗利金格和洛夫莱斯在迈阿密海滩上遇到杰里之后,空军的另一组研究人员邀请了一位杰出的女飞行员露丝·尼科尔斯(Ruth Nichols)在俄亥俄州的莱特机场进行了一系列宇航员测试。她的测试不属于任何官方项目的一部分——更像是一个短期实验项目。但有消息称,尼科尔斯进行了在离心机中的测试,还接受了隔离测试。这件事被公开后,空军惊慌失措,担心人们会认为军方正在认真考虑对女性进行太空项目的测试。因此,为了不让任何人误解,军方叫停了弗利金格的计划。

弗利金格决定不放弃这个想法,他问洛夫莱斯是否可以在他位于新墨西哥州的诊所里继续这个计划。洛夫莱斯同意了,并在圣诞节前后给杰里写了一封信,告诉她在来阿尔伯克基之前处理好个人事务。时间快进到1960年2月,杰里骑着固定在地上的单车,她的口鼻连着奇怪的管子以收集呼吸,她的手上刺入了探针以测试神经反射。

当精疲力竭的一周结束时,杰里收到了一直期待的消息:她通过了。杰里正式成为第一位达到水星计划宇航员体能要求的女性。洛夫莱斯想让人们知道这个消息。1960年8月,他在瑞典斯德哥尔摩的太空和海军医学大会上向世界展示了杰里的测试结果。洛夫莱斯当时指出:"我们已经可以说,女性太空飞行员的某些素质胜于男性。"这个消息引起了轰动,把杰里推到了媒体的聚光灯下。报纸和杂志刊登了关于这位奇特的"女性宇航员"的故事,特别提到了她36-26-34英寸(约0.91-0.67-0.86米)的三围,她在洛夫莱斯诊所期间减掉了7磅(约3千克),以及她害怕蚱蜢。其中一篇文章的标题是《第一名太空女孩看起来有点顽皮》("NO.1 SPACE GAL SEEMS A LITTLE ASTRONAUGHTY")。

但在所有这些荒谬的报道中,有些人提出了问题:女性也能上太空吗?

洛夫莱斯不想止步于杰里一个人。他希望继续测试更多的女性,但经费是个问题。他向密友杰奎琳·科克伦(Jacqueline Cochran)求助,她也是一名出色的飞行员,还是阿梅莉亚·埃尔哈特(Amelia Earhart)的朋友。她曾在第二次世界大战期间领导女子航空勤务飞行队,并成为第一位突破音障的女性。另外,她很富有。她嫁给了当时世界上最富有的人之一弗洛伊德·奥德伦(Floyd Odlum)。有了杰奎琳·科克伦的财务支持,洛夫莱斯的"太空中的女性计划"(Woman in Space Program)诞生了,他开始招募更多的女性前往阿尔伯克基。杰里想到了一些可能会成为合适测试对象的女飞行员,由洛夫莱斯向她们发出参与测试的邀请。杰里联系了她的朋友杰里·斯隆·特鲁希尔(Jerri Sloan Truhill),问她是否有兴趣参加一个"绝密政府项目"的测试。一位名叫沃利·芬克(Wally Funk)的年轻飞行员在杂志上看到杰里的故事后,主动联系了洛夫莱斯诊所。

1961年春夏两季,又有18名女性来到洛夫莱斯诊所接受测试。她们通常是两人结伴而来。正如杰里所做的那样,她们都接受了水星计划宇航员所接受的测试。每个人都得在口中插入一根3英尺长的橡胶软管，管子伸入胃里，以测试胃酸强度。测试员向她们的耳朵里喷冰水，以测试她们对抗眩晕的能力。灌肠是每天都要忍受的事情。而且这些女性必须在用一根管子堵住"后门"的状态下进行肠道的X光检查。在进行这些测试期间，去洗手间意味着要在助手的帮助下穿过大厅——身后拖着一根管子。

除杰里外，还有12人在"没有医学上的保留意见"的情况下通过了测试。但女性测试对象的成就并不止于此。其中三名女性——杰里、沃利·芬克和瑞亚·赫勒（Rhea Hurrle）——在完成洛夫莱斯测试后，在俄克拉荷马市退伍军人医院（Oklahoma City Veterans Hospital）接受了额外的心理测试。在这项测试中，受试者漂浮在一个黑暗的、装满水的隔音罐中，这个设备能抑制人的感官，创造一种真正的孤独感。当时，人们一致认为，在罐子里待上6个小时后，就会开始出现幻觉。而这些女性轻松地坚持了9个小时，甚至可以坚持更长时间。最终，在10个小时35分钟后，医生不得不将保持完全平静的芬克从水中拉起来。而对水星计划的宇航员的要求只是在一个黑暗的隔音室里待上3个小时。

1961年对于这些女性来说，似乎一切都很顺利。杰里的名声甚至引起了NASA局长詹姆斯·韦伯（James Webb）的注意，其将她任命为NASA特别顾问。洛夫莱斯还想做更多的测试。他计划让女性在佛罗里达州彭萨科拉（Pensacola）的美国海军航空医学院（U.S. Naval School of Aviation Medicine）的模拟太空飞行条件下进行测试，为他的"太空中的女性计划"收集更多数据。

但是，在1961年8月，当大多数女性准备离家前往美国东南部的美国海军航空医学院时，她们都收到了一封电报。测试被取消了。

杰里在国会听证室里宣读了事先准备好的声明，她的声音隐隐透露出紧张："现在，我们这些渴望成为宇航员的女性请求一个机会，让一名美国女性成为世界上第一个飞上太空的女性，为国争光！"

在发表这一声明时，她希望能够激发议员们的好胜心。关于苏联可能很快会将一名女性送入太空，在另一个关键的太空里程碑上超过美国的传言愈演愈烈。这个可能性让13名通过洛夫莱斯测试的女性深受打击。

杰里继续说道："还没有哪个国家将人类女性送入太空。而我们有13名女飞行员志愿者。"以迎合美国的竞争本性为切入点进行游说似乎是重启测试的最佳方式。

在彭萨科拉进行的测试并未获得正式批准。美国海军航空医学院主要是为了帮洛夫莱斯的忙才同意进行这些测试的，而洛夫莱斯本人也并未大肆声张。但海军的一位高官听到风声后，他向NASA核实情况，询问该机构是否批准了这些测试。由于NASA没有正式地"要求"进行测试，海军决定不再提供资源，因此美国海军航空医学院叫停了测试。

这次取消给了这些女性沉重的一击，但杰里决心挽救这个计划。她从一位政治势力强大的盟友那里得到了支援。在通过测试的13名女性中，其中一名受试者珍妮·哈特的丈夫是民主党参议员菲利普·哈特（Philip Hart）。利用她丈夫的政治影响力，珍妮·哈特安排了她自己、杰里和当时的副总统林登·约翰逊（Lyndon B. Johnson）之间的会面。约翰逊副总统当时负责监管美国国家航空航天委员会（National Aeronautics and Space Council）。

1962年3月，当杰里和珍妮·哈特在林登·约翰逊的副总统办公室里与他握手时，肯尼迪（Kennedy）总统已经决定，美国要在未来10年内将人类送上月球。任何看似对这一目标无益的事情——比如，弄清楚女性是否也能飞上太空——都得靠后了。从表面看，约翰逊副总统对两位女士表现得很亲切，但实际上他并不想帮忙。最终，杰里找到了支持她的政客。经过充分的讨论，众议院小组委员会决定就"宇航员的资格"举行听证会，并承诺听证会将持续整整三天，听取多位专家的陈述。

杰里是个飞行员，不是演员。比起公开演讲，她更情愿将一根3英尺长的橡胶管吞下。但继续这项研究对她来说意义重大，她还是毫不犹豫地参加了听证会。

"水星计划的宇航员必须有1500小时的飞行时长，"杰里说，"我们有飞行时长超过1万小时的女性。"

听证会举行的那天，这两位女性如履薄冰。她们必须证明，试飞员经验和工程学位（大多数女性没有）并不是成为一名宇航员所必需的。同时，她们也不想被认为是在批评NASA。她想提醒听众，美国可以做到两全其美。NASA不需要等到登月后才开始训练女性宇航员，女性宇航员计划也不会影响美国击败苏联。美国已经有13名女性通过了初步测试。NASA和政府所要做的只是允许测试继续下去。

杰里说："我不认为现在开始训练女性进行太空飞行为时过早，事实上，我们早就应该开始了。"

然而，第二天，一切都变了，NASA的人员出现了。NASA航天器主管乔治·洛（George Low）作为证人被传唤，他带来了两位大名鼎鼎的宇航员：约翰·格伦和斯科特·卡彭特（Scott Carpenter）。大约五个月前,格伦乘坐他的水星太空舱"友谊7号"(Friendship 7)环绕地球飞行,成为国家英雄。这些人的出现显示了NASA对这次听证会的认真态度,以及彻底终结这项计划的决心。

"首先,让我在发言之前先做一个声明,"约翰·格伦开始说,"我不反对任何特定的群体。我只支持航天事业。"

但随着提问的继续,NASA的三个人明确表示,具有试飞员经验对"宇航员之路"至关重要。他们认为,试飞员的训练能够赋予人们某些应对太空旅行所必需的特质。这些人也不同意将驾驶普通飞机的小时数与驾驶喷气式飞机的小时数相提并论。在他们看来,这两者的危险程度截然不同。如果说有什么不同的话,那就是他们认为宇航员的选拔标准应该更加严格,而不是更加宽松。仅仅通过测试并不足以说明这些女性是合格的。

格伦说:"我母亲也有可能通过红人队(Redskins)季前赛的体检,但我怀疑她能否为红人队打比赛。"

至于为什么女性被剥夺了驾驶喷气式飞机的机会——好吧,社会常态就是如此。

格伦说:"我认为这实际上得回到我们社会秩序的组织方式上。这就是事实。男性去参战,驾驶飞机,然后回国,帮助设计、制造和测试飞机。女性被排除在这个领域之外,是我们社会秩序的一个事实。这可能不是最合理的情况。"

但最重要的是,NASA当时并不认为有必要将女性纳入宇航员队伍。他们已经有一大批男性可供选择,人数已经足够。"也许有朝一日,我们会考虑女性。"NASA的人说。但不是现在。现在,他们眼里只有月球。格伦总结说:"目前我们并不认为这个计划会对太空计划有重要意义。"

对这两位女性来说,这是令人绝望的一天。但是,尽管她们备受打击,许多议员还是站在杰里和珍妮一边。一些人明确表示,他们认为NASA应该努力让女性参与进来,并研究如何对女性进行测试,为其未来的太空飞行做准备。议员维克多·安福索(Victor Anfuso)向NASA及其行政长官下达了一项指示,要求他们制订一项包括女性在内的计划,只有这样国会才会继续给予NASA其迫切需要的支持。

然后,议员们为事情圆满解决感到高兴,决定提前一天结束听证会。杰里和珍妮惊呆了。科学家们根本没有机会进一步发表证词。这两位女性没有机会对NASA做出回应,也没有机会大声做出总结发言。大局已定,无可挽回。

1963年6月16日,也就是在众议院小组委员会听证会不到一年后,杰里和其他女性的担忧成为现实。一位26岁、留着一头剪得很短的金色卷发的女伞兵进入了苏联"东方-K"(Vostok-K)型火箭顶端坚硬的球状舱内,飞向太空。她的名字是瓦莲京娜·捷列什科娃(Valentina Tereshkova)。她从5名经过层层选拔的女性宇航员中脱颖而出,成为首位进入太空的女性宇航员。近两年的强化训练在这次任务中有了用武之地,她围绕地球飞了足足48圈。当她返回地球时,她一个人在太空中度过的时间比所有美国宇航员加起来还要多。

美国一直在与苏联博弈,但当涉及将女性送入太空时,NASA对输赢没有太大兴趣。在美国,大多数人认为瓦莲京娜的飞行是一种宣传噱头。也许,在某种程度上,的确如此。苏联将女性送入太空的努力始于该国负责太空计划的官员听说洛夫莱斯诊所在培训美国女性。宇航员培训负责人尼古拉·卡马宁（Nikolai Kamanin）在一封信中写道："我们不能允许第一位进入太空的女性是美国人，这将是对苏联妇女爱国热忱的侮辱。"出于这种政治性的动机而行动是太空竞赛期间的典型情况。事实证明，瓦莲京娜是未来20年里唯一一位进入太空的女性宇航员。

美国人找到了其他方法来抹杀瓦莲京娜的成就。美国媒体抨击她缺乏资历——毕竟，她只是一名伞兵，而不是飞行员。多篇文章刻意强调了她丰满的身材和很少涂口红的事实。很快，谣言开始在苏联和美国官员中传播开来，声称瓦莲京娜在太空飞行时情绪崩溃了。对那些拒绝将女性送入太空的男性来说，这是极有力的证据。瓦莲京娜飞上太空30年后，克里斯·克拉夫特（Chris Kraft，NASA登月计划期间的一位著名飞行主管，1972年成为载人航天器中心的负责人）在一次电台采访中说："他们的第一位女性在地球轨道上时完全崩溃了，他们能把她救回来纯粹是因为幸运。她在太空时一直歇斯底里。那么，你怎么知道我们不会遇到这种情况呢？"（瓦莲京娜一直否认自己经历了任何精神崩溃。）克拉夫特还表示，NASA不希望有女性在执行太空飞行任务时牺牲，那将是一场公关噩梦。

在20世纪60年代早期，NASA对将女性送入太空持有难以克服的偏见，而NASA的男性成员毫不掩饰地将他们的想法公之于众。前纳粹科学家沃纳·冯·布劳恩（Wernher von Braun）（在"土星五号"的建造过程中发挥了关键作用）在一次演讲中打趣道："男性宇航员都支持"将女性送入太空。他的朋友、NASA载人航天器中心主任鲍勃·吉尔鲁斯（Bob Gilruth）也曾开玩笑说："我们为娱乐设备*预留了110磅的有

---

* "娱乐设备"指的是女性，意思是将女性物化，用于服务和娱乐男性。

效载荷*。"在瓦莲京娜的太空之旅后，一位不愿透露姓名的NASA官员说，把女性送入太空的想法"让我感到恶心"。NASA常驻宇航员培训员罗伯特·沃阿斯（Robert Voas）在1963年的一次演讲中开玩笑说，搭载女性的确能减轻航天器的总重量，先决条件是她们不拿手袋。沃阿斯在演讲中说："我想我们都期待着女性加入我们的太空飞行团队的那一天，因为女性代表着家庭，当这一天到来时，意味着男性将真正在太空中安家。"

真相是，NASA的反应体现了当时的普遍价值观。人们认为女性进入太空的唯一理由是她们能为男性乘组人员提供某种生理上的安抚或帮助。一位专家在美联社（Associated Press）发表的一篇文章中指出："必须考虑男性在持续两三年的飞行中的性需求。"即使是兰迪·洛夫莱斯，这位测试女性在太空中表现的提倡者，也将这种陈旧的观念作为未来发展的动力。他设想有一天地球轨道上将布满空间站，而这些空间站需要女性担任秘书和助理，这才是他研究女性成为宇航员的可能性的根本原因。

在太空竞赛最激烈的时候，性别歧视的美国社会并没有把关于女性成为宇航员的想法当回事，所以NASA也随波逐流。结果，当男人们在太空翱翔时，美国女性的双脚仍然牢牢地固定在地上。接受洛夫莱斯测试的女性淡出了人们的视野，她们再也没有恢复太空训练。

《生活》杂志上一篇关于瓦莲京娜的文章总结了美国女性宇航员计划的命运，标题写道"美国队还在板凳上热身"。

---

* "有效载荷"是个术语，指的是为了直接实现航天器在轨运行要完成的特定任务的仪器、设备、人员、试验生物及试件等。

04
NASA 迎头赶上

位于得克萨斯州休斯敦的 NASA 任务控制中心里，尼切尔·尼科尔斯（Nichelle Nichols）用力按着她面前米色控制台上的几个按钮，几个半透明的按钮开始闪烁，她拿起一支铅笔，在笔记本上潦草地写下一些字。然后，她转身面向摄像机。

"嗨，我是尼切尔·尼科尔斯，"她对着镜头微笑着说，"但我还是觉得自己有点像《星际迷航》（*Star Trek*）中'企业'号星舰（Starship Enterprise）上的乌胡拉中尉（Lientenant Uhura）。"

这位女星的服装会让人一眼就认出她。她没有穿在热门电视剧《星际迷航》中一直穿的标志性红色连衣裙，而是穿了一件深蓝色的连体衣，这是 NASA 所有宇航员的统一服装。1977 年春季的一天，尼切尔在休斯敦 NASA 更名后的约翰逊航天中心（Johnson Space Center）拍摄宣传视频。她那天的工作是：推广 NASA 最新的载人航天计划。

接下来，尼切尔描述了 NASA 正在开发的神秘飞行器。它被称为"航天飞机"（Space Shuttle），尼切尔澄清说，这架黑白相间的航天器与之前的航天器都不同。一旦投入使用，航天飞机将定期往返太空，就像商用客机那样。她说，有一天，航天飞机甚至可以用来在环绕地球的轨道上建造空间站。由于航天飞机与NASA著名的火箭有很大的不同，该机构需要招募一批新的宇航员。

尼切尔说："这将需要具有各种技能和资质的人前来提供服务。"

这是自1969年NASA从空军招募宇航员以来首次招募新的宇航员。但选拔的标准已经发生了变化。NASA仍然需要经验丰富的飞行员驾驶航天飞机进入轨道，并在返程时将这个庞然大物轻缓地降落在地球上的跑道上。但这一次，NASA还需要科学家、学者、医生和工程师，驾驶喷气式飞机的经验并非必要条件。

最重要的是，NASA希望女性和有色人种提交申请。

自杰里·科布在众议院小组委员会听证会上作证以来，已经过去了十多年。自苏联将瓦莲京娜·捷列什科娃送入太空以来，也已经过去了十多年。从那以后，再也没有女性到达平流层以上。美国不断将白人男性送上轨道，后来又送上了月球。当阿波罗计划结束时，NASA在1973年和1974年将更多的白人男性送上了名为"天空实验室"（Skylab）的空间站。1975年，在阿波罗－联盟测试计划（Apollo-Soyuz Test Project）中，一组白人男性宇航员被送入太空。他们在轨道上与一组苏联男性宇航员会合，象征美国和苏联之间太空竞赛的缓和。

在白人男性宇航员接二连三进入太空的同时，他们脚下的世界开始发生变化。1963年，贝蒂·弗里丹（Betty Friedan）出版了《女性的奥秘》（*The Feminine Mystique*）一书，书中论述了"无名的问题"。300多万名读者从书中了解了社会上普遍存在的性别歧视。歧视迫使女性待在家里，而不是努力在家庭生活之外开创自己的一片天地。当时新女权主义运动的星星之火已经出现,而这本书点燃了烈焰。新一波女权主义浪潮席卷了全国,女性倡导生育权与办理抵押贷款和申请信用卡的权利,美国通过反对婚内强奸的法律等。与此同时,促进种族公正的努力也在进行,1964年,美国通过了《民权法案》(Civil Rights Act),宣布基于种族、肤色、宗教信仰、性别或民族的歧视为非法。

20世纪六七十年代,变革的浪潮滚滚而来,但NASA迟迟没有跟上。面对一个接一个关于女性和少数族裔宇航员何时能够飞行的问题,NASA总是闪烁其词。

NASA不可能永远逃避。1972年,国会通过了《民权法案》修正案,加大了对性别、种族和宗教信仰歧视的惩罚力度。同年,NASA局长詹姆斯·弗莱彻(James Fletcher)开始公开讨论这个问题,暗示该机构正在计划让有色人种登上正在研制的航天飞机。

与此同时,NASA一位名叫露丝·贝茨·哈里斯(Ruth Bates Harris)的雇员一直在努力向该机构灌输变革思想。作为一名黑人女性,她本应是NASA平等就业机会办公室(Equal Employment Opportunity Office)的负责人,但入职时被从主任降职为副主任,职权也被削弱。尽管如此,她仍旧多次向NASA管理层施压,要求他们向更多女性和有色人种开放工作岗位。上级在该问题上却缺乏紧迫感,这令她感到沮丧,于是她决定自己想办法。

在1973年秋天,露丝和两位同事完成了一份报告,探讨了NASA的多样性和包容性状况。没有人要求他们做这项工作,但三人认为有必要让人们了解情况。这份报告以严肃的措辞毫不留情地揭露了NASA招募女性和有色人种的努力是"近乎彻头彻尾的失败"。根据该报告,少数族裔在NASA全体工作人员中所占的比例仅略高于5%,这是"联邦政府所有机构中最低的比例"。女性的比例略高，为18%，但大约88%的女性雇员从事的是薪酬最低的工作。

当谈到雌性生物上太空的情况时，报告揭示了令人沮丧的现状："NASA已经将三个雌性生物送入太空。其中两个的名字是阿拉贝拉（Arabella）和安妮塔（Anita）——都是母蜘蛛。还有一个是贝克小姐（Miss Baker）——一只母猴。"

作者警告说，如果NASA继续沿着目前的方向走下去，到2001年，少数族裔将只占该机构的9%。他们还总结了不改变现状的代价。"整整一代人都被欺骗了，他们根本没有希望目睹"一位女性或一位有色人种飞往太空。

露丝和她的两位同事在9月提交了他们的报告。一个月后，NASA局长解雇了露丝，声称她是该机构中的"破坏性势力"。他还调走了其他两位作者之一。不过当媒体发现她被解雇后，NASA的反噬来得又猛又快。这一重大失误几乎发生在尼克松总统解雇负责调查"水门事件"的检察官的同时，众多媒体都在头版头条对此口诛笔伐。议员们对解雇决定提出疑问，并安排了参议院听证会。最终，NASA重新雇用了露丝，让她担任与之前不同的职位，但负面影响已经不可挽回。该机构不得不正视其排外文化。

在舔舐政治创伤的同时，该机构在一个紧张的过渡期中坚持前行。随着阿波罗计划的结束，NASA从深空探索转向一种新的太空旅行模式——在这种模式中，航天飞机将成为所有宇航员的主要交通工具。

与"阿波罗"号、"双子座"（Gemini）号和"水星"号宇宙飞船相比，航天飞机有点不同寻常。它很像一架飞机，有一个巨大的机舱用来运送物资，内部也留有更多的空间供人们移动。乘组可由四人、五人或六人组成。这意味着鼓励更多拥有不同背景的人加入，并承担更多样化的职责。

在20世纪70年代，NASA仍然从以前选拔出来的人员中雇用了几十名宇航员，但在当时，许多人都已经三四十岁了。1979年，NASA准备航天飞机的首次发射时，该机构的官员意识到，他们需要一批新生代宇航员来驾驭这艘太空轨道上的巨兽。最终，官员们决定为这个新时代招募两种类型的宇航员：飞行员和任务专家。

"任务专家"是一个全新的职位，必须掌握杂七杂八的技能。被选中的人将负责监督载荷的位置、摆放，管理航天飞机的各个系统，并在太空中进行实验。"任务专家"职位的要求是NASA为其太空部队设计的要求中最具包容性的。候选人需要有科学或工程相关领域的学士学位（但高级学位优先）；能够通过对听力和视力的要求更宽松的体检；身高在5英尺与6.33英尺之间。

在1976年3月，一群人来到NASA约翰逊航天中心参加一个会议，讨论这些要求以及该机构将如何招募新宇航员。他们是约翰逊航天中心宇航员选拔委员会的成员，由NASA最新的飞行运营主管乔治·阿比领导。作为一名前空军飞行员，乔治曾是阿波罗计划中的重要一员，担任当时约翰逊航天中心主任克里斯·克拉夫特的技术助理。现在乔治负责管理宇航员，不仅负责选拔，还将在未来几年负责向他们指派不同的飞行任务。他已经准备好让他的乘组比以前的更能体现美国特色。为了完成这项艰巨的任务，他从中心精挑细选了几十名助手，其中包括约瑟夫·阿特金森（Joseph Atkinson），其是第一位担任宇航员选拔委员会成员的黑人。该委员会还包括生理学家卡罗琳·亨通。她从NASA的基层做起，一路升职，成为航天中心经历最资深的女性之一。克里斯·克拉夫特曾询问她是否想申请成为一名宇航员，但被拒绝。相反，她成为第一位NASA宇航员选拔委员会的女性成员。

除了制定申请人的标准，该委员会还讨论了如何确保尽可能多的人知道这次选拔。他们权衡了在大学、高中和狮子会中打广告的利弊，同时在报纸和杂志上发布通知。对NASA来说，这些都是革命性的招募策略，因为NASA通常依赖于"他们会送上门来"这种思维。对这一切，有一名成员坚决反对。德克·斯雷顿（Deke Slayton），作为最初的"水星七人组"中的宇航员之一，他在宇航员选拔委员会第一次会议期间就在场。在讨论过程中，他忽然站了起来。"我可不想与此有任何瓜葛。"说完愤而离席。

这个时刻虽然令人尴尬，但并不太出乎意料。乔治说："当时，人们肯定觉得让女性和少数族裔加入这个项目未必是一件好事。并不是所有人都接受这个想法。"

斯雷顿的暴怒并没有阻止委员会其他成员前进的步伐。他们继续工作，并制订了一个发布信息的计划。1976年7月8日，NASA向全国宣布：该机构正式接受宇航员申请，申请信的截止日期为1977年6月30日（以邮戳为准）。

为了给招募工作添把火，NASA向尼切尔·尼科尔斯寻求帮助。她不仅要去拍摄宣传视频，还要去全国各地给学生做演讲，鼓励更多不同类型的人提交申请。"我会给你带来数不胜数的合格女性和少数族裔申请人，如果你一个都选不出的话……全国人民都会从报纸上知道这件事。"尼切尔回忆起她当时说过的话。

在为NASA拍摄的宣传视频中，尼切尔说："航天飞机将把科学家和工程师、各个种族的男性和女性送入太空，就像《星际迷航》中'企业'号星舰上的乘组一样。因此，我在此向整个人类大家庭——包括少数族裔和女性——发出邀请。如果你具备资格并且希望成为一名宇航员，时机已到。"

招募活动进行得如火如荼。卡罗琳和委员会中的许多成员一连几个月都在全国各地进行巡回招募，做了多次演讲，向有色人种和女性宣传这一次会有所不同。但卡罗琳在与一些女性交谈后发现，她们认为女性飞上太空的想法听起来很荒谬。

"我想象不出有哪个女性愿意这么做。"一位年轻的女士在卡罗琳的一次招聘之旅中对她这样说。

"好吧，也许你不想去，也许我也不想去，"卡罗琳回答说，"但是我们国家有想飞上太空的年轻女性。她们应该有个机会。"

———

在20世纪70年代末，申请成为宇航员的人需要填写一份标准的联邦就业申请表。文件要求申请人提供姓名、工作经历、教育背景、病史，以及三位愿意为其担保的推荐人。申请人只需写信给NASA的宇航员选拔办公室，NASA收到信后就会寄出申请表。

玛格丽特·"瑞亚"·塞登就是这样做的（在某种程度上）。她的同事在医院走廊里告诉她NASA选拔宇航员的消息后，她急切地寻找更多信息。有一件事是肯定的，宇航员会在休斯敦的某个地方接受训练。因此，她寄了一封信，收信人是"得克萨斯州休斯敦市NASA"，请求NASA提供更多信息。邮局人员经过一番周折找到了正确的投递途径，瑞亚收到了回复，信里说明了如何获得申请表，她很快就拿到并填好了表格。

当萨莉读到《斯坦福日报》上的招募消息时，心中宇航员梦想的余烬立刻复燃起来，她具有NASA要求的资质。万事俱备，只差填表。她抓起一张印有斯坦福大学等离子体研究所（Stanford's Institute for Plasma Research）信笺抬头的纸，草草写下了一段话，请求获得申请表："我是斯坦福大学天体物理学博士研究生，我对航天飞机计划很感兴趣。在此请求贵机构寄给我成为'任务专家'候选人所需的申请表。"她发现有个单词拼错了，就赶紧划掉，但没有重新写信，而是尽快把信寄了出去。大约一周后，一份表格寄到了她的手上。

对香农来说，在她读到招募内容后，甚至无须索要表格。这么多年来多次申请政府工作后，她手头已经有标准的政府表格。在杂志上看到选拔消息的当晚，她就填好了表格。NASA收到的第一批申请表中，就有香农的。

安娜也许是最后一名申请人。离截止日期只有几周了，她和丈夫比尔·费舍尔知道消息后立刻写信索要申请表，并着手收集所有需要的信息。他们特意请了假，全力以赴地收集材料。在填写申请表时，安娜满脸喜色地在"所申请的职位"方框里写下"宇航员"几个字。最后，在截止日期的前一天，她把申请表寄给了NASA。

凯西的申请经历与安娜相似，她写信给NASA咨询更多信息，并得到了回信，信中询问她是否确定这就是她想做的事。在做出肯定的回答后，凯西收到了NASA寄来的申请表和资料，并仔细填写。她在1977年初寄出了申请表，然后就把这件事抛到脑后。为了拿到她的博士学位，她还要再次前往大西洋探险。凯西一头扎进海洋研究，为NASA工作的想法逐渐淡出了她的脑海。

对朱迪思来说，申请过程并没有在她把文件放进邮箱的那一刻结束。那一刻意味着她为成为宇航员的努力才刚刚开始。她已经下定决心，这就是她的理想，同时决定付出全部努力去实现这个理想。她和莱恩·纳米行动起来，尽一切努力成为宇航员选拔委员会的理想人选。为了让自己看起来更专业，她剪掉了长发。然后，在莱恩提供的飞行指导手册的帮助下，朱迪思顺利完成了飞行课程，并拿到了飞行员证书。

她研究了阿波罗计划的宇航员迈克尔·柯林斯的书《携带火焰》（ Carrying the Fire ），汲取了他的经验，并将其作为成为一名宇航员的秘诀。但这感觉还远远不够。她还参观了华盛顿特区的国家航空航天博物馆（ National Air and Space Museum ），以更好地了解太空探索的历史。有一次，莱恩在城里参观时画了一张博物馆的地图，为朱迪思指出了办公室的位置。她再次前往博物馆，径直进入馆长的办公室。时任馆长正是迈克尔·柯林斯本人。

"嗨，迈克，您好！"她说，"我叫朱迪思·雷斯尼克，我想成为一名宇航员。"

柯林斯没有把这个陌生人赶出办公室，而是给了她一些建议。

他说："尽你所能学习有关航天飞机计划的一切。"

———

1976年至1977年，共有8079人提交了成为NASA宇航员的申请表。宇航员选拔委员会审查了收到的每一份申请表。这是一个缓慢的过程。约翰逊航天中心的数据管理系统包括一台IBM电动打字机（ IBM Selectric Typewriter ），一条信息要打三遍。所有其他关键数据都必须直接被打到磁带上，存放数据的磁带随后被送入一台处理机。如果数据中出现错误，申请人的记录就必须从头开始重新输入。"这个工作相当痛苦。"协助选拔工作的约翰逊航天中心人事代表杜安·罗斯（Duane Ross）说。

对所有申请表进行统计后的结果是，有1544名女性申请成为宇航员。在这之后，委员会开始了选拔工作，淘汰了几千名不符合条件的申请人。男女候选人的范围缩小到了5680人，但这仍然是一个庞大的数字。该委员会的工作重点是最多选出40名候选人。他们还有很长的路要走。

由于需要筛掉的申请者如此之多，委员会提出使用积分制。每个申请者都将基于其经验，以及这些经验与NASA制定的各项标准的匹配程度获得积分。例如，飞行员的积分是根据其飞行小时数、驾驶喷气式飞机的小时数和参加的战斗任务数而获得的。任务专家的积分是根据其获得的学位类型、与其领域相关的工作经验以及任何飞行的小时数而获得的。

从理论上讲，这不失为一个好主意。但是杜安说："最终结果是，每个人的积分都相同。这个办法行不通。"

尽管如此，委员会还是克服困难，继续推进工作。他们给最强候选人的所有推荐人打电话，请求与候选人的朋友、家人和同事进行简短的面谈。他们把候选人按照学科分组，如空间科学、生命科学、地球科学、通用工程等。NASA考虑了所有因素——从申请、积分到背调——设法进一步缩小了范围，最终确定了208名候选人，其中包括21名女性。他们将以20人为一组前往休斯敦进行最后的测试和面试。现在，NASA需要逐个打电话通知。

1977年8月的一天，对俄克拉荷马州医学研究基金会的香农来说是不寻常的一天，她接到了NASA的一个电话，对方想知道她是否有兴趣来休斯敦参加面试。

瑞亚也接到了电话，当时她在孟菲斯退伍军人管理局医院（Memphis Veterans Administration Hospital）工作，几天前她刚刚开始了最后一年的住院医培训。她问电话另一端的男士："一个星期里会让我做什么，先生？还有，谁会面试我？"

电话的另一端是宇航员选拔委员会的成员杰伊·哈尼卡特（Jay Honeycutt），他也是乔治的助手。他解释说NASA会简单介绍关于航天飞机的信息，还要对申请人进行一次体检，所以瑞亚要带上跑鞋和运动服。还会有一个心理评估，以及时长为一个半小时的面试。

"还有其他女性吗？"瑞亚问，她的脑子飞快地思考。"是的，"他说，"共有8位女性。"

在加利福尼亚，安娜和比尔·费舍尔正在家里讨论未来几周的计划，这几周将会很忙。安娜的生日是8月24日，在这之后的一周，他们计划飞往佛罗里达州的温德米尔（Windermere），在费舍尔家族的一幢老宅里举行婚礼。婚礼不会很隆重，只是和家人的小聚。

这对夫妇都在洛杉矶海港综合医院的急诊室工作，他们在繁忙的工作中请了几天假。有时，这样的工作是高强度的，他们每周都被安排几次24小时值班。令人精疲力竭的日程安排已经开始对他们产生影响，但这份工作的收入一直相当丰厚，所以两人能够还清贷款，并有了一些积蓄，开始计划他们共同的未来。

当这对夫妇为即将到来的婚礼讨论订机票时，电话铃响了。安娜拿起电话。另一端是NASA的工作人员。她听着对方的话，眼睛越睁越大。安娜手里握着话筒，转向比尔。

"是NASA的电话，"安娜轻声说，"他们想让我去面试。"但有一个问题。她需要在下周日飞去NASA，测试和面试将持续一周——正好是她和比尔计划结婚的那一周。此外，NASA只致电安娜，而没有致电比尔。

比尔说："你答应吧，我们会有办法的。"

安娜挂断电话后，他们立刻开始准备。原定在佛罗里达举行的婚礼正式取消了，他们决定提前举行婚礼。小两口前往兰乔帕洛斯弗迪斯（Rancho Palos Verdes）的旅行者礼拜堂（Wayfarers Chapel），这是一座由玻璃和石头建造的几何风格的教堂，由弗兰克·劳埃德·赖特（Frank Lloyd Wright）亲自设计。他们询问教堂是否还能预约紧急婚礼，得知周二下午两点可以后，这对夫妇定了教堂和时间。

那个周末，他们买了婚纱，请好了摄影师，并打电话给这个地区的朋友，邀请他们前来参加。由于时间太仓促，家人都无法参加。经过4天龙卷风似的规划，安娜·李·廷格尔（Anna Lee Tingle）在1977年8月23日周二成为安娜·费舍尔夫人。第二天，这对新婚夫妇前往旧金山度"蜜月"，一天后回到圣佩德罗。之后，安娜在急诊室工作了整整两个班次，最后，在周日早上登上了飞往休斯敦的飞机。

在这天之前，她尽可能多地与家人和朋友聚会，但有一件事不得不放弃。她的十年高中同学会定在离开前的那个周六，安娜最终选择了不出席。在聚会上，从头到尾都传播着小道消息，说安娜·廷格尔没有参加聚会是因为她要为了上太空而去面试。

1977年9月，萨莉在电话里告诉她儿时的朋友苏·奥基："我要去休斯敦面试了。"萨莉以前从未说过想当宇航员。"我在《斯坦福日报》上看到了这个消息，然后就突发奇想。"萨莉告诉她。在那一刻，萨莉意识到这就是她的人生追求。

当朱迪思接到电话时，她已经搬到美国的另一端生活。现在，她已经获得了马里兰大学的博士学位，加入了施乐（Xerox）公司，并搬到了雷东多海滩（Redondo Beach）。在那里，朱迪思继续她的第二份"工作"，即为成为一名宇航员做准备。为了达到最佳状态，每天早上她都会去与公寓一条公路之隔的海滩慢跑。当收到休斯敦的面试邀请时，这些努力似乎得到了回报。她父亲曾经说过的话开始应验了。她在第一次提交申请表后，给父亲打了电话。

"爸爸，您猜怎么着？我已经申请了NASA。"

"好样的，朱迪思。你会成为一名宇航员。"他说。

"哎呀，爸爸，还有其他上千人申请。"

"那又怎样？你肯定会被选上。"

1977年10月，当凯西的电话响起时，另一端并不是NASA，而是哥伦比亚大学（Columbia University）的一位教授。她已经进入博士课程的最后一年，并在申请博士后。哥伦比亚大学的博士后研究工作特别诱人。她将研究深海的海洋地质学，实现她的梦想之一：驾驶"阿尔文"号潜水艇前往海底深处。

"你好，你想做我的博士后吗？"教授问。他告诉凯西，她是他的首选，但他需要一个明确的答案。

"哦，是的，"凯西回答道，"嗯，可能吧。"教授想知道，她是否还有别的想法。不完全是，凯西解释了她的矛盾：她申请了NASA的宇航员计划，正在等待回复。巧合的是，早在20世纪60年代，这位教授自己就曾申请过NASA的宇航员计划，甚至进入了最后的选拔，但最终还是被淘汰了。他知道整个流程，他向凯西说，如果她知道自己的排位，一定要告诉他。"可能性微乎其微，"他说，"你十有八九要来做我的博士后。"

凯西也是这么想的，但她决定先确认情况。她翻遍了申请时用到的文件，找到了一个休斯敦工作人员的电话号码。

她打了电话，NASA 的工作人员问："我们不是已经告诉你'未录取'吗？"

"你们还什么都没告诉我呢。"凯西说。

他让凯西稍等，自己去查看笔记。几分钟后，他拿起电话。"你被安排在下个月面试。"他还告诉凯西她应该会收到一封电报。

震惊之余，凯西给她的教授打了电话，告诉他自己还不能做他的博士后，然后她打电话给母亲。

"这到底是什么意思？"她妈妈问。

"意思是当我完成学业后，要么飞上 200 英里的高空，要么潜入 6000 英尺的海底。"

1977 年 8 月 2 日，第一批 20 名宇航员候选人齐聚休斯敦，这标志着持续至年底的烦琐细致的测试和面试流程的开始。每隔一周，一个新的 20 人小组就会出现在约翰逊航天中心，他们精神焕发，充满希望，随时准备迎接 NASA 官员策划的一周的活动。前两组人员都是男性飞行员，8 月 28 日抵达的第三组人员全部是任务专家候选人——其中包括首批前来接受宇航员面试的 8 名美国女性。瑞亚、香农和安娜也在其中。在接下来的三个月里，萨莉、朱迪思和凯西也陆续到达。

每个面试周从周日开始，周日晚上有一次介绍聚会，让候选人第一次有机会评估竞争情况。乔治和宇航员选拔委员会的其他成员会在他们的酒店——市中心附近的喜来登国王酒店（Sheraton Kings Inn）——迎接大家，并告知未来一周的日程安排。这几位女性环顾四周，打量着其他申请人,其中几人觉得自己和以前一样格格不入。很多军人都是老相识,有些学者也彼此熟悉。但大多数女性都觉得自己处于完全陌生的环境之中,虽然她们中的许多同龄人都是医生或博士,但这个事实并不能带来多大安慰。凯西后来说:"我觉得很不自在,心想,'这可难倒我了,我对这一切一无所知'。"

第一天晚上,乔治要求每个人做一个非常简单的作业——这是他们本周的第一项任务。他要求每个人写一篇作文,解释他们为什么想成为宇航员。

直到深夜,女性候选人还在绞尽脑汁地构思如何表达自己飞离地球的梦想。她们对宇航员选拔委员会希望看到的特质毫无头绪。因此,在缺乏指导的情况下,她们只能坦诚地写下心声。

萨莉写道:"从很早以前的电视广播开始,我就对太空着迷,但从未真正想过有可能成为一名宇航员——那时我获得试飞员资格的机会非常渺茫。"

瑞亚写道:"我认为,允许女性加入这个项目的时机已到——不仅是因为女性能够做出很大贡献——而且是因为我们应该了解女性在太空中的表现——以及她们在太空中会面临哪些特殊问题。"

安娜在就寝前在喜来登国王酒店的信笺上写道:"我意识到,为了成为一名任务专家,我必须在个人生活和职业生涯中做出一些重大牺牲。我在深思熟虑后决定,如果有机会实现我的毕生所求,我心甘情愿做出这些牺牲。"

第二天,测试开始了——不过,对于安娜、瑞亚和香农来说,她们的挑战在走下停在约翰逊航天中心前的巴士时就开始了。一群记者不停地向她及其他女性候选人提问,用摄像机对着她们的脸拍摄,询问她们对该计划的看法，以及为什么想成为宇航员。每个人都想更多地了解 NASA 正在面试的具有传奇色彩的第一批女性候选人。而男性候选人完全被媒体忽略了，当他们看到女性候选人得到全部的关注时，脸上露出了或困惑或嫉妒的表情。女性候选人给出了一些简短的答复，然后就去做安排好的事情了。她们当时并不知道，这只是即将面对的情景的热身。

同一天，瑞亚在体检的间隙礼貌地回答了记者的更多问题。媒体似乎只关注两个问题：太空中男女宇航员之间是否会产生感情，以及在进入太空轨道后的旅程期间，女性是否会比男性更情绪化。当她读到第二天的报纸时，对记者的断章取义感到愤怒，意识到自己在面对媒体时必须更加小心措辞。

正如当年的"水星七人组"必须经受一系列身体测试一样，即将登上航天飞机的宇航员也是如此。他们嘴里插着呼吸管在跑步机上跑步，同时医生在监测他们的血压。他们坐在转椅上，以测试平衡能力和抗眩晕能力。医生检查他们的耳朵、眼睛、鼻子、牙齿和喉咙。候选人还被抽了好几小瓶血以检测肉眼无法识别的疾病，此外，没有人能逃脱可怕的灌肠。累积起来，他们经历了 24 种医疗程序，以及 NASA 飞行外科医生的全面检查。

NASA 当然优先考虑身体健康问题，但他们对宇航员候选人的心理健康也同样感兴趣。NASA 想要的是那些能在压力下做出良好反应并能与他人友好相处的人。因此，每位女性都必须接受两次精神评估。一位名叫特里·麦圭尔（Terry McGuire）的测试员负责"唱红脸"，他询问候选人的家庭、希望以及愿望。他用温暖和鼓励的语气与候选人交谈，想知道他们是否爱自己的母亲，是否认为自己处事井井有条。

"如果你来世能以一种动物的形态回到这个世界，你会选择什么？"特里问瑞亚。

"我想做一只海豚。"

"为什么？"特里微笑着问道。

"嗯，他们非常聪明，而且快乐又顽皮。"瑞亚回答说。

对特里来说，重要的不是候选人说了什么，而是他们回答的方式和他们使用的词语。比如，对于特里来说，快速回答问题或在陈述观点时使用"应该"这样的词，表示了某些性格特征，这些性格特征有助于他了解这个人，以及此人在压力下会做出的反应。

还有一位是负责"唱白脸"的心理医生埃迪·哈里斯（Eddie Harris）。他故意问一些让人不舒服的问题。他想知道候选人是否想过自杀，以及他们是否在儿童时期遭受过虐待。然后是测验。

他指示朱迪思："从100开始倒数到7。"

"100……93……86……"这位前数学专业的学生开始倒数。

"按倒序说出从现任总统到1900年的所有总统的名字。"

"吉米·卡特（Jimmy Carter）……杰拉尔德·福特（Gerald Ford）……"

当然，弄错了名字或数错数字是不可避免的，这时，埃迪就会大声指出错误，然后盯着候选人看，等待他们做出反应。同样，这一测验旨在衡量的是他们的反应，而不是对美国总统的了解程度。

在那周的某一时刻，官员们要求女性候选人进入一个"个人救援球"，这是一个类似麻袋的球，直径大约为3英尺。NASA声称，这是一种未来宇航员在紧急情况下使用的交通工具，用于将宇航员从一架发生故障的航天飞机运送到另一架前来救援的航天飞机上。使用方式是，宇航员戴好氧气面罩，进入球里，拉好拉链，然后跨越真空的太空到达另一架航天飞机旁。然而，这个球体的外观看起来并不那么"安全"，候选人很快就猜到了这项测试的真正意义：测试一个人是否能待在封闭的空间里而不恐慌。女性候选人都很自在地以胎儿的姿势蜷缩在球里，让工作人员拉上拉链。测试只持续了15分钟左右。有些女候选人在黑暗中打起了瞌睡。

一切都像是测试。NASA的官员鼓励候选人探索约翰逊航天中心，并与中心的员工交谈，以便更好地了解在休斯敦工作的情况。但有些女性怀疑这一切是不是一个陷阱。NASA真的想让她们四处走动吗？她们与其他员工谈话时，机构官员是否在监视和监听？她们小心翼翼地对待每一项任务，总觉得"老大哥"可能就在附近。凯西说："这意味着，如果你在园区里漫无目的地闲逛，而不是有目的地穿过园区，就会有人注意到这一点，并记录下来。"

最终，女性候选人参观了约翰逊航天中心，有的人觉得很自在，但有的人并非如此。有一天，在休息时间，萨莉发现了体育馆里的壁球场，两名男性候选人正在里面玩。她问他们是否对三人回合战感兴趣？对方并不知道萨莉的网球选手历史。男士们同意她加入，结果是，萨莉毫无悬念地完胜。"她把我们打得落花流水，留下我们俩在各自的角落里汗流浃背，气喘如牛，然后，她就像刚进场时那样平静沉着地鞠躬，感谢我们，并说她不能再耽误时间了，因为现在必须去跑步了！"候选人之一的劳伦斯·平斯基（Lawrence Pinsky）回忆道。萨莉获胜的消息在其他候选人中传开了，让这位年轻的博士候选人在她的小组中赢得了一些"圈内名气"。

当安娜在园区里闲逛时，她开始有一种感觉，觉得很快她将以这里为家。那周的早些时候，她叫比尔来休斯敦相见。一天早上，在她开始各种测试和面试之前，比尔驱车来到了喜来登国王酒店的停车场。"你最好四处逛逛，看看你觉得这里怎么样。因为——我不知道，我只是对这一切有这种感觉。"安娜对他说。比尔会回来的，他也入选了宇航员候选人名单，将于11月与朱迪思同组来到NASA。朱迪思和安娜发现两人都住在加州，而且相距不远，于是成为朋友，并一直保持联系。

在个人面试之前，一切测试的结果只是通过或不通过。候选人要么在心理和身体评估后被亮绿灯，要么在申请表上得到一个大大的红色印章。真正的考验来自宇航员选拔委员会长达一个半小时的个人面试。

对一些人来说，走进面试的房间感觉有点像走进宗教法庭。宇航员选拔委员会成员坐在会议桌后，面对候选人提出问题。有人立刻认出了坐在其中一个座位上的传奇宇航员约翰·杨（John Young），第九个在月球上行走的人。女性候选人也注意到了座位上的卡罗琳，一些人看到桌子的另一侧至少还有一位女性时，松了一口气。

也许这次个人面试的一个积极方面是，大家都不知道怎么准备。最终候选人没有被给予任何关于问题内容的指导，这是有意为之。宇航员选拔委员会想了解他们的真实情况。委员会对每个人只有一个问题："请告诉我们你的经历，从高中开始一直到现在。"乔治在面试一开始就会这么说。萨莉描述了她在自由电子激光方面的研究生工作和她的网球选手背景。而朱迪思则谈到了她在美国国立卫生研究院的工作和如何了解更多关于人眼的知识。瑞亚和安娜都详细介绍了作为医生的工作。凯西谈到她的深海研究任务，而香农则介绍了她在化学领域的经历。有飞行经验的女性候选人——香农、朱迪思和瑞亚——谈到了她们驾驶飞机的经历，好几位提到了她们对以前的太空飞行任务如何着迷。

在候选人发言时，委员会成员根据每个人的职业经历插话提问。谈话主要围绕个人的职业生活展开，但最终他们还是谈到了个人问题。他们让候选人举出自己克服困难的例子，询问他们在业余时间喜欢做什么。然后是关于家庭的问题。

"如果你在这个周末返回孟菲斯的飞机上遇到了梦中情人，他要求你放弃医学事业，放弃成为宇航员的机会，跟他走，你会怎么办？"一位委员会成员问瑞亚。

这个问题惹恼了她，她觉得这个问题不合时宜。瑞亚是所有21名女性候选人中第一位接受面试的，她认为对女性提问的流程还有一些问题需要解决。所以她如实回答说，如果一个男人提出那样的要求，那他肯定不是她的梦中情人。

安娜也试图尽可能诚实地回答委员会成员的问题，包括她的服装选择——绿色连体裤装和厚坡跟高跟鞋，这是20世纪70年代的典型风格。这就是她，她认为反正NASA已经知道了她的一切，所以最好忠于自己。本着"做你自己"的哲学理念，当谈到孩子的问题时，她坦率地说："我想要孩子，所以如果这是你们考虑的一个因素，我必须回答，我肯定想要孩子。"她希望不会因此被踢出局。

委员会成员一个接着一个地提出问题，香农一直等着关于家庭的问题出现："你有三个孩子，你怎么可能胜任这份工作？"就在两年前，香农生下了儿子迈克尔（Michael），露西德一家成为一个五口之家。多年来，她一直在与各个愚钝的雇主就作为一名职业女性和母亲的问题进行斗争，这些经验让她对回答这个问题有所准备。

讽刺的是，根本没有人提起这件事。相反，委员会成员指出："这份工作需要经常出差。你对此有什么问题吗？"

考虑到她申请的工作，这是一个可笑的问题。不过香农明白他们提问的意义。成为一名宇航员不仅意味着在太空飞行，宇航员还可能需要飞往全国各地，为执行任务而训练，并与科学家、工程师和承包商会面。

"绝对没有问题。我甚至可以现在就出差。"她提到家里有一个简单的安排。当她出差时，她的丈夫迈克尔负责照看孩子们。当迈克尔出差时，她照看孩子们。在过去十年，这样的安排一直很奏效。没有理由不再继续这个责任分配的安排。

委员会还忍不住提了几个"挖坑"问题。一些候选人被问及他们对1977年9月刚刚签署的《巴拿马运河条约》（Panama Canal Treaty）的看法。该条约规定，美国将于2000年放弃对巴拿马运河的控制。这个问题的目的是测试候选人是否在某种程度上了解时事。但委员会成员也知道，候选人在面试间隙会交流，所以第二天的问题变成了关于苏伊士运河的。如果候选人慌了神，就会背诵排练过的关于巴拿马运河的答案。"嗯，它是我们的，我们建造了它，我们应该保留控制权。"一位候选人回答说，惹得委员会成员们窃笑不止。

每个人都觉得自己的回答没有令宇航员选拔委员会满意，苦恼不已。一位候选人告诉另一位，他说错了一个答案，因此肯定是出局了。

他喊道："他们问我对越南战争的看法——我实话实说了！"

有的人则在回答简单问题时费尽心思，如是否想要一杯可乐这样的问题。有些人试着幽默，当一位候选人被问到他为什么想成为宇航员时，他回答说："我的父亲是宇航员，我的祖父是宇航员，我的曾曾祖父也是宇航员。"

"你得过失忆症吗？"一位面试官问萨莉。

"我不知道。我不记得了。"萨莉开玩笑说。

候选人不知道的是，答案没有对错之分。委员会在寻找某些特质。最重要的是，他们想要的是团队合作能力强的人。航天飞机的乘组人员将会更多，所有人需要更好地相互协调，这意味着乘组人员必须在更大程度上相互依赖。根据这项要求，具有自负性格的候选人都被排除了。

委员会还需要能灵活变通、兴趣广泛的人。当然，获得硕士或博士学位是加分项，但委员会希望宇航员能有业余爱好或兴趣，而不只是一心扑在专业上，比如说，对驾驶飞机、弹奏古典钢琴或打业余网球感兴趣。这一点很关键，因为航天飞机的乘组人员在执行任务时需要承担各种各样的角色，他们需要了解从工程学和火箭学到天文学和地球科学的各种学科。

但最重要的是，委员会试图评估宇航员是否真心想要做他们申请的这份工作。委员会花了大量时间解释航天飞机本身以及宇航员的生活意味着什么。乔治说："我们想确保他们了解宇航员的工作内容，因为很多人对宇航员的工作一知半解——而真实宇航员的工作与人们认为的有很大不同。"然而，他们在与候选人的谈话中并没有确切地强调这份工作的危险性。

最后一点是，这份工作需要耐心。航天飞机计划于1979年首飞，首批乘组人员中的许多人是已经加入太空计划的宇航员。要过好几年才能轮到这批新宇航员坐在航天飞机的座位上。这意味着他们的大部分工作将在地面进行，包括做实验，进行模拟训练，学习软件和新的技术，并代表NASA公开露面。实际上，上太空只是工作的一小部分，委员会希望选拔出来的人能理解并接受这一点。

卡罗琳说："我们不想花费时间和成本选拔人员，结果他们在几周后说：'您知道吗，我真的不喜欢这份工作。'"的确有几位候选人最终告诉委员会，他们不适合这种生活方式。

为了真正了解候选人的性格，还有最后一项测试：在 Pe-Te 先生的卡真风味*烧烤屋（Pe-Te's Cajun BBQ House）举行的烧烤晚宴。对乔治来说，这也是选拔过程中至关重要的一部分，因为他将利用这个机会观察候选人在放松状态下的表现。女性候选人不知道该怎么看待这个令人生畏的男人，但她们觉得应该尽力给他留下好印象。现役宇航员来参加烧烤晚宴，认识这些候选人，并把他们的看法转达给乔治和委员会的其他成员。这是确切识别谁最适合太空项目所需的最后一项工作。

在约翰逊航天中心完成了 7 天的高强度工作后，六位女性候选人都乘飞机回到各自的家中——加利福尼亚州、新斯科舍省、田纳西州、俄克拉荷马州。即使最终落选，这六人也会获得一段值得在孩子们面前炫耀的经历，"你知道我曾经面试过宇航员吗？"但私下里，她们都盼望有一天电话会响起，而另一端的声音是 NASA 的工作人员。

但现在，她们只能等待。

---

* 卡真风味是美国南部的一种独特风味。

05
你仍对来 NASA 工作感兴趣吗

"那么，你能透露点消息吗？"朱迪思在电话里问道。杜安·罗斯笑了："不能，他们还没有公布。"

这是两个月里朱迪思第四次给杜安打电话。11月初的面试后，她设法找到了杜安的电话号码，每隔一周就打一次电话，试图探出一点消息。对朱迪思来说，等待自己的命运是一个痛苦的过程，为了消除这种不确定性，她试了各种方法。

"嗯，我要去旅行，到时候就联系不上我了。"朱迪思告诉杜安，并说她将离开几个星期。她告诉他，她担心如果 NASA 打电话，但没有联系到她，管理层可能会改变主意，另选他人。

杜安欣赏她的坚持，但并不肯松口。不过，他向她保证，可以放心去旅行。

事实是，NASA 已经接近做出最终决定。当时是 12 月下旬，宇航员选拔委员会正在等待对其选择的最终批准。在月初，委员会选出了他们想要的新宇航员——20 名飞行员和 20 名任务专家，并提交了名单。但当时的NASA局长罗伯特·弗罗什（Robert Frosch）质疑，在这么多现役宇航员仍在等待执行飞行任务的情况下，是否需要新增这么多人员。因此，乔治和他的团队只得重新审视名单，并忍痛放弃了5名飞行员（都是白人），将人数减少到35人。放弃一些人颇费了一些时间，因为所有人都完全符合条件。

当5名有希望的候选人被添加到淘汰名单中时，所有候选人正煎熬地等待着他们的电话。在小组面试中认识的候选人每隔几天就会互相通话，打探消息。"你有什么消息吗？"一名候选人会急切地询问。"没有，什么消息都没有。"另一名候选人回答。他们被告知NASA将在12月初做出决定，但12月来了又去了，还是没有消息。

这段时间里，几位女性都恢复了正常生活。对香农来说，这意味着继续在实验室里工作，同时照顾家人。朱迪思在施乐公司的新工作进展得很顺利。安娜和瑞亚继续在急诊室里长时间辛苦值班。而萨莉和凯西则各自在博士学业的最后一年奋斗，她们对毕业论文还没有什么头绪。尽管她们都在等待NASA的决定，但生活还得继续。

10月下旬，萨莉从她的研究生工作中抽身出来，前往加利福尼亚州莫哈韦沙漠的爱德华兹空军基地（Edwards Air Force Bace）。她希望在那里能一睹NASA传奇的航天飞机的风采。那个月，NASA名为"企业"号的航天飞机原型进行了最后几次着陆测试，这些测试是必须载人才能完成的。宇航员弗雷德·海斯（Fred Haise）和C.戈登·富勒顿（C. Gordon Fullerton）坐在航天飞机的驾驶舱内，一架波音747飞机背着这架巨大的飞行器在加利福尼亚沙漠上升空。然后，在合适的高度，波音747与航天飞机分离并飞走，让"企业"号自行滑翔降落到地面。

两名宇航员手握操纵杆，驾驶航天飞机穿过云层降落到太空港沙地上的跑道上，练习航天飞机从太空返回后的着陆。当弗雷德和戈登驾驶航天飞机到达预定的着陆区时，萨莉正和其他几位候选人一起在地面上观看。当飞行器降落在混凝土跑道上时，巨大的轮胎落地又弹起，导致整个飞行器左右摇摆，其中一个机翼向一侧倾斜。"企业"号弹跳了好几次，才最终停下来。

这次降落看起来并不让人放心，在场的一名空军军官大喊："这到底是怎么回事？"围观的人群中甚至还有查尔斯王子。在皇室成员面前，这可不是一场精彩的演出。至于萨莉，这次着陆测试当然也没有让她对成为一名宇航员感到特别放心。

"我原本一点也不害怕，直到今天早上，"她在写给当时住在纽约的莫莉的信中说，"我从未想过这当中会有实际存在风险。但看到今天早上的着陆，知道他们不能再试一次了——这让我感到害怕。"

时光流逝，很快来到了 1978 年 1 月，但 NASA 仍然没有消息。候选人盯着沉默的电话，眼巴巴地盼望铃声会响起。有时，未知的痛苦几乎是一种难以忍受的负担。

几周后，还是在 1 月，一位候选人的电话真的响了。在退伍军人管理局医院上班时，瑞亚接到了一通电话，令人惊讶的是，电话是一位记者打来的。但他不是普通记者，而是美国广播公司（ABC）的朱尔斯·伯格曼（Jules Bergman）。他因报道太空计划和阿波罗任务而声名鹊起。但是不热衷于追踪时事新闻的瑞亚对他一无所知。她问对方打电话来有什么事，朱尔斯解释说，他得知宇航员的选拔结果很快就会公布，想采访一些参加面试的女性。瑞亚认为这个要求很奇怪，不过还是同意了，他们约定了 1 月 15 日星期天在医院见面。

那天，瑞亚照顾好患者后，就匆匆赶往大楼前与 ABC 摄制组见面。

他们在医院的一间诊室里布置好了设备,然后开始采访。一切都进行得很正常,朱尔斯问了瑞亚一些基本问题,比如为何想成为宇航员以及她的背景。然后,他抛出一颗重磅炸弹。

"你相信自己已经被选为第一批女宇航员之一吗?"

啊,这是个玩笑吗?瑞亚想。她觉得这可能是个假设性问题。

"你在开玩笑吧?"

"不,我不是在开玩笑。"

"你怎么知道的?"她问。

"通过非常靠谱的渠道。"

瑞亚竭力抑制住自己的兴奋,她想,如果对方的预言不是真的,现在失态会令自己显得很可笑。她微笑着说,如果她接到中选的电话,仍然会感到惊讶。

"好吧,我可以向你保证:你已经被选中了。"朱尔斯说。

"那我就太高兴了。"瑞亚笑着说。

"他们很快就会给你打电话。"

"好吧,这就是我毕生所求,只不过……亲耳听到这个消息的话,我会很激动的。"瑞亚说。

采访就这么戛然而止,瑞亚坐在那里,不确定刚刚发生了什么。当摄制组准备离开时,朱尔斯向瑞亚保证他在休斯敦的消息来源是可靠的。他们很快就会打电话,他说。ABC摄制组离开了,把瑞亚留在医院的诊室里,独自茫然。

瑞亚并不是唯一一个预感不寻常之事将要发生的人。在美国另一端的加州,朱迪思在瑞亚接受记者采访的那天给安娜打了电话。安娜是通过比尔认识朱迪思的,在大家的面试结束后,她们一直保持联系。因为两人都住在洛杉矶，而且离得不远，所以保持联系并不难。朱迪思在电话里说，她觉得会发生什么事。一直有记者给她打电话，她想知道安娜是否也听到了什么风声。果不其然，安娜也收到了同样奇怪的请求。就在那天，美国全国广播公司（NBC）的航天版块记者罗伊·尼尔（Roy Neal）打电话给安娜，请求采访她。两个人心想，这是不是意味着我们被选中了？安娜说："我们有一种预感，但又不想抱太大希望。"

那天晚上，几位女性候选人中，有人坐立不安，难以入眠，猜想着第二天会发生的事。

1978年1月16日，周一清晨，乔治·阿比来到他位于约翰逊航天中心1号楼的办公室里。约翰逊航天中心1号楼是一栋巨大的方形建筑，其混凝土外墙上嵌有一排排窗户，建筑内是高级职员的办公室。他走到办公桌前，迅速地拿起话筒。休斯敦的太阳甚至还没有升起。那天他要给全国各地的人打35个电话——有些人甚至不在国内。他没有太多的时间可以浪费。NASA将在当天下午发布新闻稿，宣布最新一批宇航员的名单。这个消息注定会引起轰动。在被选中的35人中，3人是非裔美国人，1人是亚裔美国人，他们是NASA的第一批有色人种宇航员。

还有美国首批六位女性宇航员。

那天，乔治拨出的第一个电话号码是加拿大的。在新斯科舍省哈利法克斯的公寓里，凯西和她的室友们被电话铃声惊醒。那是早上六点半左右，太阳才刚刚升起。谁会在这个时候打电话来？凯西想，不知道是不是发生了什么糟糕的事情。她的室友拿起电话，忽然满脸敬畏地转向凯西："是NASA的人。"

她把电话递给凯西，这时她已经分辨出另一端乔治的声音。

"你仍对来NASA工作感兴趣吗？"乔治用平静的语气咕哝道，仿佛在请求别人帮个小忙。这个问题将是乔治这一整天所有电话的开场白，他的确需要明确地知道被选中的人是否还想要这份工作。他不希望他们舟车劳顿来到 NASA，结果是浪费所有人的时间。后来，乔治在回忆 1978 年后的某轮选拔中得到的回复时说："至少有一个人婉拒，她觉得这不是她真正想做的事。"

那天早上乔治从凯西那里得到的回应恰恰相反。"是的！"她叫道，完全被震惊了。

乔治从凯西所在的时区开始，先给东海岸的人打电话，再向西移动。很快，他就拨出了通往田纳西州的电话。那天早上，瑞亚正在上班，她还没从前一天的采访带给她的震惊中缓过来，正在想会不会接到电话。果不其然，她刚开车来到医院，寻呼机就响了。她询问了医院的接线员，接线员告诉她，是 NASA 打来的电话。

"你仍对来 NASA 工作感兴趣吗？"乔治·阿比对着话筒问道。瑞亚接电话时，医院前台的女士们急切地盯着她。她们都知道瑞亚在等待选拔结果。瑞亚感觉自己就像要跳下悬崖一样，她用尽力气才说出"是的，先生！"

几分钟后，俄克拉荷马州医学研究基金会的一位同事找到香农工作的房间，告诉她有个电话。她走到昏暗的地下室里的付费电话旁边，投入零钱，拨通了号码。

乔治问了那个标准问题，香农意识到她毕生的梦想即将实现，她大声回答："当然！"当天晚些时候，她兴高采烈地把这个消息告诉了丈夫，两人都激动不已。然后，这对夫妇试着向孩子们解释妈妈的新工作，不过孩子们不太明白这一切意味着什么。"你们的妈妈可能会像《星际迷航》里的斯波克先生（Mr. Spock）一样。"她丈夫说，这是他能想到的最好的解释。

那天上午的晚些时候,当乔治拨打西海岸的电话时,许多候选人仍在熟睡。萨莉的电话在早上五六点响起,对一个加利福尼亚人来说,这实在是太早了。她迷迷糊糊地拿起话筒,听到电话另一端的乔治问她是否"仍有兴趣"来NASA工作。她以为是在做梦,回答说:"是的,先生!"

挂断电话后,她立刻给苏·奥基打了电话。"你好,这是你友好的本地宇航员。"萨莉喜气洋洋地对她的朋友说。从那时起,这成了萨莉接电话时的保留问候语。

朱迪思刚踏出家门去施乐公司上班,就听到公寓里的电话响了。她不知道是不是那个日思夜想的电话,但立刻冲回屋里,拿起话筒。

"你仍对来NASA工作感兴趣吗?"

她接受了,对自己的努力终于得到回报欣喜若狂(并感叹幸亏她回屋接了电话)。朱迪思立刻给她的父亲和朋友打了电话,许多人也刚刚开始他们的一天。

"我选上了。"朱迪思大声说道。

就在离她几英里的地方,安娜和比尔·费舍尔家的电话响了。NBC的一个摄制组正在他们家,摄像机对准了站在厨房里的这对夫妇。NBC摄制组请求这对夫妇允许他们在其接NASA电话时拍摄。比尔拿起米黄色的话筒,微笑着对安娜说:"找你的。"

"你仍对来NASA工作感兴趣吗?"乔治问道。安娜微笑着,高兴地回答说:"哦,你知道的,我感兴趣!我不知道该说什么,只能表示万分感谢!这么长时间以来,我们一直在来来回回地想是否能被选上。我希望我能出色地完成工作,不让大家失望。"

安娜说完后把话筒递给比尔，比尔成为唯一一个被乔治本人拒绝的人。宇航员选拔委员会的其他成员，如杰伊·哈尼卡特负责给落选者打电话。如果乔治直接给你电话，那就是好消息——除了那天早上的比尔。比尔和安娜已经为他们能想到的每一种结果做好了准备。他们也预料到，如果只有一个人被选中，那一定是安娜，因为她在物理科学方面拥有更多的研究生经验。他冷静地接听了电话、挂断，然后拥抱了安娜。

当天下午NASA发布新闻稿时，乔治已经致电了所有被选中的女性。在华盛顿特区，罗伯特·弗罗什和其他高级官员在NASA总部召开了一场新闻发布会，公布了他们的选择。一位记者问，为什么NASA花了这么长时间才最终允许女性上太空。约翰逊航天中心的负责人克里斯·克拉夫特说："我认为，在最近几年里，在美国——坦率地说，由于女权主义运动的开展——女性更有资格。"他补充说："在这种特殊情况下，我们发现大量的女性具备与男性一样的资格，这对我们来说是有益的。我认为推进女性成为宇航员的进程不会有任何问题。"

另一位记者先是为提出所谓的"大男子主义问题"而道歉，但他还是指出香农·露西德有三个孩子。母亲的身份对于她获得成为宇航员的机会是有所帮助还是拖了后腿？"这一点根本不在我们的考虑范围之内。"克里斯回答说。

到了下午，大坝决堤了，媒体如潮水般涌来。现在，整个国家都知道了这六位女性，很快，记者试图联系她们并请求采访她们，每个人的电话都开始不停地响起。成群结队的媒体人士来到瑞亚的医院，迫使她的雇主召开了一场新闻发布会。斯坦福大学也在下午为萨莉安排了新闻发布会。媒体将她团团围住，高声提出各种问题。

"你到过的最高的地方是哪里?"一个人喊道。

"难道你不害怕和那么多男人一起待在太空吗?"

当天晚些时候,电视台摄制组来到萨莉的家,想拍摄她每天跑步锻炼的过程。加州当地的一名记者康妮·钟(Connie Chung)来到安娜家进行采访。朱迪思和安娜决定联合起来,一起接受《洛杉矶时报》(*Los Angeles Times*)记者的采访,这样她们两人可以互相支持。朱迪思说:"我认为,当女性宇航员和男性宇航员一样多的时候,这就不再是一件新鲜事了,人们自然会失去兴趣。NASA早在多年前就应该让女性参与太空计划。"记者们急切地想知道比尔·费舍尔是否因为被选中的是安娜而不是他而不高兴。他后来对一名记者说:"安娜被选中真是太棒了,我没有不满。"

对于这六位女性来说,这是令人兴奋,也是难以招架的一天,因为她们不得不在没有任何准备和培训的情况下试图满足贪得无厌的记者的要求。安娜说:"前一天我还在接受医学培训,第二天就成了宇航员。但在那24小时里我没有做任何特殊的事情,我的所知所能一点也不比前一天多……所以那简直是一次火的洗礼。"一切安静下来后,比尔带着朱迪思和安娜去镇上吃了一顿丰盛的晚餐,庆祝她们入选。之后,他们回到了朱迪思在雷东多海滩的公寓里小酌。两位女性站在俯瞰海滩的阳台上,回味着刚刚过去的一天。

"你相信这是真的吗?"安娜对朱迪思耳语,还没有从震惊中回过神来。

在接下来的几天里,这六位女性开始意识到有多少双眼睛在紧盯着她们。《今日秀》(*Today Show*)和《早安美国》(*Good Morning America*)的请求纷至沓来,制片人提出让这些女性飞到纽约市进行旋风式的访问和接受采访。报纸在头版头条刊登了她们笑脸的特写。几大电视台都请求去她们的家里和工作场所进行访问，想了解她们的日常生活。

哥伦比亚广播公司（CBS）的新闻节目报道了瑞亚和香农在家乡的生活，让观众一睹瑞亚做手术以及香农在实验室中提取化学物质的情景。瑞亚告诉摄制组，她的男性朋友开玩笑说，她和其他女性将在航天飞机上为大家端咖啡，而不是从事实际工作。摄制组还想知道香农将如何兼顾她作为母亲和宇航员的责任。

"嗯，我一直在工作，而且总是投入很多时间，"她回答，"我的大女儿，她在上一年级时有个重大发现，有一天她回家后对我说：'你猜怎么着，妈妈？你知道吗，有些母亲整天待在家里，从不去上班。'"

一开始，香农觉得成为焦点很有趣，但很快就开始觉得她的隐私被侵犯了。CBS拍摄了她在家做饭的画面。采访结束后，她决定不再让媒体来家里或与孩子们接触。"我的意思是，这是我的工作，而不是我家人的工作。"她说。

媒体这种刨根问底的行为只会愈演愈烈。NASA给每一位新宇航员发了电报，通知他们需要在1月30日至2月1日期间到约翰逊航天中心参加迎新会。这次访问将包括情况介绍会，但最重要的是，将会有一个新闻发布日，NASA届时将正式向公众介绍这批宇航员。

当然，每个人都照办了。35位新人都登上飞机或跳上汽车，直奔休斯敦而来。

在1月的最后一天，NASA的员工和媒体记者聚集在约翰逊航天中心的蒂格礼堂内，礼堂的前排挤满了人。他们的对面是一个铺着焦橘色地毯的高台。两排交错排列的模制椅子从左到右占满了高台上的空间——椅子上空无一人。NASA重新设计的标志——被称为"蠕虫"的修长的鲜红色字体——装饰在后墙上。克里斯·克拉夫特走上棕色的讲台致欢迎词。相机的闪光灯开始闪烁，记者们在笔记本上飞速书写。他开始宣读新一批宇航员的名字，其正式名称为"NASA第8组宇航员"（NASA Astronaunt Group 8）。新宇航员一个接一个地拘谨地走上高台，渐渐坐满了35个座位。每个人的名字被叫到时，高台上的摄影师就会拍下一张脸部特写。

第一个上台的是圭恩·布鲁福德（Guion "Guy" Bluford），他是美国宇航局选中的三名黑人之一。另两名黑人是弗雷德里克·格雷戈里（Frederick Gregory）和罗纳德·麦克奈尔（Ronald McNair），他们接着走上台。圭恩和弗雷德里克都曾是美国空军的飞行员，而罗纳德毕业于麻省理工学院，具有物理学博士学位。NASA选择了罗纳德和圭恩为任务专家，弗雷德里克为航天飞机飞行员。这群人中还有一位名叫埃里森·鬼冢（Ellison "El" Onizuka）的亚裔男子。他来自夏威夷，是一名美国空军试飞员和工程师，也是第一位成为航天飞机飞行员的亚裔美国人。

克里斯·克拉夫特在念完前面几个人的名字后，大声喊道："安娜·费舍尔。"安娜身穿棕色裙装，颈上系着一条领带，成为六位女性宇航员中第一个上台的人。她小心翼翼地坐下来，竭力保持面无表情的样子来掩饰内心的紧张。坐在她旁边的男士靠了过来，讲了个笑话，将她逗笑了。穿着白色上衣和黑色裤子的香农之后上了台，坐在第一排的末尾。朱迪思和萨莉紧随其后，紧挨着坐在最后一排。她俩都穿着白色衣服，窃窃私语，可能是觉得被安排在另一位女士旁边很幸运。瑞亚和凯西的姓氏首字母更接近字母表的末尾，因此她俩最后上台，座位两侧是她们的男同事。

随着台上的椅子被渐渐坐满，美国目睹了NASA有史以来最多样化的一批宇航员。尽管白人男性仍占大多数（25位），但这是NASA建立以来最能反映美国人口真实构成的一批宇航员。这是一个充满希望的开端。

作为此次活动的压轴戏，克里斯·克拉夫特介绍这批宇航员是"一群伟大的伙计"，赢得了观众的笑声。"现在的女人也都被称为伙计。"他打趣道。

在媒体拍了几张照片后，NASA官员宣布宇航员可以接受采访，并将所有人赶到附近的公共关系大楼里。35名新宇航员在那里等着被叫去接受媒体采访。也许这是美国历史上第一次，白人男性发现自己完全被忽视了。NASA官员几乎立即带走了女性和少数族裔宇航员，而白人男性则无聊地坐在屋里，等待被召唤。这只是即将发生事情的冰山一角。一边倒的媒体关注最终导致宇航员们戏称自己为"10个有趣的人和25个标准的白人男性"。

就在女士们面对贪婪的大群记者之前，她们会见了宇航员选拔委员会中唯一的女性成员。卡罗琳·亨通当时是NASA生物医学实验室分部的负责人，她把六位女性召集在一起，给她们加油打气。卡罗琳身材高大，留着一头褐金色短发，她很清楚她们将要面对的是什么。媒体想挖掘尽可能多的细节，而这六人如何回答将会影响到其他成员。如果一个人将她所有的秘密和盘托出，媒体就会试图从其他人那里挖出同等程度的细节。她们的回答也将给人们留下关于女性宇航员的持久印象。卡罗琳让她们准备好应对各种各样的问题，包括亲密关系、化妆习惯、锻炼方法等方面的问题。她说，现在她们六人是时候达成共识，决定愿意与媒体谈论哪些话题——以及哪些话题是禁区。

她后来回忆道："这就好比当有人获得诺贝尔奖时，人们会突然开始问他一些与研究领域无关的 199 个问题。我们的宇航员也曾经面对类似的情况。"

在第一次接受采访前的短暂时间里，六人制定了一个策略。她们决定在一定程度上保持开放的态度。毕竟，她们的薪酬是纳税人支付的，面对公众是工作的一部分。但媒体无须知道她们生活的每一个细节，所以她们决定对自己的私生活保密。

然后，六人就去直面"群狼"了，她们分别接受了记者的采访。

记者询问她们是否感觉与男性宇航员有什么不同。

"我们都只把自己看作团队的一员，我们是宇航员，不分男女。"朱迪思对《豪斯顿纪事报》(Houston Chronicle) 的一名记者说。

记者问谁想成为第一位上太空的美国女性。

安娜说："我只想飞上太空。我真心认为谁是第一位上太空的女性并不重要。"

记者想知道为什么女性加入太空计划要花费这么长的时间。

瑞亚说："我认为这与以前没有那么多合格的女性有关，而且在一些早期的飞行中，力量也是考虑因素。"

第一轮采访结束了，她们头晕目眩地离开了喋喋不休的记者，在走廊里碰头。在那一刻，六人中的一个意识到了这是一个机会，大声喊道："卫生间！"她们迅速聚集在附近的女性卫生间里。这里竟成了她们在这幢大楼里唯一的避风港。大多数记者和 NASA 的员工都是男性，所以这个卫生间是她们当天第一次找到的一个隐私堡垒。在那里，在空荡荡的卫生间隔间旁边，这六人互相交流着经验。

"采访你的是谁？"

"他想知道什么?"

"你怎么跟他说的?"

她们收集着每一位媒体人的情报,默诵肯定会被问到的问题的答案。然后,像橄榄球运动员一样,她们分散开来,前去会见记者。卫生间会议成了那天的例行公事。在这里,她们不仅复盘策略,还第一次形成了统一战线。

这一天,提问和拍照各占了一半时间。六人站在一个航天飞机的小模型周围,把手放在模型上面,就像在抚摸一只心爱的宠物一样,摆好姿势拍集体照。记者们从一个角度拍完了她们能摆出来的所有姿势后,要求她们四处走动,这时,房间后面有人高声喊道:"现在来个高踢腿!"拍照环节结束后,凯西打趣道:"我们想要一张白人男性的照片。"

也许并不令人惊讶的是,那些"白人男性"早就离开了。他们那天的工作在发布会后5分钟左右就基本结束了。许多人已经去吃午饭了,有些人则提前离开,去NASA的健身房锻炼。当白人男士们放松时,女性和少数族裔宇航员被媒体采访了数个小时,直到晚上才得以离开NASA。

不管她们如何小心谨慎,也只能在一定程度上控制自己对媒体的回答。在被选中后的几个星期和几个月里,媒体人用他们自己丰富的语言来描述NASA的这批新宇航员。《午夜环球报》(Midnight Globe)称她们为"魅力女宇航员"(和NASA的"令人瞠目的太空女孩")。当电视节目介绍这些女士时,主持人会逐一念出她们的名字,然后是每个人的婚姻状况,并特意强调谁是单身。许多文章称她们为"太空中的女孩"或"太空中的女士",认真的作者还特意写明其年龄、身高和体重。《人物》(People)杂志用了整整一篇特写来介绍这六位女性,副标题是"你将走得更远，宝贝儿"。

美国的晚间电视节目上，约翰尼·卡森（Johnny Carson）也在NASA宣布后注意到六位女性，并开起了她们的玩笑。他对观众说："我认为这是件好事；这应该很有趣，想象一下一位女性宇航员在两百万光年外的太空中。她说：'天哪，我忘了给送奶工留字条了。'"观众先是不冷不热地笑了起来，接着有人大声不满地嘘了几声。尽管如此，他还是继续，"你能想象男宇航员告诉女宇航员：[他]说，'亲爱的，我们今晚要对接*。而她说，'今晚不行，我头疼'。"

但有些媒体确实传达了这一选择的重大历史意义。

《宇航员跨越了性别和种族的屏障》——一个标题写道。另一个标题是《男性宇航员在最新的乘组排位中处于次要地位》。

在休斯敦的最后一天，35名宇航员聚餐庆祝，主持晚宴的是即将成为他们上司的男人：乔治·阿比。被选中的人互相认识，把自己介绍给未来可能会成为他们的乘组伙伴和盟友的人——有的人还会在将来结成连理。

一位名叫史蒂夫·霍利的红发男子向萨莉·莱德和其他博士研究生介绍自己。史蒂夫来自堪萨斯州，曾在智利的托洛洛山美洲天文台（Cerro Tololo Inter-American Observatory）学习天文学，当时他心血来潮，决定申请宇航员。其他研究生和博士后令他感到亲切，所以他整个晚上都和他们在一起。他特别注意到萨莉。

与学者们不同，军人和非军方人士确实打破了他们之间的屏障。

---

* 当一艘航天器准备与另一艘航天器或空间站进行对接时，他们会使用术语"dock"。在这个不合时宜的玩笑中，男性宇航员用"我们今晚要对接"这句话，暗示了夫妻或情侣间的亲密行为。

"你好，我是瑞亚。"那天晚上，这位金发的田纳西人一边说，一边把手伸向她在情况介绍会上认识的两位男士。"你好，我是迈克·科茨（Mike Coats），这位是胡特·吉布森（Hoot Gibson）。"其中一名男子指着他身边留着浓密小胡子，有着褐金色头发的朋友回答道。胡特立刻注意到了瑞亚的主动。那时，"我敢说可能只有20%的女性会主动与你握手。"他回忆起20世纪70年代的情景时说。瑞亚和她面前的两位帅气男士寒暄——他们都是海军飞行员。当她得知他们都已婚时，有点失望。

那天晚上，朱迪思也向一些男士做了自我介绍。她认识了高个子的美国空军航空工程师约翰·法比安（John Fabian），以及毕业于麻省理工学院的海军飞行员兼工程师弗雷德里克·"里克"·豪克（Frederick "Rick" Hauck）。她还认识了迈克·穆兰（Mike Mullane），他是空军的工程师和武器系统操作员，在整个童年时代都是一个重度太空迷。虽然迈克没有说出来，但那天晚上，他带着怀疑的目光看着那些参加晚宴的女士和非军方人士。他甚至想，为什么他们也在那里？对他来说，这些长着娃娃脸的研究生没有执行太空飞行任务所必需的生活经验，也不具备军方宇航员在越南战争中积累的经验。32岁的他还没有准备好与女性共事。他不是唯一一个具有这种心态的人。

不管人们心里怎么想，这个夜晚是值得庆祝的。每个人见到将与他们一起飞向太空的同袍都很兴奋。他们生活的一个新篇章——太空探索——才刚刚开始。

他们得到通知，7月10日一早要去NASA报到。

06
喷气式飞机培训

夏季的得克萨斯州南部热得像是太阳的表面，而不是冰冷的太空真空。人一踏入户外，就被从附近的墨西哥湾涌来的厚重潮湿空气包围，让人感觉被闷在一个无法逃离的炽热拥抱中。人只要在室外走上几步，就会汗流浃背。

通常，7月的休斯敦尤为酷热，而就在这个月，NASA的新一批航天飞机宇航员要前往约翰逊航天中心报到并接受训练。那时，这六位女性都已经成功搬家，朱迪思首先体验到了在休斯敦炽热气候下生活的滋味。在1月作为宇航员亮相之后，她回到了加利福尼亚，辞掉了工作，收拾好家当，在正式报到的几个月前搬到了休斯敦。她是独自前来的，莱恩留在加拿大继续航空公司飞行员的工作。较早搬到休斯敦让她有机会使用NASA的健身房，甚至有机会驾驶NASA的喷气式飞机。她还与另外两名宇航员，里克·豪克和吉姆·布克利（Jim Buchli）建立了友谊，他们也提前了几周搬家到休斯敦。

凯西和萨莉回到各自的大学进行论文答辩。最终，她们分别离开了酷寒的加拿大新斯科舍省和凉爽的美国北加州,先后来到休斯敦。萨莉和她的物理学家男友比尔趁此机会进行了一次西南地区自驾游。尽管他们尚未结婚,但NASA罕见地破例给予比尔NASA工作人员配偶的身份,这还要多亏了卡罗琳·亨通的帮助(未婚同居在20世纪70年代仍然是一个相当大的禁忌)。NASA承担了比尔和萨莉搬家到休斯敦的费用,并发给比尔一个工牌,他凭此可以进入NASA的多个设施,参加各种活动。

在他们出发之前,萨莉曾提醒比尔,NASA是一个截然不同的地方——大部分人剃着板寸,行事作风军事化,那里可没有嬉皮士风格的研究生。所以,为了纪念在斯坦福大学的时光,他们在搬家之前到旧金山北部的缪尔森林(Muir Woods)购买了一个纪念品,一个用加州著名的红杉树的木料制成的旋转书架。

这六位女性都在休斯敦地区贷款买了房子。媒体此前一直好奇的事情也有了答案——香农和安娜的丈夫都设法在当地找到了工作。迈克尔入职了壳牌石油公司(Shell Oil Company),而比尔·费舍尔则继续他的急诊室医生工作。比尔在业余时间里还做了几件重要的事情:他报名参加了休斯敦大学(University of Houston)的工程学研究生课程,并接受了飞行员培训,希望通过这些努力提高自己在下一轮宇航员选拔中的竞争力。

无一例外,所有人都必须适应这种潮湿气候——即使是在俄克拉荷马州生活多年,习惯了炎热环境的香农一家也是如此。有一天,香农下班回到家,发现孩子们都在室内,或躺或坐在沙发上。她问他们为什么不出去玩。"实在是太热了!"孩子们叫嚷道。

7月10日,星期一——大早,六位女性来到NASA,迎接新工作的第一天。那天早上，安娜开车去上班，一路上几乎不敢相信这是她作为宇航员上班的第一天。她看到瑞亚也开进了停车场。后来，每到瑞亚的上班时间，人们就会看见她从一辆雪佛兰科尔维特银色周年纪念版汽车的驾驶座上跳下来。这辆车很快就成为NASA园区里的一个亮点。

如果有人想根据宇航员驾驶的车辆来猜测她们的实际薪酬，那么这辆科尔维特只是个"烟雾弹"。NASA的招聘通知写着，根据成就和经验，年薪将从11000美元到34000美元。六位女性的薪酬都是中位数水平。萨莉的起薪是21833美元，而瑞亚告诉记者，她的起薪是24700美元。对于以前没做过带薪工作的研究生来说，这是一笔可观的收入。但安娜的薪酬比起她在急诊室工作时的薪酬减少了1/3。作为一名单身女性，瑞亚的薪酬很低，以至于她不得不请父亲帮忙联署购房贷款。不过，薪酬福利对这六位女性来说并不重要。

"只要能拥有这份工作，我甚至愿意付钱给他们，"瑞亚说，"在这一点上，我们六个人的意见是一致的。"

周一早上，宇航员们来到了他们的新工作场所：NASA的约翰逊航天中心。这一占地1620英亩（约6.5平方公里）的平坦场地曾经是牧场，如今，其上分布着数座米色和白色的长方形建筑。实际上，该园区并不在休斯敦市中心，而是在休斯敦东南方向26英里处，靠近明湖城（Clear Lake City）。

当NASA开始建设休斯敦园区时，该机构选择了一种建筑风格，高调地显示"此地为政府建筑群"。每一座建筑的设计都采用了政府机关建筑中常见的典型野兽派（Brutalist）风格。建筑外部没有任何曲线，而是混凝土和玻璃构建的大量立方体和直角。最引人注目的特征是一枚一比一尺寸的"土星五号"火箭，它被水平放置在约翰逊航天中心的入口附近。如果没有这枚火箭作为标记的话，没人会意识到工作人员是从这座长方形建筑内部监控太空发射的。

六位女性一个接一个地步入园区内的一栋箱状大楼（1号楼），走进一间大型会议室。六人与同批的29名男性宇航员一起焦急地等待着第一项任务。他们很快就会知道，这是每周一上午的全体宇航员例会。由于"全体"宇航员都必须参加，这意味着那天房间里不只有35个新人。还有27名宇航员——其中既有参与过阿波罗计划和天空实验室任务的宇航员，也有一大批尚未有机会飞上太空的人。这两组人——老人和新手——一边找座位，一边打量着彼此。

当每个人都找到位置或坐或站后，大家首先注意到的是对方的面庞，有的面庞光洁年轻，而有的已经有了皱纹。现役宇航员大多数都是40多岁，接近50岁的年纪，而许多新宇航员只有二三十岁。空气中弥漫着明显的紧张气氛，两组人都被对方所震慑，每个人都在考虑应该如何与新面孔打交道。

有无从军背景是宇航员的另一个分界线。一些从部队选拔出来的飞行员和任务专家曾在同一中队或同一艘航空母舰上服役，他们早已互相认识。除此之外，他们在思维方式上也是相通的。军事训练培养了他们相似的行为方式、期望和幽默感。学习驾驶新的飞行器，即便是像航天飞机这样的先进交通工具，对他们来说也是一个相对熟悉的领域。与军方人员不同，女性和男性研究人员来自不同的领域，包括大学、医院和私营部门。对他们来说，NASA的世界是真正未知的领域，他们不知道等待他们的是什么。

撇开所有这些差异不谈，有一个重要因素使每个人都与众不同。每个人都明白房间里的其他宇航员意味着什么：竞争。每架航天飞机的座位有限，这是"一个萝卜一个坑"的工作。虽然这六位女性在第一次面对媒体时建立了友情，但有个想法在她们的脑海中挥之不去。

她们中只有一人能成为第一位飞上太空的女性。

会议开始了，宇航员办公室主任约翰·杨首先对新选拔出来的宇航员表示欢迎。然后，他和乔治解释了对新人的期待。他们有两年的时间来证明他们有能力飞向太空。严格意义上讲，他们在7月10日报到后还不是正式的宇航员，而是NASA的宇航员候选人（astronaut candidate），缩写为ASCAN。这是以前的NASA宇航员从未有过的头衔和角色。从"水星七人组"开始，所有加入太空计划的人员在第一天就被授予了宇航员的头衔。但从这批人员开始，在他们被认为准备好飞向太空之前，需要经历多年的训练。

训练将是多方面且艰苦的。ASCAN将深入了解航天飞机的各个系统，每个人都要掌握在飞行过程中修理故障部件的能力。他们将参观整个NASA，以更好地了解该机构遍布全美各地的中心。他们还将学习一系列科学和工程学科，以便能更熟练地部署带到太空的卫星，更顺利地进行实验。他们还将两人一组驾驶NASA的T-38喷气式飞机进行编队飞行，体验在空中操作大马力飞行器的感觉。

这是很多需要消化的信息。会议结束后，一名新成员站起来宣布了一件事。这个人就是里克·豪克，是新人中军衔最高的。他还有一个行为吸引了大家的注意，他一走进会议室就径直坐在桌边。里克把ASCAN的大头照发给每个人，询问他们是否满意，这是一项很小的行政任务，但让他成为这个新群体的领导者。

这件事完成后，新人分散开去上他们的第一堂科学课。NASA没有浪费任何时间就开始了训练。然而，在训练全面展开之前，新团队有一些重要的事情要处理：他们必须想出一个绰号——一个比"NASA 第 8 组宇航员"更响亮的名字。起绰号是从第一批宇航员开始的传统，他们的绰号是"水星七人组"。这批新宇航员共有 35 人，所以他们给自己取名"三十五新人"（Thirty-Five New Guys），首字母缩写 TFNG。朱迪思和吉姆·布克利一起画了一个标志：一架卡通航天飞机，上面爬满了 35 名宇航员。从那时开始直到多年后，TFNG 成员都会自豪地穿着印有这个标志的 T 恤。

这个看似单纯的缩略语实际上带有顽皮的双重含义。其中的 FNG 也可以是另一个短语的首字母缩写——"该死的新人"（Facking New Guy），在军队中指的是即将被立规矩的新兵。他们巴不得把"TFNG"标签贴在额头上，向所有人显摆自己是新来的宇航员。

六位女性很高兴被视为大集体密不可分的一部分。凯西说："我们不想被赋予'女性宇航员'的标签，也不想被与男性宇航员区别对待。我们六人中没有人希望这样。我们中没有任何人在以前的职业生涯中刻意按照成为'女性这个专业人士或女性那个专业人士'的道路发展。"

不过，为了迎接女性宇航员，NASA 不得不做出一些必要的改变。该中心的许多设施在建造时并没有考虑到女性工作人员。在她们加入之前，最大规模的增建项目是与健身房相连的女更衣室，里面配备了吹风机和其他一些女性专用设施。

尽管如此，六位女性还是渴望尽可能地融入 NASA，包括工作服。在上班的第一天，安娜和萨莉想出了一个计划。两人偷偷溜到附近一家名为 Foley's 的百货商店，买了纯色马球 T 恤和卡其裤。这类朴素的服装是男性宇航员和工程师的非正式制服。从此以后，这也将是女性宇航员的非正式制服。

不过，穿着得体只是整个融入过程的一部分。这六位女性真正需要证明自己的地方是在训练中。虽然瑞亚、朱迪思和香农都有驾驶飞机的经验，但六人都没有接受过驾驶喷气式飞机的正规训练。如果喷气式飞机的飞行任务失败，NASA希望确保这六位女性和其他新手能够从驾驶舱中跳伞——无论是在水上还是在陆地上——并能够生存下来。这意味着新手必须学习跳伞求生技能。

7月下旬，NASA将六人和几位没有这类经验的男性宇航员送往佛罗里达州的霍姆斯特德空军基地（Homestead Air Force），在那里，他们将学习如何在开放水域跳伞求生。在三天的时间里，初出茅庐的宇航员们穿上了深绿色、橙色或浅蓝色的连体服，在100华氏度（约37.78摄氏度）的高温中大步走到附近的比斯坎湾。他们的跳伞教练以及媒体早已等待在那里。

NASA的首要任务是将人员和航天器送入轨道，不过另一项同样重要的任务或许是自我推销。NASA的预算仰仗吝啬的议员做决定，因此，该机构必须想方设法展示它没有浪费纳税人的贡献。当一个绝佳的上镜机会出现时，NASA绝不想错过。像水上生存训练这种有趣的活动是拍摄影像并展示NASA正面形象的完美机会。

一大群记者和电视台工作人员乘坐巴士进入训练区，见证并记录了训练过程。与预见的相同，每个人都想采访六位女性。一名记者大声叫萨莉给他一个"高兴的表情"，她只是简单地回答："我不想！"另一个人大喊"嘿，小姐"，想引起瑞亚的注意。瑞亚回击道："你该称呼我为博士。"男性宇航员再次被忽视，其中一个人对记者说："我们毫不起眼。"

女性宇航员们对媒体简短地打了招呼，安抚了大家的情绪，之后就立即专注于手头的训练任务。教练招呼大家上船并系好安全带，驾着船向着大西洋驶去。很快，这六位女性就被绳子拴在一艘高速行驶的摩托艇后面，被拖着穿过满是鲨鱼的水域。她们按照教练的要求，尽可能长时间地将面部露出水面。如果她们弹射出驾驶舱并掉落在波涛汹涌的海面上，同时大风来回拉动她们的降落伞的话，这样做能救她们一命。

这六位女性必须学会从漂浮在海面上的降落伞下游出来，以防在坠落过程中被伞衣盖住。一旦从降落伞的另一边浮出水面，她们得马上给救生衣充气，等待直升机将她们从水中救出。训练的最后一项是不同寻常的滑翔伞训练。她们把降落伞系在身上的吊带上，在船的甲板上疾跑，一跃而下，让风托起降落伞，把她们带到400英尺的高空中，同时另一艘摩托艇拖着她们穿越海湾。当得到信号后，她们断开连接船的绳子，降落到水面上，模拟从喷气式飞机上跳伞逃生。一旦落到水面上，她们必须马上给救生筏充气，然后爬上去。

对好几位女性来说，这是她们职业生涯中特别兴奋，也是特别疲惫的一天。驳船上挤满了兴致勃勃的记者，这让她们更紧张了。瑞亚后来回忆说："我们几个，尤其是没有军队背景的人，做的都是以前从未做过的事，压力已经够大了，真希望媒体能远离我们。"在训练中的某一时刻，萨莉甚至想，我在做什么？我一直以为自己是个聪明人。不过，每个人都笑着完成了训练。当天拍摄的一张照片上，女性宇航员们站在阳光下，脸上绽放着灿烂的笑容。

不过，她们的跳伞训练还没有结束。在水面上方跳伞是一回事，从高空向陆地跳伞是另一回事。NASA需要她们为任何形式的撤离做好准备。几个星期后，这六位女性再次登上一架飞机，这次的目的地是俄克拉荷马州伊尼德市的万斯空军基地（Vance Air Force Base），离香农长大的地方不远。

8月28日,又是俄克拉荷马州酷热难耐的一天,六位女性和五名男同事准备好迎接第二轮训练。这一次,女性们仍然需要疾跑,不同的是这次需要背着沉重的降落伞。这次她们不是从甲板上一跃而下,而是从皮卡的后车厢里一跃而下,由一根连接在皮卡上的绳子拉着飞越陆地。她们再次腾空而起,以这样的方式模拟在坚实的陆地上空弹射逃生。一旦到了空中,她们就应解开连接自己和皮卡的绳索,并向地面降落。这时她们得把腿摆放在一个正确位置,只有这样才能保证安全着陆。

安娜是身材矮小的宇航员之一,她几乎立刻就被风带到了空中。相反,高个子的人被皮卡拖了一段时间后才等来送他们升空的强风。与水上生存训练不同的是,这六位女性在陆地生存训练结束后遍体鳞伤。朱迪思硬着陆在俄克拉荷马州坚硬的泥土上,弄伤了脚踝,但她们毫无怨言。NASA只知道她们享受训练的每一分钟。

随着求生训练的完成,终于来到了重头戏。NASA的T-38机队在约翰逊航天中心外围的艾灵顿机场(Ellington Field Airport)准备就绪,等待六位女性进入驾驶舱,直击长空。白色涂装的T-38的机身侧面画着一条蓝色条纹,飞机有一个细长的圆锥形机头和一个弧形玻璃驾驶舱罩,其大小刚好能容纳一名飞行员和一名后座上的副驾驶。飞机的腹部装有两台通用电气公司的J85发动机,它能够推动飞机超越音速,并攀升到比标准民航飞机的飞行高度还要高一万英尺的高空中。

作为ASCAN训练的一部分,NASA要求所有非飞行员的任务专家每月至少在T-38上飞行15个小时。由于这六位女性没有驾驶喷气式飞机的经验,她们只能坐在后座上,也被禁止操纵飞机起飞和降落。但即使没有这方面的经验，她们也可以在空中操纵飞机，与飞行员协同工作，学习如何通过耳机进行交流，在多云的气象条件下导航，感受身体在加速度运动下被重重推向座位。

对于这六位女性来说，她们很快就意识到，矮小的身材在穿戴飞行装备时是一种挑战。5英尺2英寸高的瑞亚是六位女性中个子最矮的，对她来说，仅仅是爬上梯子进入驾驶舱就不太容易。负责训练她们的飞行教官到处寻找足够小的降落伞吊带，以免她们在弹射时滑出降落伞。但是，当飞行的时刻终于到来时，她们把自己挤进飞机窄小的后座，绑上氧气面罩，让T-38带着她们拔地而起，冲向跑道上空，飞上墨西哥湾的天空。第一次飞行只是为了让她们熟悉环境，体验飞机在空中加速的感觉，并通过耳机听到驾驶舱内的声音。完成这些轻松的飞行后，教官们让她们试着控制飞机，在巡航期间暂时扮演飞行员的角色。T-38对哪怕是最轻微的操控动作都很敏感，人只需极轻微地触碰驾驶杆就能让飞机倾斜或爬升。约翰·法比安说："我们跟着感觉操控，而不是推杆。所以，当手握驾驶杆时，你要凭着轻微的触觉操控，无须移动太多。"

每一次飞行对六位女性都是挑战，她们被锻炼成为一流的喷气式飞机飞行员。在飞行中，她们可能被提问驾驶舱里的仪表知识，或者被要求制订跨国飞行计划，计划在哪里降落加油。但也许最令人兴奋的是让人感到天翻地覆的特技飞行。

在广阔的墨西哥湾4万英尺的高空中，TFNG做了一系列令人眩晕的空中特技动作。ASCAN驾驶T-38以紧密的编队飞行，飞机像一群鸟儿一样在空中翱翔，翼尖之间只隔着几英尺远。他们要驾驶飞机做向后滚翻、桶滚和破S（半滚倒转）的动作。如果两架T-38并排飞行，一位飞行员可以操纵飞机做桶滚，翻越另一架飞机——这时两架飞机的驾驶舱擦肩而过，做桶滚的飞机最终会平稳地翻到搭档飞机的另一侧。如果飞行员将飞机转向正确的方向，后座上的人就会感到身上被施加了额外的重力，其力度之大，令人感觉好像有一个看不见的重物将他们撞到座位上。当TFNG被安全带固定在航天飞机驾驶舱里飞上天空的那一刻，他们将重温那种感觉。

这很可能导致眩晕恶心。瑞亚第一次飞行时，当飞行员带她进入令人感觉失重的爬升阶段时，她竭力保持冷静，试图回忆起那天早上她吃了什么，她可不想第二次看到她的早餐。但即使这六位女性中真的有人晕机，她们也缄口不提。与逃生训练的情况一样，她们不想让任何人认为自己力不能及。安娜说："我意识到我们背负着一个额外的担子，那就是我们迫切地想要确保成功，这样才不会影响到之后的女性宇航员。"

保持镇定可能很难，因为在T-38飞行训练中，情况可能会变得棘手。这个机型能够携带的燃油有限，有几次，他们在飞行时意外遭遇了风暴，导致飞机比平时消耗更多的燃油，差一点没能安全返航。还有一次，朱迪思和她的搭档TFNG飞行员丹·布兰登斯坦（Dan Brandenstein）遭遇了一场反常的暴风雪，不得不在犹他州的一个机场迫降。朱迪思的任务是在后座上报告飞行高度，但是风雪太大，她根本看不清跑道。

她报告着"500英尺，400英尺，300英尺，200英尺，"然后是停顿，"现在怎么办？"朱迪思问。按照规则，如果飞行员在200英尺的高度看不见跑道，就不应降落。此时此刻，他们试图降落在一片看不见的土地上，朱迪思极力保持冷静。幸运的是，丹勉强看到了跑道上的灯光，他们最终完好无损地着陆了。

香农轻松驾驭了T-38。到那时为止，她已经积累了数千个小时的飞行时间，也适应了比她习惯的派珀"快船"飞机复杂得多的操控方式。最令她失望的是，NASA不允许她获得T-38的驾驶资格。即使是NASA在1965年聘用的前科学家宇航员——其中四人没有驾驶喷气式飞机的经验——也接受了空军训练，成为喷气式飞机的飞行员。但根据NASA的要求，大多数TFNG任务专家都只能待在T-38的后座上。雪上加霜的是，TFNG飞行员弗雷德里克·格雷戈里在越南战争时主要驾驶直升机，他的固定翼飞机驾驶经验与香农相当，但被允许驾驶T-38。香农问上级，为什么她与弗雷德里克区别对待？

一位NASA官员对她说："香农，你要知道，他在越南时飞过，还曾经遭到敌方枪击。"

"好吧，如果我飞到海湾上空，找个人向我开几枪，我能获得飞行员资格吗？"她反驳道。遗憾的是，她的请求并未通过。

对香农来说，被安排只能待在后座上令她特别沮丧，因为这意味着她必须受制于飞行员的日程。按照NASA的规定，这六位女性想要在T-38上训练的话，必须找到一位愿意带她们的飞行员，而这人正好要飞往休斯敦以外的某个地方，而且正好没有带其他人训练的计划。六位女性很快就发现，每位飞行员的驾驶风格都不同。有的人在整个飞行过程中一言不发，霸占着驾驶杆，或者与空中交通管制人员进行"口水战"，有的人则被誉为"那50%"，因为他们让女性宇航员在飞行的一半时间里操纵驾驶杆。

最终，这六人都找到了适合一起飞行的男性飞行员搭档。对瑞亚来说，这意味着找到最好的教练，避开只想寻求刺激的人。弗雷德里克·格雷戈里喜欢尽可能地贴近地面飞行，而一对搭档则因在墨西哥湾的石油钻井平台上空做俯冲投弹的机动动作而惹上麻烦。据悉，有几名飞行员还在海湾上空切换到废弃的频率，并进行空中格斗——这是一种可怕的空中斗鸡游戏，两名飞行员驾驶飞机相对飞行，首先胆怯而更换这个危险动作的为输家。在最初几个月的训练中没有发生任何致命的事故，许多人认为这是一个奇迹。

瑞亚被褐金色头发的罗伯特·"胡特"·吉布森所吸引，她在宇航员发布会后的晚宴上向他介绍了自己。对她来说，胡特让她感到安心。他是一名从 Top Gun（美国海军战斗机武器学校）毕业的飞行员，对进出主要机场的空中交通了如指掌。他教会她无线电通信用语，"如果空中交通管制人员问你这个问题，你应该这样回答。"他也会给她建议，帮助她更自信地使用无线电交流。

朱迪思、萨莉和安娜经常与里克·豪克、约翰·法比安、丹·布兰登斯坦和乔恩·麦克布莱德（Jon McBride）搭档，做他们的副驾驶。香农经常和与她一个办公室的约翰·克雷顿（John Creighton）一起搭档飞行。严格来讲，女性和其他任务专家不允许在 5000 英尺以下的高空中操控飞机。但据了解，有些飞行员对此睁一只眼闭一只眼，给了这几位女性机会操纵飞机起飞和降落。"我让她们驾驶飞机着陆。"约翰·法比安承认。

萨莉和朱迪思都成了技术高超的飞行员。男性同事们惊讶于她们掌握飞行技术的速度之快，就好像已经有多年经验一样。"朱迪思是个天生的飞行员，"约翰回忆道，"她对飞机的驾驭能力不可思议。萨莉也是如此。"萨莉迷上了这种新的飞行员生活，她甚至在业余时间里报名了私人课程，最终通过努力拿到了飞行员执照。安娜也是如此，她最终驾驶塞斯纳 150（Cessna 150）完成了她的首次单人跨州飞行。那年圣诞节，她告诉比尔，她在一位男性同事桌子上看到过一本书，书里详细介绍了历史上所有的飞机，这是她想要的圣诞礼物。

成为一名优秀的飞行员对 NASA 是一个加分项。史蒂夫·霍利说："事实上，成为一名优秀的航天飞机乘组人员所需的大部分技能都是在喷气式飞机上学到的。比如乘组人员之间的协同合作。做飞行计划、无线电通信、手眼协调这些能力也很重要。如果你要驾驶喷气式飞机，那么你就必须能够处理紧急情况。" TFNG 开始意识到，他们在 T-38 上表现得越好，在上级选拔执行太空任务的乘组人员时，他们就越有优势。

虽然 T-38 训练的确有意思，但是 TFNG 的大部分时间都花在了教室里。对于研究生和博士后来说，这就像在家里一样自在。TFNG 的人员太多，所以他们被分成了两组——红队和蓝队，里克·豪克与约翰·法比安分别担任队长。每天早上，由里克率领的红队听取关于航天飞机系统的简报，而由约翰率领的蓝队驾驶 T-38 训练。而到了下午，两队会交换任务。

这些课程涵盖了航天飞机的每一个可能的部件，从使用高压流体来操纵所有机械襟翼和阀门的复杂液压系统，到在机舱内提供与地球空气类似重要的混合气体，再到处理水和废弃物的生命支持系统。尽管每个人的背景不同，但他们都必须开始学着像工程师一样思考。

尽管没有正式的课程，但还有一个重要的技能必须掌握：像 NASA 工程师那样交流。具体来说，就是使用缩略语交流。几乎每一个航天飞机系统或部件的名称都是由三个、四个或五个首字母组成的缩写，工程师们已经将这些缩写刻在了他们的大脑深处。他们可能会说："在 STS-51-F 上，SSME 2 的 hi-press FU T/P TDTS 失效，导致在 MECO 之前大约三分钟时，中心 SSME 提前自动 S/D。" 对于未经训练的听众来说，它听起来更像克林贡语（Klingon）*而不是英语。但在听了足够多的工程师的讲解后，六位女性都学会了破译这些缩略语，并最终也能够运用自如。

其他课程涵盖了对航天飞机的有效载荷和实验有用的各种学科。大部分飞行活动将涉及从太空中对地球进行研究，因此 TFNG 需要学习地球的地理和海洋学，这是凯西在戴尔豪斯大学期间已经掌握的学科。天文学课程对萨莉来说是小菜一碟，除此之外课表上还有人体解剖学和医学课程，以防飞行途中出现紧急医疗情况。对于已经是医生的瑞亚和安娜来说，掌握这些课程不在话下。

当 TFNG 不在教室或 T-38 驾驶舱里的时候，他们在美国各地出差，参观 NASA 的所有设施。NASA 的运营不限于休斯敦总部，它还包括分布在美国各地的 20 多个中心。这是该机构的策略，旨在将员工分散到不同的州，并获得这些州的议员的支持。每个中心有自己的专长。TFNG 参观了位于亚拉巴马州亨茨维尔的马歇尔太空飞行中心（Marshall Space Flight Center），该中心负责监督航天飞机外围支持系统，即大型外部燃料箱和固体火箭助推器的生产。TFNG 还飞往卡纳维拉尔角的肯尼迪航天中心，这里是航天飞机的发射台所在地，也是宇航员的第二个家。他们还参观了加利福尼亚州帕萨迪纳的喷气推进实验室（Jet Propulsion Laboratory），那里的工程师设计并制造了研究太阳系的机器人探测器。在那次参观中，一些宇航员了解到，并非 NASA 的所有人都支持航天飞机计划。

---

* "克林贡"是《星际迷航》这一科幻系列电影和电视剧中虚构的一个外星种族的名字，克林贡语是这个种族使用的语言名称。

胡特·吉布森回忆道："我永远不会忘记，实验室主任站起来，对我们说：'我们真的［不］需要你们。'"

在全国各地的出差中，学习机会和公关访问各占一半。宇航员将被派往 NASA 的各个承包商总部，他们的任务是展示正面形象，鼓舞公司的士气，并收集更多关于帮助航天飞机起飞的各种交通工具的信息。其中一次出差是去波音公司（Boeing）参观。当时波音公司正在研制一架巨大的新型波音 747 飞机，承担背负航天飞机往返于 NASA 位于卡纳维拉尔角的发射场的任务。乔治·阿比让六位宇航员一起前往西雅图参观那架飞机，包括里克·豪克、丹·布兰登斯坦、迪克·斯科比（Dick Scobee）、朱迪思、萨莉和安娜。

因此，这六人两两组队，驾驶 T-38 从休斯敦飞往西雅图的波音公司。在参观生产线之前，他们先来到波音公司的工厂，与工厂人员见面寒暄。之后，在参观期间，波音公司的接待人员提出了一个诱人的建议。

"你们想驾驶波音 747 吗？"

宇航员们解释说，他们从未在模拟器中驾驶过这么大的飞机。

"不，我们不是指模拟器，"这位管理层人士回答说，"我们指的是真飞机。"

波音公司向宇航员简要介绍了控制系统，然后将他们请上了一架没有乘客座椅和其他商业服务设备的预生产型波音 747。巨大的机身里只安装了四个座椅，其余空间空无一物。六位宇航员挤进驾驶舱里，一名波音公司的试飞员已经坐在机长座位上。他问："谁想第一个驾驶它起飞？朱迪思，你来怎么样？"

男士们踌躇了一会儿。朱迪思期待地环顾四周，然后说："好，我来！"

她坐到机长旁边的副驾驶座位上。机长驾驶飞机滑行到跑道上，启动了发动机，与此同时朱迪思手握操纵杆，给飞机加大油门。随后，她轻松自如地驾驶这架波音747飞机向东飞越喀斯喀特山脉。飞行了一段时间后，他们返回跑道上。试飞员告诉他们，他将演示一次着陆，然后给每个人一次机会降落飞机。所有宇航员互相交换了一下眼色，大家心领神会，都没有透露这几位女性宇航员究竟有多少次驾驶飞机着陆的经验。

朱迪思是第一个，她勉强把巨大的飞机颠簸着降落在跑道上。然后她再次驾驶飞机起飞，其他宇航员一个接一个地轮流操纵飞机着陆和起飞。

最后，轮到萨莉了。当她完美地完成着陆后，波音公司的试飞员问道："萨莉，你还驾驶过什么其他机型吗？"

萨莉若无其事地摇了摇头，回答道："没有。"她没有飞行员执照，也没有驾驶过这么大的飞机。

波音公司的试飞员的脸色变得苍白。他张口结舌，看向朱迪思和安娜，用眼神询问她们是否有经验。两人都不好意思地摇了摇头。波音试飞员突然意识到，他刚刚让三个新手降落了这架巨大的飞机。不过，他不可能发现她们是新手——因为这几位女性对驾驶飞机的熟练程度不亚于专业人士。

有一架飞机是这六位女性非常熟悉但从未驾驶过的。那是一架巨大的KC-135飞机，绰号"呕吐彗星"（Vomit Comet）。这个机型通常用于空中加油，不过这架飞机不同，它的内部没有乘客座椅，四壁都铺满了厚垫子，这样的设计是为了让人短暂体验与太空失重类似的感觉。在天空中，"呕吐彗星"将沿着一系列抛物线的轨迹飞行，让机上人员短暂体验被施加额外重力和自由落体交替的感觉。通过这种方式，宇航员可以感受到在封闭的飞行器舱内失重漂浮的感觉是什么样子——即使一次只有30秒。

在有地心引力和失重之间的切换通常会让人晕机呕吐，"呕吐彗星"这个绰号就是由此而来。这六位女性在这架飞机上忍受了无数次爬升和下降，有时一次飞行中要经历多达50次，从而磨炼出了不晕机的本领。她们进行了各种实验，感受航天飞机之旅可能会是什么样子。"呕吐彗星"还为NASA最新的发明——排泄物收集系统提供了完美的测试平台。在地球的重力作用下，如厕是相当简单的，但在失重状态下，人们需要更多的创造力才能完成这套动作。设计航天飞机马桶的工程师创造了一个非常基本的"宝座"。马桶底部有一个4英寸的洞，人坐在上面，用绑带绑定。一根软管与马桶相连，不断把从人体排出的任何气体和液体吸走。其设计的初衷是男性和女性都能使用，因此为了让六位女性可以正常使用，必须在软管的末端安装一个专门的漏斗，以确保尿液流向正确的方向。这样的设计是因为男性小解时可以控制方向，女性却不太容易。

NASA急切地想知道马桶的设计是否有效，于是指派六人中的几人在"呕吐彗星"上测试该设备。每次飞行前，她们都必须尽可能多地喝水，直到膀胱几乎爆裂。然后，在第一次失重期间，她们得偷偷溜到厕所——只有一张门帘保护隐私——试着使用软管和漏斗小解。虽然这种方法效果欠佳，但好在卫生纸足够多，以防在失重状态下有尿液漏出并飘走。在她们测试过一次后，又得拼命喝水。如果幸运的话，她们可以在飞行结束前再次测试这个"宝座"。

在空中进行如厕实验令人尴尬，但总比在地面上进行这种实验要好。在地面如厕实验中，马桶里面有个摄像头直对着上面的开口，旨在帮助宇航员找到完美的位置。宇航员通过一个显示器观察自己的……产出。

但无论训练变得多么可怕或令人作呕，都没有人发出任何抱怨。这六位女性明白，在她们所做的每一件事中，即使压力大到难以承受，她们也必须表现出自信。其中一个压力来自锻炼和保持身材，考虑到本已繁忙的日程安排，这是一项艰巨的任务。但她们从未喊苦喊累。如果一名ASCAN在门口探进头来，提议在110华氏度（约43.33摄氏度）的高温下跑步，她们不会拒绝，而是欣然接受，不过在心里默默祈祷天上飘来一朵云遮住太阳。

这六位女性明白，作为第一批女性宇航员，她们的一举一动都比任何一位男同事更加受到关注。她们还意识到，如果其中一人出现明显的失误，反对者就会趁势小题大做，将之放大为女性不适合执行太空任务的证据。当时瑞亚的水肺潜水训练不太顺利，她经常一回到家就忍不住落泪，担心这个训练项目的失败会结束她的宇航员生涯。但她还是掩饰了自己的情绪，第二天再次出现在训练场地上，决心继续前进。

没有人能在她们的脸上看到一丝一毫恐惧或软弱的迹象，但她们所进行的每一个训练都在默默预示今后可能遇到的巨大风险。在某一天的训练中，阿波罗任务中的传奇飞行指挥官吉恩·克兰茨（Gene Kranz）前来给ASCAN做演讲。在命运多舛的"阿波罗13号"任务中，当宇宙飞船的氧气罐起火时，吉恩·克兰茨领导任务控制中心在NASA的工程师团队的帮助下控制了险情，使得乘组人员成功脱困。ASCAN聚精会神地听完了克兰茨的演讲。然后，克兰茨站起来播放了一段录音。

那是"阿波罗1号"的三名乘组人员格斯·格里索姆（Gus Grissom）、埃德·怀特（Ed White）和罗杰·查菲（Roger B. Chaffee）的声音，他们正坐在火箭顶部的驾驶舱内进行一项测试。在那个全氧环境中，突然发生了火灾，火势迅速蔓延到整个封闭且狭小的舱室，ASCAN听到的就是当时三人的对话。

"哎呀！我们的驾驶舱着火了。"埃德通过扬声器喊道。

罗杰的声音响起，"我们这儿火情严重！"然后扬声器里传出他们最后的尖叫声。音频结束后，房间里的所有人都陷入了沉默。

这段录音严肃地提醒他们这份工作的风险，以及为什么他们的训练是关乎生死的。

07
航天飞机的黎明

航天飞机将改变一切。航天飞机是 NASA 在 20 世纪 70 年代初酝酿登月计划时,对其后续计划的梦想。这架 122 英尺长的黑白涂装的全新航空器将代表一种范式转变,即从危险且昂贵转变到经济、常规且安全的运输方式。

事实是,起初,航天飞机只是一个更宏伟愿景的一小部分。随着阿波罗计划接近尾声,理查德·尼克松总统开始寻找一个关键问题的答案:美国太空计划的下一步应该怎样走?为了弄清楚这个问题,他组建了由副总统斯皮罗·阿格纽(Spiro Agnew)领导的太空任务小组(Space Task Group)。他们编制了一份载人航天计划的建议清单,这些计划可以成为阿波罗计划的后续计划。清单覆盖的范围很广,包括一项雄心勃勃的人类登陆火星计划,这需要将 NASA 已经极度膨胀的预算增加一倍以上。除了这一红色星球任务,NASA 还计划在月球上建立一个永久基地,并在其轨道上设立哨站。或者 NASA 推迟火星任务,转而将重点放在建设一个空间站上。太空旅客将可以乘坐"航天飞机"——

一种可以定期往返太空的航空器——飞往空间站。

尼克松总统担心实施所有或其中几个项目的成本过高，最终，他决定只专注于其中一个建议：航天飞机项目。空间站项目不得不推后。在美国赢得太空竞赛后，国会的态度转向了节俭。

因此，在1972年，在国会的指示下，NASA的官员着手设计这种有人驾驶的航天飞机。从本质上讲，NASA设想的航天飞机是一款美国最先进的卡车———种太空出租车，它将定期往返于低地球轨道，类似于往返于全国各地运输货物的半挂车。同时，就像一辆卡车那样，航天飞机也可用于商业目的，为众多客户将各种有效载荷送入轨道。

NASA向美国和世界传达的信息是明确的：如果你需要运送物品上太空，航天飞机可以完成任务——甚至可以把卫星送入轨道（尽管在过去的十多年来，这项工作一直是由不载人的火箭完成的）。NASA对航天飞机极尽赞誉之词，称其是研究人员在微重力条件下进行科学实验的完美平台，也是从太空中研究地球的绝佳场所。此外，NASA还向国防部游说，称航天飞机是运输绝密间谍卫星的理想工具。宇航员将照看它们，同时保证对其真正用途守口如瓶。此外，当NASA开始建造空间站后，航天飞机可以运送模块进入轨道，像乐高积木一样把它们连接在一起。

这款航天器以多功能性为傲，这个特性决定了其最终设计方案。航天飞机的核心是它的有效载荷舱——一个60英尺×15英尺的货舱，这个状似洞穴的空间占据了航天飞机的大部分机身。一旦航天飞机脱离地球引力，两扇巨大的舱门就会敞开，将舱内的物品暴露在真空的太空中。如果宇航员需要取放舱内的物品，他们可以穿上宇航服前往这个仓库，或者可以使用一种正在为航天飞机开发的新工具——一种灵巧的机械臂,来抓住设备并对其进行操纵。

随着所有要求逐步清晰,这款航天器演变成了一种新型太空飞行器,完全不同于NASA多年前发射的巨大火箭和太空舱的结合体。与过去的火箭一样,航天飞机也由底部的三个主发动机提供推力,采用垂直发射方式。不过,它有位于机身两侧的固定机翼、位于底部的垂直尾翼、俯瞰球状鼻锥的驾驶舱,这使得航天飞机看起来更像是一架飞机而不是火箭。

而且,它需要一些重要且庞大的助手才能进入太空。航天飞机需要消耗50万加仑(约1892.8立方米)的冷冻液体推进剂——液化氢和氧——才能将其巨大的身躯送入太空。所需推进剂的量大到令人难以置信,以至于NASA无法将所有材料都装载在航天飞机上。退而求其次的办法是,将这些极易挥发的液体储存在一个巨大的子弹形状的暗橙色容器里,这个容器与航天飞机的下腹部相连。后来,这个装置被称为"外部燃料箱"。在发射过程中,燃料从燃料箱进入航天飞机的主发动机,在那里燃烧,将航天飞机送入轨道。当推进剂全部用完后,燃料箱将分离并落回地面。

尽管如此,航天飞机的主发动机本身并不能提供足够使其进入轨道的推力。地球的引力太大,航天飞机又太重。因此,在外部燃料箱的两侧又分别连接了两枚超过150英尺高的白色火箭。它们是固体火箭助推器,顾名思义,其功能正是"助推"。它们使用固体推进剂,即铵、铝、铁和其他可燃材料的颗粒混合物,为航天飞机提供进入轨道所需的额外推力。事实上,助推器的推力十分大,以至于在航天飞机上升到太空的过程中,大部分的推力都仰仗于它们。

它们将成为有史以来最大的固体火箭,也是第一种用于将人类送入太空轨道的火箭——也许是因为在此之前没有人想到这种类型的火箭能够安全地运载珍贵的"货物"——人类。与使用液体推进剂的火箭不同，固体火箭一旦点火就没有回头路了。一旦燃料开始燃烧，就会一直燃烧下去，直到完全耗尽，没有办法停止。因此，如果在飞行过程中出现问题，固体火箭助推器仍将会继续推动航天飞机前进，机上人员将无能为力。对于宇航员来说，他们当然希望固体火箭点火时是指向上方的。

如果这还没有给宇航员和任务管理人员留下足够多问题的话，那么固体火箭助推器同样复杂的生产过程也是需要考虑的一点。一家名为 Morton Thiokol 的公司被选为火箭的主承包商，该公司的工程师们在犹他州偏僻的工厂里制造火箭。由于这个地点选择，Morton Thiokol 公司无法将火箭完整地运送到佛罗里达州的发射场。因为它们实在太大了，通过陆路跨州运输不现实，也没法用货机运送，犹他州也没有驳船。因此，该公司决定分段制造，然后通过火车将之运往卡纳维拉尔角。在将每一段都造得尽可能大的同时还得控制尺寸，使其恰好能装在火车上。所有分段都被运送到佛罗里达州后，工程师们将进行组装，将它们一段段叠在一起，每个分段之间都有接缝。

为了确保助推器的炽热火焰不会从这些接缝中喷出，每个接缝内都放置了两个薄橡胶圈，其被称为"O 形圈"。这些 O 形圈起到了密封作用，它们将灼热的气体封闭在火箭内部。O 形圈是防止灼热气体从火箭侧面喷出的最重要防线。

归根结底，无数活动部件必须精确地协同工作，才能将航天飞机及其乘组人员送入轨道。航天飞机的设计似乎比"阿波罗"号宇宙飞船复杂得多，但前者有一个主要特点，NASA 认为这是一个关键的优势：它能完好无损地返回地球。宇航员不用再乘坐系着降落伞的小型返回舱降落在海面上，而是驾驶航天飞机滑翔降落到跑道上。航天飞机系统的一部分可重复使用，NASA视这个特点为向大众开放太空之旅的关键。他们还认为这将节省大量成本。相比之下，每一次阿波罗任务都像是"玛丽王后"号（Queen Mary）横渡大洋一次，在到岸后就被弃置了。

的确，在航天飞机的每一次飞行中，外部燃料箱最终都会分离，但降落伞会从两个固体火箭助推器中弹出，带着它们轻缓地落到海面上，它们在那里等待被打捞、填充燃料或翻新。而返回地球的航天飞机也可以在准备好后再次启程。

早些时候，NASA和美国国防部进行了相关研究，预测每年的飞行次数为30~70次，如果保持这个频率，最终将1磅货物送入太空的成本会被降低到50~100美元。不管怎样，这是他们的希望。

不过在这之前，这种新奇的航天器必须飞得起来。

当TFNG在1978年加入NASA时，他们都相信航天飞机将在第二年年底投入运营。NASA仍在向着这个目标努力。乔治·阿比已经为首次任务选好了两名乘组人员：一位是"阿波罗16号"任务里踏上月球的人，宇航员办公室主任约翰·杨；另一位是新手宇航员鲍勃·克里平（Bob Crippen），一位英俊的前海军飞行员，他有一头棕色的头发、热情的微笑和好莱坞流行的晒成棕褐色的皮肤。1969年，鲍勃参加的空军太空飞行计划被取消后，他所在的八人小组加入了NASA。约翰和鲍勃将分别担任STS-1任务的指挥官和飞行员。STS-1指代太空运输系统的首次飞行，而太空运输系统是航天飞机的专业名称。他们将成为世界上最勇敢的实验豚鼠，驾驶全新的"哥伦比亚"号飞往太空。

但当时 NASA 和宇航员们无法预料的是，STS-1 还需要几年的时间才能成为现实。TFNG 很快就发现，NASA 给出的时间表永远不可信。胡特·吉布森甚至给"NASA"这个缩略语赋予了一个新的定义："从来没有确切的答案"（Never A Straight Answer）。

当 TFNG 加入 NASA 时，航天飞机的开发已经进行了一段时间，但它在通往发射台的道路上遭遇了几个意想不到的障碍。首先，NASA 为航天飞机开发了全新且精密复杂的主发动机，但其在测试过程中频频发生爆炸。在将发动机应用于航天飞机上之前，NASA 会将发动机固定在试验台上进行点火测试，以观测它们是否能正常工作。有时，发动机会产生一种稳定且均匀的火焰——一个刺眼的白色火锥，其迅速转变成一股烟云从发动机喷口喷出。有时，这种原本稳定的火焰会开始摇摆，然后发生爆炸，形成一个火球，将发动机吞没。

每一次新的爆炸都会带来一系列新的问题。NASA 继续推进，在每次测试后对发动机进行调整，逐步完善其设计。NASA 需要确保发动机不会在飞行过程中发生爆炸，把航天飞机炸成碎片，因此不得不一而再，再而三地进行测试。

与此同时，出现了一个复杂的问题。航天飞机的整个外部必须覆盖大约 3 万块由石英纤维制成的隔热瓦，这些隔热瓦像拼图一样拼接在航天飞机的表面上。当航天飞机返回地球时，它周围的空气将升温到近 3000 华氏度（约 1648 摄氏度），这些瓦片是令其不被点燃的关键保护层。安装瓦片遇到的困难是，必须把瓦片一块接一块地粘到航天飞机上，整个过程可能需要长达 40 个小时。但是有些瓦片就是粘不住。当航天飞机在测试过程中受到压力时，有些瓦片会脱落或断裂。

正是因为这样的问题，第一架航天飞机只得"半裸着"抵达发射场。1979年初，波音747飞机背负着闪亮的"哥伦比亚"号，从其位于加利福尼亚州的制造基地（该飞行器的主要承包商所在地）起飞，将之运送到佛罗里达州进行首次试飞。任何人只要看一眼天空中的航天飞机，就会发现它缺失了很大一部分瓦片——大约7800块。工人们继续在肯尼迪航天中心粘瓦片，但许多已经粘好的瓦片发生了破裂，必须更换。NASA通过一种被称为"致密化"的工艺找到了加固瓦片的方法，让其能够永久地粘在机身上，形成一个坚固的隔热屏障。

但这些问题使"哥伦比亚"号的首次发射又推迟了两年。

这令急于看到航天飞机上天的NASA和政府官员心急如焚。但是他们没有试错的余地。这个系统的每一部分都必须做好飞行的准备并确保飞行安全，因为航天飞机缺少一个关键功能：逃生。一旦固体火箭助推器点火，航天飞机就必须发射，直到这两个状如巨大蜡烛的助推器在两分钟后耗尽燃料。如果在此期间出了什么岔子，舱里的宇航员是无法跳伞逃生的。前面几次发射将配备弹射座椅（尽管从以高超音速移动的飞行器上弹射并不是一个特别理想的选择）。后续任务中的乘组人员会更多，他们将会被安全带牢牢绑定在航天飞机里。

如果主要系统出现故障，乘组人员只有在固体火箭助推器与航天飞机分离之后，才可能采取行动。如果一台发动机在升空过程中熄火，航天飞机仍有可能进入轨道，只不过进入一个比原计划低的轨道，这取决于故障发生的时间。航天飞机也有可能完全达不到太空轨道的高度，而是飞越大西洋，尝试在欧洲或非洲某个地点着陆。

最危险的选择是所有人都不想看到的"返回发射场"，即航天飞机尝试在空中进行一个翻转机动动作，回到肯尼迪航天中心的跑道上着陆。

当然，中止任务与否取决于航天飞机在发射过程中是否完好无损。如果它在飞行过程中四分五裂，那么宇航员也只能听天由命。

尽管如此，NASA还是需要宇航员为可能出现的所有紧急情况做好准备。这意味着需要进行大量训练。

到1979年春天，TFNG对他们将要驾驶的航天飞机越发熟悉了。在教室里上了几个月的课后，ASCAN急切地想获得航天飞机设备的实操经验。

为了让宇航员获得足够的驾驶航天飞机的训练经验，NASA制造了两类模拟机——都是一比一尺寸的模拟航天飞机驾驶舱，包括宇航员在飞行过程中将使用的所有座椅、屏幕和开关。一类是静态的，而另一类则可以像迪士尼乐园的游乐设施那样朝各个方向移动和摇晃，重现在实际飞行中冲向天空的感觉。

在训练的早期，TFNG没有很多时间在模拟机里训练。主要乘组的宇航员有优先权，即那些已经被分配到第一批飞行任务的宇航员。这意味着约翰·杨和鲍勃·克里平有最多的机会接触到模拟机。但TFNG有足够的时间来观察这些幸运儿，看他们如何按照操作清单一步步完成所有任务。NASA工程师们尽其所能，想出各种故障并在模拟机中进行情景重现，让受训宇航员手忙脚乱，让旁观者也跟着心惊胆战。臭名昭著的NASA培训师，即模拟机主管（Simulation Supervisors，Sim Sups，发音类似于"Soup"，英文"汤"的意思）时不时在系统上模拟骇人的最坏情况。有时，模拟机里的宇航员们能够巧妙地处理故障，驾驶航天飞机安全地降落在基地或塞舌尔。有时，这架虚拟的航天飞机会四分五裂，带走所有乘组人员。如果发生这种情况，就得从头开始。

虽然每个TFNG成员都渴望能被选中执行下一批飞行任务，开始模拟机训练，但他们大部分时间都在执行分配给个人的任务。在NASA加速推进航天飞机的首飞时，乔治·阿比为了让ASCAN忙起来，给每个人分配了各自的工程任务。这些任务各不相同，六位女性几乎立刻就开始怀疑不同的任务对她们的未来意味着什么。在她们看来，这些任务有好有坏。

萨莉一开始就设法抢到了一个不错的活儿。她的第一项任务是开发航天飞机的新型遥控系统（Remote Manipulator System，RMS），其后来被称为"机械臂"（robotic arm）。这只机械臂由一家加拿大公司制造，是一种蛇形的机械附属装置，功能有点像人类的手臂。它的三个关节——肩关节、肘关节和腕关节——与人类手臂不同的是，机械臂的关节活动范围更大。它的重量非常轻，但是在地球上无法举起与其等重量的物体，然而，在太空的微重力环境中，它能够举起和移动重达数千磅的卫星和物品。这个机械臂将成为世界上最复杂的"抓娃娃机"。航天飞机上的宇航员将使用机械臂从有效载荷舱中取出有效载荷，并将其送入轨道。机械臂也可以用来抓住太空中的卫星，并将其收回到有效载荷舱内。

不过，操纵这个设备并非易事。航天飞机驾驶舱内的宇航员必须一边从显示屏幕上观看机械臂在太空中的位置，一边操纵控制杆。根据在屏幕上看到的图像，通过微小的手部肌肉运动操控飞船外的机械臂需要非凡的手眼协调能力，而这正是职业网球选手萨莉所擅长的。她经常在下班回家后告诉比尔，她认为自己很擅长操控机械臂——比她的许多同事强得多。

朱迪思开始学习各种软件——从用于有效载荷的到用于机械臂的软件。她还与约翰·法比安和迈克·穆兰等其他宇航员合作，确定任务专家在航天飞机上的个人角色。但这些工作并没有持续很长时间。最终，她和萨莉一样被分配到机械臂任务。这对她来说毫不费力，最终成为她的专长。很快，她就频繁往返于加拿大和休斯敦之间，帮助制定程序和开发操控机械臂的软件。宇航员队伍中的许多人都开始意识到，展示操控机械臂的能力能够让自己脱颖而出。

安娜最初的任务也很重要：测试宇航服。NASA 正在为航天飞机研发新款宇航服，随着身材娇小的女性的加入，乔治·阿比希望工程师研发适合她们身材的超小号宇航服。在阿波罗计划时期，每套宇航服都是量身定做的，但下一步，航天飞机宇航服将变得有点像"蛋头先生"（Potato Head）*这个玩具。宇航员选择最适合自己躯干的部分，然后选择不同的腿和手臂部分，组成一套完整的宇航服。

问题是，NASA 还没有完成这些新款宇航服的开发。所以安娜不得不穿上皮特·康拉德（Pete Conrad）穿过的一套老款阿波罗宇航服。皮特·康拉德是登月的人中个子最矮的。尽管如此，皮特的宇航服仍然把安娜整个人都套了进去，使最简单的任务成了一种挑战。宇航服实际上是一艘世界上最小的宇宙飞船，只不过它是人体的形状。它的内部必须有足够的大气压力让穿着的人生存——但是在充气宇航服内控制自己的肢体需要很大的力量和灵活性。拥有一套尺寸合适的宇航服是成功执行

---

* "蛋头先生"是可以通过把手脚、五官等部件互相拼插，从而创造出各种古怪稀奇的外貌的玩具。

任何任务的关键。安娜说："对于体型较小的女性来说，只要有合适的宇航服，就能做得与男同事一样好。但是，如果宇航服不合适的话，就没有办法很好地工作。"

每周有那么几天，她得穿上皮特的宇航服，看起来像一个小孩子穿着哥哥的衣服玩装扮游戏一样。在失重环境训练设施（Weightless Environment Training Facility，WETF）中，一支由潜水员、摄影师、外科医生等人员组成的团队将帮助安娜沉入一个巨大的水池中，她将在水池里测试宇航服。在水池里的时候，她看到人们给她拍照并向她挥手，这让她觉得自己像一只被监视的小白鼠。安娜很快就了解到这就是在 NASA 工作的常态：宇航员的一举一动都会被观察，她最好习惯这一点。

最终，NASA 放弃了开发超小号宇航服，这个决定切断了许多女性宇航员进行太空行走的可能性。一位宇航服技术人员告诉记者："我们没有歧视。我们只是努力实现经济实惠。你必须找到平衡。"

香农被派往一个叫作 SAIL 的单位——航天飞机航空电子集成实验室（Shuttle Avionics Integration Laboratory）——这是一个独立的设施，里面有一个功能齐全的航天飞机驾驶舱，供宇航员测试软件之用。香农喜欢这个安排，但其他人害怕被分配到这样的任务。SAIL 位于 16 号楼，距离 4 号楼的宇航员办公室很远。其他人担心如果工作地点远离队伍中的其他成员——同时距离乔治·阿比较远——将影响他们被选中参加飞行任务的机会。凯西在一开始被指派去测试 NASA 的 WB-57F 飞机，这个机型被设计用于在高达 6 万英尺的极高高度飞行。理论上，这是一项很棒的任务。凯西将在稀薄的高空大气中穿着压力服飞行并获得美国空军的认证——她将是第一位获得这种认证的女性。

但她必须前往距离约翰逊航天中心园区超过 5 英里的艾灵顿联合预备役基地（Ellington Field Joint Reserve Base）。凯西越来越担心，前往远离宇航员办公室的地点可能会导致上级忘了自己。不过，她还是决定充分利用这个机会。她穿的压力服与前四次航天器飞行时的乘组人员穿的一样。她想，也许有一天她可以凭借这种经验穿上真正的宇航服。

除了瑞亚，大家似乎都对分配的任务感到满意。她被指派帮助开发食品系统，与操纵机械臂和测试软件相比，这是一项不那么有吸引力的任务。"我被派去与厨师们一起工作。"她后来说。由于她的医疗经验对航天飞机的系统没有太大帮助，她希望能分配到技术含量更高的任务，学习更多工程方面的知识。瑞亚的一位朋友认为她的任务是性别歧视，鼓励她进一步质疑。

瑞亚试着保持乐观，说服自己她被指派执行这项任务是因为自己具有营养学方面的背景。另外，没有人会质疑乔治的决定，绝对没有。瑞亚全身心地投入这项任务，很快就在"呕吐彗星"上对 NASA 工程师设计的新食物包展开了试验，测试这些食物在微重力环境下被挤压时会发生什么。有时，食物包测试与宇航员的抗眩晕测试同时进行，这需要受试者坐在旋转的椅子上。旋转中的受试者闻到刚出锅的意大利面和帕尔马干酪的气味时，大概率都会呕吐。

每个人都试图正面解读被指派的任务，事实是，这是 NASA 故意为之，就是想让他们在开始时感到困惑。乔治说："这些技术性任务如此分配是有意的——目的是迫使他们走出舒适圈。我们让科学家从事需要实操的工作，让军队试飞员从事科学工作，诸如此类。他们必须成为多面手，必须能够应付超出他们经验范围的任务。"

六位女性勤奋地工作了几个月。距离训练结束还有一年的时间，但让人感觉似乎遥遥无期。但是，1979年8月的一天，克里斯·克拉夫特出现在宇航员办公室里，宣布了一件事。TFNG不再是宇航员候选人。他们两年的训练期被缩短了。航天飞机的首次飞行的准备事项实在太多，而新宇航员的进展比预期的要快。为了表彰他们的成就，NASA授予每个TFNG成员一枚银色小胸针，上面有一个小图腾，意味着他们正式成为宇航员。但大家都知道在真正飞上太空的那一刻之前，这个头衔毫无意义，而在航天飞机准备好之前，没有人能进入太空。

1980年12月29日，完工的"哥伦比亚"号航天飞机出现在佛罗里达州阴云密布的天空下。从NASA肯尼迪航天中心庞大的飞行器组装楼（Vehicle Assembly Building，VAB）敞开的大门望去，可以看到它的身影。作为世界上体积最大的建筑之一，这座白灰相间的飞行器组装楼曾被用来放"土星五号"火箭，直到它被转移到发射台上。

"哥伦比亚"号被一个棒球场大小的巨大灰色平台托着，以像树懒一样缓慢的速度沿着鹅卵石铺成的道路移动到LC-39A发射台上。再过几个月，航天飞机就会从这里拔地而起，飞向太空。

在发射之前的日子里，所有宇航员似乎都特别激动。但他们没有时间沉浸于兴奋之中。乔治确保每位宇航员都被分配到某种与飞行任务相关的工作，整个机构都忙着最后的准备。

受过医学训练的瑞亚和安娜被指派负责搜救任务。如果航天飞机在飞行过程中发生某种故障或坠毁，她们将随时帮助救援乘组人员。在瑞亚为他们的训练提出了一项计划后，乔治把为宇航员医生制定搜救规程的任务交给了她。为了在发生可怕事故时能够拯救伤员的肢体甚至生命，瑞亚、安娜和其他几个人参加了创伤救援训练。到了发射日当天，宇航员将与训练有素的空降部队一起组成搜救队，如果乘组人员迫降地球，他们将乘坐直升机到达降落地点，跳伞至地面上进行营救。

作为任务的首席医生，瑞亚选择在发射时与NASA的首席飞行外科医生一起驻扎在卡纳维拉尔角——显然，这是观看航天飞机起飞的好地点。如果航天飞机在起飞后不得不折返，执行所有人都害怕的"返回发射场"任务，她和伞兵已经做好应对准备。当然，他们祈祷当天不需要用上这些专业技能。

与此同时，安娜将在新墨西哥州白沙地区等待。那里的旷野白得像被漂白过，微小的石膏晶体在沙地上闪闪发光，如同阳光下的雪粒。NASA在那里修了一条跑道，将之称为"诺斯拉普跑道"（Northrup Strip），如果航天飞机不得不做一种被称为"中止一次"（abort once around）的奇怪机动动作，就可以使用这个跑道降落。在这种情况下，航天飞机仍将前往太空，绕地球一周，然后返航。这是一个小概率事件，但安娜和她的伞兵团队将在现场待命，如果他们看到航天飞机出现在白色沙丘上空，将立即行动。

驻扎在白沙地区的还有香农，她将执行护航任务。如果航天飞机真的在绕地球一周后准备在这个地区降落，她和同样是TFNG成员的史蒂夫·内格尔（Steve Nagel）将执行护航任务。他们两人将跳上一架T-38，在航天飞机试图降落时追随其后，尽可能多地收集有关航天飞机的视觉资料并汇报给NASA。他们知道，在这次飞行中，与航天飞机并排飞行的可能性很小。

日子一天天过去了。关键的一个月终于到来了：1981年4月。在发射台上进行了无数次测试后，"哥伦比亚"号航天飞机蓄势待发。在发射前的几天里，每个人都已经在任务地点各就各位。对凯西和朱迪思来说，这意味着展示她们的表演技巧。两人都被主要电视台邀请担任专家嘉宾。她们反复打磨自己的笔记，以便在记者连珠炮似的提问下能迅速回忆起有关航天飞机的关键信息。

凯西一开始被分配到ABC，但"阿波罗17号"月球漫步者吉恩·塞尔南（Gene Cernan）已经被ABC邀请担任专家嘉宾，凯西成为ABC广播电台的节目嘉宾。对她来说，这一安排是因祸得福。她很快意识到广播有它的好处——主要是不用盛装打扮。此外，ABC的播音室位于距离发射台3英里的地方，可以清楚地看到助推器产生的巨大火焰将航天飞机送上高空。参加广播电台节目意味着能穿着舒适的衣服，坐在前排目睹一次创造历史的飞行，因此凯西很乐意为听众描述有关航天飞机各种系统的细节。

但在第一次发射尝试之前的某个时刻，凯西无意中听到吉恩在解释航天飞机的计算机如何工作时的回答不完全正确。凯西想传达正确的信息，所以她碰了碰站在附近的一位制片人，问吉恩给出不完全正确的回答这件事有没有关系。

这让制片人手足无措，凯西从耳机里听到电视节目制片人主管大喊着让她去片场。

后来她回忆道："接下来我忽然发现自己和弗兰克·雷诺兹（Frank Reynolds）一起出现在电视里——而我穿着为广播节目准备的休闲装，显得很高兴。我现在上了电视，面临一项微妙的挑战，反驳坐在我对面新闻桌前的著名资深宇航员。"

朱迪思在NBC的新闻片场上，距离凯西只有几米远，但她不得不为了出镜而打扮。在飞行前几天的一个关于女性宇航员的环节中，朱迪思穿着一件亮粉色的衬衫上镜，她尽职尽责地回答了NBC主播汤姆·布罗考（Tom Brokaw）的问题。她回答了关于宇航员训练的基本问题，但随后话题转到了约会上。

汤姆问道："当你遇到一个男人。他不是太空计划的一员，他也不知道你是谁。你告诉他：'我是宇航员。'对方会如何反应？他会不会说：'啊，你太可爱了，当不了宇航员。说实话吧，小姑娘，你不可能是宇航员。'"

朱迪思笑着给出了完美的外交辞令式回答："我只会告诉他们我是个工程师。"

但他步步紧逼，执意要打探她的私生活。

"你的个人感情方面呢？……会有男性因为你是宇航员而退避三舍吗？"

"我不知道，"朱迪思说，"如果他们因此退却，就不会成为我的朋友。"

"你们在休斯敦有没有讨论过当男人和女人第一次一起进入太空时会发生什么？"

"我们之间没有讨论过，"朱迪思说，后来又补充道，"我认为，从我们的角度来看，因为我们习惯了专业合作，无论是在地面上还是在太空轨道上，我们都是专业的同事。这就是我们的相处方式，没有其他。"

"你认为外太空浪漫的时代会到来吗？"

"哦，天哪，这我可没法说。"朱迪思说。

那几天非常漫长。

由于"哥伦比亚"号4月10日的首次发射尝试因计算机软件问题而不得不取消，等待的时间被延长了。两天后，4月12日，在卡纳维拉尔角水晶般湛蓝的天空下，在挤满海滩的航天爱好者的见证下，飞行控制员为"哥伦比亚"号航天飞机读出最后的发射倒计时。

"7、6、5、4，准备启动主发动机。主发动机启动。我们已经发射了美国第一架航天飞机，航天飞机已经脱离发射塔！"

在距离发射台好几英里的空中，萨莉透过 T-38 的后座窗目睹了这一奇观。她也被分配了护航任务，在空中跟踪航天飞机，这应该是最好的任务了。她看着主发动机和固体火箭助推器把"哥伦比亚"号推向高空。在湛蓝而广瀚的天空的衬托下，航天飞机看起来就像一支倒置的小蜡烛。发动机喷出滚滚白浪，在"哥伦比亚"号基座下方形成了一座蓬松的白色山峰。航天飞机在她的视野中变得越来越小，然后完全消失。

在高空中，两个固体火箭助推器在燃烧两分钟后从航空器上分离并坠落到地面上，而"哥伦比亚"号的主发动机继续将它带入深邃黑暗的太空。在接下来的六分半钟里，航天飞机加速到每小时近 17500 英里——它必须达到这个惊人的速度才能进入轨道。在发射 9 分钟后，迎来了一个关键时刻：主发动机熄火（main engine cutoff，MECO）。"哥伦比亚"号主发动机喷射出的火焰消失了，航天飞机在真空中滑行。几秒钟后，外部燃料箱脱离，它将落回地面，不会被回收再利用。在最后的几秒钟里，嵌入航天飞机的小型发动机点火启动，为其提供到达最终目的地所需的那一点额外推力。

发射八分半钟后，"哥伦比亚"号进入了轨道，开始环绕地球飞行。航天飞机的时代到来了。

08
与男人一起工作

"哥伦比亚"号在加利福尼亚州爱德华兹空军基地着陆一个多月后,瑞亚·塞登身穿一件透明蕾丝袖子的白色婚纱,在家乡田纳西州默弗里斯伯勒的一座卫理公会小教堂里举行了婚礼。她的丈夫胡特·吉布森有着一头褐金色头发和浓密胡子,他穿着一件黑色燕尾服站在圣坛前迎接自己的妻子。胡特握住瑞亚的手,两人交换了结为夫妻的誓言。当他们走出教堂时,好几十名摄影师已经等在门口。闪光灯不停地闪烁,媒体抢着给这对新人拍照。

胡特和瑞亚是在空中坠入爱河的。瑞亚在 T-38 上的训练一开始并不顺利,她渴望能找到合适的带飞教练。一段时间后,胡特成为她的教练。在 T-38 的驾驶舱里,胡特指导瑞亚,帮助她成为一名自信的飞行员,他们之间渐生情愫。

不过,他们在飞行中也有过不愉快的时刻。有一次,他们飞往埃尔帕索(El Paso)。瑞亚在起飞后控制了飞机,胡特马上说"飞行员死亡",意思是要进行模拟飞行员发生意外的训练。瑞亚抱怨几句后,就按照指示接手了工作。她问了个问题,但得到的答复是"飞行员死亡"。那天,胡特以这样的方式测试了瑞亚对自己的好感有多深。

在加利福尼亚的一次飞行中,两人一直在练习为航天飞机护航。在实际情况中,如果执行STS-2任务的航天飞机出现在他们面前,他们必须大角度拉起飞机,直上3.5万英尺的高空。突然间,一切都变得非常安静——瑞亚注意到自己开始呼吸困难。她意识到了一个可怕的事实:在他们进行复杂的追逐机动动作时,T-38的两台发动机都熄火了,因此空气无法在机舱内流通。失去了动力的飞机只能在空中滑行。瑞亚尽力让自己平静地呼吸,而胡特则掌控了事态。他迅速关掉油门,停止向发动机输送燃料。胡特试着操纵飞机下降到2.6万英尺的高度,以期在密度较大的空气中重新启动发动机。两人在可怕的寂静中等待。如果这不起作用,他们将不得不进行滑翔着陆。据胡特所知,只有一名T-38飞行员曾成功采用这种方式着陆。

幸运的是,胡特的敏捷思维救了他们。飞机降至合适的高度后,发动机重新点火,两人得以安全着陆。

虽然胡特在被选中成为宇航员时已婚,但他的妻子并不喜欢休斯敦。夫妇俩在胡特被选中后不久就分道扬镳了,他的妻子搬回了小女儿朱莉所在的加州。当瑞亚得知这件事时,对胡特感到深深的同情。同时,她对他的感情日益增长。有一天,在休斯敦,两人在约翰逊航天中心的一家自助餐厅共进午餐,瑞亚直接说出了心里话。"我觉得你很吸引我。"她再一次主动出击,就像两人第一次见面时她主动握手那样。不久之后,两人开始约会。

后来,胡特总是开玩笑说,是瑞亚向他求婚的,很多人对此深信不疑,如此大胆的举动的确符合她的个性。但其实开口求婚的是胡特。

他原本计划在1981年情人节求婚，但由于预订的餐厅实在太糟，他决定推迟。两天后，这对情侣去附近的凯马木板步道（Kemah Boardwalk）约会，选了另一家餐厅。吃完饭后，他们漫步到一个码头上，恰巧一艘捕虾船驶过，船舷上涂的名字是"瑞亚"。

在码头的尽头，胡特转身对瑞亚说："那么，你想与我结婚吗？"

瑞亚把头歪向一边，得意地笑着说："当然。"

他们成为第一对在服役期间结婚的宇航员。他们本可以成为第一对宇航员夫妻，不过安娜·费舍尔和她的丈夫捷足先登了。比尔·费舍尔从未放弃加入宇航员队伍的梦想，当NASA在1980年启动另一轮宇航员选拔时，他提交了申请并被选中。这样，安娜回家后再也不用刻意隐藏因为工作中遇到的事情而产生的兴奋之情。她和比尔可以一起谈论工作，安娜给他提供了不少关于ASCAN训练的建议。

撇开结婚的这几对不谈，男女同事之间的合作起初并非一帆风顺。这六位女性刚刚到达NASA时，她们被淹没在一个男性主导的工作场所中，这最初令人有些不适应。1975年，就在这六位女性到来的3年前，女性占NASA工作人员的17%，其中大多数是技术人员或文员。这六位女性中的多数一直在男性占大多数的环境中工作，对此并不陌生，但在这里，男性的比例尤其大。

加剧这种"男性俱乐部"氛围的是，许多男性宇航员有极度阳刚的军队背景。他们肆无忌惮地开着性别歧视的玩笑，很少考虑这种做法是否会冒犯新的女性同事。他们也陶醉于自己新获得的宇航员这个令人瞩目的身份。在前往全国各地出差时，有几位男性宇航员很享受被女性追捧的感觉，一些女性也很高兴见到这些航天先驱。有时男性宇航员与粉丝互动太久，以至于错过了回驻地的巴士。

办公室里也弥漫着这种大男子主义的风气。当约翰·法比安刚加入NASA时，他在办公室的门后挂了一本《花花公子》杂志的挂历。如果有人打开门走进来，他们不会看到藏在门背后的挂历。但如果约翰和与他同办公室的弗雷德里克·格雷戈里关上门，挂历就会展现全貌。有一次，朱迪思发现了藏在门后的《花花公子》杂志挂历，之后，她每次出办公室时总是特意拍一下挂历。

作为反击，朱迪思也找了一些装饰物。她送给其他五名女性粉红色的保险杠贴纸，上面写着"女性的位置在驾驶舱内"（WOMAN'S PLACE IS IN THE COCKPIT）。六人自豪地把它们贴在办公室的门上。不过，也许可以预见的是，这些贴纸引发了令人憎恶的玩笑。有一天，迈克·穆兰和一名海军出身的TFNG成员发现了这张贴纸，后者转过身来窃笑道："一个女人是阴茎*的战场（Cock Pit）。"

在上一代男性中，很少有人认同女性成为飞行员。有时，这六位女性发现自己很难被航天史上的泰斗级人物认真对待。阿波罗计划的宇航员艾伦·比恩（Alan Bean）告诉《得克萨斯月刊》（*Texas Monthly*），最初，许多年长的宇航员认为新来的女性抢了男性的工作。"当时，我也是这样认为的，"艾伦说，"那时，对我来说，宇航员只能是男性，他们得操作电脑和驾驶飞行器——这是男人的工作。"有一次，在莫哈韦机场（Mojave Airport），凯西刚驾驶T-38降落在跑道上，准备开始一天的训练，为即将到来的航天飞机飞行练习护航时，她和男同事就在沙漠中的停机坪上偶遇了著名的试飞员查克·耶格尔（Chuck Yeager），他是第一个驾驶飞机突破音障的人。当凯西的宇航员搭档把她介绍给查

---

* 这是一个低俗笑话，因为cock的释义之一是"阴茎"。

克，并告诉他凯西将驾驶飞机执行护航任务时，这位老试飞员满脸不屑地说："乘坐，也许可以。但不是驾驶。"

带着狂妄自大和"只限男性"的心态加入NASA的不仅仅是男性宇航员。NASA的许多男性工程师也不得不学会习惯与女性共事。在每一次重大技术审查和会议期间，NASA都会派出一名宇航员代表，有时六位女性也会出席。他们在现场代表所有宇航员发言，同时会就一些不理解的事项提出疑问。工程师们已经习惯了与男性宇航员平等地交流，但当六位女性之一发言时，一些男性工程师会变得不知所措，他们不习惯女性质疑他们的决定。有时，当女性参加会议时，工程师们甚至没有意识到房间里有一名宇航员。

冷淡的态度并不只来自男性。这六位女性宇航员还与其他女性发生了摩擦——并不是其他女性工作人员，而是有些男性宇航员的妻子。在最初几周的训练中，一些飞行员不太愿意与这六位女性一起飞行。他们将此归咎于自己的妻子，声称妻子不喜欢其他女性在离自己丈夫几英尺的地方一待就是几个小时。一位宇航员向卡罗琳·亨通透露了自己的烦恼。他说："我认为我们有女性宇航员是件好事。但是我的妻子不这么认为。"

"那不是我们的问题，"卡罗琳说，"也不是这些女性宇航员的问题。那是你的问题。"

一些男性宇航员有时会以"不合公序良俗"为借口，阻碍这六位女性担任她们被指派的角色。在航天飞机的第三次飞行中，凯西被分配担任卡纳维拉尔角"海角十字军"成员的角色，负责检查飞行清单。NASA在肯尼迪航天中心中租了一套三居室的公寓作为"海角十字军"的宿舍。这是一个非常方便的地点，因为它大大缩短了前往发射台的时间。

凯西需要提前从得克萨斯州出发前往卡纳维拉尔角,去找她的一位"海角十字军"同事唐·威廉姆斯(Don Williams)拿公寓的钥匙。她找到威廉姆斯时,对方变得慌张起来。

凯西回忆,唐说:"嗯,实际上,你知道,我一直在想这件事。"他表示很担心其他人的看法:两个男人和一个女人住在同一间屋子里。"人们会怎么说?"

凯西忍住脾气让他说完了自己的想法,然后尽可能礼貌地回应。她解释说:"我认为如何处理这件事完全取决于我们自己。我认为我们只需要做好分内的事。"

唐答应考虑。为了帮他做出决定,凯西把他的话告诉了其他几位女性,然后这五位也开始想办法。她们轮流与唐对质,毫不客气地表达不满。她们会问:"如果我和你一起被分配到一个乘组,你打算对你的妻子说什么?"她们提醒他,无论是媒体还是他的妻子对飞行任务都没有发言权。唐花了一天时间才最终放弃挣扎并交出了钥匙。

在 NASA 中,至少卡罗琳已经预料到会面临这样的时刻。她和 NASA 的其他官员从未幻想人们能够顺利接受女性加入宇航员队伍。但 NASA 已经下定决心,不顾任何人的反对,继续向前推进。卡罗琳说:"我们又不是在投票。"

卡罗琳对于六位女性宇航员来说是母亲的角色。作为为数不多的在中心担任高级职位的女性,如果六人中的任何人需要关于如何作为一名女性在约翰逊航天中心工作的建议,她总是乐意伸出援手,分享她的想法。如果有问题需要六个人作为一个整体来解决,卡罗琳会与她们举行非正式会议来寻求应对措施。

其中一个问题是，宝蓝色飞行服不合身。飞行服是为男性设计的，所以对这六位女性来说，要么臀部太紧，要么肩部太宽。最终，NASA同意她们自己改服装，但她们在飞行中必须穿的服装同样糟糕和笨重。裤子有小号、中号和大号，没有其他选择。瑞亚后来说："那些裤子并不好看。"

在卡罗琳主持的一次会议中，她们重点讨论了六个人受到的巨大关注。NASA的公共事务办公室经常代表她们接受出席请求，要求她们与各种团体交流或接受采访。这已经开始成为一种负担。每一次露面都会耗费大量的时间和精力，有时她们还得请几天假。这压缩了宝贵的训练时间，而且请假的日子越来越多。

卡罗琳理解她们的烦恼，但她的建议是不把事情扩大化。卡罗琳后来回忆说："她们抱怨这件事，实际上是在冒犯那些根本没有被邀请采访的人。"

这六位女性达成一致，她们可以在需要的时候互相支持，如果她们察觉到性别歧视，随时准备反击。不过，她们之间在私交上并非亲密无间。在工作中，她们是值得信赖的同事，在需要的时候可以统一战线——但在私人时间，她们很少见面。香农要忙着照顾三个孩子，没有时间社交。"当我不工作的时候，我在家照顾孩子们，陪伴他们成长，"香农补充说，"我的生活非常充实。"六人中有几人的关系比较亲密。瑞亚和安娜都是医生，各自的丈夫也是宇航员。这些共同的经历让她们的关系自然而然地比其他人更亲密。萨莉对朱迪思感到最亲切，朱迪思亦是如此。两人志趣相投，且都干劲十足，注定会成为好友。

有几位女性觉得她们的人生道路完全不同。瑞亚后来回忆起萨莉和朱迪思时说："我是一个来自南方的女孩，而她们是加利福尼亚女孩。

(她们)对那些女孩子气的东西不感兴趣。"

实际上,女性宇航员在训练中与男同事相处的时间更长。由于这六位女性都只能做 T-38 的副驾驶,她们所有的飞行时间都是和驾驶飞机的男性同事一起度过的。每次飞行都持续好几个小时,男女同事通过耳机交流,互相学习,在工作中建立了友谊。随着时间的推移,这六位女性发现自己与男同事的关系比与女同事之间的关系更密切。这意味着要忍受他们的恶作剧。

男同事利用一切可能的机会戏弄这六位女性,朱迪思发现自己经常成为玩笑的主角。在一次与 TFNG 其他成员一起前往卡纳维拉尔角的出差中,有人把朱迪思的名字写在了乘组宿舍的一间卧室的门上。当她走进去后,朱迪思发现床上铺着粉红色的缎子床单。瑞亚回忆道,朱迪思"并不觉得好笑"。

还有一次,朱迪思在健身房洗澡时,几名男同事在户外发现了一条草蛇,他们把蛇放进她的化妆包里。他们像调皮的小男孩一样躲在附近的一堵墙后面,等着她打开包。果不其然,朱迪思走出浴室,把手伸进包里找梳子,没有注意到包里有什么。她抬手梳头时,发现梳不动。这时她才看到那条蛇盘绕在梳子的鬃毛上。让恶作剧者高兴的是,朱迪思发出了一声刺耳的尖叫。他们四散而逃,以逃避朱迪思的怒火。

如果她们在工作中犯了错误,那肯定会成为取笑的对象。凯西曾是为 STS-3 任务提供支持的"海角十字军"成员,负责在飞行前一天的午夜前检查航天飞机驾驶舱内的数千个开关。这个过程要持续几个小时,而且当任务拖得很久时,即使昏昏欲睡,当值宇航员也不能离开。经过几个小时努力不打瞌睡后,凯西收到指令,叫她使用无线电回复发射控制中心。她按下了飞行员操纵杆顶部的按钮,准备进行无线电通信,突然之间，伴随着警报声航天飞机驾驶舱里的所有按钮都亮了起来。原来，睡眠不足导致她弄错了按钮。通常，T-38操纵杆上的按钮是用来通过无线电应答的。凯西按下的按钮将航天飞机的主计算机切换到紧急备份模式。

这个错误使发射控制中心陷入了恐慌。通过无线电，发射控制中心的团队迅速地对可能导致计算机更改其设置的故障提出建议。最终，凯西还是羞愧地坦白了。问题终于得到了解决，航天飞机顺利按时发射。但当凯西那天早上从驾驶舱里出来时，她知道自己要倒霉了。

她走进发射后的庆功派对，准备迎接冷嘲热讽。发射指挥官转过身，向她打招呼。他手里拿着一件礼物——一个灰色的金属盒子，上面有两个大按钮：一个按钮上贴着"这个"标签，另一个贴着"不是这个"标签。

凯西也不甘示弱，严肃地宣布她已经惩罚了"肇事者"。她举起手，让大家都能看到。按错按钮的大拇指上缠着一条大号绷带。看起来她好像曾经试图切断拇指。大家齐声大笑。

TFNG在相互取笑时并没有区别对待，对男女都一视同仁。正如她们所希望的那样，六位女性已经接近实现她们的目标了，即成为"伙计之一"。如果男同事把她们当作初次亮相的名媛淑女而不是宇航员来对待，她们会坚决制止。尤其是萨莉，她明确表示不会容忍被区别对待。有一次，一名男宇航员为她开门，胡特饶有兴趣地旁观。她微笑着把那人推进门，然后自己开门进屋。

萨莉绝对不会忍受这类20世纪50年代留下来的行为。朱迪思也一样。有一次，约翰·法比安前往科罗拉多斯普林斯的空军学院（Air Force Academy）发表演讲，朱迪思陪同前往。约翰希望朱迪思和他一起与学员们分享一些见解。约翰走上讲台,先介绍了自己,然后介绍朱迪思:"这是我们航天飞机计划中的六位淑女宇航员之一。"朱迪思走上台,立即纠正了约翰,开玩笑说:"我可不是什么淑女。"

尽管一开始出现了一些小问题,但总体而言,这六位女性感觉到被NASA欢迎并接纳。她们顺利成为团队的一分子这件事确实让香农感到震惊。她来到NASA时已经准备好与偏执的态度抗争。她说:"我已经准备好听到人们发表那些典型的意见,就如我成长过程中所听到的一样。但令我震惊的是,这样的事从来没有发生过。我的意思是,我知道这对一些人来说确实很难,因为[女性宇航员]是一个新事物,但自始至终,我们都被以一种超级专业的方式对待。"

最终,那些持怀疑态度的宇航员也回心转意了。"我改变了看法。"艾伦·比恩谈到他最初的态度时说。他花了相当多的时间与瑞亚共事,并承担了她的导师的角色,这可能对改变他的想法起到了作用。"宇航员的工作既是男性的,也是女性的。"

最终,经过长时间的磨合,TFNG自然而然地成为一个大家庭。他们会在约翰逊航天中心园区附近一家名叫"前哨酒馆"(Outpost Tavern)的廉价酒吧聚会,或者每周轮流在各家举办派对,也会去野营,以及组织超凡脱俗的旅行。有一次,胡特读到一篇文章,说日全食即将到来,文章说,1979年2月美国西北部各州都能观测到日全食。他下定决心要看到它,但不是在地面上观赏。如果突然有一片不合时宜的云飘过,就会让人扫兴。他想在云层上,从T-38的驾驶舱里观赏日全食。

胡特把这个想法告诉了一些TFNG成员,很快就有几十名宇航员同意驾驶喷气式飞机追逐日食。约翰·杨听到了风声,并在周一的全体宇航员例会上阻止了这个想法。他告诉大家，如果一群NASA的T-38出现在蒙大拿州的马尔姆斯特罗姆空军基地（Malmstrom Air Force Base）上空，那将是不太合适的。所以他规定了一个条件：宇航员必须带着一位天文学家，否则就不能驾驶飞机观看日食。

胡特着手安排。他邀请萨莉做他的副驾驶，而迪克·斯科比刻邀请了乔治·"小指头"·尼尔森（George "Pinky" Nelson），他是一位拥有天文学博士学位的任务专家。至于迈克·科茨，他与史蒂夫·霍利结成对子，后者也有天文学博士学位。在日食当天，六人小组的飞机编队向东方的蒙大拿州飞去。当月亮移动到地球和太阳之间时，三架飞机沿着日全食的路径快速飞行，尽可能长时间地逐日而飞。萨莉、"小指头"和史蒂夫都仰起头来不断拍照。黑暗的月亮遮住了太阳，在天空中投下了一层可怕的白炽薄雾。

这些难忘的时刻滋润着浪漫之花。史蒂夫从一开始就被萨莉吸引。当他被选为1978年宇航员时，智利当地的一名记者采访了他，问他为什么想成为一名宇航员。"这是一个千载难逢的机会。"他回应道。后来，他读到了一篇对萨莉的采访文章，在采访中，她以一模一样的话回答了记者的问题：这是"千载难逢的机会"。史蒂夫心想："哇，她说的话和我的一模一样。"

随着史蒂夫对萨莉的了解，他觉得他们两人的相似之处越来越多。他们都是研究太空的科学家，也都是道奇队资深球迷。作为单身的TFNG成员，他们似乎总是在同一时间出现在同一个地方。他们每周有两到三个晚上一起打垒球，参加烧烤派对，并在酒吧周五折扣夜小酌几杯。

但史蒂夫一直找不到拉近关系的好机会。在萨莉刚加入NASA时，她还和比尔·科尔森住在一起。史蒂夫觉得自己没有机会。但是，几个月后，他从小道消息中得知，萨莉和比尔的恋情正在降温。"我不是特别合群。"比尔承认道。当萨莉全身心投入工作时，比尔一直在附近的莱斯大学（Rice Univevsity）做研究。萨莉想让比尔尝试成为一名宇航员，他甚至和安娜的丈夫比尔·费舍尔一起参加过飞行课。比尔试图让自己爱上太空探索，但经过几个星期的努力，比尔意识到自己的兴趣并不在此。"我……觉得有点无聊。"对他来说，宇航员的生活意味着遵循严格的程序，确保不会发生任何意料之外的事情。一名优秀的宇航员必须把安全放在第一位，但这不是他的风格。

最终，萨莉的做法导致了分手。在他们一起搬到休斯敦不到一年后，她告诉比尔她希望一个人住。她没明确说分手，但比尔明白了。回想起来，他认为萨莉是想继续保持情侣关系的。但这就是萨莉处理事情的方式，她直来直去。她想要更多的自由，而要求一个人住是她获得自由的方式。

比尔搬进了莱斯大学的宿舍，虽然他们作为朋友保持着联系，但萨莉重获单身，开始寻找下一个配偶人选。起初，她和胡特短暂交往了一段时间，几个月后，胡特意识到瑞亚对他感兴趣。与此同时，史蒂夫再一次觉得自己错过了机会。

1979年，胡特和萨莉的关系结束了。不久之后，一群TFNG成员在得克萨斯希尔县租了几间小木屋。他们计划一边品尝美酒，一边坐在轮胎上沿着瓜达卢佩河（Guadalupe River）顺流而下。史蒂夫本来不想去，但在大家准备离开的前一天晚上，萨莉问史蒂夫是否愿意一起去。她的邀请点燃了一个希望的小火花。史蒂夫说："当时我想，你知道，嗯，我不确定，也许她对我有意思。我对她也感兴趣。"这给了他足够的勇气去追求萨莉。没过多久，他们就成了一对。

与此同时，朱迪思正在享受作为一名单身宇航员所带来的自由。她以能够按照自己的方式与男性交往而闻名。萨莉在约翰逊航天中心里被称为"激进分子"。她明确表示，她不会容忍任何性别歧视的笑话或下流的行为。但朱迪思会对一个愚蠢的笑话一笑置之——或者大声骂着回应。这就是为什么 TFNG 其他成员总是捉弄她。她说得很清楚，不管别人如何对待她，自己都能够以牙还牙。迈克·穆兰说："朱迪思有一种独特的方式，可以与男同事们打成一片，同时保持一个激进的女权主义者的身份。她总能以彼之道还施彼身。"

在整个训练过程中，朱迪思一直与莱恩保持联系。他们仍然会不时地见面。莱恩有时会来得克萨斯，或者朱迪思会飞去其他城市见他。但在那段时间里，两人从未真正建立情侣关系。朱迪思非常享受自己的新生活。她很快就和 TFNG 同事成为朋友。由于她在机械臂方面的工作，她与约翰·法比安走得很近。他们经常为了这个系统一起往返于加拿大和美国。有时，在操控机械臂工作一天后，两人会一起出去喝啤酒，抽雪茄。"朱迪思是我在宇航员办公室里最好的朋友，"约翰说，"我非常欣赏她。"

对于这六位女性和她们的 TFNG 同事来说，生活只有甜蜜。他们在一起度过了人生中最美好的时光，建立了将持续几十年的友谊纽带。同时，他们对自己未来的命运有共同的焦虑。每个人都渴望有一天能接到乔治的电话，通知自己已经被指派一项近期的飞行任务。

09
天选之人

1981年8月21日，乔治·阿比站在他的1号楼8层的办公室里，忽然听到窗外有什么动静。他转过身来，赫然看到窗外悬着一个穿着连体工作服的男子。不过，这人可不一般。这个奇怪的人解开了连体工作服的带子，露出了里面超人的服装。那天是乔治49岁生日。超人开始为乔治唱"生日快乐"歌，同时在窗户上打着拍子。这位吊在半空中的歌手一曲唱完，就立刻滑落到地面上，溜得无影无踪，留下乔治呆若木鸡地站在原地。

NASA最终揪出了超人的真实身份。他不是克拉克·肯特（Clark Kent）*，而是一位名叫吉姆·巴吉安（Jim Bagian）的宇航员。吉姆是NASA 1980年选拔出来的宇航员之一，他与另一名同年宇航员盖伊·加德纳（Guy Gardner）合谋了这次行动，以期获得乔治的关注。这两人

---

* 克拉克·肯特即超人（Superman），是美国DC漫画（Detective Comics）旗下的超级英雄。

假扮窗户清洁工，说服约翰逊航天中心的保安让他们来到9层的窗户旁，而乔治的办公室就在8层。吉姆用绳索滑降到他上司的窗外，就有了开头的那一幕。

这场"窗外音乐会"令NASA的安保人员和管理层很是恼火。最终，吉姆和盖伊被约翰·杨约谈批评，不过只受到了轻微处罚。

尽管受到了警告，但出这次风头还是达到了吉姆的目的：他得到了乔治的关注。对许多宇航员来说，得到乔治·阿比的关注至关重要。从成为宇航员的第一天开始，大家就明白，这个人掌管他们的一切。他选拔宇航员，给他们分派技术性任务，并决定任务乘组的指派。宇航员的职业命运掌握在这个人的手中。乔治精明的目光时刻关注着每一位宇航员，甚至直到他们进入轨道的那一刻。每次航天飞机发射时，乔治都会在卡纳维拉尔角亲自把宇航员送上前往发射台的车子。乔治几乎完全控制了他们的职业生涯，因此，每个人都希望让乔治看好自己。大家都认为获得他的青睐最终能为自己争取到一次飞行任务，而且是一次比较有意义的任务。

凯西说："我们办公室的格言是，没有任何飞行任务是糟糕的任务，但早飞总比晚飞好，时间较长的任务比较短的任务好，高倾角比低倾角好（指的是航天飞机绕地球飞行的路线），如果能进行太空行走，那就再好不过了。"不过，宇航员们也不是很挑剔。凯西说："在拿不准的时候，参考第一条格言：没有任何飞行任务是糟糕的任务。"

不过，获得太空飞行任务的唯一渠道是接到乔治的电话。

宇航员的焦虑感来自他们无法预测谁会在什么时候被分配到什么样的任务。对于宇航员队伍来说，乔治的决策过程是一个谜——就像乔治本人一样。乔治是一个有着下垂眼睑，留着平头的高个男子。他的嗓音低沉，通常惜字如金。乘组人员的选拔总是在私下进行，他只与约翰·杨或其他几位高级官员协商。在宣布一个新的乘组阵容时，他不会详细解释选拔标准，宇航员们只能接受。他们只敢在下班后一边喝着啤酒或鸡尾酒，一边小声地偷偷讨论。丹·布兰登斯坦说："在宇航员办公室里，猜测乘组人员的分配是我们最大的兴趣爱好。"

因此，乔治几乎成了约翰逊航天中心的一个传奇人物。对他的一些"新兵"来说，他不只是乔治，还是乔治王。有的宇航员推测，在乔治那里混个脸熟可以大大提高被选派任务的概率。每个星期五，乔治都会在前哨酒馆（周五酒吧打折夜）或Pe-Te先生的卡真风味烧烤屋办聚会，许多宇航员都会参加，只是为了与能决定他们上太空的人混个脸熟。有人逐渐开始欣赏这位安静的上司和他温文尔雅的风格，但有人则对他缺乏理性颇有微词。乔治的酒友被冠以"FOG"的绰号：乔治帮（Friend of George）。

随着时间的推移，有关乔治的传奇越来越多，以至于成为许多恶作剧的主题。在STS-5任务期间，当乘组人员走出宿舍，前往航天飞机时，乔治按照传统陪同在侧。不过这次，其中一名宇航员手里拿着一个白色的小牌子。牌子上画着一个箭头，指向一行字，"NASA官员乔治·阿比"。宇航员边走边用牌子指着乔治。乘组人员咯咯地笑着大步走向载他们前往发射台的车辆。

这类玩笑甚至一度延伸到了太空。在STS-2任务准备期间，在佛罗里达州，史蒂夫·霍利和埃里森·鬼冢进入"哥伦比亚"号的驾驶舱里，在乘组人员登机前检查开关。埃里森拿出了一个他偷偷带进来的惊喜。这是贴在一块硬纸板上的乔治的照片，上面有一张贴纸，上面写着："乔治·W. S. 阿比，我们的领袖和榜样。"埃里森在起飞前把尼龙搭扣固定在板子的背面，将它固定在驾驶舱的墙壁上，这是一个让乘组人员开心的小纪念品。乔治的脸以这样的方式进入了太空轨道。

这张照片本不应该公开。但当乘组人员返回后，NASA 洗出了他们在太空拍摄的照片。果不其然，一名宇航员无意中拍下了背景中乔治的照片。看到照片后，乔治把史蒂夫和埃里森叫到他的办公室。脸上带着一丝笑意，乔治指着其中一个人说："惠勒斯（Wheelus）。"又指着另一个人说："因吉尔利克（Incirlik）。"这两个词分别是美国在利比亚和土耳其的空军基地的名称。乔治是在告诉他们即将奔赴的"任务"地点。

归根结底，乔治欣赏好的玩笑，但在大多数情况下，他以严明的纪律驾驭 NASA 这艘大船，照章办事，极少网开一面。随着时间的推移，宇航员们逐渐意识到，努力工作的人会从乔治那里获得回报。但没有人明确知道以下犯上对自己有帮助与否。胡特·吉布森说："宇航员们的抱怨之一是，你永远不知道自己在他眼中的印象。如果你搞砸了什么事，他也不会告诉你。"尽管吉姆·巴吉安违规为乔治表演了超人特技，他最终还是被指派执行了两次航天飞机飞行任务（尽管是在 8 年后）。而那些在此之前被分配到飞行任务的人，往往和其他人一样，对自己的中选一无所知。

乔治从不认为自己的选拔标准不透明。他的"秘方"并不是那么神秘。对于每一次飞行任务，他都会针对那次任务的有效载荷以及要进行的实验挑选具有最合适技能的人。"这并不需要什么魔法，"乔治说，"我们试图将每一次任务与那些有资格并能够满足任务要求的人相匹配。"

这正是乔治在指派 TFNG 执行他们的首飞任务时的原则。到 1982 年，乔治已经为 STS-1 至 STS-6 的任务指派了乘组人员，是时候为接下来的三次任务选择人员了，它们是STS-7、STS-8和STS-9。每次任务都有其独特的要求，这些要求最终左右乔治的选择。但他心里还有另一个计划。

美国即将迎来第一位黑人宇航员，以及第一位女性宇航员。

没有人公开谈论这个问题，但每个人都心知肚明。六位女性中的哪一位会成为第一人？当然，从严格意义上讲，她不会是第一位进入太空的女性，但她会是第一位进入太空的美国女性，这仍然具有重要意义。她的名字将出现在美国所有主要航天先驱的名单上，这一名单包括约翰·格伦和尼尔·阿姆斯特朗。在接下来的几个世纪里，她将以开路先锋的身份被载入史册。她会即刻成为全美数百万年轻女性心目中的英雄。成为"第一人"会带来名气、合同、认可、演讲报酬和一个充满传奇色彩的身份。其他几位女性宇航员的工作也是开创性的，但她们的名字不会像第一人那样响亮，也不会被那样频繁地提起。

这场无声的竞争几乎在这批宇航员集结之时就开始了，首先在报纸和杂志上，然后在电视采访中上演。记者们很快就将这六位女性归为不同的类型，他们明显偏向于几位更有所谓的女人味、更符合理想中贤妻良母形象的人。例如，安娜已经成为媒体的宠儿。她甚至在参加训练之前就登上了《红皮书》(Redbook)杂志的封面，杂志还附上了一篇详细的文章，大谈特谈她的锻炼和饮食习惯（尽管她当时的习惯是在医院值班24小时后"吃晚饭和睡觉"）。安娜迷人的微笑、苗条的身材、柔软的头发都散发出媒体喜爱的经典女性魅力，她的面孔出现在许多杂志的特写中，她还经常上电视阐述航天飞机计划的各种益处。

安娜愿意在媒体前露面，并不是为了让自己排名在前而刻意为之。她的动机很简单，就是不惜一切代价让航天飞机计划继续下去。安娜说："我只是觉得，如果我能做些什么来帮助宣传，让这架航天飞机上天，让我拥有我想要的事业，我就会尽力而为。如果航天飞机不能上天，计划不能实现的话，我就得弄清楚我需要做些什么来助力。"

随着时间的推移，安娜似乎成了宇航员队伍的代言人。当比尔在1980年也被选为宇航员后，媒体对安娜和她丈夫的兴趣只增不减。他们成了美国第一对宇航员夫妇，这对贪婪的媒体来说无异于花香引蝶。《纽约时报》(New York Times)宣称："这是一场天作之合。"这两人看起来是名人模范夫妻。"费舍尔夫妇看起来就像是被演员选派机构挑中的，而不是NASA。"该报称。

有着讨喜外表的金发外科医生瑞亚也没有被媒体忽视。她在墨西哥湾进行水上求生训练或在"呕吐彗星"上失重漂浮的照片，以及脸上绽放的笑容，占据了报纸和杂志的大部分版面。《慧俪轻体》(Weight Watchers)杂志对她进行了专题报道，宣传"女性宇航员的饮食"。文章写道："她看起来像一位大学啦啦队队长，是女生联谊会里最优秀、最漂亮的女孩之一。"当她和胡特结婚时，媒体也对他们的爱情故事津津乐道。现在，这个国家有两对宇航员夫妇，就在几年前，这个概念还非常陌生。

突然之间，所有人都想知道同一件事：宇航员夫妇会一起上太空吗？

六位女性中的其他人也在观察眼前的这场媒体盛宴。她们知道自己在媒体眼中的排位。凯西说："如果你要把我们六个人排成一排，把我们的六张照片放在一起，然后挑选封面女郎的照片，我知道我不是封面女郎类型。我上过封面,但我不是一个典型的封面女郎。香农也不是。"果不其然,媒体总是围绕凯西的体重和身高做文章,强调她的身量在六人中较大。个子最高的香农在加入NASA时已经是三个孩子的妈妈了。她很快就被塑造成了这群人中的母亲形象,与她的单身或新婚的同事相比,她的故事并不那么令人兴奋。

萨莉和朱迪思也可以被认为是"封面女郎类型",但她们对满足媒体的兴趣不大。萨莉比较害羞,她试图与媒体保持距离。她性格内向,从不喜欢出风头。她在刚加入NASA时就体会到了被媒体包围的感觉,她不喜欢大多数男性记者提出的愚蠢问题。相反,她更喜欢与ABC的一位女记者林恩·谢尔(Lynn Sherr)交流,因为她更关注任务和训练的话题。对于朱迪思来说,她的生活不关媒体的事。她不喜欢媒体把焦点放在她的感情上,尤其是她的离婚,她也不想让公众了解她复杂的成长经历。她很少接受采访,即使接受,也只会给出简洁、直白的回答。因此,在航天飞机计划的最初几年里,美国公众很少听到关于萨莉和朱迪思的消息。

NASA没有公开对任何人的明星潜质进行评分,但每个人都认为宇航员的公关价值可能是中选的一个因素。"第一人"肯定会被演讲请求和电视节目邀请所淹没。凯西回忆说,当时她在权衡自己的机会,"我敢打赌,在其他条件相同的情况下,他们会选择一个适合做封面女郎的漂亮女孩。做出决定的可都是男性。无论如何,这是一个因素。所以这可能意味着安娜、朱迪思、瑞亚和萨莉比我和香农更有机会成为第一人"。

香农也能感觉到:这一决定的背后有政治因素。对她来说,成为第一人并不是她真正的目标。她只想尽职尽责地完成工作。最重要的是,与队伍里的任何一名宇航员一样，她最大的抱负是飞向太空。根据凯西的格言，早飞总比晚飞好。香农说："成为第一人当然好，但我只想尽快飞上太空。等待是一种折磨。"

当美国记者挑选他们最喜欢的宇航员时，宇航员之间也在打赌哪位女性会被选为第一人。对他们来说，这些女性所做的工作才是选拔的依据，而不是她们出现在报纸上的次数。在这种情况下，每个人都密切关注着乔治分配给这六位女性的工作。尽管萨莉和朱迪思厌恶聚光灯，但她们似乎得到了最好的工作。她们成为机械臂专家，机械臂是作为任务专家需要掌握的关键系统。这个灵巧的机械臂具有多种功能，能够完成各种任务：它可以抓取东西，比如卫星和穿着太空服的宇航员，可以将任何东西释放入太空，而且其顶端嵌入了一个摄像头，可以拍摄照片和视频。

大家都感觉第一位上太空的女性将在萨莉、朱迪思和安娜之间产生。除了研发宇航服的工作，安娜还开始学习使用机械臂，很快就与其他两人一样擅长于控制机械臂。但一项重大决定把萨莉推到了前面。在STS-2和STS-3任务中，她担任了一个令人垂涎的角色，即在NASA任务控制中心里负责与太空中的宇航员进行通信的人员，简称CAPCOM。每一次飞行中，CAPCOM负责乘组人员和任务控制中心数十人之间的联系，使用无线电向太空中的宇航员传递关键的信息。这也让萨莉更好地了解了轨道上的宇航员和地面工作人员之间的通信情况。在航天飞机的第二次和第三次飞行中，萨莉的这项职务将她置于行动的中心，即约翰逊航天中心的任务控制中心。她成为六位女性中第一个担任这项职务的人。

当萨莉转岗成为CAPCOM后，朱迪思担任了机械臂的负责人，她能够熟练地操控它，就好像那是她身体上的另一只手臂。虽然她没有被指派担任 CAPCOM，但也在任务控制中心工作了一段时间，在 STS-3 任务期间担任机械臂专家的角色。那次飞行任务需要在太空中对机械臂进行严格的测试，朱迪思被要求在地面待命，以便在需要她的专业知识时随时为飞行控制员提供支持。在操控机械臂方面，萨莉和朱迪思可谓并驾齐驱。

但最终，没有人能够准确猜测出谁会成为第一位飞上太空的女性。瑞亚说："当你不知道游戏规则是什么的时候，你很难竭尽全力去争取。你唯一能做的就是加倍努力，尽力做到最好。"

到 1982 年初，NASA 还没有宣布人选决定。直到那时，这六位女性都有机会。当所有宇航员继续等待这一改变命运的决定时，六人之一隐藏了一个秘密，她知道一旦泄露，这个秘密很可能会让自己出局。

在她自己的衣服和飞行服下，瑞亚藏着刚刚显怀的孕肚。

在 1981 年底航天飞机第二次飞行后，她就发现自己怀孕了。在一次例行的妇产科检查中，她的医生注意到瑞亚的子宫特别大，于是当场进行了妊娠测试。阳性的结果令瑞亚大吃一惊。

同一天，瑞亚在 SAIL 里找到了胡特。她叫他在大厅碰面，然后把一沓照片塞到他手里。

"亲爱的，你有时间看一些神秘的图片吗？"

胡特一头雾水地看着这些模糊的黑白照片，猜测是什么。他以为这是 TFNG 成员的一个恶作剧，也许是某人坐在复印机上拍出的臀部幽灵般的轮廓。瑞亚告诉他照片里是什么：一颗头骨、一颗心脏和一个小身体。胡特意识到这是一个婴儿，他问这是谁家的孩子。

"我们的。"瑞亚回答。胡特欢喜得说不出话，也很惊讶他们婚后这么快妻子就怀孕了。两人私下庆祝后，达成了协议，他们不会马上告诉NASA。瑞亚担心管理层会禁止她参加部分训练，尤其是T-38的飞行训练。结合医生的谨慎和间谍级别的地下工作技能，她开始收集尽可能多的研究结论，以证明自己在怀孕期间仍然可以安全地在高性能喷气式飞机上训练。她想找个合适的时机向NASA展示一系列证据：请看，虽然我怀孕了，但这不影响飞行。

但有一个问题。关于乘坐T-38进行飞行如何影响孕妇和胎儿的数据几乎为零。最大的难题是在飞行时，她有可能必须弹射逃生，这样做是否会使婴儿处于危险之中尚不得而知。但这是NASA的一个盲点。距离上一次NASA人员从T-38上弹射出来已经很多年了，而且从没有孕妇从飞机上弹射出来。

所以瑞亚保持沉默。几个月来，她对自己的秘密守口如瓶，坚持登上T-38进行训练。但最终，在1982年3月初，她不得不和盘托出。她得知孩子是个男孩，随着孕肚越来越大，已经瞒不住了。

她和胡特选择了一个日子，一起前去坦白。他们开车到工作地点，然后前往高层管理人员的办公室。夫妇俩与约翰·杨、乔治·艾比和克里斯·克拉夫特分别谈了话。瑞亚对每个人清楚地表达了自己的想法，她不打算放弃工作。她最近被分配到航空电子实验室，仍然希望继续在那里工作。她也非常希望在即将到来的STS-3任务中继续担任直升机医生。

约翰·杨不知道该说些什么，而乔治则含含糊糊地回答了几句。然而，克里斯·克拉夫特已经感觉到会有事情发生。他似乎很高兴听到瑞亚对她的事业的承诺。

瑞亚回到她的办公室，对会面感到满意，没有人反应过激，没有人否定她，这可能是她所能期待的最好结果。

然而，她刚坐下，电话就响了。另一端是约翰逊航天中心的一名飞行外科医生。他告诉她，在她怀孕期间，不能再在 T-38 上训练。

震惊之余，瑞亚试图解释说，她已经收集了这方面的数据，觉得自己会没事的。她开始把数据读给对方，但那位外科医生无动于衷。如果她在孕期上飞机训练时出了什么问题，NASA 不想冒出现负面新闻的风险。瑞亚想知道：如果她不能乘坐 T-38，作为 STS-3 任务的直升机医生，她如何前加利福尼亚？

"乘坐民航航班。"医生说。这是最终决定。然后他挂断了电话。

瑞亚放下话筒，气得发晕。这正是她最不想听到的回复。NASA 的管理者仍然是男性——而且是老一辈的男性，他们对孕妇的工作能力的观念已经过时了。但瑞亚知道自己无能为力。反抗是不可能的，否则她就会被视为"刺头"。她只能昂首挺胸，继续工作。

在接下来的周一的全体宇航员例会上，胡特公布了瑞亚怀孕的消息。当时，约翰·杨在例会结束时问有没有人还有事情要说。胡特举起手，站了起来。"我要宣布，我们的宇航员总数已经增加到八十……点五个人。"他说。房间里一片欢腾，每个人都为他们高兴。在被禁止登上 T-38 后，瑞亚被 TFNG 同事们的热情深深地感动了。

一个月后，乔治已经准备好做出决定。他一直在仔细考虑第七次、第八次和第九次航天飞机飞行任务，并确定了每个乘组的最终阵容。参加这些飞行任务的将是第一批 TFNG——他们将成为历史创造者。

第七次飞行任务 STS-7 将是独一无二的。除了将为加拿大和印度尼西亚部署两颗通信卫星外，航天飞机还将携带一个实验性有效载荷，名为"航天飞机托盘卫星"（Shuttle Pallet Satellite，简称 SPAS-01）。NASA

计划使用这个有效载荷让航天飞机进行一项全新的实验,即尝试会合和接近操作(Rendezvous and Proximity Operation,RPO)。从本质上讲,航天飞机将在太空中与目标物体表演一场优美的探戈。STS-7的乘组将部署SPAS-01,然后飞行员将驾驶航天飞机靠近卫星,在其附近盘旋,保持稳定的距离。之后,他们将找准时机,将在自由漂浮中的SPAS-01抓住。这将是一系列非常精细和复杂的操作,需要极高的精确度,以确保航天飞机在试图抓住SPAS-01时不会意外地与其相撞。

为了让SPAS-01进入太空,STS-7任务需要机械臂操作高度熟练的人员。他们不仅得使用机械臂将卫星从航天飞机的有效载荷舱中取出,还得使用它抓住太空中的SPAS-01并将其放回航天飞机内。

乔治心中已经有了这次飞行任务的指挥官的人选:鲍勃·克里平,STS-1任务的明星之一。鲍勃的昵称为"克里普",在航天飞机的首飞任务中表现出色,乔治认为他已经准备好担任领导角色。至于飞行员的角色,他选择了TFNG的非正式领导者里克·豪克。在此之后,是任务专家的选择。乔治想指派曾经领导机械臂项目的约翰·法比安。

萨莉和朱迪思都曾有与约翰密切合作的经历,对她们两人,法比安都给予了高度评价。她们两人都胜任这项工作,但名额只有一个。为了更好地配合约翰操控机械臂,乔治决定选择萨莉。

乔治向约翰逊航天中心主任克里斯·克拉夫特说明了他对STS-7任务的乘组人员的选择,以及对STS-8任务和STS-9任务的乘组人员的考量。STS-8任务也是严重依赖机械臂的任务,乔治指派圭恩·布鲁福德担任任务专家。圭恩·布鲁福德将成为第一位飞向太空的美国黑人。这两次飞行任务对太空计划和美国来说都是开创性的。

但当克里斯看到这份名单时,他的话令乔治措手不及。他否定了萨莉·赖德。他不满意乔治对第一位进入太空的美国女性的选择。"为什么不是安娜？"他问。克里斯觉得，至少有两位符合条件的女性排在萨莉之前。

乔治陷入了困境，他坚定地相信萨莉适合这个角色。尽管他被认为是"宇航员造就者"，但他每次做出选择的时候，都不得不苦口婆心地说服他的上级。正如他后来所说，"对于我选择的每一个人，我都必须向克拉夫特做出解释"。

乔治回到办公室，开始整理他做出这个决定的原因，并咨询多位关键人物的意见。一天，他邀请鲍勃·克里平到他的办公室见面。当鲍勃进来时，乔治以他标志性的直截了当的风格，问这位 STS-1 任务的飞行员是否愿意担任 STS-7 任务的指挥官。鲍勃兴高采烈地回答说自己非常乐意。然后，乔治提起了乘组阵容的话题，特别提到萨莉。

鲍勃说："我们都知道，无论谁成为第一位飞上太空的女性，她都会得到远超预期的关注。所以我们应该选一个可以应付这类事情的人——能自如应对压力的人。"鲍勃以前和萨莉一起飞行和工作过，根据萨莉在竞技性的网球巡回赛上的经验和在 T-38 上的表现，鲍勃认为萨莉可以胜任。他也希望组建一个合作默契的乘组。他知道萨莉和约翰有过多次合作，也在聚会上看到过他们友好互动。他相信这两人在训练和太空飞行任务中都能相处得很好。

萨莉还有一个关键特质，她是一个内向的人，从不追求名利。虽然这听起来违反常识，但是鲍勃和乔治都认为这是一个优点。两人都同意，萨莉这样的性格可能最适合成为第一位进入太空的女性。他们不想选一个渴望受到关注的人。鲍勃后来解释说："我知道我的感觉，我想乔治也这样认为，萨莉不是那种被'第一人'这个头衔冲昏头脑的人。她能泰然处之。"

鲍勃非常同意乔治的看法，他也认为非萨莉莫属。但为了说服上级，乔治做了任何一个优秀的工程师和经理都会做的事：他做了一张表格。在一份写给克里斯·克拉夫特的备忘录中，乔治列出了一个矩阵，内容是多位任务专家的各项指标，其中包括所有六位女性和两位黑人宇航员。在他们的名字旁边，乔治用X表示每位宇航员的技能和熟练程度。

矩阵显示萨莉和朱迪思获得的X不相上下。这两人名字旁边的X最多，表明她们在处理各种有效载荷和使用软件方面很优秀。在"备注"部分，乔治写道，两人"在RMS（机械臂）上都非常优秀"。安娜的X的数量并没有落后太多，她名字旁边的备注指出她具有"杰出的公众形象"。

但萨莉以一个X的优势胜出，这表明她比其他两位竞争者了解更多的系统，了解得也更深刻。这些，再加上她对机械臂操控的精通，使她最终胜出。萨莉以毫厘之差胜过了其他两位女性。"结果证明萨莉是最有资格的，"乔治说，"没有一名男性或女性宇航员能像她那样精通机械臂操控。"

乔治对表格做了最后的润色，然后发给了克里斯，接下来就是等待回复。他指望这份简明扼要的文件能说服克里斯。白纸黑字，一切都清清楚楚地写在那里。几天后，克里斯终于认可了萨莉和其他人选。

乘组阵容尘埃落定，萨莉的生活即将迎来巨变。是时候公布了。

1982年4月19日，星期一清晨，萨莉被叫到乔治的办公室。她独自一人走向电梯，来到8楼，紧张得全身发麻。萨莉不想说出来，但她知道将要发生什么。她正和史蒂夫一起休假，去了迪士尼乐园，这是她儿时最喜欢的地方之一。最令她高兴的是 E 类 VIP 入场券，他们可以玩当时最先进的游乐设施。但那个周末，她被通知提前归队。

一定是有什么重要的事才会要求她提前结束休假。要么她惹上了麻烦，要么是好事。

她这样想着，走进了乔治的办公室。乔治并不擅长闲聊，直接进入正题。"你觉得现在的工作怎么样？"他问道。

萨莉嗫嚅着，不知如何回答。"嗯，您是问我的工作是什么？"萨莉回复道。她刚刚结束了在 STS-3 任务期间作为 CAPCOM 的工作，之后一直没有被指派执行下一项任务。这只是一次关于工作安排的谈话吗？

乔治谈起萨莉对 CAPCOM 职责的热爱："我们想，也许你非常喜欢你正在做的工作，以至于可能并不想加入一个乘组执行航天飞机飞行任务。"

萨莉吃了一惊，思考着他的意思。他是要给自己指派航天飞机飞行任务吗？萨莉快速、清晰地回答，她对加入乘组执行飞行任务很感兴趣。乔治没有再多说什么，他陪着萨莉走出办公室，上楼去了另一间办公室——克里斯·克拉夫特的办公室。

两人坐在主任的办公桌对面，克里斯开始侃侃而谈，阐述接受这一任务对萨莉意味着什么。他告诉她今后的几个月甚至几年将充满困难。这份工作将带来前所未有的责任，远超她在实际任务中扮演的角色。他想知道，事实上，他必须明确知道的是：萨莉是否认真思考过接受这一任务意味着什么？她是否准备好所有美国媒体的焦点都集中在她一人身上？她是否能应对那些肯定会被问到的刨根问底式的问题？NASA 会支持她，但如果萨莉没有充分考虑到这些影响，她最好认真考虑一下——

而且要快。

萨莉明白她的上级的意图,他在给她一个拒绝的机会。这也是她唯一的机会。

但是拒绝航天飞机上的一个座位是违背宇航员天性的。早飞总比晚飞好。萨莉说:"毫无疑问,我想接受这一任务。"

萨莉对克里斯说,她早就考虑过这件事。她准备好了。

10
预备，发射……

一位男记者向坐在台上的萨莉·赖德提问："当你意识到，你将永远被载入史册，在航天知识问答里出现，但这主要是因为你出生时的好运气，再加上一些努力，等等，你有何感受？"身穿皇家紫上衣的萨莉坐在一张会议桌后面，身边是其他STS-7任务的乘组人员。一周前，NASA刚刚向全美国宣布了萨莉的飞行任务，他们在约翰逊航天中心的蒂格礼堂为这个创造历史的乘组举行新闻发布会。在这之前所有的媒体都在争取采访这位美国第一位进入太空的女性，而发布会给了他们一个机会，让他们一次性问个够。

"你是如何看待这一切的？"记者追问道。

房间里的每个人都笑了，包括萨莉。她优雅地回答问题，没有一丝烦躁。

"天呐，这是一种荣耀。"萨莉笑着回答，"当然，NASA选择我作为第一位上太空的女性，我对此感到非常荣幸。我想，比起成为第一位上太空的女性，我更兴奋的是能有机会比其他人更早执行飞行任务。"

新闻发布会只持续了半个小时，但几乎所有的问题都以某种形式围绕着萨莉提出。一位记者问萨莉，是否一直想成为一名宇航员，以及她在来休斯敦之前是否接受过训练。另一名男记者想知道在乘组人员有男有女的情况下，如何在航天飞机上洗漱和保持个人卫生。"你到底是怎么解决这个问题的？"他问道。萨莉客气地把问题抛给了鲍勃·克里平。"听着，给我们一些时间去找到解决方案，"他说道，"毫无疑问，我们在接下来一年左右的时间里将会对彼此非常熟悉。"记者们不是把这种毫无意义的问题抛向萨莉，就是抛向她的同事们。有人想知道男性乘组人员是否会照顾萨莉，并出于礼貌为她做更多的工作，就像在地球上为她开门一样。约翰·法比安回答说："我认为赖德博士不需要任何团体中的任何人照顾。我认为她的能力会证明一切，她在任何团队中都能独当一面。"

克里普意识到会议跑题了，他立刻向在场的所有人明确了一件事。"萨莉加入这个乘组是因为她完全有资格。"他主动宣布。

但在所有问题中最突出的是下面这个问题。这是萨莉余生都会被问到的问题，这是将在她耳边回响几十年，最终被问到失去了所有意义的问题。

"感觉如何？"

"我相信你已经被问过很多次成为第一位女性宇航员的感受了……被问到这个问题的感觉如何？"一位记者问道，"你如何回答这个问题？"

"我也被问过很多次，被问到这个问题是什么感觉，"萨莉说，房间里的人都笑了，"我想我的确会对这个问题感到厌倦。"

NASA也为STS-8任务的乘组人员举行了新闻发布会，媒体向圭恩·布鲁福德提出了类似的问题。至于"感觉如何？"这个问题，媒体也没有放过他。全世界想知道他对成为第一位飞上太空的黑人美国宇航员的感受。圭恩说："通常情况下，第一人会有点紧张，可以说，会比他后面的人受到更多的审视。不过，我能上太空就已经很高兴了。"

萨莉和其他刚被指派任务的TFNG成员显然对即将到来的（相对来说是即将到来的）飞行任务感到兴奋，但其他未被指派任务的人感到失落。乔治在4月19日下午向其他宇航员宣布了三次飞行任务的乘组人员，同一天萨莉得知了她的任命。最初，她和其他三名乘组人员被禁止在当天下午之前透露给任何人，所以他们一起去自助食堂吃饭，默默庆祝。吃午饭时，迈克·穆兰坐在他们旁边，向约翰哀叹不知道他们什么时候会被分配到任务。约翰保持着尴尬的沉默。

在一次宇航员非正式会议上，乔治直截了当地说："我们已经决定了几个乘组的阵容。"他说，然后逐一念出了名字。他知道他刚刚伤了房间里大多数人的心，所以补充道："希望我们很快就能给更多人分配任务。"

说完这些话后，气氛突然变了。TFNG分裂成有任务和无任务的两组人。未被分配到任务的宇航员笑容满面地祝贺他们幸运的同伴，但其实许多人正在竭力抑制内心极度的嫉妒和失望。看着他们的同事庆祝，而自己的未来仍模糊不明，是非常痛苦的。当大家散场时，一名宇航员咕哝着"真是胡扯"。

至少对这六位女性来说，这场无声的竞争正式结束了。萨莉就是那个"天选之人"。尘埃已然落定。对朱迪思、安娜和凯西来说，这个消息是打击性的。"我很想成为第一人，"凯西说，"我对自己的能力很有信心。"萨莉的名字将被载入史册。除了成为第一位进入太空的美国女性所带来的那些显而易见的好处外，最令人羡慕的是，萨莉将在她们之前飞上太空。作为宇航员，唯一的梦想就是飞行，当知道自己还需要等待几个月甚至几年时，这种心情真是煎熬。虽然香农不那么介意自己不是第一位上太空的女性，但最艰难的部分是等待。她只是想去看看太空——这是她毕生所求。

安娜说："当然，我们每个人都想成为第一人，但同批的每个人都是如此——对男性宇航员来说也是如此。这就是具有竞争精神之人的天性，基本上，他们一生都在竞争。"

乔治·阿比的消息也令瑞亚伤心，但她知道留下孩子的决定可能会推迟她的飞行任务。"我不得不做出决定：是现在要孩子而耽误飞上太空，还是在执行多次飞行任务后再试着要孩子？我已经不是特别年轻了。所以，对我来说，更重要的是要孩子——即使这可能意味着永远无缘飞上太空。"

胡特理解瑞亚的沮丧，他提醒她一些重要的事情。他对瑞亚说："我想将来你会为自己能飞上太空而感到高兴，即使你不是第一人。"过了好几年，她才明白这句话的力量。

当天晚上，宇航员们在前哨酒馆为乘组人员举办了一个小型的庆祝活动，豪饮驱散了一整天笼罩在未获得任务的 TFNG 成员心上的失落。酒精也壮了一些人的胆量。胡特在喝了几杯啤酒后，在酒吧里找到了史蒂夫·霍利，并与他一起找到了乔治所在的卡座。

"阿比先生，史蒂夫和我需要告诉您一些事情。"胡特开始说，他的手臂搭在史蒂夫的肩膀上。

"什么事？"乔治问。

"您今天真的搞砸了。"

"为什么这么说？"

"因为名单里没有我们！"胡特说。史蒂夫完全不知道胡特会这样说，他用眼神告诉乔治"我不是和他一伙儿的"，并试图从胡特的手臂下挣脱出来。乔治只是笑了笑。

第二天上班时，瑞亚和胡特遇到了一位没有参加前一天晚上庆祝活动的TFNG成员。"我们昨晚在庆祝会上没有看到你。"胡特对这位同事说。

"嗯，我觉得没有任何值得庆祝的事情。"那位宇航员闷闷不乐地说，然后慢慢地走开了。

卡罗琳·亨通曾预计萨莉的任命对TFNG其他男性成员以及她的五位女同事来说都很难接受。消息宣布后不久，她就给萨莉打了电话。

"你得到了任务。"卡罗琳在电话里说。

"是的。"萨莉回答。

"现在，要对别人友好点。"

"是，女士。"

萨莉表面上尽量保持谦逊，内心却兴奋不已。不过，令她兴奋的主要是自己将飞上太空这件事，而排位第一倒不是那么重要。当她和史蒂夫谈论这项任务时，所有的喜悦都围绕着这样一个事实：这个乘组的其他成员都是她的朋友，而且她可以尽快开始训练。但史蒂夫注意到了别的事，萨莉似乎没有意识到成为第一位飞上太空的美国女性意味着什么。他知道萨莉不喜欢成为公众人物，因此他不确定她是否完全理解未来几年内将承受的压力。史蒂夫说："所有这些（乘组其他人员是朋友也好，终于可以上太空也好）都令她非常兴奋，我也为她高兴。但我想知道，这是否会与任务带来的负担发生冲突？还有，她将如何应对这些？"

他当时没有对萨莉说什么，但他清楚这些负担很快就会逐渐增加。

反正也没有太多时间仔细琢磨。萨莉的训练立即开始了，STS-7任务的全体乘组人员搬进了约翰·法比安以前的办公室。（在萨莉入驻之前，约翰的《花花公子》杂志挂历神秘地消失了。）团队开始工作，制订飞行计划和规划他们将要使用的有效载荷。他们将部署两颗卫星。围绕SPAS-01的飞行将是这次任务的重头戏。萨莉的机械臂操控技能是确保她在团队中占有一席之地的关键，她必须保持这项技能的熟练程度。这意味着她还要多次前往加拿大，与约翰一起训练，并在休斯敦的训练课程和模拟机中练习。

萨莉还将扮演一个关键角色，克里普指派她担任飞行工程师这个关键的职位，作为鲍勃和里克的替补。在上升到太空和返回家园的过程（任务中最关键的两个阶段）中，萨莉将坐在指挥官和飞行员的后侧。如果在飞行的这两个阶段出现问题，萨莉就必须介入。她将帮助核对检查清单或监控显示器，让鲍勃和里克集中精力拯救乘组。这个角色意味着萨莉要花大量时间与鲍勃和里克一起在模拟机中一遍又一遍地练习升空和再入[*]过程。这个角色也意味着萨莉在发射升空的过程中将独享一个绝佳视角——她前方是飞行员和指挥官之间的窗户和控制面板。

她将能够瞥见地球上厚重的蓝色大气层逐渐模糊，变成一片漆黑的虚空。

1982年7月，训练刚开始几个月，萨莉从工作中抽身几天，专注

---

[*] "再入"指的是航天器重返大气层的过程。

于另一项重要任务。在一个周末,她和史蒂夫前往堪萨斯州的史蒂夫父母家。他们以前已经去过多次。但是那个星期六,萨莉的妹妹凯伦(昵称"小熊")也在那里。在美国中西部湛蓝无云的天空下,在史蒂夫家的花园里,史蒂夫的父亲和"小熊"(后来成为长老会牧师)共同为这对夫妇主持了婚礼。

这是一场小型婚礼,对每个人——甚至是史蒂夫——来说都有点意外。在婚礼之前,他和萨莉虽是情侣,但不能经常见面。由于两人的工作都相当繁忙,他们就像两艘在夜间擦肩而过的轮船。萨莉经常飞往加拿大,一去就是几个星期。与此同时,史蒂夫经常往返于休斯敦和卡纳维拉尔角,为各种航天飞机任务提供支持。当他们两人在同一个地方时,史蒂夫想和萨莉共享二人世界,萨莉却更愿意在周末与 TFNG 的飞行员一起驾驶飞机。

"我似乎并不受重视,"史蒂夫后来回想说,"事实上,我当时本来想建议:我们何不现在分手?"

一天晚上,他准备向萨莉提这个想法,但他还没来得及开口,萨莉就抢先表白了一件让他大吃一惊的事。她说,她对他的爱其实相当强烈。"好吧,我没看出来。"史蒂夫想。即使他感觉自己对萨莉的感情比萨莉口中对自己的强烈感情要多一些,他还是一如既往地爱着萨莉。于是他们继续交往,直到有一天,萨莉不经意地提出了结婚的想法。

史蒂夫表示,结婚与否主要取决于萨莉。"我当时就知道,后来更清楚地知道,她基本上只会做自己想做的事。就我们的关系而言,我想这对我来说是可以接受的。不管她想怎样进行下去,我都没有异议。"

接下来的事情毋庸赘述。婚礼当天,两人都穿着 T 恤和白色牛仔裤,在堪萨斯州史蒂夫家的花园里交换誓言。

萨莉和史蒂夫都不喜欢抛头露面，他们没有计划举办一场精心策划的婚礼。"我们不想大张旗鼓。"萨莉说。史蒂夫允许迪克·斯科比在婚礼后的周一例会上向其他宇航员宣布这个消息。最终，低调行事达到了预期的效果。他们的婚礼只在报纸上占了一小块版面。

很快，媒体就开始关注 NASA 其他人员的个人关系新闻。当萨莉和史蒂夫翻开了人生的新篇章之时，瑞亚和胡特也是如此。这对夫妇刚买了一座新房子，准备在 7 月下旬，也即瑞亚预产期前一周入住。但在一个星期六的早上，当瑞亚正在收拾装盘子和小摆设的箱子时，她感到阵痛袭来。她知道自己要分娩了——比预产期提前了一周。

瑞亚被送往克利尔湖医院（Clear Lake Hospital）经历了好几个小时的产程，精疲力竭的她坚持到凌晨四点，医生发现婴儿情况不太好，最终选择了顺产转剖腹产。1982 年 7 月 26 日凌晨，保罗·塞登·吉布森（Paul Seddon Gibson）来到了这个世界。但当他第一次呼吸时，瑞亚和胡特都感觉到有些不对劲。他没有哭，而且皮肤开始变成蓝紫色。医生们意识到需要迅速对新生儿进行急救。保罗吞下了胎粪，即婴儿在紧张的分娩过程中排入羊水的粪便。他的肺部被蜡状排泄物包裹，需要帮助才能呼吸——要快。医生把他放在一个 100% 纯氧保护罩内，用直升机送往市中心的赫尔曼医院（Hermann Hospital）的新生儿重症监护室（NICU）。

接下来的几天，夫妇俩在痛苦和焦虑中度过，祈祷保罗能渡过难关。在这期间，来到休斯敦与家人团聚的瑞亚父亲问医生，保罗是否有可能活不下来，此时胡特就站在他身边。医生严肃地回答说："有可能。"这令胡特惊恐万分。但经过几天的紧张治疗，小保罗开始自主呼吸，而仍在产后恢复期的瑞亚前往赫尔曼医院，第一次把他抱在怀里。

10 预备，发射……

保罗恢复健康后，NASA 安排了一场媒体发布会，让瑞亚和胡特抱着健康的宝宝亮相。每个人都想一睹世界上第一个"宇航宝宝"（Astrotot），即第一个父母都是宇航员的孩子。但他很快就不是唯一一个父母都是宇航员的孩子了。

那时，安娜 33 岁，比尔 36 岁，这对夫妇意识到，生育健康的宝宝且不用特别担心并发症风险的窗口期越来越短了。此外，他们的飞行任务比预期的要等待更长的时间。当他们刚加入这个计划时，被告知将在三年内上太空。现在，将近五年过去了，安娜仍然不知道她在任务序列中的排位。

"我没有被分配到乘组，所以对我来说，这是一个令人害怕的决定，"她谈到怀孕时说，"对于要孩子是否对我的事业有益，我没有任何信心，但我觉得这很重要。"

保罗出生几个月后，安娜发现自己怀孕了。正如瑞亚所做的那样，她决定尽可能长时间地对 NASA 保密。有了同事的前车之鉴，她不想被命令停飞 T-38。

然而，事实证明，保密比预期的要难。在一次航天飞机任务中，在肯尼迪航天中心的安娜被指派为宇航员支持人员，负责在乘组人员发射前为他们系牢安全带。虽然这份工作很容易，但这也意味着她必须为可能发生的紧急情况做好准备。如果乘组人员在发射的前期发生了什么事，她必须能够把人拖出驾驶舱。NASA 希望在这次发射前测试安娜的能力。身材娇小的安娜要在佛罗里达的炎热天气里把 200 磅重、6 英尺高的人背出驾驶舱，的确需要费一番力气。而且当时没有人知道，她已经怀孕四个月了。

"安娜，如果你这么干，我就一枪崩了你。"比尔知道后对妻子说。

"比尔，如果你能想出一个办法，让我不用干这个，同时保密我怀孕的事，那就听你的，"安娜告诉他，"否则，我得接受这个任务。"

正如承诺的那样，她按照要求完成了工作。在航天中心的一次测试中，安娜与一名女性宇航服技师一起从飞行员座位上和指挥官座位上分别拖出两名男性乘组人员。这很难，但她克服了困难，没有出现任何并发症。然而，她没能守住秘密。在拖拽人员的训练之后，技师问安娜她的团队是否都注意到安娜"已经显怀了"。

不久之后，安娜不得不坦白。她的肚子已经太大了，再也无法隐瞒。当她最终坦白时，给她分配拖拽任务的负责人对此很恼火。

1982年8月19日，在距离休斯敦7000多英里的哈萨克斯坦，一名红色直发、身着苏联宇航服的女子登上了"联盟"号太空舱，随后被发射进入轨道。她的名字是斯韦特兰娜·萨维茨卡娅（Svetlana Savitskaya），随着发射成功，她成为世界上第二位飞向太空的女性。当苏联得知NASA招募非现役军人宇航员后，他们也开始选拔新一批女性宇航员。当萨莉的任务被公开后，对苏联而言，送另一名女性宇航员上太空的紧迫性增加了。斯韦特兰娜成功晋级，在她的前辈瓦莲京娜飞上太空之后的第十九年飞上太空，并与苏联的"礼炮7号"（Salyut 7）空间站对接。当她到达空间站时，两位已经在空间站生活的宇航员用在太空种植的鲜花来迎接她。三个人第一次一起吃饭时，他们送给她一条围裙。

宇航员瓦伦汀·列别捷夫（Valentin Lebedev）开玩笑地对她说："这里有一个厨房，你以后就在那儿工作了。"

1. NASA 选出的第一批六位女性宇航员围绕个人救援设备合影。在选拔过程中，所有女性宇航员必须蜷缩身体，进入这个球形设备，待上一段时间，以证明她们不易患幽闭恐惧症。

图片来源： 由 NASA/Interim Archives/Getty Images 提供

2. 所有六位女性宇航员候选人，以及以前不是飞行员的男性宇航员候选人，都必须在佛罗里达进行水上生存训练。安娜·费舍尔和萨莉·赖德坐在码头上，等待被直升机牵拉升空。

图片来源： Ken Hawkins/ Alamy 图片库

3. 宇航员候选人萨莉·赖德、朱迪思·雷斯尼克、安娜·费舍尔、凯西·沙利文和瑞亚·塞登在佛罗里达州霍姆斯特德空军基地参加水上生存训练期间拍摄的合影。

图片来源: 由 Space Frontiers/Archive Photos/Getty Images 提供

4. 萨莉·赖德进入 T-38 喷气式飞机。NASA 的宇航员和宇航员候选人每月需要在喷气式飞机上积累 15 个小时的飞行时间。像萨莉这样的任务专家只能坐在后座,而飞行员坐在前座。

图片来源: 由 NASA/AFP 通过 Getty Images 提供

5. 1979 年 7 月 1 日，身着压力服的凯西·沙利文站在得克萨斯州休斯敦艾灵顿联合预备役基地的一架 WB-57F 侦察机的机鼻前。她随后创下了非官方女性最高飞行高度纪录，高度达 63000 英尺。

图片来源： 由 Space Frontiers/Archive Photos/Hulton Archive/Getty Images 提供

6. 安娜·费舍尔在进行宇航服试穿时拍摄的标志性照片。

图片来源：由 John Bryson/Sygma 通过 Getty Images 提供

7. 在前景中，乔治·阿比（中间）站在 STS-1 任务的乘组人员鲍勃·克里平（左）和约翰·杨（右）之间，地点位于佛罗里达州 NASA 肯尼迪航天中心的航天飞机着陆设施。这张照片拍摄于 1981 年 4 月 11 日，即 STS-1 任务的首次发射尝试被取消的次日。鲍勃·克里平和约翰·杨于第二天，即 4 月 12 日发射升空。

图片来源： NASA

8. 萨莉·赖德和安娜·费舍尔在肯尼迪航天中心为萨莉的 STS-7 任务的有效载荷进行工作。安娜是 STS-7 任务的"海角十字军"负责人,当时她正怀着大女儿克里斯汀。

图片来源: 由 J.L. Pickering 扫描的 NASA 照片

9. 改装的波音 747 背着全新的"发现"号航天飞机飞往佛罗里达州卡纳维拉尔角的发射场。"发现"号的首次太空飞行任务是 STS-41-D 任务,这也是朱迪思·雷斯尼克的首飞。

图片来源: 由 J.L. Pickering 扫描的 NASA 照片

10. STS-41-D 任务的乘组人员在太空中的合影。从朱迪思·雷斯尼克开始，顺时针方向依次是史蒂夫·霍利、迈克·科茨、亨利·哈茨菲尔德、迈克·穆兰和查理·沃克。

图片来源： 由 J.L. Pickering 扫描的 NASA 照片

11. 在 STS-41-D 任务中，太阳能电池板在太空中展开。朱迪思·雷斯尼克负责在航天飞机上开展实验。

图片来源： 由 J.L. Pickering 扫描的 NASA 照片

12. 身穿飞行服的凯西·沙利文在进行飞行前检查。

图片来源：由 J.L. Pickering 扫描的 NASA 照片

13. 凯西·沙利文和戴夫·利斯特玛在 STS-41-G 任务期间进行太空行走,并完成太空轨道上加燃料实验。

图片来源: 由 J.L. Pickering 扫描的 NASA 照片

14. 宇航员戴尔·加德纳在 STS-51-A 任务期间举起一个"出售"标志。他和乔·艾伦成功回收了两颗在太空中失控的卫星并将它们放入航天飞机的有效载荷舱内。安娜·费舍尔通过操控机械臂协助回收行动。

图片来源： 由 J.L. Pickering 扫描的 NASA 照片

15. 安娜·费舍尔在完成 STS-51-A 任务,返回地球后,与她的丈夫比尔和女儿克里斯汀团聚。

图片来源: 由 J.L. Pickering 扫描的 NASA 照片

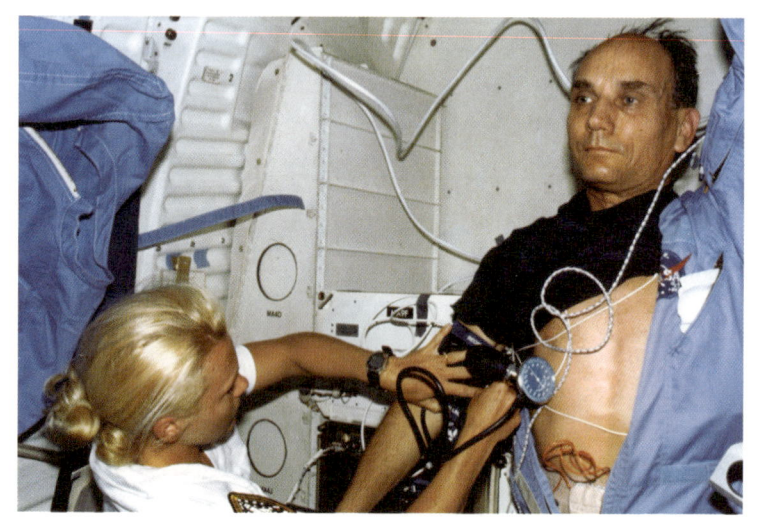

16. 瑞亚·塞登在 STS-51-D 任务期间与议员杰克·加恩一起进行医学实验。

图片来源： 由 J.L. Pickering 扫描的 NASA 照片

17. STS-51-D 任务的乘组人员与他们为回收新康卫星而制作的临时工具——"长曲棍球棒"和"苍蝇拍"合影。从左上角顺时针方向依次是杰克·加恩、唐纳德·威廉姆斯、卡罗尔·"勃"·鲍勃科、查理·沃克、戴夫·沃克、瑞亚·塞登和杰夫·霍夫曼。

图片来源：由 J.L. Pickering 扫描的 NASA 照片

18. 瑞亚·塞登在完成 STS-51-D 任务返回休斯敦后与 3 岁的儿子保罗团聚。
图片来源：AP Photo/Ed Kolenovsky

19. 香农·露西德在 STS-51-G 任务期间漂浮在驾驶舱附近。

图片来源： 由 J.L. Pickering 扫描的 NASA 照片

20. 朱迪思·雷斯尼克与她的乘组同事克里斯塔·麦考利夫在飞行前合影,后者本应成为首位进入太空的教师。

图片来源: 由 J.L. Pickering 扫描的 NASA 照片

21. 在 STS-51-L 任务的发射前，极冷的天气导致发射台上结满了冰柱，人们担心冰柱可能脱落并在发射过程中损坏航天飞机。

图片来源： 由 J.L. Pickering 扫描的 NASA 照片

22. 发射后 73 秒，STS-51-L 任务期间发生了"重大故障"，这是"挑战者"号航天飞机的最后一次飞行。这场事故导致机上七名乘组人员全部牺牲，包括首批六位女性宇航员之一的朱迪思·雷斯尼克。

图片来源： 由 J.L. Pickering 扫描的 NASA 照片

23. "挑战者"号乘组人员的遗体从七辆灵车转移到肯尼迪航天中心的一架运输机上。

图片来源： 由 J.L. Pickering 扫描的 NASA 照片

24. 萨莉·赖德的终身伴侣塔姆·奥肖内西代表萨莉接受了 2013 年总统自由勋章。萨莉于 2012 年 7 月 23 日因胰腺癌去世。

图片来源： 由 Leigh Vogel/WireImage 提供

10 预备，发射……

斯韦特兰娜的飞行意味着萨莉将成为第三位飞向太空的女性，但她根本不在乎这种降级。从1982年过渡到1983年，她的训练越来越繁忙和复杂。在准备期间的后期，乘组加了一位新成员，这改变了团队的组成。

在指派乘组后大约四个月后，乔治指派了另一名TFNG成员诺姆·萨加德（Norm Thagard）加入这次任务，将STS-7任务的乘组人员增加到五名。诺姆是一名训练有素的医生，他的任务是研究自载人航天开始以来一直困扰宇航员队伍的问题：太空适应综合征（Space Adaptation Syndrome，SAS）。在NASA送入太空的人员中，超过一半的人会感到无法忍耐的头晕和恶心，他们刚刚进入轨道就会大吐特吐。这种情况似乎是随机发生的。一些资深飞行员在微重力状态下会感到胃里翻江倒海，而通常在地面上避开颠簸的任务专家则悠闲地漂浮着，没有遭受呕吐之苦。诺姆的任务是开发实验方法来确定谁会患这种病，探究病因，以及摸索防治方法。

在他加入乘组后，STS-7任务的宇航员们开始花越来越多的时间在航天飞机模拟机中使用固定模拟机和全动模拟机交替训练。全动模拟机会颤抖和晃动，模仿宇航员在真实的航天飞机中感受到的涡流。一些宇航员练习拨动正确的开关来部署卫星，而萨莉和约翰则轮流练习使用机械臂。每一次移动操纵杆，每一次按下按钮，都必须在地面上熟练地编排，只有这样，到了太空，这些肌肉记忆才能派上用场。

起初，模拟训练的时间很短，但随着时间的推移，训练会长达连续几个小时。最终，该团队将训练升级到综合模拟训练，他们进行了长达数天的艰苦演习，不仅包括乘组人员，还包括任务控制中心的所有工程师和飞行控制员。这一模拟训练可能长达56个小时，事无巨细地重现飞行中的关键时刻。为了让乘组人员保持警觉，模拟机主管会全程监视，随时准备加入一些可能令任务失败的小故障。每一次，萨莉和她的团队都能够在他们的虚拟航天飞机坠落之前解决问题。

日子变得漫长而难熬，但乘组和训练员团队找到了苦中作乐的方法。有一次，在萨莉和乘组其他人员按计划进入全动模拟机之前，训练员团队中的几个人搞了个恶作剧，他们把一只橡胶老鼠绑在渔线上，然后把渔线和假老鼠固定在驾驶舱的遮光板的背面，使之位于人的视线之外。当STS-7任务的乘组进入后，模拟机开始旋转90度，乘组人员变成面朝上的姿态，以模拟他们被发射上太空时的姿态。假老鼠由于重力的作用从隐藏的地方滚落下来，正好落在萨莉的面前，正如那几个人预期的那样。渔线的长度正好让老鼠在离她鼻子几英寸的地方晃来晃去。萨莉大声尖叫，而训练员们看到阴谋得逞，得意地窃笑起来。最终她把假老鼠拽了下来，并拒绝归还。

有一天，萨莉要进行工作台检查，即检查她想带到太空的个人物品。她想在执行航天任务时携带一些个人物品，这需要得到批准。但工程师们想让她检查一下为她准备的其他物品。

她的工作台上放着NASA工程师准备的个人卫生用品包。这样的装备可以追溯到阿波罗和双子座计划时期。卫生用品通常包括牙刷和剃须膏等基本个护用品。但现在NASA开发了一个针对女性的个护套装，包括每日清洁需要的标准物品，外加一个用黄色塑料包裹的小包。

那是一个化妆包。

实际上，NASA的工作人员设计这个化妆包及其内容已经有一段时间了。他们不会不经计划就简单地把一管口红发射到轨道上。这类事情必须按部就班地进行。每个产品都必须经过少量的测试，以确定它是否易燃，或者是否会在太空中渗漏任何化学物质。

安娜最初的技术性任务之一是协助决定女性化妆包的内容。她不太了解最佳的皮肤护理或清洁方法。她开始在医学院疯狂工作后，就决定不化妆。她不想在某个时间睡着，醒来时发现睫毛膏糊成一片。但有一样东西她记得，那就是妮维雅面霜。她的德国裔母亲经常使用妮维雅面霜，所以她设法把这款面霜加入化妆包。

对萨莉来说，在太空中化妆的想法是一个笑话。"NASA的工程师给你拿来一个化妆包，"她说，并补充道，"你可以想象一下，以男性为主的工程师之间是如何讨论化妆包里应该放什么的。"她知道在这件事上她需要增援，所以四处寻找盟友。幸运的是，她恰好碰见了凯西，萨莉用恳求的眼神打动凯西，请她帮忙检查化妆包。

凯西说："我想无论她当时看到的是我们几个人中的哪一个，都会抓去帮忙的。这是举手之劳。"

尽管她们不愿意做，两人还是尽最大努力选好了卫生套装和化妆包里的物品。对于在太空中化妆这个想法，她们俩也许不屑一顾，不过六位女性中有人并不排斥。她们刚加入NASA时，曾有人询问她们，在执行任务时，是否需要提供化妆品。大多数人都表示不需要，除了瑞亚说出了自己的观点。"如果我们在太空时要拍照的话，我可不想显得平平无奇，所以我要求一些基本的化妆品。"她后来说。

在检查物品时，萨莉注意到一条奇怪的粉色塑料带。她把手伸进包里，轻轻地拉了拉。原来这是一个卫生棉条，连着另一个，还有一个，它们被串在一起，像一串无穷无尽的香肠。萨莉和凯西都忍俊不禁。在进行工作台检查时，在场的工程师询问萨莉，在她为期一周的太空任务中，带上100个卫生棉条是否足够？

"不，这个数量不合适。"萨莉平静地回答。

"嗯，我们只想准备充分。"

"好吧，你减半也不会有任何问题。"萨莉说，而凯西则咯咯地笑了起来。

NASA首次向全美公众介绍萨莉时就制订了一个计划，以保护她在训练期间不受到媒体过分干扰。NASA经常以萨莉日程繁忙为由拒绝媒体采访，当萨莉不得不出现在公众或记者面前时，她有后援。克里普与NASA的公共事务办公室一起确保萨莉作为发射任务的代表发言时，至少有另一名乘组人员（最好是全体乘组人员）在场。随着发射越来越近，媒体的关注度也越来越高。

然而，媒体对获得萨莉故事的渴望越来越强烈，开始对NASA表达不满。因此，为了满足公众，她同意接受《华盛顿邮报》(Washington Post)一名记者的采访，合作撰写一系列详细的文章。萨莉与这位记者的关系很好，也愿意与她分享自己的故事——因为她们其实已经是老朋友了。这位记者就是苏·奥基，萨莉儿时的朋友。苏在从医之前曾做过几年《华盛顿邮报》的记者。

对于萨莉来说，她并不觉得苏是一个记者。她只是苏，这位宇航员和她的老朋友能连续亲切地聊几个小时。然而，在几年前的某个时刻，苏的职业让萨莉明白了成为公众人物的代价。

在为报社工作时，苏曾向那里的体育记者透露，她和萨莉关系密切。那位体育记者熟悉很多网球运动员，她知道萨莉和她的大学室友莫莉曾是一对"同性恋情侣"，这让苏感到震惊。这对苏来说是条新闻，作为记者和朋友，苏想从萨莉本人那里得到确认。就在萨莉被 NASA 选中几年后的一天，萨莉前往纽约做演讲，苏借这个机会探望了萨莉。活动结束后，两人一起回到萨莉下榻的酒店房间。苏鼓起勇气提出了问题。她说，她知道萨莉和莫莉曾经很亲密，她们恋爱过吗？

萨莉愣了一下，然后回答说："没有。莫莉想，但我不想。"这件事对苏来说就到此为止了，她再也没有问过萨莉关于莫莉的事。但对萨莉来说，苏知道这段关系这件事让她感到震惊。是谁告诉她的？是另一个记者吗？莫莉说了什么吗？作为一个不喜欢分享私生活的人，萨莉对公众可能会发现她过去这一非常私人的事情感到愤怒。

当时，人们对同性恋情侣的态度正在改变，但改变的速度还不够快。1981年，萨莉目睹了她的偶像比利·简·金在公开了她与另一位女性的恋爱关系后，几乎立刻就被口诛笔伐。虽然金得到了媒体的支持，但在公开出柜后的 24 小时内，这位网球明星就失去了所有的代言。

萨莉不敢想象，如果她和莫莉的关系在她上太空前被媒体曝光会发生什么。这个可能性令她心烦不已，她必须找到防止这种情况发生的方法。但随着时间的流逝，没有任何传言浮出水面。最终，萨莉被分配了任务，也与史蒂夫结了婚，她更忙了，无暇顾及那些她加入 NASA 之前的事情。

尽管苏在纽约的酒店里问了这个私人问题，但萨莉还是相信苏不会透露任何太隐私的事情。因此，在飞行前的几个月里，萨莉与苏见面，回顾了她的生活和训练。她们一起参观了华盛顿特区的国家航空航天博物馆，欣赏那些航天史上的珍贵展品。在凝视着老"阿波罗"号太空舱和老式宇航服时，苏提醒萨莉，有一天，她的名字和照片也将被展示在这栋建筑里。"他们会把你的照片和阿梅莉亚·埃尔哈特的照片并排放在这里展览。"萨莉涨红了脸,转过身去。"那太可笑了!"她大声说。

苏说:"她不肯谈论这件事,甚至不愿意去想这件事。她觉得那非常奇怪。"

有一件事是萨莉喜欢谈论的,那就是她的训练。苏跳上了飞往休斯敦的航班,以见证萨莉在执行任务时的专业技能。在萨莉的工作地点,苏满怀敬畏地看着她的朋友,这位曾经自称"懒鬼"的人,在深夜仔细阅读她的任务手册和飞行手册,认真地为即将到来的发射做准备。萨莉告诉苏:"曾经,我最大的特点就是懒散,但是现在已经完全变了。我真的很努力,三年来一直如此,而且,我很享受这种状态。实际上,我对这种状态着迷。"在约翰逊航天中心,苏看到她的朋友与乘组其他人员一起在模拟机中练习,处理任务控制中心向他们抛出的各种虚拟故障。在一次训练中,乘组人员执行了一切可能的程序来修复大量虚拟故障,但还是没能阻止航天飞机坠毁。如果实际发生,那么他们此时都牺牲了。

那一刻让苏感到深深地震惊。这件事敲响了警钟,她意识到太空飞行并不是一项没有风险的事业。苏记得的最后一次重大太空飞行任务失败是"阿波罗13号",那次,乘组人员得以幸存。在航天飞机进行第四次飞行后,NASA宣布该飞行器"可运行",这意味着所有后续飞行都将是常规和安全的。但是现在,苏意识到她的朋友可能会丧命于剧烈的爆炸中,这让她不寒而栗。不过,萨莉一如既往地没有表现出任何恐惧。她和乘组其他人员没有被虚拟坠毁影响心情,并发誓在下一次训练时做得更好。克里普事后对震惊的苏说:"他们总会给你足够多的故障,以至于航天飞机无论如何也会坠毁。"

苏的文章在《华盛顿邮报》上连载了四天,但这也不足以满足公众对美国第一位即将进入太空的女性的好奇心。有一次，萨莉和乘组其他人员前往华盛顿与里根总统共进午餐（萨莉并不是里根总统的忠实支持者）。命运弄人，鲍勃和萨莉在从NASA总部前往会面地点的途中被困在了电梯里。鲍勃拿起电梯里的听筒，对另一头的人大喊，强调他们在白宫有一个重要的会面要参加。30分钟后，两人在椭圆形办公室里与里根总统一起喝茶。

"我不能主宰我自己的生活了。"萨莉承认，这可能是事实。萨莉的笑脸出现在《新闻周刊》（Newsweek）、《美国新闻与世界报道》（U.S. News & World Report）、《人物》等杂志的封面上，还有一些报道显示，记者们各显其能，从萨莉和她的家人那里打听消息。她的妹妹"小熊"对《新闻周刊》承认："她不告诉我们任何信息……如果你想了解萨莉的情况，你得问她本人。""小熊"从未询问萨莉本人有关她的工作，这令《新闻周刊》记者不禁感到遗憾。在《今日》（Today）节目中，主持人简·波利（Jane Pauley）问萨莉，她是否认为，由于她的性别，她会比乘组其他人员受到更多的关注。"在我看来，我应该问你这个问题。"萨莉回答道。《洛杉矶时报》的一篇文章说，记者们觉得萨莉"难以相处，遥不可及，冷若冰霜，对媒体不屑一顾"。但萨莉只是坚定地拒绝被媒体牵着鼻子走。

传奇主播汤姆·布罗考在美国全国广播公司新闻频道（NBC News）专门为萨莉制作了一段完整的节目，希望为这位美国首位太空女性打造一个更亲切的人设。他带着一个摄制组，在加州见到了萨莉的家人，试图挖掘更多萨莉儿时的故事。随后，他前往休斯敦的约翰逊航天中心，在训练期间采访萨莉。有一次，他提出了一连串的私人问题，而萨莉则尽力顾左右而言他。

他问萨莉，她和史蒂夫是否考虑要孩子。

萨莉回答："那是我和史蒂夫之间的事。"

他又问："你曾经希望自己是个男孩吗？"

萨莉平静地回答："不，我从没想过这件事。"

萨莉在面对荒谬的问题时总能镇定自若，慎重地做出回答。在过去的一年里，她在转移话题方面变得游刃有余。但是，1983年5月24日，在STS-7任务例行的发射前新闻发布会上，她再次来到蒂格礼堂，回答一大群记者的提问，她的这个技能受到了终极考验。

萨莉从一开始就给发布会定下了基调。上一次新闻发布会上，有一位记者问她被载入史册是什么感觉，此人再次提出了这个问题。

萨莉回答说："我想我的答案可能和一年前一样。我很高兴能有机会飞上太空，所以我可以无视你们所有人。"

所有人都笑了，与媒体的战斗正式打响了。这次发布会与一年前的发布会几乎一模一样，记者们围绕着萨莉和她在飞行任务中的表现提出问题。美国媒体似乎仍然对"女性进入太空"这件事感到非常困惑，他们执着地向萨莉提出关于这件事的各种问题。

一位记者想知道，和另外四位男性一起生活在狭小的空间里是否很难适应。

萨莉回答说："这真的不需要我花任何时间来适应。我以前是物理系的研究生，在那个领域，我习惯了和男性并肩工作。"

一位女记者问了萨莉和诺姆·萨加德问题。第一个是对萨莉的提问：她计划成为第一位进入太空的母亲吗？

接着她向诺姆提出问题。萨莉在诺姆回答后，只说了一句话："你会注意到我没有回答你的第一个问题。"

再一次，一位记者想知道男同事是否以任何方式照顾她。

"我一点也不觉得被人照顾。事实上，克里普甚至不再为我开门了。"

一名记者提到了萨莉退出网坛的决定，以及如果萨莉觉得自己无法达到第一名的位置，她是否会选择退出。"如果你没有被选为第一位飞上太空的美国女性，你会选择退出太空计划，或接受成为第二个或第三个人吗？"

"我放弃网球的原因是我不是一名优秀的网球运动员，"萨莉摇着头说，"我加入计划不是为了成为第一位飞上太空的女性。我只想得到机会，尽快飞上太空。只要他们允许，我就打算一直留在计划里。"

萨莉可能没有像自己希望的那样熟练掌握击球过网的技术，但她肯定已经掌握了如何以同样的速度反击每个记者的提问。她的队友们也变得同样擅长唇枪舌剑。

"这周我们采访了很多得州人，"一名记者对乘组人员说，"他们认为女性不应该成为宇航员。"

鲍勃厉声反问道："你和什么样的得州人交谈过？"

记者说："你知道，那些戴着大帽子的家伙。"

"嗯，我是土生土长的得州人，"鲍勃说，"我戴大帽子，我也拥有一辆皮卡。我想我与你说的那些戴着大帽子的家伙观点不同。我认为有女性宇航员是件好事，而且我认为萨莉·赖德能执行这次飞行任务也是好事。"

里克·豪克被问到他是否有点嫉妒萨莉受到的关注，他也立刻进行驳斥。

他说："我加入这个计划并不是为了吸引媒体的关注，但现在我和萨莉一起执行飞行任务，我得到的关注太多了。"

在整个发布会过程中，媒体和乘组你来我往，短兵相接。双方似乎找到了节奏，但萨莉——或任何一位乘组其他人员——对《时代》杂志记者向她提出的问题措手不及。

"作为这个乘组的一员，在你的训练中，当出现问题时——当出现一些困难，或诸如此类的问题时——你是如何应对的？作为一个有血有肉的人，你是怎样面对的？你，你会哭吗？你会如何处理？"

萨莉的表情已经说明了她不能大声说出来的想法：你不会是认真的吧？！她尽力保持镇定，笑了笑，摇了摇头，给出了她能想到的最好的回答："为什么没有人问里克这些问题？"

大家都笑了，鲍勃又跳出来解围。他开玩笑说："指挥官会哭！"

萨莉笑着给了记者一个较为严肃的回答。"我不认为我的反应会和其他人有什么不同。"

萨莉用了一点时间来总结她对所有这些关注的真实感受。她说："在这件重要的事上，我们的社会没有进步，这太糟糕了。但我想，如果美国公众认为这是一件重要的事，那么被如此广泛地报道也许是件好事。我认为我们是时候摒弃旧观念，是时候让人们意识到这个国家的女性可以做任何她们想做的工作。"

不过约翰尼·卡森并未意识到这一点，这在他的《今夜秀》(Tonight Show) 脱口秀中就可以看出来。他继续拿萨莉的性别开玩笑——或者说所谓的玩笑。一天晚上的表演中，他开玩笑说，萨莉"刚刚取消了她的航天飞机航班，因为她不想让人们看到她六天都穿着同样的衣服"。他将任务延迟两个月归咎于萨莉无法"找到与太空鞋相配的包"。许多观众对他的笑话嗤之以鼻。

美国民众的各种意见已经膨胀成一种混乱且无处不在的噪声。但最终，在飞行前一周，萨莉和乘组其他人员开始隔离。他们住在一辆位于体育馆附近的约翰逊航天中心大楼内的房车里。即使她想听，也听不到公众的各种意见。在计划发射日6月18日的三天前，她爬上一架T-38的后座，向东飞向卡纳维拉尔角，飞向等待她的"挑战者"号航天飞机。

11
萨莉的旅程

乔治注意到萨莉在来回踱步。

这是萨莉准备发射升空的前几天,他们正在卡纳维拉尔角。她和其余的 STS-7 任务的乘组人员住在 NASA 指定的海滨别墅里,这是一套破旧的四四方方的公寓,坐落在距离肯尼迪航天中心的两个主要发射台只有几英里的沙滩上。当 NASA 为肯尼迪航天中心购买土地时,该机构将该地点的大部分海滨建筑夷为平地,只留下一套公寓。当航天飞机飞行任务开始后,唯一的海滨别墅变成了下一次飞行乘组的小避难所——一个在起飞前几天放松的地方。

萨莉不是一个喜欢公开表露自己情绪的人,任何人都看不出她心中的焦虑,但她的来回踱步让乔治很担心。他知道,在准备乘坐航天飞机这个"可控炸弹"飞入太空的前几天,每个人都会有点紧张。如果他们一点也不紧张,反而奇怪。"第一次飞行的时候肯定会感到不安。"乔治说。但他也希望他的乘组人员在飞行前尽可能保持冷静和放松——所以他招募了一些帮手。

萨莉邀请了几乎所有她认识的人观看发射。她的家人横跨美国，从一个海岸边到另一个海岸边，萨莉的许多网球界老友也是如此——包括塔姆·奥肖内西。曾几何时，她们在比赛后随着唱片一起跳舞，多年来也一直断断续续地保持着联系。客人名单中还包括以前的恋人，比尔·科尔森和莫莉·泰森都收到了邀请，尽管世人只知道莫莉是萨莉的前室友和密友。

当乔治找到莫莉，问她是否愿意和萨莉谈一谈时，他就是这样认为的。"如果有人能让她感觉放松，我们当然希望莫莉能帮忙。"他后来说。安排这次见面不太容易。按规定，萨莉和乘组其他人员在飞行前必须进行为期一周的常规隔离。这是为了避免乘组人员感染细菌或病毒并将其带到太空中。

但乔治决定稍微变通一下。他让莫莉做了一次快速体检，以便在海滨别墅与萨莉见面。这样做虽然违反规定，但是不算严重。说实话，大部分隔离措施都是为了阻止宇航员与任何儿童接触，因为儿童简直就是行走的细菌培养皿。

当莫莉到达海滨别墅时，萨莉获得了特权，可以会见一名粉丝团成员。对于邀请别人观看你的航天飞机飞行任务，这是个最大的讽刺。萨莉实际上没有与任何一个从全国各地赶来观看她飞上太空的人互动，但她惊喜地见到了老朋友。她们简短地谈论了一些琐事，莫莉注意到萨莉看起来兴致勃勃，好像随时准备大干一场。这是一场美好的会面，达到了分散萨莉注意力的效果。

但当莫莉起身离开时，萨莉忽然绷不住情绪了，这真是少见。

她的态度突然变了，她对莫莉说："我知道这是有一定风险的。我知道我可能会死。"

莫莉被这句话震惊了，在那一刻，她意识到传奇人物萨莉·赖德——那个她一直认为是神一样的人物——也会感到害怕。

莫莉离开了，两人再也没有提起过这个话题。

———————

第二天早上7点，萨莉·赖德仰面坐在"挑战者"号航天飞机驾驶舱内的一把金属座椅上，在如疾风骤雨般的晨间紧张准备之后，她被绑好了安全带。这一天很早就开始了，凌晨3点13分，乘组宿舍里就响起了叫醒电话。萨莉穿着条纹马球衫和裤子，感觉一切都不真实。她尽力表现得正常，和乘组其他成员一起吃传统的发射前早餐，摄像机记录下了她吃的每一口饭。"我竭尽全力……让自己看起来与平常没有什么不同。"萨莉回忆道。吃完饭后，她穿上了飞行时穿的天蓝色长袖连体服。

那天早上，乘组人员乘车前往发射台的途中，先把乔治送到了发射控制中心。这时，指挥官鲍勃·克里平转向他的乘组。"这是最后一个，"他说，指的是他们留在身后的所有官员，"所有理智的人都在我们后面，而我们足够疯狂，是前往那边的人。"

怀着不同的思绪，乘组人员登上了发射台基座旁的电梯，上升到驾驶舱的高度。发射塔顶部有一个小厕所，以防有人在最后一刻紧张到需要如厕。

如果萨莉知道有多少人要看着她起飞，可能也会紧张到需要如厕。在距离发射台几英里的海滩上，超过50万人已经醒来，兴高采烈地期待着。人群中包括多位名人，他们长途跋涉来到卡纳维拉尔角，以见证这历史性的一刻。美国著名的女权主义者和活动家格洛丽亚·斯泰纳姆

（Gloria Steinem）和女演员兼活动家简·方达（Jane Fonda）也在人群中。后来，简在发射现场说的话被媒体大量引用，甚至在NASA内部引发了波澜。简的政治观点不被白宫所接受，白宫给NASA总部打去电话，进行了严厉的批评，而且，一名NASA新闻官员因"争议"而辞职。

值得庆幸的是，当时萨莉并没有意识到成千上万的民众正在附近的海岸边寻找最好的观看地点。相反，发射前最后的几个小时里，萨莉被封闭在航天飞机的驾驶舱里，等待NASA的倒计时时钟的指针指向零点。她的视野所及全是飞行员和指挥官座位之间的控制面板和屏幕，萨莉凝视着前方。发射前大约30分钟，她看了看身边的约翰·法比安，注意到他正在检查自己的脉搏。受到启发，她也把手指放在手腕上，检查自己的脉搏。令她惊讶的是，她的心跳很平稳，每分钟52~56次。她可能的确很紧张，但这似乎并没有影响到心血管系统。在等待发射的这段时间，萨莉每隔一段时间就检查一下自己的心率。

倒计时30秒……

NASA的飞行控制员将"挑战者"号的控制权转交给了"挑战者"号的电脑。现在，航天飞机掌握了控制权。如果出现任何问题，航天飞机的电脑就会介入并终止发射。从这个时刻起，时间似乎进入了缓慢状态，倒计时逐渐接近零。

倒计时10秒……

萨莉能感觉到她的心率有轻微的上升，但只有每分钟60~65次。她保持冷静，将注意力放在这个即将彻底改变她生活的时刻。

倒计时6秒……

"挑战者"号底部的三台主发动机点火，打破了周围的寂静，强烈的震动直接传到了驾驶舱。随着点火,发动机发出震耳欲聋的轰鸣,告知乘组人员,差不多是时候脱离这个与地球连接的发射台了。"点火成功!"克里普向他的乘组喊道。正如宇航员们被告知的那样,此时整个航天飞机会向后倾斜,里面的人会感觉好像整个发射塔都会倾倒。但这种倾斜很短暂,航天飞机几乎立刻就回到了原位。然后,它拔地而起,直冲云霄。

"我们起飞了!"克里普叫道。

在那一刻,萨莉知道她不再掌控自己的命运。"突然间,我感到一种完全的无助感,我被那里发生的一切淹没了,"她后来说,"很明显,在接下来的几秒钟里,我们完全无法控制自己的命运。"

当"挑战者"号航天飞机带着它珍贵的"货物"冲进平流层时,萨莉只能将命运交给NASA的工程师大军和技术力量。航天飞机在空中扭转,仰面翻滚,如同一只展翅高飞的优雅天鹅。发射导致整个驾驶舱剧烈震动,但萨莉不允许自己被周围的剧烈震动分散注意力,她还有任务要执行。在飞行过程中,她的首要任务是密切关注绑在膝盖上的检查清单,在飞行中达到每一个关键节点时,大声读出来。发射几秒钟后,萨莉在指挥官的提示下,用尽全身力气,几乎是尖叫着喊出"LV, LH",这是一个缩写,表明航天飞机处在正确的飞行方向。萨莉后来说:"我敢保证,我从来没有像说出这几个词那样说话困难过。"

"挑战者"号剧烈颤抖着穿透大气层,巨大的推力将乘组人员紧紧压在金属座椅上。这是一次令人震撼的经历,但萨莉认为数月的训练已经让她为这种感觉做好了准备。然而,她没有预料到的是,在升空大约两分钟后出现了明亮的闪光。固体火箭助推器上的一组发动机开始点火,触发了这两个巨大的"蜡烛",使其按计划与航天飞机分离,它们完成了使命。透过窗户射进来的亮光比萨莉想象的要强烈得多，让她的肾上腺素有了短暂的波动。

在那一瞬间，发射带来的剧烈震动消失了，飞行突然变得平稳起来，乘组人员好像在乘坐动车沿着隐形轨道滑向太空。"挑战者"号的发动机在剩下的时间里将他们送入太空轨道，然后，在几分钟后突然熄火。

"MECO 完成。"任务控制中心宣布。这指的是主发动机熄火。

发动机突然安静下来，他们已经漂浮在太空中。萨莉取下绑在腿上的检查清单，把它放到自己面前。清单没有向下掉落，而是在空中悠悠地飘荡。在她旁边，约翰发出几声欢呼以示庆祝。

成功了。他们进入了太空。

萨莉继续待在座位上，她还得读出最后几个关键节点。驾驶舱内听到一声巨响，这是巨大的外部燃料箱从航天飞机的下腹部分离的声音，它将落回地球。然后，航天飞机的推进器最后燃烧几次，将他们送入预定轨道。第二次燃烧的推力把萨莉一下子推回到座位上。最后几次燃烧结束了，萨莉把自己从金属椅子上推了出来。终于，她飘向中央控制面板，第一次看到了窗外绮丽的景色。乘组人员在将近 200 英里的高空俯瞰非洲大陆。他们只花了 8.5 分钟就跨越了整个大西洋。

任务控制中心与鲍勃联系，确认所有人在进入轨道后都精神良好。他回答完后，萨莉通过无线电用几秒钟描述了自己的经历。

"你去过迪士尼乐园吗？"萨莉通过对讲机问休斯敦。

"去过。"任务控制中心的 CAPCOM 回答。

"这就好比一张迪士尼 E 类 VIP 入场券。"

"收到，萨莉。"

飞行之前，萨莉在接受 ABC 采访时告诉她的朋友林恩·谢尔，她最担心的是自己会把事情搞砸。那次采访中她没有说出六位女性一直在努力解决的问题：如果她们犯了错误，无论多么微不足道，也会被无限放大，导致巨大的后果。如果萨莉在太空中表现不好，其他人会认为所有女性在轨道上都一定会犯错。

对于未来的女性宇航员来说，幸运的是萨莉的表现正如 NASA 和乔治所希望的那样——尽管一开始她需要一些时间来适应在微重力环境下工作。进入轨道后的第一天，她觉得自己动作笨拙，效率低下，需要更多的时间才能将设备放在储物柜中，而且总会不小心将身体推向错误的方向。前几顿饭也吃得很辛苦，因为她在用勺子和剪刀吃饭时不能牢靠地固定自己，也没法完全放松。后来，她谈到了"学会在微重力环境下工作是一条特别陡峭的学习曲线"。她还发现在太空时总感到一种无法解释的疲惫，只想闭上眼睛睡一觉，她必须尽力克服这种强烈的困意。

在最初的几天之后，萨莉轻松地适应了微重力环境。她没有感到一丝头晕恶心，尽管每当向窗外望去，看到地球在脚下移动时，确实有一种"摇摇晃晃"的感觉。乘组其他人员经历了头晕恶心。诺姆的主要任务是研究了解更多关于太空适应综合征的知识，他让里克·豪克参与一些会令人眩晕的实验。在实验中，里克要一直盯着一个画着黑色条纹的旋转圆柱体。里克说："这真的让我头晕目眩。有一次，我说：'我要去气闸舱待一会儿，闭一会儿眼，试着恢复正常。'"虽然萨莉没有感到恶心反胃，但她仍然选择保持"直立"，在尽可能长的时间内将头部朝向航天飞机的天花板。

乘组人员逐一完成了待办事项清单上的重要项目。

第一天的首要任务是部署两颗卫星之一。萨莉与约翰合作，设置好所有必要的开关，拉动了所有正确的控制杆，将一颗名为 Anik C2 的加拿大通信卫星释放到太空中。第二天，他们为印度尼西亚部署了一颗名为帕拉帕 B1（Palapa B1）的通信卫星。两颗卫星的外形都是公共汽车大小的巨大黑色圆柱体，它们如预期的那样旋转着进入太空。

完成卫星部署任务后，是时候找点乐子了。

萨莉参加这次飞行的主要目的是进行关于 SPAS-01 的演示，使用她的机械臂技能灵巧地将实验性有效载荷送入太空。第四天，她和约翰站在驾驶舱里，急于展示他们的训练成果。约翰在机械臂的控制台前就位，他控制机械臂从打开的有效载荷舱中伸出，并操纵其来到舱上方的一个特定位置，就像一个抓娃娃机的爪子准备抓住它的战利品。他确认了准确位置，然后降低机械臂，将 SPAS-01 从支架中拉出，将其拖出有效载荷舱。

就像把一本书放在书架上一样，约翰控制机械臂把 SPAS-01 拖到太空中并释放——这颗卫星看起来静止在新的位置上。在释放卫星后，是时候开始表演计划中的太空轨道舞蹈了。克里普驾驶航天飞机下降并远离卫星，同时做旋转动作，使其打开的有效载荷舱面向在上方自由悬浮着的 SPAS-01。那一刻是拍照的好时机，萨莉在"挑战者"号的电脑上发出指令，让 SPAS-01 使用其机载相机给航天飞机拍照。镜头捕捉到了"挑战者"号的一张阴暗、忧郁的照片，背景是地球宝蓝色的海洋和一片片雪白的云彩。克里普对他们的工作很满意，他驾驶航天飞机回到有效载荷附近，约翰将机械臂向上、向外移动，再次抓住有效载荷。由于担心 SPAS-01 的温度升高，他们把它移到航天飞机的阴影中以让它保持凉爽。

午饭后，轮到萨莉了。

与约翰上午执行的程序相同，萨莉控制机械臂，抓着它的战利品，再次将 SPAS-01 卫星拖入太空，然后将其释放。萨莉控制着机械臂，引导它避开卫星，以便这次负责控制的里克驾驶"挑战者"号绕着卫星飞行，他所练习的距离机动（distancing maneuver）动作与克里普不同。

在演示过程中，萨莉和约翰没有忘记给机械臂拍照，他们为了掌握控制它的技能付出了大量心血。在 SPAS-01 漂浮到航天飞机前面时，他们控制着手臂，将其关节弯曲到恰当的角度，使整个机械臂看起来像数字 7。他们命令 SPAS-01 拍摄一张清晰的照片，照片中的机械臂高高地伸出有效载荷舱，看起来像是 STS-7 的 7。

多年后，约翰说："这些照片是我飞行记忆中弥足珍贵的一部分。"乘组对自己的工作感到自豪，最终他们需要把 SPAS-01 放回支架里。最后一次，萨莉控制机械臂回到卫星上，并再次将其钩住。当她做这个关键动作时，心中十分忐忑。"这是实打实的金属，如果我失误，它就会击中这艘金属航天器。"她想，如果我们没能抓住这颗卫星，后果会怎样？

但为了这一刻，她已经训练了几百个小时。萨莉没有失误，就像和约翰排练的那样，她顺利地把 SPAS-01 装回了有效载荷舱，完成了他们最重要的任务。

总而言之，这是一次相当完美的任务，除了飞行途中的一个揪心时刻。当在控制面板上执行一些程序时，里克转过身，注意到航天飞机的挡风玻璃上有一条小裂缝。一个小颗粒击中了窗玻璃，形成了一个小撞击坑。幸运的是，玻璃没有被完全击穿。如果这个洞再大一点或再深一点，乘组人员就会当场丧命。总的来说，乘组认为窗户没问题，克里普认为这只会让工程师们不必要地担心，所以决定不告诉任务控制中心（这个决定后来给他带来不少麻烦）。他们决定密切关注这个小坑。后来，他们才得知这个坑是由一小块掉落的油漆造成的。当航天飞机以每小时17500英里的速度移动时，很小的物体也会产生巨大的影响。

白天，萨莉不停地工作。对她来说，这份工作是纯粹的乐趣。在夜间或清晨刚醒来的时候，宇航员们会轮流盯着窗外的景色。进入太空几天后，萨莉拿出她的索尼随身听，开始播放她为这次旅行精心挑选的歌单。她一边听着耳机里披头士、海滩男孩（Beach Boys）、詹妮斯·乔普林（Janis Joplin）的歌声，一边目不转睛地盯着下方这颗散发着光芒的行星。

萨莉后来说："我根本看不够窗外的地球。它的景色不断变化，真是美极了。"

前一刻，珊瑚礁从澳大利亚周围碧绿的海水中向她探出头来。后一刻，一场巨大的橙色沙尘暴在北非上空形成，缓慢地席卷整个非洲大陆。巨大的白色气旋在海洋上空盘旋，看起来就像即将毁灭一切的一个个蓬松圆盘。"这真是太壮观了，"她说，"我能够看到月亮的倒影，看它沿着河流前进，还能看到我们下方的美国东海岸逐渐远去。"

但对萨莉来说，最吸引她注意力的不是任何一个地理特征，而是地球的大气层与黑暗的太空形成的鲜明的对比。她说："它看起来就像是有人拿了一支宝蓝色的蜡笔，沿着地球的外围描画了一个圈。然后，我意识到那条蓝色的线——那条非常细的宝蓝色线——就是地球的大气层。它就是这么薄薄的一层。"

在那些凝视窗外的时刻，萨莉意识到人类的生命是多么脆弱。从接近200英里的高空向下看，维持人类生存的空气看起来只不过是环绕地球外缘的模糊细带。这一景象使她下定新的决心，要为子孙后代保护大气层。

———————

"'挑战者'号，这里是休斯敦。"宇航员玛丽·克里夫（Mary Cleave）在任务控制中心呼叫，"是否能听清？"玛丽是NASA最新一批的宇航员之一，她是1980年选拔出来的新一批宇航员中的一员。最新的一批宇航员中还包括一名女性——邦妮·邓巴（Bonnie Dunbar），她在被选中之前是约翰逊航天中心的一名工程师。现在，随着她们的加入，宇航员队伍中有了八名女性。

"我能听到你，玛丽。"萨莉从太空回应道。

"晚上好，萨莉。抱歉把你吵醒了。"玛丽说。她接着指示萨莉对航天飞机的机载计算机做一个小的调整。这是一次完全正常的谈话，听起来相当无聊。不过，通话内容并不重要，重要的是，这是史上首次地球上的一位女性与太空中的一位女性通话。那时，玛丽和萨莉甚至根本没有意识到这件事，她们只是在通话。一位记者后来向玛丽感叹，在这样一个特殊的场合，这次谈话内容是多么"令人失望"。

但这就是萨莉的工作风格。在太空中的六天里，她只是认真工作，尽最大努力不去想自己正在创造历史。不论她愿意与否，STS-7任务充满了历史性的"第一次"。就连它的着陆也是计划打破常规的。他们的任务是在佛罗里达州进行首次航天飞机着陆。之前所有的航天飞机在回地球后都在加利福尼亚州的爱德华兹空军基地着陆。NASA在肯尼迪航天中心建造了一条漂亮的新混凝土跑道，现在这条跑道终于可以感受到航天飞机巨大的轮胎在它上面着陆了。

然而，在重返地球的那一天，这一历史性的计划遇到了麻烦。一片浓雾笼罩着跑道，他们完全看不到地面。略觉沮丧的宇航员们计划改道前往爱德华兹空军基地。克里普和里克在整理好设备并回到座位上系好安全带后，驾驶航天飞机脱离轨道，开始向地球俯冲而去。当航天飞机穿过地球周围厚重的大气层时，萨莉看着窗外包围航天飞机的大气等离子体因为摩擦生热而发出明亮光芒。

对于萨莉来说，这次改变降落地点是因祸得福。当她走下驾驶舱外的悬梯、踏上坚实的地面时，只有一小群空军人员和他们的家人在现场迎接。她距离聚集在卡纳维拉尔角，吵嚷着要看她归来的数千人有2500英里之远。里根总统与乘组进行了简短的通话，总统开玩笑说乘组人员在回家的路上忘了在华盛顿接上他。之后萨莉冒着加州的高温向人群发表了讲话。

萨莉对观众说："我对这次飞行印象最深的是它很有趣。事实上，我确信这将是我一生中最快乐的时光。"

萨莉在太空轨道上获得的快乐很快就被等待她的现实所剥夺。

一架NASA喷气式飞机将她和乘组其他人员送回休斯敦，她的丈夫史蒂夫在跑道上迎接。萨莉笑容满面地紧紧拥抱丈夫，为夫妻团聚而高兴。在乘组其他人员拥抱了他们的配偶之后，一辆豪华轿车将他们带到约翰逊航天中心，他们当天在那里最后一次对崇拜者露面。在机场时，有人递给萨莉一大束白玫瑰，上面装饰着一个华丽的奶油色蝴蝶结。她不是唯一一个收到花的人。每位男性乘组人员的妻子都得到了一朵红玫瑰，但史蒂夫什么也没有得到。萨莉一直捧着她的巨大花束，直到他们都到达约翰逊航天中心。

就在那里，发生了"玫瑰门"*事件。

一大群人聚集在约翰逊航天中心园区迎接STS-7任务的乘组人员。当五名乘组人员及其配偶走出1号楼，向粉丝致辞时，萨莉迅速转身，把花束交给了一位NASA的礼宾官员。她的动机显而易见：只是想解放自己的双手。没有了花束，她搂着史蒂夫站在人群前，向为她欢呼的人致辞。致辞结束后，捧着花束的礼宾官员想把花还给她。但萨莉当时正站在史蒂夫旁边，婉拒了花束，继而转身与乔治·阿比交谈。

她绝想不到这个动作将引发争议。

第二天，一位报纸记者将这个行为解读为一种女权主义的表态，萨莉借此表示她与男性乘组人员是平等的。不久之后，信件如雪花般飞来。她后来写道："把花束还回去那个小小的举动可能比我作为宇航员所做或说的任何事情都引来了更多的来信。"

那一刻预示着即将到来的事情。所有的目光都聚集在萨莉身上。回到地球，没有了训练任务，萨莉几乎完全暴露在崇拜她的公众面前，他们想时刻目睹她的一举一动。这一切始于她回到休斯敦的那一天，她的邻居和媒体记者聚集在她和史蒂夫的家外，围着院子系上黄丝带，举着一条横幅，上面写着："欢迎萨莉！"

但萨莉和史蒂夫早就做好了计划，当晚不住在家里，而是躲到附近的一家旅馆里。当史蒂夫去办理入住手续时，发现一个他认识的记者

---

* "玫瑰门"是一个被创造出来的词，"××门"指一个特定的事件或者情况。

在附近徘徊，这个计划失败了。这对夫妇只好去丹·布兰登斯坦的家过夜，媒体很快发现萨莉不在她自己的家里。

这只是即将到来的生活状态的一个小前奏。

就在回到地球的第一个月里，萨莉和乘组其他人员一起前往了八个不同的州。他们前往纽约，接受市长埃德·科赫（Ed Koch）授予的城市钥匙。他们参加了在国家航空航天博物馆举行的500人盛大招待会，很多人请求萨莉与他们合影并给他们签名。他们在拉斯维加斯的沙丘酒店及乡村俱乐部（Dunes Hotel & Country Club）参加了一场精心策划的军方舞会。萨莉和乘组其他人员再次来到白宫，与里根总统共进晚餐。萨莉坐在里根总统和巴林首相之间，向他们描述失重的感觉。

突如其来的关注丝毫没有减弱的迹象。NASA收到了大量请求，很多人想邀请萨莉参加各种小活动。在她回地球后不到一周，NASA就收到了1000多份关于她在媒体上露面的请求。打到NASA新闻办公室询问萨莉的电话曾一度达到了每小时23次的高峰。

训练这个借口不复存在，不过乘组其他人员试着挡在萨莉前面。他们努力尽可能多地陪她去参加活动——作为她和媒体之间的缓冲。克里普说："我们计划在飞行前尽可能减少这些露面。我们做到了。但她仍然有很多邀约，而从太空回来之后，一些原有的保护措施就不存在了。"在华盛顿特区的一次新闻发布会上，诺姆·萨加德不幸成为人肉盾牌。当时一大群电视新闻工作者吵嚷着要拍萨莉的完美镜头，诺姆被推到墙边。

更糟糕的是，这些要求开始变得越来越离谱，例如，有位艺术家希望邀请萨莉做模特，用软糖创作一幅她的肖像。还有一家制片公司想让她出演一部喜剧，内容是一个孩子梦见自己在太空旅行时遇到了萨莉·赖德。随着邀请越来越多，萨莉开始觉得自己的生活逐渐失控。她本质上是一个内向的人，从不寻求关注。而现在，她似乎得会见这个星球上的每一个人。

一天，NASA收到了一个邀请，内容是请萨莉去参观新成立的萨莉·K.赖德小学（Sally K. Ride Elementavy），其位于得克萨斯州康罗市约翰逊航天中心以北一小时车程的地方。当萨莉收到消息后，她明确表示不想去。但学校非常希望她能露面，甚至打电话给约翰逊航天中心的主管确认萨莉的行程安排。她意识到自己无法推脱，于是提出要求，只有卡罗琳·亨通同行，她才同意。

因此，两人踏上了向北的短途旅行，还短暂地迷了路。她们最终找到了学校，当走进前门时，一个儿童合唱团开始唱歌。

歌词是："我们为我们的学校感到骄傲，萨莉·K.赖德！我们将永远接受挑战，永远会竭尽全力……"

萨莉惊慌失措地转向卡罗琳，说："我觉得我不行。"卡罗琳回答："你行的，你可以，继续向前走。"她挽着萨莉的胳膊，陪她走进学校。在那里，腼腆的萨莉收到了大量的礼物，还听了几段学校的新歌。

随着要求越来越多，萨莉想出越来越多的方法躲避。当她直接收到NASA总部公共事务部的请求，其要求她参加鲍勃·霍普（Bob Hope）的特别节目时，这成了压倒骆驼的最后一根稻草。这位受欢迎的喜剧演员正在主持一个向NASA致敬的特别节目，名为《鲍勃·霍普向NASA致敬：25年的星际探索》（*Bob Hope' Salute to NASA: 25 Years of Reaching for the Stars*），包括尼尔·阿姆斯特朗在内的一些著名宇航员都同意接受采访，制作团队也想邀请萨莉。NASA被告知，这不是一场常规的喜剧秀，而是请萨莉与主持人就她对世界的看法以及她在太空中的经历进行一次严肃的讨论。萨莉不为所动,她还是拒绝了。

NASA总部不愿接受否定的回答,他们请约翰逊航天中心的主管格里·格里芬(Gerry Griffin)帮忙说服萨莉改变主意。

格里·格里芬在萨莉工作时找到她,请她坐下,问她是否听说了这个邀请。萨莉回答说她知道,但她不会去。

"为什么不呢?"他问。

"因为他性别歧视。"萨莉回答。萨莉提到了鲍勃·霍普在第二次世界大战期间的劳军之旅,他让穿着暴露的妇女上街游行以娱乐军队。对方许诺该节目将是一场"严肃"的演出,但这不能劝服她——她不喜欢这个男人。

格里继续施压,但萨莉立场坚定。不久之后,她失踪了。

萨莉没有告诉任何人她去了哪里,甚至也没有告诉丈夫史蒂夫。但这对她来说并不是特别不正常,她以前也躲避过。史蒂夫理解她想逃跑的心情,尽管他认为在这种情况下这是不负责任的行为。最后,在消失一周后,她打电话给史蒂夫,告诉他一切都好。正如他所怀疑的那样,她已经去了加州。她在门洛帕克(Menlo Park),躲在莫莉和莫莉的爱人那里。这能确保自己不会被迫参加鲍勃·霍普的特别节目。

萨莉开始意识到她需要帮助。在她的一生中,她一直是一个快乐的人,每天醒来时都充满活力。现在,她意识到自己不再是那个快乐的人了,她每天醒来时都很紧张,对每天可能发生的事情充满了焦虑。

塔姆说:"人群围着她,人们都想触碰她,给她拍照,邀请她参加活动——她慢慢意识到这对她自己造成了实实在在的影响。"

在清楚认知到这一点后,萨莉开始接受治疗。如今我们仍不清楚她到底咨询过哪位医生,但史蒂夫后来听说她应该咨询过特里·麦圭尔,他是萨莉在宇航员选拔过程中认识的，是一名在警察部门工作的优秀心理医生。不管怎样，萨莉知道她需要一位善解人意的倾听者来帮助她度过这段不寻常的时光。

在很大程度上，萨莉认为她的媒体体验是一场噩梦。但在一系列令人眼花缭乱的社交活动中，也有一些弥足珍贵的特殊时刻。她在《芝麻街》（Sesame Street）上多次露面，她喜欢与对科学好奇的孩子们见面。他们问了一些有趣的问题，比如在太空中怎么上厕所。当然，她也见到了一些她崇拜的人。通过她的名气，她结识了贝蒂·弗里丹，并与比利·简·金重新建立了联系（她年轻时曾与金一起打过球）。

但也许萨莉遇到的最有趣的人是她从未想过会遇到的。在匈牙利的一次招待会上，萨莉和史蒂夫参加了国际天文航海联合会（International Astronautical Federation）的一次会议，萨莉感到有人轻轻拍了一下她的胳膊肘。她转过身，是斯韦特兰娜·萨维茨卡娅，这位宇航员在1982年成为第二位飞向太空的苏联女性。

"萨莉。"斯韦特兰娜向她打招呼。

"您好。"萨莉小心翼翼地说。

"祝贺您的飞行。"

"也祝贺您。"萨莉回答道。

她们的谈话并没有持续很长时间——在这之前的几个月里，美国和苏联之间的关系一直非常冷淡——但那天晚些时候，萨莉听到了斯韦特兰娜的讲话，并认为她是一个真正的好人。萨莉偷偷摸摸地安排了一次私密会面。

她认识一位匈牙利物理学家，萨莉通过他表示希望再次与斯韦特兰娜见面。使用了一些幕后手段后，萨莉最终被邀请到匈牙利宇航员贝塔兰·法卡斯（Bertalan Farkas）的公寓与一小群苏联宇航员相见。史蒂夫不赞成这次聚会，因为他意识到NASA对美国宇航员和苏联宇航员互动交流并不支持，他在一家咖啡店里犹豫不决。不过，萨莉决心已定。

起初气氛有点紧张，双方都不知所措。萨莉试图用微笑让大家放松下来。苏联宇航员们立即开了一个"没有媒体在场"的玩笑，以缓解尴尬的气氛。然后斯韦特兰娜走到萨莉身边，坐在她旁边的一把大扶手椅上。

从那一刻起，这两位女性感觉志同道合。斯韦特兰娜向萨莉提出了一连串问题，问她训练了多久，以及她的飞行经验。她们交换了各自驾驶的航天器的故事，斯韦特兰娜对于航天飞机如何降落在跑道上很是着迷。大家谈到如何在太空中睡觉，其中一名宇航员模拟手臂飘在空中的情景，大家都笑了起来。

萨莉发现自己与斯韦特兰娜聊得越多，就越有一种相见恨晚之感。她说："在很长一段时间里，我觉得和她的关系比和其他任何人的关系都要亲密，部分原因是我能理解她所经历的许多事情。"

萨莉心想，如果斯韦特兰娜是美国人，凭借她的能力，也一定会被选为宇航员。她想，事实上，如果两人竞争的话，斯韦特兰娜甚至可能在选拔中击败她，成为第一位进入太空的美国女性，萨莉发现她和斯韦特兰娜之间有许多相似之处，也认为这位苏联女性很像她的同事香农。

萨莉在聚会上玩得很开心，所以她待了六个小时之久。午夜过后很久，她和斯韦特兰娜说了最后几句话，并拥抱道别，之后谨慎地在不同时间离开。

萨莉说："我离开时觉得我们可能还会再见面。如果我们再见，还是会像那一刻一样亲密。"

旋风式的媒体之旅带来了令萨莉难以置信的情绪高潮和低谷。在这一切发生之际，萨莉同意接受格洛丽亚·斯泰纳姆的采访，谈论这几个月的超现实经历。萨莉描述了飞行的各个方面，特别强调了关于SPAS-01的演示和他们在太空中拍摄的照片。

萨莉说："我想，我们这次飞行之所以会被人们记住，可能主要是因为那些照片。"

"想打赌吗？"格洛丽亚反问道。

12
屈居第二

一位记者问朱迪思:"你希望第一位飞上太空的美国女性是自己吗?"

朱迪思停顿了一秒,思考如何回答。自1983年初被指派任务以来,她一直被问到这个问题。媒体一根筋地只想知道每次任务的乘组阵容以及每个人在其中的位置。他们猜测,朱迪思一定会因为排在萨莉之后而感到沮丧。摄像机正对着她的脸,她花了一点时间思考,然后对着记者的麦克风做出回答。

"我想成为一位……进入太空的女性,谢谢你的提问。"她微笑着说。

这是一个完美的答案,但也是事实,朱迪思只想飞上太空,而且,她对自己的排位很满意。萨莉被选中时,朱迪思并没有向外界流露她的情绪。不过,甚至在这个决定公布之前,她就告诉记者,这并不是她最关心的事情。她说:"我来这里不是为了让我的名字出现在书中,也不是为了成为第一位女性宇航员。我来这里是为了为太空计划做贡献,尽我所能地做好分内的工作。"然而，她的父亲对此表示怀疑，有一次他向一家报纸透露，朱迪思对没有成为第一位上太空的美国女性宇航员"有些失望，但也不算很失望"。

可以肯定的是，朱迪思目睹了在STS-7任务结束后，萨莉收到的雪崩式的大量请求，对朱迪思来说，这看起来并不有趣。朱迪思能够共情萨莉对媒体的厌恶，她知道媒体的这种关注对萨莉来说一定很难忍受。萨莉不时地冲进朱迪思的办公室，一屁股坐在扶手椅上，抱怨那些请求让她感到筋疲力尽。朱迪思目睹了萨莉的媒体冒险之旅，她对自己不是第一位上太空的女性宇航员的失望很快就烟消云散了。有一天，朱迪思向萨莉的丈夫史蒂夫吐露心声：自己很高兴是第二位。

朱迪思是在1983年2月初被告知她的任务的，那时萨莉还没有飞上太空。一天早上，她收到的消息说乔治·艾比要见她。当她来到1号楼8层的办公室外时，她发现其他三位TFNG成员——迈克·科茨、史蒂夫·霍利和迈克·穆兰——也在那里，还有亨利·"汉克"·哈茨菲尔德（Henry "Hank" Hartsfield），他是一名年长的宇航员，曾参加过四次航天飞机的飞行任务。五个人站在一起，默默地猜想他们是否终于被选上了。他们就是下次任务的乘组人员吗？

一位秘书把他们领进乔治的办公室，大家围坐在一张桌子旁。乔治以他标志性的低沉、轻柔的语气，问他们是否有兴趣参加即将到来的STS-41-D任务。这不是一次普通的飞行，这将是目前正由加州罗克韦尔国际公司（Rockwell International）制造的全新的"发现"（Discovery）号航天飞机的首次飞行。

虽然飞行任务一开始被命名为STS-12，但其名称很快就演变成了STS-41-D。他们被告知，那年秋天，为了避免混淆，NASA决定改变飞行任务的命名系统。STS-10原本计划装载的一个有效载荷的生产计划被耽搁了，这意味着STS-11任务将先执行。然而，NASA认为，如果STS-11任务先执行，STS-10任务后执行的话，会让公众产生困惑，因此为后续任务制定了一个古怪的编号方案。STS-41-D中的"4"指的是计划于1984年发射。"1"指的是计划从卡纳维拉尔角发射，这是两个可能的发射地点（另一个是加利福尼亚州的范登堡空军基地）中的首选。"D"指的是该任务的有效载荷是1984财政年度的第四个有效载荷。

在NASA看来，这个命名系统应该不那么难理解。后来，宇航员们推测改名背后有一个较为迷信的原因：考虑到"阿波罗13号"的遭遇，NASA只是不想用STS-13这个名称。

对朱迪思和那天与乔治坐在一起的其他人来说，他们一点也不关心这趟任务的名称，重要的是现在轮到他们了。朱迪思已经和其他几位乘组人员很熟了。她以前与史蒂夫和两位迈克共事过，而且，由于她与萨莉交好，与史蒂夫也日趋熟悉。迈克·穆兰是出了名的爱开玩笑，而且并不总是政治正确，他的口无遮拦经常给他带来麻烦，但朱迪思知道如何对付这种人。她不接受来自任何人的冒犯，当她感到被冒犯时，会毫不犹豫地反击。

朱迪思和史蒂夫发誓要保守秘密，当晚他们共进晚餐，庆祝被选中执行飞行任务。两人各自回忆向萨莉咨询过的内容，讨论着即将到来的训练可能会是什么样子。朱迪思对萨莉有一种难以言喻的感激之情，因为萨莉为她铺平了道路。朱迪思后来对一名记者说："我认为萨莉在克服困难方面真的很出色。作为第一位飞上太空的美国女性，所有的聚光灯都聚焦在她身上，她处理得很得体。"较少的人关注朱迪思也意味着她的压力更小——也许还有更多的心思去享受太空的乐趣。

而且，这个乘组不乏欢声笑语。很快，STS-41-D 任务团队以热闹而闻名。随着时间的推移，宇航员们给他们起了个绰号，他们不再是 STS-41-D 任务乘组，而是"动物园"乘组（Zoo Crew）。这个名字的灵感来自穆兰和史蒂夫在东非海岸附近的塞舌尔群岛的一次出差。美国空军在那里有一个地面控制站，用以在航天飞机飞过时向其传递数据。乔治想让宇航员与世界各地的地面控制站的工作人员交流，所以派遣迈克和史蒂夫去出差。当迈克和史蒂夫发现自己身处印度洋岛链上，享受着白色沙滩和豪华度假村的风光时，他们简直不敢相信自己的运气。事实上，他们玩得太开心，结果错过了回国的航班，不得不多待两天。史蒂夫和迈克在延长"假期"的时候，无意中遇到了好莱坞巨星波·德里克（Bo Derek）和她的丈夫约翰（John），他们正在为下一部电影《人猿泰山》(Tarzan) 寻找外景地。迈克自豪地告知对方自己和史蒂夫是宇航员，并请求与巨星合影。

当迈克回到工作岗位后，还沉浸在偶遇明星的兴奋中，喋喋不休地告诉所有人这次经历。受到他的故事的启发，朱迪思决定给这两个家伙起绰号。穆兰变成了"泰山"，而史蒂夫变成了"猎豹"。最终，乘组里的每个人都参与了进来。迈克·科茨有着优美的下颌线和迷人的微笑，他获得了"超人"的绰号，而汉克则成了"动物园"管理员，也就是齐克（Zeke）。很自然地，朱迪思，这群人中唯一的女性的绰号是"简"，即电影中人猿泰山的女伴，这其实是她在 NASA 获得的第二个绰号。对她认识的每个人来说，朱迪思其实不是朱迪思，她是 J. R.。但现在她多了个绰号。当迈克·穆兰给她起这个绰号时，他开玩笑地说："你想在我的藤蔓上荡秋千吗？"

"当然，泰山。但首先我得在上面打个结，这样我就有东西可以抓了。"朱迪思也开着玩笑。

"动物园"乘组这个绰号实至名归,他们总是搞恶作剧,互开玩笑。史蒂夫和迈克·科茨知道,迈克·穆兰讨厌体育新闻,所以经常问他一些有关体育的问题。穆兰总是假装生气,然后回答"厄尔·坎贝尔"(Earl Campbell),此人是休斯敦油人队(Oilers)的跑卫,也是他唯一知道名字的职业运动员。为了庆祝指挥官汉克的50岁生日,考虑到他保守的政治倾向,乘组其他人员送给他一份特别的礼物:一本有格洛丽亚·斯泰纳姆签名的《女士》(*Ms.*)杂志。其他乘组总是取笑朱迪思对演员汤姆·塞莱克(Tom Selleck)的迷恋,她工作场所的墙上贴满了这位明星的海报。

一天,有人问"动物园"乘组是否想要自动售货机里的苏打水。来自美国中西部的朱迪思回答说:"好的,我要一杯汽水(pop)。"很快,男同事都开始嘲笑她的方言。"爸爸(pop)?我说我要苏打水(soda)。"一个人叫道。最终这件事引发了一场关于如何正确描述碳酸饮料的激烈争论。

作为乘组中唯一的女性宇航员,朱迪思以对男同事宽容而闻名,不过她发现穆兰总是拿自己开玩笑。有一次,她走进放置任务专家用来训练的机械臂模型的大楼。在她进来之前,穆兰一直在操作机械臂,当她走向训练驾驶舱时,他把细长机械臂手臂的末端降低,面对着她的脚。当她走路时,机械臂的末端也跟随动起来,从她的脚移动到脸。朱迪思知道机械臂的末端有一个摄像头,她情绪激动地进入驾驶舱。"你是一头猪,穆兰。"她说。

"朱迪思之所以成为玩笑的焦点,是因为她对这些玩笑不生气。"穆兰多年后回忆道。

她从来没有真正生气过。就像萨莉一样，朱迪思也不想在性别问题上小题大做，她不想让人们认为她获得这个职位是基于某种超出自己控制范围的先天特质，她付出了令人难以置信的努力才走到现在。她曾对一名记者说："我想我之所以能有今天，是因为机会到来的时候我做出了正确的决定。"当被问及她的成功是否归功于妇女运动时，朱迪思说她的成功不归功于任何人。

不过，无论朱迪思愿意与否，她都在创造历史。在成功执行太空飞行任务后，她将成为第一位进入太空的犹太裔美国人。这是媒体吵着要问她的一个"第一位"，也是朱迪思不想强调的一点。一家犹太杂志找到她，想请她谈谈信仰，但朱迪思最终拒绝大肆宣扬。这篇文章让人觉得朱迪思似乎淡化了她与犹太信仰的联系，但事实上她只是不喜欢被贴上标签。她曾对父亲说："爸爸，我不想当犹太宇航员，我也不想当女性犹太宇航员，我只是想当宇航员，没有其他想法。我只想飞上太空，做好我的工作。"

尽管朱迪思尽量避免引起别人的注意，但这并不容易。客观地说，她是位美丽的女性，在约翰逊航天中心工作期间，她像其他宇航员一样经常慢跑，身材也变得更加健美了，这可能会引起与她打交道的男性的注意。有一次，她前往洛杉矶与一些航天飞机承包商会面。朱迪思发现自己在参观工厂时，一名过于热情的工程师总是如影随形地出现在身边。每次她转过头，他似乎总是近在咫尺，殷勤地问她是否想喝水，或者想吃零食。她尽可能礼貌地拒绝，但这人就是不明白她的暗示。他会为她打开每一扇门，然后在她到达后跑到下一扇门那里。这正是她所鄙视的那种被特别对待的行为，但她还是尽可能地保持礼貌。

那天晚上，当朱迪思进入 T-38 的驾驶舱，准备回家时，本以为终于把他甩掉了。但令她惊讶的是，这个人大步走上跑道，从她的机翼下方拉出起落架挡块。这并不是他最后一次出现在她意料之外的地方。不久之后，这个人开始给朱迪思的家里寄去内容令人毛骨悚然的信件。朱迪思还收到了一个不是通过邮政渠道送达的神秘无邮戳包裹。尽管约翰逊航天中心的安全部门处于高度戒备状态，但有一天，这个工程师还是出现在朱迪思的办公室，他径直来到朱迪思的办公桌前，向她索要签名，还说希望他们俩能成为笔友。谢天谢地，穆兰就在附近，他匆忙找了个借口，说朱迪思要参加一个"会议"。在那之后，NASA管理层采取了某些手段，阻止了这名合作商员工对朱迪思的骚扰。

一个狂热的跟踪者是朱迪思最不想分心应付的事。她的工作才是重中之重，她家乡的朋友和家人都知道她是如何全身心地投入工作中的。朱迪思的父亲马文告诉一名记者，朱迪思那段时间并没有经常去俄亥俄州，他说："现在毫无疑问，她已经嫁给了自己的事业。"

朱迪思对工作一如既往地认真负责，不过这次任务的工作内容发生了改变。虽然萨莉的优先级项目在STS-7任务中几乎没变，但STS-41-D的任务内容随着时间的推移而变化。"不要爱上你的有效载荷"，这是宇航员办公室里的一句格言，这句话同样适用于STS-41-D任务。最初，乘组人员的任务是为NASA发射一颗名为TDRS（发音为Tee-Druss）的大型通信卫星，这颗卫星可以把数据从轨道上的航天器传递到地球。但在早些时候的一次飞行中，工程师们发现推进卫星所需的助推器出现了问题，所以，STS-41-D任务取消了部署这颗大型通信卫星的项目。突如其来的变化让乘组人员惴惴不安，正在此时，他们的运气来了，他们要部署一对稍小的通信卫星。

在新项目里，朱迪思接到了一项完全属于她自己的任务。乘组人员完成部署主要卫星后,朱迪思将负责紧接着展开一个长方形太阳能电池板。她将负责拨动驾驶舱中的开关,把电池板从航天飞机的有效载荷舱内推出,进入太空后,它会像一块木板一样变直、变硬。NASA希望测试这种细长的太阳能电池板的耐用性,检验它是否能在极端的太空环境中正常运行。如果成功,这个设计有一天可能会被用来帮助未来的航天器收集太阳能。朱迪思在电气工程方面的专业知识使她成为部署电池板的最佳人选,尽管这次测试更多的是关于其结实程度和性能的,而不是关于收集能量的。她还需要不断更新操控机械臂的技能,加拿大公司制造的机械臂也将与航天飞机一同上天,以防太阳能电池板被困在太空中,如果发生这种情况,朱迪思得用机械臂把电池板收回去。

朱迪思还自愿承担了一项任务:为训练后期加入的新队友提供支持。查理·沃克(Charlie Walker)在训练开始大约六个月后,被分配到乘组,但他不是一名典型的乘组成员,严格意义上说,他甚至不是宇航员。他为私人承包商麦道公司(McDonnell Douglas)工作,这使他成为第一位登上航天飞机的有效载荷专家。他在航天飞机上的工作是为麦道公司进行一项实验,观测药物是否可以在微重力环境中更好地纯化。

朱迪思在发射时所坐的位置看不到什么好风景,这点与萨莉不同。她和查理的座椅位于中舱,即驾驶舱下面的一个空间,这里只有一扇小窗户,几乎看不到外面的世界。朱迪思和穆兰抛硬币决定谁坐在那儿,抛硬币的结果是,朱迪思将在升空时坐中舱的座椅,而穆兰将在返回时坐在那儿。这意味着在发射升空的过程中,她只能盯着面前的一面摆满了储物柜的墙,完全无法知道自己在天空中的位置,而上层的四名乘组人员将坐在视野极佳的位置,欣赏整个发射过程。她告诉他们,当他们向太空轨道飞去时,不可以说任何含糊不清的话,比如,"你看到了吗？"或"那是什么？"她威胁道，他们必须尽可能具体地描述，否则她会给他们苦头吃。

因为朱迪思不会坐在驾驶舱里，所以每当乘组人员进行升空和再入模拟训练时，她通常不用参加。全动模拟机只能容纳上层的四个座椅，朱迪思坐在中层，没有什么可做的，但这并不妨碍她参加模拟训练。她想尽可能多地了解训练过程，所以经常与训练员一起坐在控制台后，只是静静聆听升空时会用到的词汇。

这对她来说是最好的学习方式。有朝一日，她可能会坐在上层，所以得尽一切努力做好准备。

随着发射的临近，不能再逃避处理家庭问题了。朱迪思知道她需要发出观看发射的邀请，但觉得这件事就像被一片黑云笼罩着。以前，当她为自己与迈克尔·奥尔达克的婚礼发请柬时，不得不寄出两份请柬：一份寄给她父亲，另一份寄给她母亲。现在，邀请整个大家族到卡纳维拉尔角的压力令她不安，因为她不想邀请母亲。穆兰在工作时无意中听到了她与弟弟的一次通话，他们在电话里大吵了一架。

最终，所有人都收到了邀请，也许是因为对朱迪思来说这样做最容易。她的父亲和弟弟收到了邀请，她的继母和继姐妹也收到了邀请，连她的母亲也收到了邀请。另外，她的前伴侣也会来，迈克尔欣然接受了邀请，他们虽然离婚了，但还是好朋友；莱恩·纳米也是如此，朱迪思仍然和他断断续续有联系。

在发射前几周，朱迪思和穆兰前往佛罗里达州——这是一次短暂的旅行，目的是在飞行前测试一些有效载荷。他们在工作开始的前一天到达，一着陆就跳上了一辆敞篷车，直奔肯尼迪航天中心。在那里，他们参观了旧的发射设施，避开了任何暗处的保安人员，朱迪思测试了穆兰的火箭历史知识。之后,两人开车去宇航员海滨别墅喝啤酒,他们一起坐在沙滩上,看着海浪拍打着海岸,为自己成为下一位上太空的宇航员干杯。

在那一刻,朱迪思向迈克敞开心扉,谈起了自己的原生家庭。她喜欢穆兰,穆兰和他的妻子经常邀请朱迪思到家里玩,汉克和他的家人也是如此。其他宇航员的妻子就没有这样热情好客了,她们甚至觉得朱迪思是一个威胁。那天,她向迈克透露了她个人生活的私密细节,告诉他自己与母亲的矛盾,以及在母亲严格的家规下成长是多么痛苦。这是她极少表现出来的脆弱时刻,迈克只是静静倾听着。

聊完后,两人一起离开,为接下来忙碌的一天做准备。很快,朱迪思就完全忙于发射的准备工作,无暇顾及家庭事务。

6月26日,当朱迪思和乘组其他人员仰面坐在"发现"号航天飞机上的金属椅子上时,汉克对他们说:"好了,伙计们,我们现在要出发了,除非真的有什么不好的事情发生。"

信不信由你,汉克说这些话本意是为了安慰他们。倒计时只剩下30秒了,他们终于感觉到太空就在咫尺之遥。他们其实应该在一天前发射的,今天的倒计时30秒让他们距离太空又近了一步。

前一天的发射中止是痛苦的。朱迪思很早就醒了,她穿好衣服,吃了早餐,相信今天自己终于可以成为一名真正的宇航员。她完成了每一个关键的步骤,就像萨莉一样:走出乘组宿舍,乘车到发射台,从高高的台架上向下俯瞰,然后坐在中舱的座位上。随着完成每一个准备工作的关键节点,她也越来越紧张,越来越焦虑。但在倒计时32分钟时,飞行控制员通知乘组人员，备用飞行计算机出现了问题。他们按计划进入倒计时20分钟的等待，这时时钟被有意停止运行，但无论问题是什么，都没法及时解决，始终没法重新开始计时。"'发现'号，我们将不得不让你们出来，明天再试一次。"一名飞行控制员通过对讲机说。

第二天早上，朱迪思穿上衣服，和她的乘组一起前往发射台，把前一天感受到的每一种情绪都重复了一遍。但这一次，这种感受变得更加真实。他们成功地通过了倒计时32分钟，这期间没有出现任何故障，他们进入了倒计时20分钟的等待阶段，接着，倒计时时钟按计划再次启动。时间一分钟一分钟地过去，直到只剩下30秒，汉克才说了刚才那段话。那个时刻，航天飞机的计算机已经接管了其控制权。似乎没有什么能阻挡他们。

朱迪思的目光转向旁边的查理，查理也在看着她。此时，他们都戴上了面罩，所以看不见对方的脸。但他们向对方伸出手臂，紧握着对方的手，在最后一刻互相鼓励。在那一刻，朱迪思很高兴有查理和她一起在驾驶舱下面。

然后她直视前方，听着倒计时，她的心跳在加快。"我们已经准备好进行主发动机点火，"NASA的播音员说，"7、6、5，主发动机点火。"

震耳欲聋的轰鸣声响起。航天飞机底部的发动机成功点火，"发现"号开始剧烈颤抖，朱迪思的整个身体也随之震动。这架巨大的航天器开始稍向后倾斜——这是他们都在期待的移动。朱迪思做好了准备，等待着"发现"号从发射台上直冲云霄的那一刻，这是她等待了多年的时刻。

但震动在开始1秒钟后就突然停止了。一阵可怕的机械扭动声响彻整个机舱，刚才还在轰鸣的发动机现在完全静了下来。空气中弥漫着一种可怕的寂静，只有航天飞机的主警报器那警笛一样的声音在整架航天器内鸣响。"发现"号停在发射台上，一动不动。

这……不应该发生。

播音员通过扩音器对公众说："我们中断了发射，'发现'号的计算机决定中断发射。"

除了外面的海鸥被巨大的声浪吓得尖声鸣叫，发射台上的每个人都保持绝对的沉默，朱迪思的大脑开始飞速运转。发动机在点火后不久就莫名其妙地停止运转了。以前从未发生过发射台中止这种事。她弄清楚了当下的状况后，就迅速集中了注意力。如果航天飞机处于一个不稳定的状态，宇航员可能需要出舱逃生。她的责任是打开舱门让所有人出去。她在训练中练习了在这一时刻要做的动作，但实际上并不期望使用这一专业知识。朱迪思的心怦怦直跳，盯着前方，试图回想该拧舱门的哪个旋钮，以及她能以多快的速度打开舱门。

不过，没人给她开门的指示。每个人都保持着死一般的寂静，对于健谈的乘组人员来说，这是相当不寻常的。发射控制中心立刻宣布这是RSLS发射中止。这是一个奇特的术语，意味着计算机读到了一些不寻常的数据，并在固体火箭助推器点火之前将主发动机关闭。由于助推器目前没有撕裂航天飞机的外壳，所有人都认为助推器没有点火。朱迪思和乘组其他人员默默祈祷，希望固体火箭助推器不会点火。如果这些助推器真的点火了，将意味着他们所有人都会立即丧命。

通过对讲机，朱迪思可以听到汉克和迈克·科茨在与任务控制中心讨论正在发生的事情。突然，飞行控制员恐慌的声音传来。"熄火、熄火、熄火、熄火！"一名飞行控制员对着对讲机大喊。他们催促迈克关掉其中一个发动机——马上！他们的数据显示三个中的一个还在运转，乘组知道这肯定是出错了。航天飞机只是待在原地，汉克和迈克看着控制面板，看到两个红色的发动机灯亮着，这表明其中两台发动机处于关闭状态。然而，第三个发动机灯没有亮。这吓坏了任务控制中心，让他们以为发动机还在运转，事实是，发动机根本没有点火。他们后来才知道，发动机的一个氢气阀门堵塞了，造成无法点火，最终导致了发射中止。但在最初的混乱时刻，飞行控制员并不知道发生了什么。最终，每个人都意识到，没有一台发动机会很快点火了。

在混乱中，机舱里的紧张气氛越来越浓，除了回答地面人员的话，没有人吭声。每个人都有问题要问，但他们不想打断正在竭力解决问题的团队。朱迪思只是听着，等待着指令，希望一切都会恢复正常。这是航天飞机历史上第一次在起飞前将发动机关闭，没有人知道会发生什么。

经过几分钟安静的恐慌后，任务控制中心通知汉克一切安全。然后史蒂夫突然打破了沉默。

他开玩笑说："哎呀，我以为我们的位置会比 MECO 高得多。"

这正是他们需要的。紧张的气氛被打破了，焦虑的乘组人员发出了一些迫切需要的笑声，而迈克·穆兰却骂了坐在旁边椅子上的朋友。史蒂夫的笑话给了他们一个互相打趣的机会，但没过多久，压力再次降临。飞行控制员说出了没有人想听到的话：火情，在航天飞机左侧检测到了火情。突然间，航天飞机外部的水阀全开，向发射台周围喷射出数千加仑的液体来熄灭火焰。光是听到"火情"这个词，"发现"号内部的每个人都感到害怕，一枚装有超过 50 万加仑极易燃烧的液体推进剂的火箭附近起火，这是极易发生意外爆炸的可怕配方。

汉克告诉大家解开安全带，准备行动。如果他们要逃离的话，就必须迅速。他们必须跑步穿过悬空走道和附近的发射塔，跑向一排金属筐，这些筐将通过悬索把他们带到地面——这是世界上最紧张、最可怕的滑索。但他们仍坐在座位上，等待指示。最后，朱迪思等不了了，她从座位上起来，走到舱口，从中舱唯一的窗户往外看。她可以看到灭火系统喷出的水从航天飞机的侧面流下来，就像暴雨从窗玻璃上倾泻而下。悬空走道也在门外就位，必要时，这是一条通往金属筐的逃生路线。朱迪思看不见火焰，至少从她站的地方看不见。

"你想让我打开舱门吗？"她问汉克。

汉克在这个问题上陷入了两难。所有人都在争论是坐着不动更明智，还是大逃亡更明智。如果火势蔓延到外部燃料箱的话，他们最不应该待的地方就是航天飞机内部。最终，汉克做出了判断，拒绝了朱迪思的请求，决定等待灭火结束。

过了一会儿，事情平静下来，在发射中止大约 40 分钟后，飞行支持人员到达，打开了舱门，帮助乘组人员离开航天飞机。朱迪思是第一个出来的，她微笑着，很高兴能从小空间里出来。当她走过悬空走道时，灭火系统残留的水从她上方的格子中滴下来，浸湿了她和她的飞行服。

在发射台的下面，他们登上了运送乘组人员的车辆，该车辆在飞行前已升级为改装的 Airstream 品牌的房车。由于车里的空调开到最大，六名浑身湿透的宇航员在回到自己的住处时已经被冻得瑟瑟发抖。朱迪思看着窗外，看着"发现"号变得越来越小，她的内心非常痛苦。她不仅仍然在坚实的地面上，而且现在又湿又冷。"这不是我想象中的太空飞行。"迈克·穆兰说，朱迪思完全同意。

擦干身体，换好衣服后，宇航员们才知道当他们被困在舱里时，卡纳维拉尔角的其他人所经历的一切。发动机的短暂点火导致喷出一大团气体，吞没了航天飞机，随后人群才听到了延迟传来的短暂的发动机轰鸣声，因为声波从发射场传播到卡纳维拉尔角需要一点时间。他们期盼着航天飞机升上天空，但当它没有从排气形成的烟雾中出现时，观众担心的最坏情况发生了——发射台上发生了爆炸。这对乘组人员的家属是一个短暂的恐惧时刻，他们以为自己正在目睹亲人牺牲。有的人尖叫，有的人几乎晕倒。一名记者偷偷拍下了朱迪思的母亲萨拉的照片，她用手捂住脸，痛苦地闭上了眼睛。

虽然乘组人员都哀叹自己运气不好，但他们发现其实自己逃过了一劫。NASA在发射台上检测到的火情不是一般的火情，而是氢气火情。一个阀门出现故障，导致氢气泄漏，从而导致发射中止。氢气能燃烧得非常充分，火焰是肉眼看不见的。在朱迪思从座位上起来后，如果乘组人员选择撤离航天飞机，他们可能会一头扑进在航天飞机左侧燃烧得正旺但是完全透明的火焰，留在舱内的选择挽救了他们的生命。

发射中止后，一名记者问朱迪思感觉如何，她尽可能地以最好的精神面貌应对这种情况："我很失望。但我松了一口气，因为安全系统确实起作用了。很遗憾我们不得不试用了一次。但它使我们建立了对整个系统的信心。"

在发射中止后的几天里，"动物园"乘组一直在等待。他们担心最坏的情况会发生：飞行任务被取消，他们将不得不等待乔治在几个月甚至几年后给他们分派另一次飞行任务。但他们无能为力，只能等待乔治来决定他们的命运。

几周后，答案来了。他们的飞行任务没有取消，朱迪思和乘组其他人员一起唱起哈利路亚，欢呼他们仍是离太空最近的人。但再一次，他们的有效载荷发生了改变。现在，他们要部署三颗卫星，并进行一些额外的实验。最初的计划是，这些实验将在几个月后的另一次飞行任务中进行，即STS-41-F任务。不幸的是，那次飞行任务被取消了。在朱迪思和乘组其他人员为那些突然被取消任务的可怜宇航员感到难过的同时，他们都默默地祈祷自己仍然在名单里，希望他们还能在"发现"号上飞行。

又等了一个月，"发现"号换了新的发动机，工程师们也装上了新的有效载荷。8月30日，他们回到了卡纳维拉尔角，再次坐在航天飞机的驾驶舱里。当他们进入倒计时9分钟的等待阶段时，空中发现了一架私人飞机，它离发射台太近，可能会触发中止程序，大家都不满地抱怨着。朱迪思低声咒骂飞行员的愚蠢。最终，私人飞机被驱赶出发射区，倒计时继续。

在倒计时30秒的时候，他们才感觉终于真的要发射了——尽管乘组中的每个人都知道现在还不是庆祝的时候。在倒计时6秒时，发动机点火了，朱迪思屏住了呼吸，希望它们能一直运转。

然后……升空。在经历了几次失败的发射尝试后，朱迪思终于向太空飞去，"发现"号直冲云霄。发射带来的强烈震荡让整个航天飞机颤抖不已，朱迪思试着回忆训练内容。在中舱里，她没有任何关于空中位置的参照物，她所能做的就是盯着面前一排白色储物柜，从所听到的声音和感觉中寻找线索。如果她胆子够大，敢扭头从中舱的窗户往外看，就能看到天空从充满活力的蓝色变成紫色，最后变成伸手不见五指的漆黑一片。在最初的两分钟里，她仿佛置身于一场永无休止的地震中，直到固体火箭助推器脱离，飞行变得令人不可置信地平稳。航天飞机越飞越高，汉克尽力向朱迪思和查理解释发射的各个方面的情况，让她有身在驾驶舱内的感觉。

但汉克他们有时还是会不经意地说一些含糊的话。在发射过程中，汉克指着一些从外部燃料箱上脱落的绝缘材料，对迈克·科茨说："你看到了吗？"当他们到达太空轨道时，明亮的地球出现在主窗的视野中，史蒂夫无意中流露出激动之情。"哇！"他叫道。

朱迪思受够了。

"别说了，否则我就过去了！"她喊道。

史蒂夫的这声惊叹发生在"发现"号进入最终轨道的时候。朱迪思忍不住解开了安全带。首先，她给患上太空适应综合征的查理做了检查。她让他在座位上多待一会儿，随后就去核对检查清单。她的第一项工作是：确保厕所正常运行。迈克·穆兰在下方的舱室找到了朱迪思，他们一起在中舱漂浮着翻了个筋斗，庆祝自己到达太空，也庆祝自己没有感到头晕恶心。

乘组人员要做的第一件事就是打开"发现"号的有效载荷舱舱门。这是发射结束后的一个关键步骤。航天飞机上的所有电子设备都产生巨大的热量，这些热量需要从有效载荷舱散发出去，只有这样才能防止整个航天飞机被烧坏。幸运的是，舱门按照指示打开了，但乘组注意到有什么奇怪的东西从舱里飘了出来，是个可乐罐。建造全新"发现"号的工程师们无意中留下了他们的垃圾，包括一个啤酒瓶和一卷胶带。

STS-41-D任务的乘组人员立即投入工作，部署了他们的第一颗卫星。卫星像预期的那样顺利离开有效载荷舱，让乘组人员兴奋不已。然而，第二天，第二颗卫星的部署并不顺利，尽管它本身一切正常。麻烦发生在乘组人员试图用一台巨大的IMAX摄影机记录新康（Syncom）IV-2卫星的部署过程。他们带这台摄影机的目的是为一部关于航天飞机的新纪录片《梦想成真》(*The Dream Is Alive*)拍摄素材。当汉克把巨大的摄像机扛在肩上时，朱迪思正漂浮在他旁边。他将镜头对准窗外，捕捉到了新康卫星飘向虚空的瞬间。

他一直在拍摄卫星飘离航天飞机的景象，朱迪思靠得很近。突然，她感到头皮被大力拉扯，疼痛难忍，不由声嘶力竭地尖叫起来。其他人放下手头的事情，转过身来，看看发生了什么事。

朱迪思很快意识到，她的一大绺自由飞舞的头发被绞进了IMAX摄影机的传动带。不知为何，摄像机上的传动带盖子没有盖上，现在，传动带像一个饥饿的怪物一样吞噬着她的头发。大家试着帮她把头发拔出来，但传动带还在继续转，朱迪思疼得尖叫，最终，绞入摄像机的头发卡住了机器，摄像机的断路器断开了。

IMAX摄影机终于停了下来，放弃吞噬朱迪思的头，但她的头发仍然卡在传动带里。有人找到一把剪刀，把绞住的头发剪断。朱迪思松了一口气，但现在有了一个新问题，这台摄像机的价值可能相当于航天飞机的一个部件，现在它里面塞满了头发，无法正常工作。它的电机齿轮完全被卡住了，宇航员们对如何让它再次工作毫无头绪。虽然这不是世界末日，但他们仍然需要向任务控制中心报告这一故障。

就在汉克用无线电联系飞行控制员时，朱迪思抓住了他，她坚持要他对头发绞入了摄像机这件事保密，对于乘组其他人也是如此，她恳求他们对这个秘密守口如瓶，带进坟墓。

大家花了一分钟才明白理由。朱迪思知道，如果这件事泄露出去，新闻界定会大做文章。没有人会关注于任务的成功，相反，他们都会谈论她和她的头发。即使她是第二位进入太空的美国女性，也能感受到人们对女性宇航员的关注仍然密切。这种关注程度虽然没有达到萨莉的水平，但还是存在的。一名记者在飞行前的新闻发布会上问，是否为朱迪思参与飞行任务做出了任何"特殊安排"？她预测，如果IMAX事件公之于众，将会出现数不胜数的关于女性长发是否成为她们进入太空的阻碍的观点。

在朱迪思恶狠狠的目光下，汉克拿起无线电与任务控制中心通话。值班的CAPCOM转述说，他们注意到一个断路器已经跳闸，并知道那是IMAX摄影机的断路器。

汉克解释说，新康卫星飘离航天飞机时，他们试图捕捉它的影像。"我们正在摄像，但它卡住了。"他说，但没有进一步说明，这件事就这样结束了。任务控制中心继续沟通其他事，没有问任何后续问题。最终，迈克·科茨成功地把摄像机里朱迪思的头发取出，让它重新运转起来。

对朱迪思来说，不幸的是，即使全世界都不知道IMAX事件，她的头发也将成为这次飞行的亮点。这次任务的大量视频片段正在传回地球，展示宇航员在太空中工作的情况。有一次，朱迪思在纸上写了一条给父亲的信息"嗨，爸爸"，然后把它放到正在拍摄自己的摄像机前面。马文·雷斯尼克看到影像当然很激动，但新闻主播和世界上的其他人并不关心纸上写了什么，他们主要关注的是朱迪思乌黑的头发。

萨莉的头发比朱迪思的短得多，所以在失重状态下萨莉头发的漂浮感并不明显。但朱迪思的长卷发在太空中呈扇形铺开，看起来就像穆兰所说的"巨大的炮筒刷"。随着她的头的每一次转动，发丝轻轻摆动，朱迪思像头顶一个毛糙的黑色大球，在航天飞机里飘来飘去。

朱迪思没有意识到她这个发型在地球上引起了多大的轰动，直到一天早上，任务控制中心决定把百老汇音乐剧中的《头发》一曲作为叫醒音乐。起初，她还奇怪为什么放这首歌，然后她突然意识到：地球上的人都在谈论她的头发。头发对她来说是最无关紧要的，而现在成了人们的谈资，这让她恼怒不已，并在接下来的几分钟里，忍不住破口大骂。

朱迪思专注于自己的任务。乘组人员成功地部署了他们的第三颗卫星，他们的主要任务已经完成。随着所有的航天器都进入轨道，现在轮到朱迪思执行她的重要任务：展开太阳能电池板。她戴好飞行员太阳镜，拨动各种开关，太阳能电池板慢慢地从有效载荷舱中出来并展开。110英尺长的太阳能电池板完全展开后，朱迪思用无线电向任务控制中心汇报了最新情况。

她回答值班的CAPCOM迪克·理查兹（Dick Richards）："明白，迪克。它立起来了，而且很大。"

在整个训练过程中，朱迪思一直开玩笑说，一旦太阳能电池板展开，她就会对地面这样说，她知道对方会怎样反应。男同事取笑她这个笑话的内涵，但她还是这样说了，这进一步证明了她是六位女性中最能应付不恰当幽默的人。

飞行任务接近尾声，但史蒂夫注意到一台电脑上出现了奇怪的读数。当时，他正在观察一个喷嘴的温度——这是航天飞机外部的一个定期倾倒废水的开口。每当航天飞机上的废水箱装满了燃料电池剩余的水、尿液、汗液时，就会通过这个喷嘴排出废水。阀门配有加热器，以确保排出的废水在释放时不会冻结。但史蒂夫注意到喷嘴的温度很低，远远低于其应该保持的温度。

任务控制中心也注意到了温度读数。他们想知道是不是像担心的那样在喷嘴处出现了结冰现象。在做了一些测试以确定问题所在后，飞行控制员要求汉克将机械臂移动到喷嘴处。机械臂末端有一个摄像头，他们可以用其看清是什么导致了读数异常。果不其然，当机械臂伸到喷嘴处时，摄像头捕捉到了航天飞机左舷伸出的一根由废水冻结而成的冰柱。

在地面上，工程师们通过计算得出，这块冰大约有10磅。听到这个消息，大家都很担心。飞行控制员担心冰柱可能会在脱落，损坏航天飞机的侧面。"动物园"乘组试图调整航天飞机的方向，让冰柱处于阳光下以溶解，但这个方法需要的时间过长。汉克和迈克·科茨还试着点燃航天飞机的推进器，让航天飞机来回摇晃，希望把冰柱抖落。甚至有人提议进行一次计划外的太空行走来清除冰柱，这让穆兰兴奋不已。但最终，所有这些方案都不合适，当穆兰得知不会进行紧急太空行走时，他感到非常失落。最后，最简单的解决方案被接受并实施，汉克用机械臂敲掉了冰柱。萨莉在去除冰柱的过程中来到任务控制中心，提供她的专业帮助，但这并没有解决他们的问题。由于担心从航天飞机排出更多的废水会导致新的冰柱形成，任务控制中心给了乘组人员一个令人不快的命令：不能再使用厕所小解了。他们不能冒风险让厕所污水箱变得太满，然后不得不将内容物从有故障的喷嘴中排出。

作为一种替代方案，任务控制中心提醒乘组人员，航天飞机上有一些旧的塑料尿袋——与阿波罗任务期间使用的尿袋相同。他们可以用这些尿袋小解。

然而，有一个问题。值班的CAPCOM通知乘组，他们的厕所污水箱大约还能用"三个工作日"，这意味着有人可以使用厕所。史蒂夫说："我们知道我们距离返航还有大约三天的时间，所以他真正想告诉我们的是只有一个人可以使用厕所。虽然他没有说出来,但我们都知道他真正想说的是,J. R. 可以使用厕所。"

朱迪思一言不发,她故意远离厕所。"好吧,如果你们不打算用厕所,我也不会用。"朱迪思说,史蒂夫回忆道。再一次,她不想被特别对待。

结果当然是一团糟。在太空中,尿液不会简单地流进袋子里。每当尿液碰到袋子的内部时,它就会从内壁弹开,从袋子中飘出来,悬浮在舱里。乘组人员必须追上四散的水滴,将其清理干净。最终,他们想到在袋子里塞满袜子以吸收尿液,防止其飞散。为了达到保持一个没有尿液的驾驶舱这个更重要的目的,航天飞机里所有的袜子都被一只接一只地"牺牲"了。有一次,朱迪思脚上穿着一双袜子,从穆兰身边飘过。他注意到了这双干净的袜子,一把抓住朱迪思的脚,试图剥下袜子。

"救命啊,我被抢袜子了!"她喊道。

后来事实证明,朱迪思不用厕所的决定是明智的。他们在着陆后得知废水箱完全满了,如果有人使用了厕所,他们可能不得不在轨道上再次倾倒废水箱,冒着出现新的冰柱的风险。

在厕所风波中,所有乘组人员聚在一起拍了一张合影。男同事挤在一起,穿着短裤的朱迪思浮在他们上方,她的光腿在正中间的位置。她后来收到了大量信件,纷纷对她如此大胆地展示光着的双腿发表意见。

在太空中仅停留六天后,乘组返回了地球,降落在爱德华兹空军基地。朱迪思收到了一束玫瑰花,她特意一直捧在手上。回来几天后,乘组人员参加了例行的返航后新闻发布会,向全世界汇报了他们的经历。除了一个问题外,大多数问题都相当标准。

"还有一个简短的问题,"一位来自亨茨维尔的记者在电话中问道,

"对于未来可能进入太空的女性,有什么关于发型的建议吗?"

朱迪思的回答清楚地表明了她对这个问题的看法:"我没有建议。"她说。

任务结束后,NASA 的工程师和该机构的承包商对 STS-41-D 任务进行了全面的飞行后分析,仔细检查了航天飞机、固体火箭助推器以及从外部燃料箱中回收的东西。制造助推器的承包商 Morton Thiokol 的工程师们在拆卸助推器时注意到了一些奇怪的事情。他们在其中一个主 O 形圈后面发现了少量烟灰,这种薄橡胶密封圈旨在确保助推器内部的炙热气体不会泄漏到外部。

烟灰的出现说明 O 形圈失效,气体已经对 O 形圈造成严重侵蚀,以至于高温物质在短时间内就破坏了密封圈。幸运的是,第二个 O 形圈阻止了高温物质泄漏到外部。不过,这是一个新情况。在此之前,工程师从未在任何航天飞机飞行任务中发现类似的情况。在以前的飞行中发生过 O 形圈被腐蚀的情况——事实上,STS-41-D 任务中使用的其他 O 形圈也发生了被腐蚀的情况——但密封圈完全被破坏还是第一次。

他们称这种异常现象为"漏气"的第一个例子,指的是热气从破坏的密封圈处排出。但下一次发射的日期逐渐逼近,Morton Thiokol 的工程师们认定这种类型的漏气是"可接受的风险",不值得进一步研究。

13
步入虚空

在横跨得克萨斯州西部大弯国家公园（Big Bend National Par）的奇索斯山脉（Chisos Mountains）上空，凯西坐在一架NASA的WB-57F侦察机的后座上，正在向更高的天空爬升。飞行员吉姆·科科夫斯基（Jim Korkowski）在飞机上升时一直盯着高度表，他们刚刚超过了6万英尺，还在向着预定高度爬升。这是一个令人头晕目眩的高度，但这架飞机完全能够应对这种极端情况。

在驾驶舱内，凯西和吉姆都做好了准备。他们全副武装，穿着空军的高空压力服。对于外行来说，这些装备看起来与真正的宇航服没有两样。每套装备都包括一件笨重的深色连体衣、厚厚的手套和头盔。当进入空气稀薄的高空，人体机能几乎无法正常发挥时，这套装备能够对人体施加压力。

两人最终达到了他们的目标高度：63300英尺。在这个高度，只有压力服能保障他们的生命。他们身处高空的极低气压环境中，如果身体没有受到保护，体内的血液就会开始沸腾。但有了装备的保护，高空飞行就只是一次平淡无奇的研究考察。凯西用可生成彩色照片的专用红外相机拍摄图像，还用各种波长的光扫描远处的地形。他们在大弯国家公园上空盘桓了一个半小时，飞行总共只持续了 4 个小时。

虽然这似乎是一次快速而轻松的飞行，但凯西在 1979 年 7 月 1 日到达西得克萨斯上空时创造了飞行高度的历史。在那一刻，她飞到了比任何女性都高的高度，创造了一项非官方的世界飞行纪录。

在 WB-57F 飞机上训练的任务一开始让凯西感到害怕，但她最终爱上了那些具有极高空飞行性能的飞机。凯西说："除了那一点点模糊的担忧'希望这并不意味着我要从地球上消失'外，这一切都很有趣。"这项任务让她得以坐飞机北上阿拉斯加，南下秘鲁。正如她所希望的那样，她获得了穿戴空军压力服的全部资格，成为第一位获得此资格的女性。很快，穿上一套能够维持生命的全身防护服的程序就成了她的肌肉记忆。

NASA 官员还请她测试为未来航天飞机宇航员开发的一种新设备，其可以让宇航员在太空时小解。在阿波罗和双子座任务时代，美国宇航局开发了一种相对复杂的设备，让宇航员在穿着宇航服时也能小解。这种设备本质上是一个柔软的橡胶套，可以套在阴茎上，另一头连接着一个收集袋。它的开口像安全套一样有"小"、"中"和"大"三个号码（尽管迈克尔·柯林斯说宇航员们发明了自己的术语："特大"、"巨大"和"令人难以置信"）。这当然不是一个万无一失的系统，尿液经常从套子的位置漏出来。

这一设备当然不适合女性宇航员。虽然航天飞机上配备了一个男女都可用的新奇厕所，但当宇航员等待发射或重返大气层时，他们得被绑在座位上几个小时，在这期间仍然可能需要解手。如果其中一名女性要进行太空行走,她在漂浮的那几个小时里也会需要某种解手设备。因此,NASA 的工程师开发了一次性吸收式收集器(Disposable Absorption Containment Trunk,DACT)。它最基本的形式是……成人尿垫。这是一个简单的解决办法,可以使宇航员在无法使用厕所时小解。它也可用来吸收粪便,尽管女性可能选择到达太空轨道后再去大便。

凯西是测试它的最佳人选。在高空飞行中,她经常需要连续几个小时穿压力服,这是分析 DACT 的耐用性的最佳条件。事实证明,DACT 很好用。尽管第一批男性航天飞机宇航员坚持使用套子小解,但最终 DACT 成为每个人的标准装备。

积累了数百个小时穿压力服工作的经验后,凯西希望将她的经验运用到飞行任务中,也许有一天她可以进行太空行走。幸运的是,一天下午,她在约翰逊航天中心体育馆遇到了布鲁斯·麦坎德利斯二世(Bruce McCandless Ⅱ)。说到太空行走,他是最了解情况的人。NASA 官员让他负责制定所有太空行走的程序和规则,有时他看起来就生活在 NASA 训练用的水池里。另外,他总是征召凯西的同事和他一起在水池里进行模拟太空行走。凯西想成为下一个,所以她表现出尽可能多的自信,请他考虑让她参加下一次太空行走训练。

她成功了。布鲁斯邀请凯西与他一起去亚拉巴马州的马歇尔太空飞行中心,在那里的水池里进行训练。两人将研究太空行走技术,这也许有朝一日在组装空间站时用得上。然而,航天飞机的宇航服还没有准备好。凯西不得不穿上阿波罗月球漫步者皮特·康拉德的宇航服,就像安娜在模拟太空行走时所做的那样。但是,虽然这套服装大到足以把娇小的安娜套在里面,但对凯西来说,它还是稍微小了一点,大约小了 1 英寸。当凯西穿上它时,这套服装让她的肩膀生疼,而其他部分也紧箍着她的胸部和背部,她试图站起来,却差点晕过去。她费了九牛二虎之力才走到水池边,然后一头栽了进去。在模拟失重的环境中,疼痛立刻消失了。但这仍然是宇航服尺寸方面的关键一课。太空行走要成功,宇航服必须完全适合穿着者。

训练开始时可能很痛苦,但当她开始能摆弄工具,并了解如何控制胳膊来移动身体的其他部分时,就立刻喜欢上了这种感觉。她非常喜欢太空行走,所以在整个训练过程中,又做了几十次水下练习。

但在水池里练习是不够的,她想要的是飞上太空。

1983年6月18日凌晨,凯西正在加州的旅馆房间里,她决定打开电视,观看萨莉所在的航天飞机发射的现场直播。那天,她正准备在斯克里普斯海洋研究所潜水,以完成她的开放水域水肺潜水认证。但她想,这也不耽误看航天飞机发射,虽然她有点希望今天上太空的人是自己。

凯西的哥哥格兰特也跟着她一起去了斯克里普斯,和她一起潜水。此时,他坐在凯西旁边,一同观看发射直播。直播结束后,他关掉了电视。"好吧,所以你本应该在那里。"他说,指的是她本应该参加发射。凯西承认他是对的,如果她去了就好了。然后他们出发去潜水,凯西沉入海洋的深处。

六天后是STS-7任务乘组返回地球的日子,凯西回到休斯敦,坐在宇航员会议室的大桌子旁,听着来自STS-7任务乘组的声音。她周围的每个人都认为航天飞机不会按计划在卡纳维拉尔角着陆,因为着陆点上空笼罩着不祥的乌云。最终,凯西离开了房间,走进走廊,一头撞见P.

J. 韦茨（P. J. Weitz），一位曾执行过天空实验室任务的经验丰富的宇航员，他最近一次任务是 STS-6。"你和我将去佛罗里达招待贵宾，"他告诉她，"尽快去机场，我会在那里等你。"

萨莉和乘组其他人员在加利福尼亚着陆，使他们得以逃离已经聚集在卡纳维拉尔角的一大群官员和名人，他们热切期待着美国第一位进入太空的女性的回归。当 NASA 意识到萨莉不会出现在卡纳维拉尔角时，他们决定派凯西代替她露面，以安抚观众。凯西和 P. J. 驾驶 T-38 快速飞往肯尼迪航天中心。当凯西踏进肯尼迪航天中心的礼堂时，数千人涌向她，所有人都为这一重大的历史性时刻而兴奋不已。凯西咽了一口唾沫，觉得自己完全没有准备好应对如此高涨的热情。每个人都想看到萨莉，而凯西不太知道如何安抚这些萨莉的崇拜者。

在那一刻，她脑中冒出了一个想法：幸亏萨莉在加利福尼亚降落。因为这样萨莉就可以在美国所有人——甚至全世界——一拥而上，占用她所有时间之前，与她的乘组单独再待上几个小时。

凯西说："我一想到这点，就为她感到高兴，因为她有了这短暂的时间，让自己第一次回味这次太空之旅——享受飞行，享受这一刻。"

然后凯西有了另一个认识。

如果这（面对热情的媒体和公众）是第一位飞上太空的女性必须面对的，那么还是让给萨莉好了。

大约一个月后，凯西享受着脱离电网的生活。她离开休斯敦市，来到怀俄明州西部风河山脉（Wind River Range）的怀抱之中，几位朋友邀请她参加一次近三周的穿越岩石荒野的徒步旅行，所有人都希望借此

忘记日常生活中的压力。对凯西来说，这意味着可以摆脱她对即将到来的乘组分配的焦虑。随着银色山峰的壮丽景色在面前展开，她终于成功地将航天飞机的图像从脑海中挤走。

旅途中的一天，凯西正在一位旅伴的家庭农场里休息，她被告知有个电话。她拿起话筒，另一端是萨莉的声音。萨莉仍然在她噩梦般的媒体之旅中，但她还是抽时间告诉凯西一些重大新闻：凯西将获得她的第一次太空飞行任务。她们两人将一起执行这次任务，凯西将进行太空行走。

虽然这是凯西一直渴望听到的消息，但来的时候不巧。在度假期间，她成功地将自己的思绪从 NASA 的政治事务中解放出来。"当然，在某种程度上，我很高兴听到（这项任务），"她后来说，"但在另一个层面，我刚刚放下了这一切，完全沉浸在度假中，以至于当时对这个消息没什么感觉。"

凯西一回来上班，就被乔治本人通知了她的任务。乔治向她询问太空行走训练情况如何，她回答说进展顺利。然后乔治问凯西是否想进行一次真正的太空行走，这正是凯西在过去几年里主要努力的目标，她愉快地接受了这项任务。

但乔治接下来的话给她泼了一盆冷水。"医务人员认为有点问题，"他说，指的是太空行走，"你最好去和他们谈谈。"

凯西找到了宇航员乔·科文（Joe Kerwin），他是一名医生，负责领导约翰逊航天中心的生命科学部门。乔告诉她提出问题的人是一群生物医学研究人员（都是男性），他们声称自己的研究表明，当暴露在低压环境中时，女性更容易患上"减压病"。那么，哪里的气压比较低呢？在宇航服里，凯西觉得这听起来很疯狂。她是一名狂热的潜水爱好者,但她在潜水时似乎并没有比男性有更多的麻烦。

尽管如此,她还是要求研究人员提供数据。事实证明,他们的担忧源于圣安东尼奥空军航空航天医学院(Air Force School of Aerospace Medicine)进行的一项研究,该研究比较了飞行外科医生和飞行护士在压力舱内摘下氧气面罩时的情况,该压力舱的气压极低,旨在模拟稀薄的高空大气,那些最终出现减压病症状的人大多是女性。

基于这项研究,NASA 的研究人员提出了一些建议。他们认为凯西可以进行太空行走,但前提是她在穿上宇航服之前,应该比男性宇航员花更多的时间呼吸纯氧,以完全排出体内的氮气。所有的宇航员都必须进行这样的标准"预呼吸"流程,以降低患上减压病的概率,但研究人员认为女性需要更多的时间。

这看起来很荒谬。万一紧急情况发生,需要凯西尽快穿上她的宇航服呢?这件事快把她逼疯了,但她知道正确的做法是认真查看数据。凯西说:"我设法保持冷静,不让自己因为被指出不适合太空行走而着恼,也不让自己陷入为所有女性进行一场宇宙之战的情绪。"经过仔细检查,她发现了数据中一些大的缺陷。空军的研究人员只研究了 50~60 人——当涉及统计学时,这一样本量不算大。此外,他们没有考虑到其他可能导致人们患上减压病的因素,比如体重等。

在指出这些问题后,凯西获得了太空行走的批准,而且无须进行任何程序上的改动。NASA 最终在 9 月向全世界宣布了她的任务。凯西的飞行任务是 STS-41-G,这次飞行任务将由鲍勃·克里平任指挥官。这位英俊的宇航员也是萨莉上次飞行任务的指挥官。实际上,鲍勃要兼顾两项几乎是紧挨着的任务。NASA 想测试宇航员从一次飞行任务过渡到另一次飞行任务的时间能有多短,在训练通常需要一年或更长时间的情况下，这可不是一件易事。鲍勃已经接受了STS-41-C任务的指挥官的训练，执行该任务的航天飞机将在STS-41-G任务执行之前上天。这意味着他将无法参加STS-41-G任务的大多数训练，只能在发射六个月前才真正参与进来。

当乔治向鲍勃提出这个想法时，鲍勃说这是可行的，但是他有一个条件。他想让萨莉参与STS-41-G任务。鲍勃说："最终，我对乔治说，如果在这次任务中能允许我选择一位曾与我一起飞行过的乘组成员，而且，当我在执行STS-41-C任务时，这个人能与STS-41-G任务的乘组其他人员一起接受训练，在这种情况下，我认为我可以接受这样的安排。所以我请他指派萨莉·赖德参加这次任务。"作为飞行工程师，萨莉将在鲍勃不在的时候代行鲍勃的职务，几乎就是事实上的指挥官。与此同时，来自西弗吉尼亚州的TFNG成员，拥有高大的身材和一头褐金色头发的新手宇航员乔恩·麦克布莱德被任命为航天飞机飞行员。

凯西的太空行走搭档是戴夫·利斯特玛（Dave Leestma）。这位宇航员有着男孩般的朝气和浅棕色的卷发，他在1980年加入宇航员队伍。这两个人互相已经很了解了。他们都参与了一项实验，该实验试图验证是否可以在太空中给卫星加燃料，就像在加油站给汽车加油一样，当然，难度系数更高。为航天器补充燃料不是一项小任务，尤其是在太空轨道上。根据航天器到太阳的距离和日照情况，温度通常会从酷寒到酷热不断变化。最重要的是，大多数卫星都使用一种叫作联氨（hydrazine）的有害燃料，这是一种散发着腐臭气味的液体，对人类有剧毒。它还有一个糟糕的特性，如果充分受热并恰好遇到火花，它就会自发爆炸。但这种易燃性质也使其成为在太空中推动航天器的合适方法。

因为凯西和戴夫已经在地面上测试了加油方法，NASA 现在想让他们验证是否也可以在太空行走时完成这个程序。他们将穿着宇航服在航天飞机的有效载荷舱里把燃料箱连接在一起，以让联氨可以从一个燃料箱转移到另一个。有效载荷舱的门将敞开，他们和燃料箱都将暴露在太空中。他们将要处理的燃料箱和要使用的迷宫式阀门与一颗名为 Landsat 4 的卫星上的相似，这是一颗已经在太空轨道上的地球成像航天器，NASA 希望在未来几年内为其补充燃料。这次操作基本上就是一次技术演示，但如果成功，就开启了延长卫星寿命的可能性。当卫星的燃料不足时，人们就可以对其进行补充。

尽管凯西在经验和领导能力上超过了戴夫，鲍勃还是指派戴夫主导太空行走，凯西当时并不理解这个决定。凯西说："我比戴夫更早成为宇航员，我参加这个计划的时间比戴夫更长，我穿戴宇航服训练的时间比戴夫更久，我在这个有效载荷上工作的时间比戴夫更多，但是在这次太空行走任务中，我排在他后面，这可能给外界留下不好的印象。"但鲍勃已经做出了决定，因为凯西将成为另一项实验的主导人。执行 STS-41-G 任务的航天飞机将携带一种特殊的成像雷达，其可以在轨道上从不同角度拍摄地球的照片。作为地质学博士，凯西非常适合主导这项实验，在鲍勃看来，这意味着戴夫必须主导太空行走。但凯西告诉鲍勃，如果有人问起任务指派上的差异，他必须回答。

无论由谁主导，凯西和戴夫都将在约翰逊航天中心的失重环境训练设施中共事很长时间。该设施装有一个巨大的水池，用于开展潜水训练。被指派任务后不久，两人来到 NASA 的这一巨大机库里，为他们的第一次太空行走彩排做准备。他们到达后，找了一圈才发现这里没有独立换衣间。戴夫说："我看着凯西，她也看着我，她说，'哎呀，是不是走错了？'"我说，'只有这里'。"这个区域是一个巨大的开放式房间，两名宇航员需要脱光才能穿上液体冷却服（布满水管的散热紧身衣）。这种服装对于太空行走至关重要，因为它可以为宇航员降温，防止他们穿着紧身的宇航服时过热。

两人肩并肩站着，手里拿着各自的紧身衣，在沉默中，他们意识到必须做的事。在过去，男人们会立即脱掉衣服，没有任何问题，但此时他们都犹豫了一下。然后凯西转向戴夫。

"戴夫，我想告诉你在这样的时刻我对害羞的想法。我不害羞。"

"很好，"戴夫说，松了一口气。

在一间满是前来帮助开展模拟训练的技术人员的房间里，这两个人开始脱衣服。旁观者的脸都变红了，很快他们就落荒而逃，奔向门口，至少给两人提供了一些隐私空间。凯西看着他们离去，暗自发笑。

第一次尝试只是漫长而令人筋疲力尽的训练过程的开始。凯西和戴夫一起在水池里训练了好几个小时，不厌其烦地排练他们太空行走的步骤，直到这些动作几乎成为肌肉记忆。如果说有什么问题的话，那就是他们排练的时间太长了。太空行走本身只计划持续几个小时，但他们力求完美。

事实上，很多人，包括他们的指挥官鲍勃，并不赞成太空行走的设计。更重要的是，他也不同意凯西和戴夫在练习中使用真正的联氨，他更希望他们使用海水或其他不会自燃的液体。但这两位准太空漫步者的立场坚定。戴夫说："（凯西和我）坚持应该使用联氨，否则何必训练呢？因为这并不能证明什么，我们已经知道可以用水完成操作。"但克里普想让他们明白面对的后果是什么。为了让戴夫知道这种液体有多危险，克里普把他派去了新墨西哥州的白沙试验场（White Sands Test

Facility），让他亲眼看见用联氨进行的爆炸实验。

在沙漠中，戴夫目睹由于研究人员无法恰当地控制液体，大量的联氨设备爆裂成成千上万的碎片，这场面当然使他踌躇不前。他和凯西需要给装有联氨的燃料箱加压。燃料箱内的温度将升高，并可能在整个封闭空间内不均匀地扩散。同时，他们没有办法知道联氨在燃料箱内的位置。在太空中，它会一直漂浮在燃料箱中。令人担心的是，加压产生的热量可能会全部集中在一个位置，这个位置有可能是一大团联氨聚集之处。如果发生这种情况，联氨燃料箱就会爆炸。

不过，戴夫还是带着太空行走可以安全完成的信心离开了白沙。他和凯西想出了一个计划，他们将缓慢地给燃料箱加压几分钟，然后停下来，等待其内部的温度稳定下来。然后，他们进行另一轮缓慢的加压，再次等待温度稳定下来。这样一来，温度永远不会升高至爆发点。他们还一致认为，必须尽可能确保安全。NASA 不希望戴夫或凯西在实验完成后，无意中把联氨带到气闸舱里。他们必须在宇航服里多待一段时间，用特殊的管子读取环境数据，确保自己不会污染航天飞机内部的空气。有了所有这些预防措施和注意事项，克里普勉强同意使用联氨。

当 STS-41-G 任务的乘组阵容公布后，所有迹象都表明凯西将创造太空飞行的历史。她将成为第一位离开航天器的保护，步入太空的女性。连萨莉都没能获得这份殊荣，尽管萨莉也将再次创造历史。萨莉将成为第一位两次飞上太空的女性。但当苏联人听说这些计划后，他们并不太想让美国人获得更多的太空飞行第一。1984 年 7 月，就在预定发射执行 STS-41-G 任务航天飞机的几个月前，斯韦特兰娜·萨维茨卡娅乘坐"联盟"号火箭第二次发射升空，并与苏联的"礼炮 7 号"空间站对接。这是一次短暂的旅行，持续时间不到两周。但当她在太空中时，斯韦特兰娜穿上了宇航服，飘出了空间站。在3小时35分钟的时间里，她和男同事在轨道上进行了切割和焊接金属部件的任务。就是在这一次短暂的金工任务中，斯韦特兰娜让萨莉和凯西失去了获得历史性称号的机会。

地球上的NASA对此怒不可遏。管理层担心凯西知道这个消息后的反应。但凯西一直怀疑会发生这种事，她注意到苏联人的行动模式。每次美国人宣布一些新的计划时，苏联人就会神奇地想出办法领先一步实现。有一次，当一位NASA员工兴高采烈地祝贺凯西和萨莉即将获得历史性称号时，凯西明确地告知对方切勿乐观。"别这么乐观，你没有注意到，"她说，"从今天到我们的飞行任务开始那天还有很长时间。我向你保证，一个苏联女人将进行第二次飞行，并将进行太空行走。"

凯西的预言实现了。在斯韦特兰娜的太空行走之后，凯西将成为第一位进行太空行走的美国女性。这已经是一个非常令人钦佩的称号，但NASA仍然试图找到让凯西独占鳌头的方法。所有的太空行走训练员都认为，只要凯西在太空中停留的时间比斯韦特兰娜稍长一点，比如3小时40分钟，就可以说她创造了持续时间方面的纪录。当他们把这个想法告诉凯西时，她不禁感到好笑。她和戴夫受过训练，要尽可能地按时完成任务。凯西认为只是为了争个输赢而故意放慢速度是不对的。凯西说："在我看来，比她多几分钟并不是什么大不了的事。我肯定不会在晚宴演讲之类的场合中到处说：'啊，是的，但我保持了持续时间最长的纪录。'因为顺序还是没变，这样说太傻了。"

随着发射的临近，没人再提起称号和历史第一的概念了。要做的工作实在太多了。在训练期间，萨莉在一年的大部分时间里担任领导角色，向乘组其他人员发出指令并提供指导，而鲍勃则专注于他的另一次飞行任务。但在发射大约六个月前，鲍勃完成了STS-41-C任务，然后直接加入 STS-41-G 任务乘组，参加训练。他们开始在模拟机中花越来越多的时间。

虽然自萨莉从太空归来后，媒体的关注程度已经大大降低，但很多人的目光仍然集中在 STS-41-G 任务上。很多媒体把焦点放在萨莉再次飞行这件事上。《纽约客》(New Yorker)的一名记者甚至跟拍他们的训练，记录他们在模拟机中的情形。凯西向他们靠拢，她为自己做了一个名牌，上面写着"萨莉"，旁边有一条横杠。这是一个俏皮的布尔代数符号玩笑，从代数上讲，名字旁边有条横杠的意思是"不是萨莉"。萨莉并不觉得这个笑话特别有趣。

凯西即将展开的任务仍然让她得到了极大的关注。在新闻发布会上，萨莉、鲍勃和凯西吸引了所有媒体的注意力。戴夫后来说："我的意思是，乔恩和我对此不介意。我们只是坐在后排说说笑笑。"

正如凯西所料，记者的一个问题是问她和萨莉的：作为第一位进行太空行走的美国女性，凯西将扮演"观察者的角色，将观察一个男性进行太空行走，而不是直接参与"，她们对此有何感想？这显然是指戴夫作为太空行走主导者这件事。

萨莉立即插话。"我知道了。"她对凯西说。

"你来发言吧。"凯西回答。

萨莉说："首先，我不认为这是一个合适的表达方式。"她开始解释凯西和戴夫在太空行走中是平等的合作伙伴关系。萨莉说完后，克里普也插话了，让凯西对这个不太平衡的任务分配感到些许宽慰。

发射当天一大早，凯西和萨莉两人在通往驾驶舱的台架上，等待进

入"挑战者"号航天飞机。由于她们在舱内的座位安排,这两个人是最后进入驾驶舱的,这让她们在入座绑紧安全带之前有短暂的时间来享受彼此的陪伴。她们聊了一会儿,然后决定给媒体一点素材,于是假装同步她们的手表。两人一边假装摆弄腕带,一边开玩笑推测新闻评论员可能会如何报道这个举动。

在驾驶舱里,凯西的座位在萨莉旁边,在指挥官和飞行员的正后方。起飞仅8.5分钟后,他们就进入了轨道,这期间没有出现任何故障,她松了一口气。进入轨道后,克里普立刻就用无线电呼叫任务控制中心,以告知一切正常。令他惊讶的是,一名操着浓重英国口音的男子回答了他的呼叫,那人是英国皇家空军的一员,警告他们不要使用英军特定的无线电频率。执行STS-41-G任务的航天飞机采取了不同的环绕地球路线,这是一个高倾角轨道,使他们比以前的发射更接近英国。在那一刻,他们才知道英国皇家空军使用的无线电频率与航天飞机一直使用的无线电频率相同。宇航员还没来得及想出什么机智的回应,就已经飞到非洲上空,超出了无线电通信范围。

与萨莉的第一次飞行不同,STS-41-G任务似乎充满了问题。虽然在这次飞行中没有出现什么致命问题,但乘组人员觉得他们一直在解决各种各样的问题。公众不知道的是,这是航天飞机的第十三次飞行,对于迷信的人来说,这可能解释了为何一直出现硬件小故障。

从乘组在第一天部署唯一一颗地球观测卫星开始,就麻烦不断。萨莉和戴夫的任务是使用机械臂将卫星从有效载荷舱中取出,然后将其释放到太空中。但当卫星离开有效载荷舱后,他们发现卫星的太阳能电池板没能展开。任务控制中心和宇航员试图发出各种备份命令排除故障,但毫无效果。最后,飞行控制员要求乘组人员重新调整航天飞机的方向，让卫星对准太阳。卫星仍然与机械臂相连，所以这是一项简单的任务。

就在他们准备开始"烘烤"卫星时，航天飞机失去了与地面的联系——这在当时是经常发生的事情，因为当时太空中能用来与任务控制中心通信的基础设施比现在要少得多。在当时他们无法联系飞行控制员，萨莉转向戴夫。"问问克里普我们能不能试一试。"她带着淘气的表情说。一开始他并不明白她的意思，不过很快就了解了。她想用机械臂晃动卫星。"哦，太好了！"戴夫回答道。

克里普在回答时就像一位宽容的家长："好的，但是别弄坏任何东西。"就这样，在任务控制中心不知情的情况下，戴夫和萨莉来回晃动卫星，这力度和动量可能比卫星运营商所希望的要大得多。但就在他们与地面重获联系的那一刻，太阳能电池板展开了，任务控制中心都没有注意到这次心血来潮的晃动（尽管很可能是阳光使太阳能电池板展开的）。

随后，这颗卫星被送入太空，为凯西的主要任务铺平了道路：部署地球成像雷达。虽然太空行走是凯西最关心的事情，但部署雷达才是这次飞行任务的重中之重。凯西按下几个按钮启动了程序，雷达天线就像一朵盛开的花一样向外展开。随着天线的第一片"花瓣"展开，凯西的心率飙升，面板开始上下扇动，就像一只惊慌失措的鸟的翅膀。这不应该发生。随着扇动的继续，整个天线开始来回旋转。

凯西不确定到底该怎么做，于是迅速进行部署的下一阶段，给另一个面板下达展开的指令。这似乎解决了问题，天线平静下来，保持了稳定，凯西也免于心脏病发作。

不幸的是，天线问题还远未结束。在雷达飞行的第一天，另一根天线（用于向地球发送大量数据的天线）开始不受控制地旋转。任务控制中心也不确定如何修复，只能想到切断用于旋转天线的万向节系统的电源这个办法。这项任务交给了萨莉。只需要拆除一根电缆即可……但这根电缆埋在无数电缆形成的迷宫和一面摆满储物柜的墙后面，萨莉成功地取回了电缆，但是在过程中把中舱弄得有点乱。

然而，天线就这样被卡在一个位置，造成了很多大麻烦。为了正常地将数据传到地面，天线必须旋转，找到可以将信号反射到地球上的中继卫星。但是，由于它不能自己旋转指向，这意味着克里普必须定期操纵航天飞机，手动将天线指向附近的中继卫星。这是一项单调乏味的任务，但这是地球成像雷达将其记录的大量数据传回地球的唯一方法。与此同时，由于高速记录器中的磁带很快就会被雷达的数据填满，凯西和戴夫不停地更换磁带。"我们没有足够的磁带保证不间断记录，"戴夫回忆道，"因此，当我们无法获得那根天线的通信信号时，我们必须将数据录制下来，然后，当我们将天线指向卫星时，将其下传至地球。"

所有这些意外都严重缩短了雷达观测的时间。雪上加霜的是，其中一颗中继卫星失效了一整天，可能是被来自外太空的宇宙射线（一种高电荷粒子）击中了。因此，任务控制中心决定重新安排太空行走的时间。其原计划在第五天进行，但被移到了第八天，以便雷达有更多时间收集数据并将其传回地球。

但这一决定让凯西感到不安。第八天是重返地球的前一天，NASA通常不会在即将返回地球之际安排太空行走。通常情况下，返回前一天是日程安排中较为平静的一天，宇航员会在这天为返回地球的紧张旅程做好准备，可是太空行走与"平静"毫不相干。

没有任何迹象表明这次太空行走会被取消，但凯西还是默默地担心。她甚至不敢想象，经过多年的努力，临门一脚却不能如愿的话，她得多么绝望。

第八天到了，当她和戴夫开始准备穿宇航服时，才相信这一切是真的。穿宇航服是一个烦琐的过程。幸亏有乔恩·麦克布莱德给凯西和戴夫帮忙。他们都进行了标准的"预呼吸"流程，即吸入纯氧，以减少患上减压病的概率。尽管NASA的研究人员最初希望凯西用更长的时间进行标准"预呼吸"流程，但最终凯西和戴夫花费的时长相同。

当凯西得到他们要进行太空行走的确认时，她觉得这是有史以来"最甜蜜的话语"。凯西后来说："虽然你已经充分演练，但当这成为现实时你才真正感受到这一刻的重要意义。"她完全被包裹在人形航天器里（她已经在地球练习穿脱这套衣服几百次了），紧随戴夫飘出气闸舱，进入了"挑战者"号巨大的开放式有效载荷舱。但这一次，这套在地球上沉重无比的装备感觉像羽毛一样轻盈。

凯西一进入太空就忍不住感叹："这真是太棒了！"

两名宇航员飘向有效载荷舱后端的实验区，并立即投入工作。他们手里拿着工具，开始连接两个燃料箱，同时拍下进展的照片。

凯西开玩笑说："用不着我说这有多有趣，对吧？"

"完全不用。"克里普回答道。

在实验过程中，克里普通过对讲机联系两人，让他们记得休息。他说："你们拍完那张照片后，休息一下吧，欣赏欣赏地球。我们就在加拿大的一个非常漂亮的地区上方。"

凯西暂时停下手头的工作，凝视着她头顶上壮丽的、发光的地球。这景象无法用言语形容。此时此刻，凯西与地球美景之间只隔着一层头盔面罩。

"抱歉,那是科德角!"克里普说。

"哦,看啊,"戴夫插话说,"科德角真美……这是纽约长岛。"

"很多沙利文家族的人住在那里。"凯西回答说,指的是她在东海岸的亲戚。

令人惊叹的观景体验只持续了一小会儿,然后她又投入了添加燃料的实验中。毕竟她有任务在身。在接下来的三个小时里,她和戴夫像配合熟练的舞伴起舞一样,重复了他们在地球上排练过无数次的精密程序,每一步都按计划在几秒钟内完成。这一切犹如一场漂浮在太空中的梦幻芭蕾演出,而背景是一颗缓慢旋转的行星——地球。

加燃料的实验完成后,凯西在回舱之前还有一项任务要做。她需要解决从第一天起就困扰乘组的天线故障。因为天线不能旋转,她需要在第二天航天飞机重返地球大气层前手动将其收起。因此,在没有任何工具或安全措施的情况下(但仍然被拴在航天飞机上以防止漂走),凯西抓住航天飞机的边缘,用手将自己移动到有效载荷舱对面的天线位置旁。

这个过程必须缓慢而细致,因为她戴着手套的双手是帮助她从一端"行走"到另一端的唯一工具。她的双脚向上抬起,远离有效载荷舱,凯西抓住航天飞机突起的边缘慢慢移动,看起来就像一个马戏团演员,为崇拜她的观众表演特技。在"行走"到一半的时候,她听到乔恩·麦克布莱德的声音在耳机里响起,让她稍等。在这次飞行中,乘组人员再次带上了IMAX摄影机,乔恩将摄影机摆放在合适的位置,拍摄凯西在航天飞机外进行太空行走的画面。凯西按照要求一动不动,"低头"看着她紧握在航天飞机一侧的双手,她感觉自己在倒立,直到她把目光稍稍放低,看着脚下的地球,看到自己正在委内瑞拉和加勒比海上方经过。

在那一刻,她的视角突然发生了转变。凯西后来生动地描述当时的感觉:"只要我把视线从手上移开,看向水平方向,再把视线向下移一点点,倒立的感觉就消失了,而是突然感觉自己像是挂在树枝上。"

乔恩开启摄像机后,那一刻就过去了,凯西来到天线前,把它安全地收好,准备着陆。在她和戴夫穿着宇航服表演了几个滑稽动作后,就该回舱了。他们在舱外待了3小时29分钟,这只比斯韦特兰娜的3小时35分钟的纪录少了一点。一名记者后来问她,是否对自己没能打破纪录感到失望,凯西回答说,她并不在乎。凯西说:"即使我是第5万个或第10万个进行太空行走的女性或人类,都无所谓。在历史的大背景下,这仍然是我的第一次太空行走。"

在他们回程之前,凯西利用休息时间从驾驶舱眺望窗外的景色,凝视着地球上黑夜和白天的分界线——"晨昏线",它的一侧是阳光普照,另一侧是墨蓝或漆黑一片。航天飞机每90分钟环绕地球一圈,因此宇航员们每天都能观赏十几次日出和日落,这是一种独特的乐趣。晨昏线是常见的景象。但当她俯视夜晚的大地,欣赏世界上的城市和基础设施闪烁的灯光时,她突然想到:"就在那里,现在,在那些一簇簇小光点中,可能有一个小女孩正抬头仰望天空,指着上方对她的妈妈说:'看,妈妈,那是卫星。'而她指的就是我呀!"

这让她想起了当自己还是个小女孩的时候,向她的父母指出天空中的卫星,现在她自己就是天空中的那颗卫星。也许地球上的那个女孩有朝一日也可以像凯西一样飞上太空——甚至飞得更远。

14
安娜的救援

在纽约市寒冷的空气中,安娜挥手拦下一辆最近的出租车。那是1984年2月,她刚从休斯敦飞到纽约机场。她来纽约是为了参加第二天的《今日秀》节目,谈论目前在太空中执行的航天飞机任务。

人们普遍认为这是一项开创性的任务。安娜坐上出租车,前往住所。在接下来的几天里,航天飞机上的一名宇航员布鲁斯·麦坎德利斯二世将进行首次无系绳太空行走。他会穿上笨重的宇航服,在不用任何系绳将自己与航天飞机相连的情况下飘入太空。代替系绳的是一个新装备——载人机动装置(Manned Maneuvering Unit,MMU)。本质上,这是一个喷气背包,可以推动宇航员在太空中实现各个方向的移动。这将是他安全返回航天飞机的生命保障。对于地面上的凡人来说,这是个令人难以想象的可怕概念:一个人孤独地漂泊在真空中。因此,《今日秀》邀请安娜在电视直播中谈论布鲁斯的太空行走,节目中也会讨论最坏情况,即宇航员迷失在太空中的话应该怎么办。但如果一切按计划进行,NASA 将会创造一个令人惊叹的景象:一名身着宇航服的宇航员独自漂浮在无边无际的浩瀚太空中。

不幸的是，飞行任务并没有完全按计划进行。在布鲁斯穿上宇航服和喷气背包之前，STS-41-B任务乘组需要将几颗卫星部署到轨道上。就在安娜跳上飞往纽约的航班之前，乘组人员部署了第一颗卫星——西联星6号（Westar 6）——但很快就宣告失败。这不是宇航员的失误造成的。这颗卫星本应在脱离航天飞机后自主升入更高的轨道，为了做到这一点，它配备了一个由麦道公司制造的有效载荷辅助模块（Payload Assist Module，PAM）。PAM配备了自己的发动机，其预计将在点火后运转4分钟，将卫星推入预定轨道。但发动机在燃烧15~20秒后就熄火了，卫星被困在太空中，它无法在较低的高度工作。

安娜认为，由于第一颗卫星发生的情况，NASA将会推迟部署第二颗卫星——以防发生同样的故障。尽管如此，当她坐上驶向市中心的出租车后，还是非常希望知道这次任务的最新情况。她向出租车司机提问太空知识，问他是否听说过这次飞行。

司机回答听说过。"我听说了，他们部署了第二颗，同样的事情发生了。"他说。

安娜不由得焦虑起来。就在她前往《今日秀》的路上，NASA刚刚部署了两颗卫星，但都立即宣布失败了。她应该怎么解释？

不出所料，这些失败部署正是主播们想要谈论的话题。在演播室炽热的灯光下，安娜回答了一个又一个关于卫星部署失败的问题。尽管私下里她并不理解部署第二颗卫星的决定，但还是尽可能地回答问题。然后，一位主播问了一个有趣的问题：

"你认为NASA会试图收回那些卫星吗？"

安娜下意识的回答是明确的："不可能。"她知道STS-41-B任务的乘组刚刚释放的卫星种类。这类卫星是巨大的圆柱体，每一颗都有公共汽车那么大，上面覆盖着太阳能电池板。人们无法像从果园里摘苹果一样，在太空中抓住它们带回家。行不通的，她想，那些卫星只能待在它们失灵的地方。

安娜的预言最终被证明是错误的。这两颗卫星的部署失败将给她的航天事业带来最好的机遇。

在参加《今日秀》的时候，安娜已经知道她要上太空了。她于1983年7月被指派了飞行任务。那时，她刚刚完成了作为支持萨莉飞行任务的"海角十字军"负责人的工作，这是一次难忘的经历。就在萨莉起飞前，安娜和萨莉在卡纳维拉尔角一起测试了一些有效载荷。在那次任务期间，安娜已经怀孕八个月了。摄影师拍了几张她和萨莉一起工作的照片，其中可以清楚地看到穿着飞行服的安娜已经很显怀了。

回到休斯敦后，离预产期还有两周时，安娜接到电话，乔治·阿比想见她，也想见她的丈夫比尔。这让她觉得有点奇怪，但没有人敢质疑乔治和他的要求。那是酷热的一天，安娜和丈夫慢慢走到1号楼，进入乔治的办公室。安娜坐了下来，而乔治则开始解释叫她来的原因。

他想给安娜指派一次飞行任务。但由于她即将分娩，他想知道安娜或比尔对此是否有保留意见。

安娜高兴地笑了。自她在校园里收听艾伦·谢泼德发射直播的那天起，飞向太空就一直是她的梦想。她告诉乔治，当然同意，她自己没有任何保留意见。事实上，她的上司对她有足够的信心，让她在孩子尚未出生时就开始训练，这对她来说意义重大。她毫不犹豫地接受了。"哦，没问题，让我开始训练吧，教练。"她对乔治说。

安娜的飞行任务最终被命名为STS-51-A，乘组人员相当少，只有戴夫·沃克（Dave Walker）、乔·艾伦（Joe Allen）和戴尔·加德纳（Dale Gardner）。指挥官是里克·豪克，他刚刚和萨莉一起执行了STS-7任务。安娜所在乘组的任务也相对简单，他们将部署一颗带有惯性上面级（Inertial Upper Stage，IUS）的卫星。IUS是由波音公司制造的一种火箭，可以将有效载荷送入更高的轨道。对里克来说，这次飞行平平无奇。

每一天，安娜都在为她的飞行做准备，同时等待产前阵痛的来临。整整一个月，比尔和安娜都在等待婴儿的到来。比尔在NASA工作之余，还在急诊室做兼职，但他减少了上夜班，以防正好那时孩子出生。7月的一个星期四，安娜还没有生产的迹象，比尔决定去急诊室上班。当天晚上，安娜在约翰逊航天中心进行了一整天的训练后，开始感觉到阵痛。那天晚上她进了医院，星期五早上，克里斯汀出生了。

不过，安娜不想在医院里待太久，她已经在这种无菌的环境中度过了生命中的大部分时间，所以更想早点回家。那天早上，克里斯汀刚出生不久，护士们就让安娜和比尔转移到恢复室。比尔在地板上睡着了，安娜也正想休息——她抬起头，看到她的乘组同事戴夫·沃克走进门。他手里拿着一个小礼物篮，上面写着"送给宝宝和母亲的小熊"。这个礼物令她很感动。

虽然在分娩后才过了一个周末，但安娜觉得自己是不可战胜的。她做了一件大胆的事，周一，在她生产的三天后，安娜出现在约翰逊航天中心的全体宇航员例会上，让所有人大吃一惊。虽然她必须用一个中空椅垫才能坐下，但她还是来了。她的出现向房间里的每个人都清楚地表明了一点：我就在这里，什么都不会改变。安娜说："我不想让任何人认为，我有了孩子就不能实现我承诺的事情。"

为了证明自己对工作的忠诚，安娜最终也没有好好休产假。训练员团队为她量身定制了一个独特的日程表。产后的四周里，他们让安娜每周来训练两天至三天，让她有时间哺育克里斯汀。如果需要的话，就来训练；如果不需要的话，就待在家里。

在一段时间内，这种安排很合适。但后来，安娜决定承担另一个角色，而这将需要她付出巨大的努力。她想成为一名向已在轨道上的宇航员传达指令的CAPCOM，这是所有宇航员梦寐以求的地面角色。她的指挥官里克持反对意见，他希望乘组心无旁骛地投入当前飞行任务的训练。但安娜坚持认为成为一名CAPCOM也是训练的重要部分，她想了解在任务控制中心工作的感觉，以及在与地面飞行控制员沟通时应该知道什么。她对里克说，她这样做是为了成为一名更好的乘组人员，最终，里克同意了。

所以有一段时间，安娜试图兼顾所有事情。她得和乘组其他人员一起训练，也得在家里和比尔一起照顾新生儿，还得与在太空中的宇航员通信，最重要的是，她还在哺乳期。在20世纪80年代早期，为新手妈妈或其他女性提供便利并非NASA管理层的优先事项。任何在任务控制中心工作的女性在需要的时候都必须长途跋涉到大楼另一边的卫生间。这意味着安娜必须在轮班期间偷偷溜走，去那个唯一私密的地方挤奶。

当安娜在适应母亲和乘组人员的新角色时，她也发现自己适应了一项全新的任务。有一天，STS-51-A任务乘组飞往华盛顿，与波音公司的工程师们举行定期会议。波音公司建造的IUS将在这次任务中与他们一起升空。然而，当乘组人员返回休斯敦后，他们被告知不会带IUS升空，而是带另一个有效载荷。现在，他们将部署两颗通信卫星——Anik

D2和新康IV-1，他们可能要执行某种非常新的任务。安娜在《今日秀》上讨论过的那两颗卫星——她认为在太空中报废的那两颗——可能会高调复活。

虽然NASA的确对卫星的部署失败感到不安，但保险公司才是真正的苦主。卫星的两家保险公司，伦敦劳埃德保险公司（Lloyd's of London）和国际保险协会（International Underwriting Association, IUA），不得不支付1.8亿美元给印度尼西亚和西联公司（Western Union）这两家卫星运营商。在支付这些款项后，保险公司接管了在太空中漂浮的卫星的控制权，他们想把卫星运回地球。这两家公司与NASA接触，热切希望NASA能组织一次救援任务，将卫星带回家。这样，保险公司就可以翻新这两颗卫星并将之再次出售，以弥补部分损失。另一家公司——麦道公司也表示对该计划感兴趣。由于失效的模块是由该公司生产的，其急于把卫星运回地球，以找出问题所在。

带回卫星是件大事。保险公司希望NASA执行一种前所未有的载人航天任务。在轨道上，这些卫星以大约每小时17500英里的速度围绕地球飞行。航天飞机必须追上它们，并以足够精确的速度接近，而不是撞上去。然后，宇航员必须以某种方式抓住太空中的卫星，并将其收回航天飞机的有效载荷舱中，然后带回地球。

在此之前，只有一次航天飞机任务曾经尝试过类似的行动。在STS-41-C任务期间，宇航员追上了一颗出故障的NASA卫星——"太阳极大年"（Solar Max），目的是将其抓住并对其进行修复。尽管抓住"太阳极大年"困难重重，在这一过程中，一名进行太空行走的宇航员差点牺牲，但那次行动最终取得了成功。

"太阳极大年"有一个优势，就是这颗卫星在设计时就考虑了被抓取的问题。它的上面装有一个抓握销,为宇航员在太空中抓住并修复它做了考虑。相比之下,帕拉帕B2(Palapa B2)和西联星6号卫星的表面大部分是平滑的圆弧形,NASA必须开发某种前所未有的设备来抓住这些圆柱体卫星。

尽管如此,有几个因素让NASA相信这次任务是可行的。"太阳极大年"行动的成功,尽管不完美,但还是增强了该机构的信心。此外,布鲁斯·麦坎德利斯成功地展示了NASA的新型喷气背包——MMU,表明该设备可以使宇航员在不用系绳将自己与航天飞机相连的情况下安全地在太空中移动。为了救援卫星,NASA设想一名宇航员背着MMU,从航天飞机中飘出,并以某种方式将卫星带回有效载荷舱,这就像在开车回家之前把货物装载到卡车上那样。

这是一次冒险,但对安娜和她的乘组同事来说,这听起来非常有趣。像这样尝试全新的飞行任务是宇航员梦寐以求的事,他们都希望救援任务能落到自己头上。他们知道NASA在考虑将这项任务交给已经集结的乘组,每个乘组私下里都希望自己是那个幸运儿。幸运的是,安娜的乘组在竞争中胜出,因为他们的指挥官里克·豪克此前已经展示了他的技术,他曾熟练地驾驶航天飞机接近SPAS-01,让萨莉使用机械臂抓住有效载荷。NASA认为里克可以再次负责同样的任务,但这一次,在航天飞机附近的是两颗较大的卫星。

正式决定后,STS-51-A任务的训练即刻进入了加速状态,现在他们将进行有史以来最大胆的太空行走任务之一。戴尔和乔将进行太空行走,他们很快就开始在NASA训练水池中一遍又一遍地排练复杂的太空芭蕾。虽然安娜将留在航天飞机内,但她也有一项关键的工作:使用机械臂来帮忙抓住卫星,并把它们放进有效载荷舱。三名宇航员组成一个舱内—舱外团队来执行这项任务，飞行员和指挥官将保持航天飞机稳定，让这三人一个接一个传递卫星。

乘组还必须解决一个小问题：怎么抓住这些没有抓手的卫星。最后，戴尔灵光一现，想出了一个主意：在一个信封的背面，他勾勒出了一个设计草图，后来这个装置被命名为"毒刺"，这个名字很贴切，因为它看起来像一根巨大的刺。这个装置是一把剑和一个活塞的组合体，它可以插入卫星上失效发动机的喷嘴内，手持"毒刺"的太空行走者转动手柄，装置就会展开，卡在发动机里，以这样的方式抓住巨大的卫星。"就像在烟囱里打开一把伞。"乔曾经这样描述。

该团队只有不到半年的时间来准备这次大胆的卫星回收行动，在这段时间里，他们必须开发出其他乘组没有使用过的新工具和新程序，这意味着没日没夜地训练。安娜几乎生活在装有机械臂原型的模拟机中，有时她会把克里斯汀带去参加深夜练习。有一次，蹒跚学步的克里斯汀坐在地板上的儿童汽车座椅上，而安娜与训练员彻夜工作，研究新的机动操作。

这是一段极其繁忙的时间，但团队还是能忙中取乐。当乘组人员在模拟机中练习中止程序时，如果正好在练习航天飞机在非洲着陆的场景，他们会开玩笑说用安娜换一包骆驼牌香烟才能回家。这个玩笑并没有让安娜着恼。"我不是第一次遇见这种情况……我理解这只是缓解尴尬的一种方式。"她说。后来，戴夫真的送给安娜各种骆驼牌香烟作为对这个笑话的回应，这是戴夫送给她的又一份她珍视的礼物。

虽然安娜从未像萨莉那样受到媒体的狂热关注，但她仍然成为此次任务的焦点，因为她将获得历史性的第一：第一位飞上太空的母亲。显然，苏联的女宇航员没能夺取这一称号。

媒体对这一新成就感到无比兴奋。《当妈妈是宇航员》——一个标题这样写道。之前已经有很多父亲去过太空，这并不重要。每个人都想知道，一个母亲怎么可能把孩子留在地球一周，自己飞上太空，这反映了当时社会对于母亲的责任和优先事项的普遍看法。对安娜来说，这很简单：这是她的工作。"我已经决定了我要做什么，并且从未动摇。"她说。当克里斯汀刚出生时，安娜收到了一封来自一位"热心"市民的信，这人认为有必要告诉安娜她是多么不负责任。她把信给比尔看，比尔把它撕了。"别看这些东西。"他说。从那时起，安娜决定忽略任何关于自己的负面报道。

费舍尔夫妇不再在乎批评，而是专注当下。他们为克里斯汀制作了一套迷你NASA飞行服，连材料都是与官方飞行服相同的。安娜带着穿上迷你飞行服的克里斯汀来到NASA接受飞行前的采访。母女俩坐在模拟机的驾驶舱里，让摄影师拍照。

9月底，NASA终于向全世界宣布了保密了好几个月的消息：STS-51-A任务乘组将尝试拯救太空中的卫星。随着这一消息的宣布，回收行动正式开始了。安娜仍然不确定乘组是否真的能完成这一特别的行动，大家都非常紧张，不愿公开表示对成功回收有信心。指挥官里克认为这一行动失败的可能性极大，而且会使他们名誉受损，其他人只是埋头继续艰苦的训练，每一步都在祈祷，希望一切顺利。

1984年10月31日，该乘组开始了为期一周的标准隔离，尽管安娜在第一天稍微改变了一下规则。这是克里斯汀的第一个万圣节，安娜不想错过这样一个重要的里程碑，所以第一天晚上，她离开约翰逊航天中心，回到家里，与克里斯汀和比尔在他们的克利尔湖社区参加了"不给糖就捣蛋"活动。他们不想让太多人知道，所以只去了几户人家讨要糖果。幸运的是，NASA甚至没有人注意到安娜离开。

在隔离期间，安娜为了取点东西而再次偷跑回家。这一次，情况还是对她有利：房子里没人。比尔、安娜的母亲埃尔弗里德和保姆已经带着克里斯汀出发前往卡纳维拉尔角，准备观看安娜发射升空。空荡荡的房子出乎意料地令她振奋，因为这意味着她的太空之旅真的就要实现了——而且只有几天了。

安娜在飞行前一定要做的最后一件事是写信，信是写给克里斯汀的。信上并没有提到自己这个母亲即将开始的冒险，而是提到了未来的不确定性。她后来在谈到信的内容时说："不管将来会发生什么……无论是在太空飞行中还是在我们的关系中……她的到来都带给了我难以置信的快乐，她给我带来了心灵的平衡和新视角，让我成为更好的人。"安娜封好信，打算等女儿长大后再给她——那时安娜应该从太空回来很久了。

———————

当然，在肯尼迪航天中心，隔离还是严格实施的。所以尽管安娜只能隔着一段距离看到家人，尽管女儿离她只有几英尺远，她却不能触碰，这令她很难过。有一天，她在乘组宿舍外进行日常的慢跑，这让她的心情稍微好了一些。正在这时，比尔抱着克里斯汀出现了，有那么几分钟，比尔以与安娜一致的步调跑在她身边，用这样的方式让母女俩亲近了一会儿。

在那一周的分离之后，安娜要面临最大的考验：飞行本身。她告诉自己，只是一个星期，而她几乎一生都在等待这一刻。但她仍希望在登上飞往太空的航天飞机之前再见女儿一面，比尔想出了办法。他自己也是一名宇航员，因此能够动用一些关系，在发射当天的黎明前的几个小时里，设法用一辆租来的面包车把家人送到肯尼迪航天中心，车就停在乘组宿舍外面。这样，当安娜走到宿舍外，登上运送乘组人员的车辆之前，家人都可以近距离地看到她。比尔嘱咐安娜的母亲，无论如何不能下车，按照规定，他们不能像这样出现在现场，而且周围有很多摄影师，他们都有可能揭露这一大家子的秘密会面。

一开始，待在面包车里这个要求看起来并不难，但当安娜出现后，家人就按捺不住了。在一群摄影师的镜头前，安娜和乘组其他人员走出宿舍，走下斜坡，走向房车。她一边慢慢走着，一边用眼睛疯狂地扫视着围观的人群，想看见克里斯汀，可是她怎样都找不到女儿的身影，她的心情低落了下去。她只想在飞行前再见一次克里斯汀，就一次。

埃尔弗里德看到了女儿眼中的痛苦，她知道安娜一直在努力寻找克里斯汀。就在这时，这位外祖母自作主张，她打开车门，站起身把克里斯汀高高举起，这个有点轻率的行为是值得的，安娜的目光锁定在女儿身上，一种如释重负的感觉流遍她的全身，她见到了克里斯汀。"好，我可以心无旁骛了。"她想，现在她可以专注于手头的任务了。

"一旦我看到了她，我就安心了。"她说。

然而，安娜并不是唯一一个在乘组前往航天飞机的路上看到克里斯汀的人。正如比尔所担心的那样，一位摄影师看到了安娜的母亲和孩子，眼疾手快地拍下了祖孙俩站在车外的照片。第二天，祖孙俩出现在当地报纸上，对费舍尔夫妇来说，幸运的是，NASA 没有人意识到埃尔弗里德出现在了她不应该出现的地方。

但事实证明，埃尔弗里德那天早上的违规举动完全是徒劳的。安娜和乘组其他人员进入航天飞机驾驶舱，在座位上绑好了安全带，然后才被告知由于发射场上空的风力过强，发射被取消，他们只能先出去，第二天再试。当然，她很失望，但她也担心第二天见不到克里斯汀。那么，明天我们发射的时候会发生什么？她想。

24小时后，安娜重复着前一天的动作，但这一次，她觉得这一切真的要发生了。她穿好衣服，吃了一顿简单的早餐，第二次紧张地从乘组宿舍走出。正如她担心的那样，她又一次找不到克里斯汀的身影。这一次，埃尔弗里德有所准备，费舍尔一家开着租来的车又来了，埃尔弗里德下车，把克里斯汀高高举起。安娜再次紧紧盯着她的女儿，而比尔则气得不轻。

安娜是倒数第二个进入航天飞机的人。当其他人不紧不慢地坐在座位上，绑好安全带时，她在连接发射塔和驾驶舱的悬空走道上多逗留了几分钟，眺望着大海。此时是日出之前，一轮满月悬挂在墨黑的大西洋上空，散发着明亮的银白色光芒。

安娜后来说："我无法用语言表达站在那里是什么感觉，回想起12岁的我，听着收音机里艾伦·谢泼德的发射直播，不知道自己是否有机会。而如今我站在这里，马上就要飞向太空……那是一种不现实的感觉。"

安娜是飞行工程师，她的座位在飞行员和指挥官的后面，这个位置使她可以透过前窗看到无与伦比的景观。那天（1984年11月8日）早上刚刚庆祝自己生日的戴尔·加德纳坐在中舱。戴尔通过对讲机向飞行指挥官开玩笑地承诺，他不会"在飞行八分半钟之前吹灭蜡烛"，幽默地指三台主发动机应该在八分半钟后熄火。倒计时数到零，"发现"号航天飞机发射升空，整个机体都在剧烈震动。戴夫转过身来看着安娜，并伸出手抓住她的手。

在卡纳维拉尔角的地面上,克里斯汀看着载着母亲的航天飞机直冲云霄,她用小手指着地平线上慢慢升起的发光点,"哦,不,妈妈。"她说。航天飞机从人们的视野中消失后,比尔问女儿"妈妈在哪里",她只是向天上指了指。

———————

就在主发动机熄火的那一刻,安娜能感觉到血液立刻涌上了她的头部。在地球上,由于重力的作用,人体内的液体在腿部汇集,但在失重状态下,这些液体向上移动,均匀地分布在整个躯干、头部和四肢。她欣赏着镜子里自己那张圆润的脸,注意到在地球上能看到的小皱纹奇迹般地消失了。

她也几乎立刻感到不舒服,可怕的太空适应综合征袭击了她,导致她严重反胃。安娜强忍着呕吐的感觉,抵抗着蜷缩成一团打盹的诱惑,努力完成分配给她的任务。乔意识到她需要帮助,于是来到她面前,帮她脱下了靴子和头盔——这让她少了一件要做的事。就像在地球上患上感冒的人也能上班一样,患上太空适应综合征的安娜也可以正常工作。最初的几天里,她在进食后避免看到任何食物。第一天晚上就寝时,安娜不能像在地球上那样把头枕在枕头上安眠,她开始想自己为什么渴望来太空。"我感觉糟透了,"她想,"我为什么干这个?"

对安娜来说,幸运的是,最初几天的任务比较简单。第二天,乘组人员为加拿大部署了第一颗卫星,第三天为美国国防部部署了第二颗卫星。这两次都是常规程序,他们把卫星从有效载荷舱中拉出来,没有出现任何故障。第三天,安娜的身体终于舒服些了,就好像有人按了她身体里的某个开关,她的恶心感消失了。瑞克只要看她一眼就知道。"安娜的状态回来了。"他说。那天早上,她吃了一个热狗,并认为这是她吃过的最好吃的热狗——无论是在地球上还是在太空中。现在她可以开始享受一直梦想的太空体验了。

随着有效载荷舱的清空,乘组人员准备开展他们的回收行动,气氛变得紧张起来。第五天,安娜和里克在醒来一个半小时后就投入行动中。安娜坐在指挥官旁边的飞行员座椅上,两人一起计算里克必须在什么时候启动微型发动机、启动几次,才能追上第一颗卫星帕拉帕 B2。当乔和戴尔穿上他们的宇航服时,里克驾驶航天飞机慢慢接近卫星,犹如一头老虎一样逼近它的猎物。对于航天飞机推进器的每一次点火,里克和安娜都会反复检查对方的计算结果。在仅仅 50 英里外,里克能够用他的乘组人员光学对准瞄准器(Crew Optical Alignment Sight,COAS)观察卫星,这是一种类似潜望镜的导航仪器。卫星看起来只不过是夜空中的一颗很小的星星,但很快,"星星"变得越来越大、越来越亮,直到整个圆柱体出现在他们的视野中,在他们面前慢慢旋转。

在发射之前,里克就已经做好了准备,他将非常接近这些漂浮的卫星。他把"发现"号停在离帕拉帕 B2 仅 35 英尺远的地方,在近地球轨道上,这可以说是一步之遥。这是为了缩短出舱宇航员到达卫星的距离。由于喷气背包里的气体有限,对于每颗卫星,宇航员只有 7 个小时的时间来抓住它,并将其放回有效载荷舱里。7 个小时之后,氧气和其他关键补给将接近耗尽。里克让"发现"号保持稳定,同时宇航员从气闸舱出来,进入太空。

大家一致同意,由乔出舱进行太空行走,戴尔将留在有效载荷舱里监视。乔用戴着手套的双手握着"毒刺",一寸一寸地向前推进,慢慢

14 安娜的救援

接近他的目标。由于他与航天飞机之间没有系绳连接,他看起来有点像参加世界上最缓慢的格斗比赛的白衣骑士。在航天飞机内部,安娜和乘组其他人员透过窗户,目不转睛地看着乔到达旋转的卫星前。地面上的控制人员特意调慢了卫星的旋转速度,以方便宇航员抓住它,但它仍然非常悠闲地旋转着。到了卫星背面之后,乔立即把"毒刺"刺进发动机的喷嘴,并把"毒刺"展开,就像他在地球上画的示意图那样。现在,任由乔摆布的帕拉帕 B2 像一个巨大的烤肉串,乔开启了他喷气背包上的推进器,来减缓卫星的旋转速度。

乔是宇航员队伍中身量最矮的男性宇航员,身高 5 英尺 6 英寸(约 1.67 米),现在,他的货物——1200 磅重的帕拉帕 B2,被穿在一根棍子的一头,抓住它的乔看起来像是世界上最强壮的人。他缓慢地转动卫星,把自己和他的战利品放在方便安娜下一步操作的位置上。安娜在机械臂控制台旁,操控机械臂移动到"毒刺"边,并立即抓住了它。乔说:"我看到一只巨大的机械臂从肩膀上方伸过来,一下子抓住卫星,这很有趣。"然后,安娜用机械臂带乔兜风。计划是乔抓住帕拉帕 B2 后,让安娜用机械臂将卫星和自己一起,跨越航天飞机上方拖到有效载荷舱内,戴尔正在那里等待。

有那么一刻,这个疯狂的计划似乎真的可行,但在希望高涨的时刻,团队遇到了障碍。出舱宇航员带着一个特殊的夹具,本应该把它固定在帕拉帕 B2 的另一端。固定好之后,这个夹具就可成为机械臂的抓手,让安娜的机械臂抓住卫星的另一侧,引导卫星降到有效载荷舱内部。

但当乔试图固定夹具时,他很快意识到尺寸错了,制造夹具的工程师没有得到卫星的正确尺寸,导致夹具小了不到 1 英寸,无论如何也没法固定。

是时候启动备份计划了。

在航天飞机内部的戴夫给了乔一些新的指示，告诉他用手将帕拉帕B2拉进有效载荷舱——不需要夹具。身材矮小的乔总是勇于接受挑战，他将双脚固定在有效载荷舱上，只用手抓住巨大的卫星。与此同时，戴尔移除了"毒刺"，并将一个适配器连接到卫星上，以便卫星可以被稳固地安放在有效载荷舱内。乔保持双臂张开的姿势整整90分钟，保持卫星不动。他的肌肉开始抽筋，戴尔连接好适配器后，两位舱外的宇航员立刻手动将卫星送入舱内，就像将一把钥匙插进锁头。

现在他们掌握了抓住卫星的窍门，乘组人员在第六天对"西联星6号"实施了同样的程序，只做了一些调整。这一次，戴尔穿上喷气背包与卫星较量，并将"毒刺"刺入卫星，而乔则被绑在机械臂的末端，抓住卫星的另一侧，把它送入航天飞机的有效载荷舱。这一太空芭蕾产生了他们所期待的效果，两颗卫星都被紧固地安放在有效载荷舱里，戴尔拿出一张纸，上面是鲜红的大字："出售。"太空行走二人组摆好姿势拍照，他们的成果整齐地摆放在航天飞机的有效载荷舱里。

这次行动成功后，宇航员们还在太空时，里根总统就亲自打来电话，对他们出色的工作表示祝贺。里根总统问安娜，她是否会向女儿克里斯汀推荐宇航员这一职业。

"哦，我会的，总统先生，"安娜回答，"这种体验正是我所期待的，甚至超出了我的预期。当我从太空看下面的世界时，它让我意识到我们都只是这个世界的一部分。这真是一次令人难以置信的经历，我肯定会极力向她建议。"

地球上的记者也与乘组人员进行了几分钟的交谈，询问他们的回收行动进展如何。一位欧洲记者问安娜,她是否认为能够兼顾宇航员的工作与"母亲的爱和责任"。

安娜笑着回答说,她确实认为这两者是能够兼顾的。她回答说:"我非常享受做母亲,这是一种美妙的经历。太空计划也是我愿意投身的事业,我认为正如我们在这次飞行任务中所展示的那样,太空计划大有可为。我认为这两者并不冲突,作为一个个体,投身我相信的事业对我来说很重要,我也认为克里斯汀会从中受益。当然,她将有很多新的睡前故事可以听了。"她希望这样的回答能说明这个问题何其愚蠢。没有人向男性提出这种问题,大多数男性宇航员也有孩子,但没人问他们是否能兼顾工作与父亲的责任。

STS-51-A任务的乘组人员带着有效载荷舱里的宝藏回家了。他们着陆在肯尼迪航天中心,然后被迅速送往休斯敦。安娜在得克萨斯州刚一落地,克里斯汀就扑进了妈妈的怀抱,安娜紧紧地抱住她蹒跚学步的孩子,脸上露出了灿烂的笑容。

在那次飞行回来后的几天里,全世界对安娜的飞行的看法仍在继续发酵。一位女士给《费城问询报》(*Philadelphia Inquirer*)的编辑写了一封信说,安娜在太空中的照片和她女儿的照片生动地说明了"当今社会的问题"。

"就算我已经接近中年,我仍感谢上帝,我有一位把家庭放在第一位的母亲,"作者认为,"对我来说,安娜·费舍尔不是一个女英雄,而是一个失职的女人。"

其他人有不同看法。五个月后,纽约一家名为"全国母亲节委员会"(National Mother's Day Committee)的非营利组织告知安娜,她将与其他六位女性一起获得"年度母亲"奖,其中包括日间肥皂剧明星苏珊·卢奇（Susan Lucci）和肯塔基州州长玛莎·莱恩·柯林斯（Martha Layne Collins）。安娜觉得很讽刺的是，她离开女儿一个星期，让她获得了这个奖，但她也不想放弃享受因此带来的自豪感和炫耀的权利。

后来，当克里斯汀长大成人，明白了母亲所取得的巨大成就后，她开玩笑地说，母亲的一切成就还得多亏了她。

15
抢劫计划

瑞亚坐在约翰逊航天中心的一间会议室里,盯着她面前的电视机,里面正在直播航天飞机发射,NASA设立在卡纳维拉尔角的倒计时时钟的指针逐渐接近零点。屏幕上是矗立在发射台上的崭新"发现"号航天飞机。那是1984年6月底,她和其他几位宇航员趁着休息时间观看朱迪思的STS-41-D任务启动。除了电视里的倒计时报数,房间里鸦雀无声。播音员一个接一个地报着数字,直到倒计时6秒,"发现"号的发动机如期点火,大量气体喷薄而出……然后突然熄火了。

直到那一刻,屋里的每个人都悠闲地坐在会议桌旁,观看直播。现在所有宇航员都站了起来,对着电视屏幕七嘴八舌地大声说着自己的观点——瑞亚也不例外。有的人大喊,"宇航员应该立即离开驾驶舱";其他人则咆哮着说,"他们应该按兵不动"。

没人知道该怎么做,他们从没见过发动机像这样熄火的情况。最终,他们看到被灭火系统喷出的水浸透的宇航员从驾驶舱出来,所有人都松了一口气。同事们都很安全,现在宇航员们都开始担心这对航天飞机任务排序意味着什么，瑞亚尤其急切地想知道，因为她的飞行原本排在这次飞行任务之后。

起码，在刚才的倒计时6秒之前，计划是这样的。

1983年8月，就在萨莉的太空任务结束一个月后，乔治把瑞亚叫去他的办公室。当瑞亚得知乔治要见她时，她并不完全确定这意味着什么，她暗自希望会被分配到飞行任务，但立即对此表示怀疑。现在，她的孩子蹒跚学步，她也不再参加乔治在每周五举办的前哨酒馆聚会，在瑞亚看来，大多数人是在与乔治推杯换盏之后被分配任务的。相反，她的业余时间都花在家里，追着保罗跑来跑去，同时还得努力跟上自己的医生培训进度。为了不在医疗专业方面落后，她周末在山姆休斯敦纪念医院（Sam Houston Memorial）的急诊室工作，这是一家位于休斯敦西北部的小医院。这使她的工作繁重，有时她都怀疑自己是否真的把最好的一面展现给了NASA。她拖着沉重的脚步走向1号楼，担心自己会被批评。

但乔治让她大吃一惊，礼貌寒暄几句后，乔治步入正题。"好的，我想知道你明年是否想加入STS-41-E任务乘组？"

"是的，先生！"瑞亚兴高采烈地接受了。

乔治说，这次飞行计划在1984年中期进行，瑞亚立刻明白了这个时间意味着什么。她在排位中紧跟在朱迪思之后，现在，有了儿子保罗，她将创造历史，成为第一位飞上太空的母亲——没有国籍限定词（美国、苏联或其他国家）。不过，这样的称号只是锦上添花，真正重要的是她终于可以飞上太空，实现每个宇航员都渴望达成的唯一目标。她的许多同批TFNG成员仍未接到电话通知，因此这项任务让她感到格外得意。

很快,她就被卷入任务训练、急诊室工作和母亲责任的旋风中。在正常工作时间,她专注地投入 NASA 的训练。她的指挥官是卡罗尔·约瑟夫·"勃"·鲍勃科(Karol Joseph "Bo" Bobko),在萨莉的任务之前,他执行过 STS-6 任务。乘组阵容还包括戴夫·格里格斯(Dave Griggs)、唐·威廉姆斯和杰夫·霍夫曼(Jeff Hoffman)。瑞亚在加入乘组之前和他们中的任何一个都不是很熟络,但对他们都有好感,在训练期间也相处融洽。他们的飞行任务 STS-41-F(不久后更名)看起来一定是一次令人兴奋的旅程。他们将部署两颗通信卫星,并操纵一台名为"斯巴达"(SPARTAN)的仪器(用于天文学的航天飞机自主研究工具)。就像萨莉用机械臂在太空中移动 SPAS-01 一样,"斯巴达"的设计使乘组需要使用机械臂抓住该设备,将之从有效载荷舱中移出,并将其释放到太空中。"斯巴达"将在太空中研究来自遥远深空的 X 射线等。然后,乘组将其取回,放到有效载荷舱内。瑞亚将负责机械臂任务,这是这次飞行任务中最复杂的部分之一。

到那时为止,瑞亚所有的"业余时间"都奉献给了保罗、胡特和急诊室。雪上加霜的是,胡特自己也在为 STS-41-B 任务进行训练,指挥官勃还忙中添乱,坚持要求瑞亚和其他宇航员在每周一早上 7 点 30 分开乘组早会——比全体宇航员的 8 点例会还要早 30 分钟。早上那提前的 30 分钟,让瑞亚手忙脚乱地寻找能照顾孩子的人,最终依靠邻居救急。

她觉得自己肩上扛着一块世界上最大的石头,而且这块石头一天比一天大,一天比一天沉。就在她认为压力大到不能再大的时候,乔治向她提出了一个新的建议:她是否想在 1986 年再次上太空?这似乎是一个不可能实现的要求,但瑞亚无法拒绝。在计划的 1986 年任务中,主要的有效载荷将是一个名为"太空实验室"(Spaulab)的模块。太空实验室将被安装在航天飞机的有效载荷舱内,成为宇航员在太空中进行实验的场所。对于NASA为数不多的医生宇航员之一来说,这是一项梦寐以求的任务。

几个月来,瑞亚尽最大努力兼顾这两项飞行任务,她感到力不从心。但繁重的工作突然暂停了,一切都源于朱迪思的飞行任务。

6月的那一天,当瑞亚对着电视大喊大叫时,她完全没有想到那一刻会改变一切。任务中止后,乔治和其他NASA官员对航天飞机的任务和乘组阵容做了一些快速调整,以确保一些有效载荷被按时送上太空。经过几个星期的调整后,朱迪思的飞行任务内容将包括携带瑞亚原本任务中的大部分有效载荷。然后,有一天,瑞亚的任务被完全从时间表中删除了,STS-41-F任务已不复存在。

瑞亚简直不敢相信。她距离原本计划的飞行任务执行时间还不到两个月。现在她不能肯定自己此生是否能亲眼看到太空。这种不确定性令她焦虑不已。"我打电话给父亲,抱怨此事,"瑞亚后来写道,"我对胡特大发雷霆,直到他听烦了。我想过跳上车开走,完全放弃这个地方。"胡特尽他所能鼓励自己的妻子,但很难看到这件事好的一面。胡特说:"她很痛苦……她觉得她的整个乘组都是倒霉蛋。我理解她会这样想。"

最终,在8月,对瑞亚的折磨结束了。NASA决定,她的这个任务乘组——曾经的STS-41-F任务乘组——将携带一颗计划于1985年3月升空的TDRS卫星。对瑞亚来说,感觉就像是正常排着队时被带到了队伍的最后。当她为新任务进行训练时,不得不眼看着同批的其他女性一个接一个地完成原本属于自己的创造历史的飞行。凯西成为第三位进入太空的美国女性，她的履历中还增加了一次令人印象深刻的太空行走。然后安娜成为第一位上太空的母亲，她的女儿克里斯汀成为各个媒体的宠儿。

瑞亚写道："在人生的长河中，也许这些都不是重大的损失，但它们对我来说很重要。"后来有一次，她向一位朋友倾诉排位的变化让她多么失望。她的朋友回答说："谁会记得这些？"话糙理不糙。人们当然会记住萨莉·赖德是史上第一位飞上太空的美国女性，但除此之外，这六个人中谁做了什么很快就会被大多数人遗忘。

在接到新的飞行任务后，勃给了乘组人员两周的休息时间，让大家放松一下，整理心情。在那段时间里，瑞亚提醒自己，她还是会飞上太空的，世界上很少有人能够做到这一点，带着这种全新的心态，她重新投入训练中。

他们的飞行任务可能在最后一刻被挽救了，但也变得与原计划完全不同。他们为之训练了整整一年的有效载荷将由另一个飞行任务乘组带上太空。现在，乘组面对的是一颗全新类型的卫星，它的体积十分庞大，几乎占据了有效载荷舱的全部空间，这样一来，本来应该由瑞亚操作的机械臂就放不下了。

与此同时，乘组阵容壮大起来。训练开始几个月后，NASA给瑞亚的乘组加了一位新人，一位名叫帕特里克·鲍德里（Patrick Baudry）的法国有效载荷专家，他将把一套医学实验设备带到太空，这当然会引起瑞亚的兴趣，但他不是唯一一个新人。

有一天，在一次模拟飞行中，瑞亚和乘组其他人员在驾驶舱内进行发射升空训练时,勃接到了一个电话,有人要他去见乔治·阿比。他离开去见上司期间,每个人都预感到接下来会有事情发生。勃回来后证实了他们的猜测,他在一张纸片上潦草地写下了一段话给乘组看——这是为了对协助飞行模拟工作的飞行控制员保密。

"加恩已被分配到我们的乘组。"

加恩是犹他州的共和党参议员杰克·加恩(Jake Garn)。他们刚刚被分配了第一位飞上太空的政客。

几个月来,每个人都在猜测杰克最终会被派给哪个乘组。大家都知道他早晚会上太空,为了让自己参与航天飞机任务,早在1981年5月,在第一架航天飞机飞入太空之后,杰克就开始努力。NASA副局长艾伦·洛夫莱斯(Alan Lovelace)在参议院拨款委员会(Senate Appropriations Committee)的一个小组委员会会议上作证时,在问答环节开始不久,委员会主席杰克就把身体探向麦克风,问道:"我什么时候能上航天飞机?"他这么做是提醒大家,作为海军和犹他州空军国民警卫队的前飞行员,他积累了一万个小时的飞行时间。

不需要提醒大家也清楚的是,他的委员会负责监督NASA的预算。洛夫莱斯回答说:"参议员,您随时都可以出发。"

杰克声称他当时主要是在开玩笑,但这颗种子已经种下。在那次交流之后,这位参议员会见了NASA管理层的多名成员,他们对杰克说,这个想法是可行的。毕竟,航天飞机的设计初衷就是成为一辆可以带任何人上太空的可靠的卡车。一位犹他州参议员有何不可?经过三年的深思熟虑(以及杰克的一些游说),1984年11月,当时的NASA局长詹姆斯·贝格斯(James Beggs)正式邀请杰克参与航天飞机飞行任务,他高兴地接受了。

大多数被分配了飞行任务的宇航员都暗自希望这位参议员不要加入他们的乘组。加一位有效载荷专家已经很难让人接受,宇航员们更不想承担照顾一位基本上无事可做的政客的责任。但瑞亚对这个消息保持乐观,"这最终可能是一件好事。"当时,他们的飞行任务没有什么特殊之处,这次携带的有效载荷(即卫星)也没什么亮点,也许杰克的加入能成为一个宣传噱头,给原本普通的任务增添一些色彩。

不过,这次任务还将迎来更多变化。就在他们准备发射升空的一个多星期前,命运再次改变,工程师发现他们本应部署的TDRS卫星的助推器上有一个缺陷,因此不得不把卫星带回工厂去解决问题,飞行任务进入了不确定状态。再一次,瑞亚担心他们的飞行任务被从列表中删除,她说:"我们觉得自己是有史以来最惨的倒霉蛋。"但这一次他们要幸运得多,乔治明确地告诉他们,飞行任务不会被取消。几周后的飞行任务中,他们将携带新的有效载荷。讽刺的是,这次是两颗通信卫星,它们就是最初乘组计划携带上太空的那两颗。

除了这一新的变化,人员也再次发生调整,四个有效载荷专家职位悬而未决,帕特里克·鲍德里和杰克·加恩已被安排进瑞亚的乘组,另外两名专家查理·沃克和格雷格·贾维斯(Greg Jarvis)已被分配到执行类似任务的乘组。起初,瑞亚和乘组其他人员以为格雷格会加入他们,但最终是查理,格雷格和帕特里克被安排到了后续任务乘组,他们仍然得带着参议员加恩,他要求和他原来一起训练的乘组人员一起飞行,即瑞亚的乘组。

最后,在1985年4月,这个乘组的飞行任务更名为STS-51-D。瑞亚写道:"最终,我们有四张阵容不同的乘组合照,四个不同的任务肩章,三个不同的有效载荷和两架不同的航天飞机。"这是一条蜿蜒曲折的道路，但他们最终站在了通往太空之门的前面。现在，有效载荷舱有足够的空间安放机械臂。另一个有效载荷也引起了瑞亚的兴趣：一台旨在利用声波来观察人类心脏的超声心动图机。医学专家知道在微重力环境下，体液会在体内移动，可能会导致心脏改变形状，因此他们希望能够在太空中观察人的心脏。作为乘组的医生，瑞亚对这个实验非常感兴趣，并着手招募乘组其他成员作为实验对象。

在发射前一周，他们按计划开始隔离。距离目标只有一步之遥，但对瑞亚来说，在所有的高强度训练之后，隔离让她很难熬。她想念保罗，与他分离让她感到内疚。母子俩有时会打电话交谈，但保罗还不到三岁，还在牙牙学语。瑞亚只想在上太空之前再看孩子一眼，只是靠近他就好——以防最坏情况发生。

隔离期间的一天，瑞亚找了个借口，说要去一趟办公室，但其实她跳进车里，很快就回到了几英里外的家。她在家里的儿童游戏室见到了保罗，她和儿子一起坐了几分钟，然后用手捧起孩子的脸，她看着孩子的眼睛，告诉他妈妈爱他，叫他记住妈妈的脸，等妈妈回家。保罗似乎能感觉到她的焦虑，蹒跚学步的他尽最大力量给了瑞亚一个大大的拥抱，然后在妈妈的脸颊上亲了一下。

泪水打湿了瑞亚的脸，她离开家回到隔离区，没有人知道她在飞行前的这段秘密行程。

瑞亚认为 STS-51-D 整体来说是一次相当无聊的任务。但在太空飞行任务中，无聊往往是一件好事。"发现"号航天飞机的升空就像其他航天飞机一样，没有出现重大故障或问题。尽管天气令人担心，但它还

是准时发射了。

起飞前几天,瑞亚和胡特沿着海岸散步,瑞亚含泪向丈夫道别,这是夫妇俩的小仪式,胡特首次飞行前他们也是这样做的。但现在,到了太空中,瑞亚只专注于自己的任务。

航天飞机上的其他人都患上了严重的太空适应综合征,除了瑞亚。她丝毫没有感到恶心。杰克就没有这么幸运了,他说,他一离开座位,就觉得身体里的"陀螺仪(用来保持交通工具的方向的装置)翻滚了"。不幸的是,在他上太空之前,就有人预言他会有这种症状。这位参议员要求NASA让他在太空中参与某项有用的任务,而不仅仅是兜风,NASA同意让他成为医学实验的对象,将观察他的身体如何适应失重状态。其中一些实验包括抗眩晕测试。漫画家加里·特鲁多(Garry Trudeau)听闻后画了一系列杜恩斯伯里(Doonesbury)漫画,描绘"呕吐的杰克·加恩"。杰克一直很有风度地对待这个笑话,但现在,不幸的是,笑话成真了。

当杰克和其他人尽最大努力对抗头晕恶心时,瑞亚已经投入工作了。在太空的第一天,戴夫和杰夫为加拿大部署了他们的第一颗通信卫星Telesat-I。之后,瑞亚使用机械臂调整其位置,以便更好地观察卫星的推进器按照计划点火。一切都进行得完美无缺,乘组都感到很自豪。部署完成后,瑞亚终于可以操作超声心动图机,她在自己身上使用了这台设备,然后把杰夫、查理和杰克作为实验对象。她颇费了一些口舌才说服杰克从机舱的另一端飘到摆放机器的位置。

总而言之,一切都按计划顺利进行着。瑞亚尽了最大的努力想睡得安稳一些,为第二天部署另一颗卫星做好准备,但无济于事。同样,第二天的任务也很顺利。瑞亚拨动所有必要的开关,按下了所有正确的按钮，为部署做好准备。杰夫是这次部署任务的负责人，他仔细检查了瑞亚的工作，并对她竖起了大拇指。然后瑞亚按下让卫星进入无垠太空的按钮。透过驾驶舱的窗户，大家看着巨大的白色圆柱体从有效载荷舱内悠闲地滑出，慢慢飘入太空。

一切都按部就班。新康 IV-3 应该很快就会展开天线，开始与地面通信。然后，它将启动机载推进器，使自己进入稳定的旋转状态，确保方向正确，开始正常工作。这颗外观如飞盘的卫星将加快转速，同时继续远离航天飞机并绕地球飞行，持续四十五分钟，在绕地球半圈后，助推器将点火，将其送入更高的轨道。

至少，计划应该如此。但一分多钟后，杰夫注意到了一些事情。

"上部的天线没有展开。"他指出。

每个人都转过身来，凝视着窗外。杰夫是对的，天线仍处于收起状态，又过了一会儿，还是没有动静，他们都注意到卫星也没有开始加速旋转，肯定出了什么问题。

瑞亚向任务控制中心汇报了这个消息。"休斯敦，这是'发现'号，"她通过无线电说，"我们正在观察新康，全向天线一直没有展开。"

她知道她的话可能会让飞行控制员有点发慌，卫星故障是大家最不希望发生的事情。他们要求瑞亚确认，她再次告诉他们，她和乘组其他人员都没有看到天线，也没有看到卫星开始旋转。几分钟后，新康 IV-3 漂到更远的地方了，瑞亚告诉任务控制中心，他们只能"看到一片黑暗"。这意味着他们看不到任何来自卫星助推器的火焰，助推器根本没有点火，新康 IV-3 好像水中的死鱼一样飘着。

没有人知道下一步该做什么。但休斯敦的飞行控制员提出了一个奇怪的要求，他们让勃短暂启动发动机，以避免距离故障卫星越来越远。

航天飞机应该紧跟在新康 IV-3 后面。

"啊，什么？"瑞亚和其他人立刻对新命令感到好奇。NASA 最终暗示了一次可能的会合，但没有给出任何具体的计划。

那天晚上，他们都有点垂头丧气地就寝了。瑞亚知道失败不是他们的错。乘组人员的工作仅仅是部署卫星，他们已经完成了这项任务，天线卡住是卫星制造商休斯飞机公司（Hughes Aircraft）的问题，尽管如此，他们还是很难不感到失望。部署这两颗卫星是他们任务的主要目标，只成功了 50%，令人感觉是个失败。

第二天早上，NASA 给乘组人员打了一通叫醒电话。

为了拯救新康 IV-3，任务控制中心简单描述了他们的计划，它听起来像是一次抢劫。在该计划中，勃将操纵航天飞机靠近新康 IV-3，就像安娜的乘组在 STS-51-A 任务中与帕拉帕 B2 和西联星 6 号会合一样。休斯飞机公司的工程师推测，这次故障可能是由卫星外部的一个开关故障引起的。这个小开关本应在卫星放置在有效载荷舱内时保持断开状态，但在卫星部署时就应该弹出。制造商推测是开关卡住了，它位于卫星的外侧，宇航员也许能够手动开启，事实上，这是宇航员在卫星上唯一能做的事情。为了启动这个开关，NASA 得派两位宇航员进行一次计划外的太空行走，把某种装置安装在机械臂的末端，然后航天飞机上的一位宇航员操纵机械臂，用它末端的装置来扳动开关。

每个人的大脑都在飞速运转，这听起来完全是个不切实际的计划，不过，与 NASA 最初的想法相比还不算那么荒谬。NASA 曾想过简单地让杰夫进入太空去扳动开关，而不是安装临时装置。几年后，杰夫说："原计划是让我出舱，用一只手抓住机械臂的末端，用另一只手扳动卫星上的开关。但他们认为这有点太冒险了。"另外，在会合过程中，指挥官和飞行员需要杰夫来导航，所以那个计划被否决了。

尽管如此，与卫星会合并不是一件容易的事，他们原本应该携带"斯巴达"，所以接受过一些针对那台设备的会合和近距离操作训练，但他们已经有几个月没有练习这些技能了。至于用机械臂扳动开关，他们根本没有接受过这样的训练，在航天飞机或整个太空计划的历史上，从来没有人尝试过这样的事情。

但担忧和困惑很快就被强烈的兴奋所取代。一想到要太空行走，杰夫和戴夫就兴高采烈起来，他们在地球上接受过紧急太空行走的训练，尽管没人相信在太空中这真的会发生。至于瑞亚，她将负责最重要的工作，她将操作机械臂，用它上面的装置钩住卫星外侧卡住的开关，新康IV-3能否起死回生完全取决于她的手眼协调能力高低。

突然间，这次无聊的任务不再那么无聊了。

乘组都同意实施这个"抢劫计划"，大家各司其职，立刻投入了准备工作。首先要做的是制作将安在机械臂末端的临时装置。但制作符合NASA要求的东西是一件令人头疼的事。NASA的飞行控制员没法将他们构思的图片发送到航天飞机上。航天飞机上没有传真机，只有一台可以在黄色纸张上打印字母的电传打字机，所以，地球上的人试图通过无线电描述他们的设计。他们还通过电传打字机发送了详细的指令，甚至用数百个X组成图案，试图说明这个装置应该是什么样子。

瑞亚、杰夫和戴夫着手制作装置，很快就完成了这一太空手工艺品。瑞亚使用紧急医疗箱中的骨锯，从一个断路器上锯掉了一截铝管，同时在检查清单的半透明塑料书皮上钻孔。他们用胶带把这些裹起来，瑞亚和杰克还用针线将一些部件缝合在一起，确保装置暴露于真空的太空中时不会散架。航天飞机上有一个针线包，以便万一太空服撕裂可以修补，用针线缝合胶带和塑料书皮让瑞亚回忆起缝合人类腹部的经历。

瑞亚试图按照NASA给出的精确规格来组合这些材料，她与任务控制中心反复讨论，这很快变成了一场乏味的电话游戏。

"我们想知道这是不是你想要的——那个锥形的——或者你是想把它折平并用胶带封住吗？"瑞亚通过无线电对地面说。

"对，把它折平，用灰色胶带把两边粘在一起。"休斯敦回答道。

然后她会拍下进度，并将图像发送到任务控制中心，虽然NASA不能向太空发送照片，但乘组人员可以将照片下传到地球。

他们就这样来来回回地沟通。瑞亚和乘组其他人员会要求NASA确认，NASA回复后，宇航员进行修改，把照片发给NASA。虽然这肯定不是最有效的工作方式，但瑞亚还是从这项任务中找到一些乐子，她对任务控制中心说："这非常有趣。"

这些工具看起来就像是临时拼凑的塑料桨，上面有大方孔，让人联想到电视剧《百战天龙》(MacGyver)里的场景。[*]他们做了一个Y形工具，取名"苍蝇拍"；拖着线绳的长方形拍子是"长曲棍球棒"。这两个工具配合，有望钩住卫星外部的插销，并施加足够的力量将其打开。瑞亚向任务控制中心展示了完成的作品，后者很惊讶乘组能够如此精确地领悟任务控制中心的要求。

"太棒了。"CAPCOM回答道。

航天飞机乘组人员手持着"苍蝇拍"，变成了"拍蝇队"(SWAT Team)，这个词是杰夫在制作装置时灵光一现创造的。当然，他们只是

---

[*] 《百战天龙》里的有些场景是用手边的材料临时拼凑或创造性地解决问题。

成功用胶带和针线做出了工具，距离执行计划还远着呢，为了帮助乘组为会合做好准备，NASA 的工程师们发送了一份全新的清单，列出了所有的程序。这是一个冗长的待办事项清单，而航天飞机只有一台电传打字机，打字机源源不断地吐出写满说明的黄色纸张，几乎填满了驾驶舱的每一寸空间。这些说明加起来几乎有 30 英尺长，乘组人员小心翼翼地收集这些纸张，将其裁成一页页，唐把每页贴在乘组已经使用过的一份检查清单上，为即将到来的行动制作了一个简单的活页夹。

有了清单在手，他们着手准备计划外的太空行走。第五天，杰夫和戴夫兴高采烈地穿上宇航服，抓起"苍蝇拍"和"长曲棍球棒"，进入了太空。他们使用了一条存放在航天飞机上的特殊绑带将装置固定在机械臂的末端。这条绑带供乘组人员在需要将物品绑在有效载荷舱内时使用。当太阳在地球后面落下时，杰夫和戴夫飘出了气闸舱。在夕阳的映照下，敞开的有效载荷舱被映照成深红色。

瑞亚和其他宇航员望向窗外，难以置信这一切真的发生了——航天飞机历史上的第一次完全计划外的太空行走。事实上，当戴夫和杰夫在水池里训练时，杰夫曾开玩笑说，如果他们真的进行太空行走，他会为所有的训练员举办一场啤酒派对。当他进入虚空时对自己说："我得履行承诺了。"

瑞亚控制机械臂移动到靠近有效载荷舱的位置，两名太空行走者用手将自己移动到机械臂的末端旁。由于这一切都是计划之外的，太空行走者在移动的过程中没有任何脚部约束装置或特殊工具来帮助他们。虽然他们能够把自己拴在航天飞机上，以避免飘进太空，但两人不得不用自己的四肢来支撑，他们用手抓住航天飞机的边缘来稳定身体。在微重力环境下，这看起来简单，做起来难，仅手腕朝错误的方向转动就足以让太空中的宇航员朝着错误的方向旋转。

他们花了大约一个小时才把"苍蝇拍"和"长曲棍球棒"安好。之后，NASA希望确保机械臂仍能与其新附件一起被收起并存放在有效载荷舱中，否则，他们将不得不进行第二次太空行走来移除装置。所以，任务控制中心要求瑞亚看看机械臂是否能收回舱里。但在他们发出这个要求时，太阳又落山了，能见度不是很高。任务控制中心问戴夫和杰夫，他们是否可以在外面再待40分钟，等待日出。

"好吧，我肯定你知道那会有多难。"杰夫兴高采烈地回答。

瑞亚看着他们在有效载荷舱里爬来爬去，享受着每一分钟的额外游戏时间，他们甚至爬到驾驶舱的窗户上拍照。杰夫说："就这样，我穿着太空服，无所事事地欣赏世界在脚下旋转。"

太阳再次照在航天飞机上时，瑞亚展示了机械臂与"苍蝇拍"和"长曲棍球棒"能够一起收回有效载荷舱，太空行走者们满脸笑容地回到了舱内。所有的乘组人员都感觉到了：这次"太空抢劫"可能真的会成功。

最后，重要的一天到来了：会合日。届时将是对他们这些努力的终极考验。每个人都在担心勃和唐是否真的能操纵航天飞机足够接近新康IV-3而不撞上它，他们几乎没有接受过针对这种情况的训练，压力也在瑞亚身上，她负责用机械臂拉动新康IV-3上的开关。如果一切顺利，开关会撕裂他们制作的塑料装置，与此同时，这个力道应该足以将其扳动到正确的位置，至少，计划如此。

勃和唐开始操纵航天飞机靠近新康IV-3，当时他们距离卫星很远，甚至无法在太空中看到它。但随着航天飞机定期启动推进器，新康IV-3很快出现在地平线上，它是如此之小，他们甚至无法将之与其他恒星区分开来。随着指挥官和飞行员驾驶航天飞机拉近距离，卫星变得越来越大。很快，新康 IV-3 在他们的视野中已经是一个巨大的圆柱体，其助推器直对着航天飞机。"不知何故，直到此时此刻我才开始认真对待这次行动。"瑞亚后来写道。她知道如果那时卫星的助推器突然点火，他们就都完蛋了，全体人员都希望这颗卫星在他们的行动过程中保持稳定。

航天飞机停在新康 IV-3 旁边，他们等待着。行动时间必须精确，如果在正确的时间打开开关，新康 IV-3 将在 45 分钟后开启其助推器——这是其最初计划的一部分。NASA 想要确保助推器点火时，卫星在太空中处于正确的位置。瑞亚只有几分钟的时间钩住并扳动开关。

在等待的过程中，她看到了卫星上的那个开关，它就在那里，位于一个明亮的橙色方块中央，在暗色的卫星上分外显眼。借助机械臂的摄像头，瑞亚能够在驾驶舱内的监视器上看到这个开关。开关看起来处于接通状态，尽管如此，她还是决定扳动一下，也许再次扳动一下就是卫星所需要的。

行动的时机到了。瑞亚轻缓地移动手腕，慢慢转动旋钮，把机械臂放到合适的位置——它末端的两个临时装置向前伸出。新康 IV-3 仍在转动，她必须在它旋转到合适位置时扳动开关。

那一刻到来了，瑞亚把机械臂缓缓向前伸出，然后……成功了！"苍蝇拍"钩住了开关，在扳动时塑料如预期的那样被撕开了。为了确保成功，他们等待卫星转完一整圈，然后用"长曲棍球棒"第二次钩住开关。正如预测的那样，开关将线绳弄断了。新康 IV-3 又转了一周，这是最后一次尝试的机会。瑞亚在任务结束后说："我们一直在数着，我们至少完成了三次非常到位的扳动。"

瑞亚成功了！她完成了"太空抢劫"！她和团队完美地执行了NASA的指令。

不幸的是，这不足以让卫星复活，天线无法展开和助推器无法点火这些故障都与那个开关无关。这一定是工程师无法确认的内部错误，而宇航员也无能为力。新康 IV-3 继续缓慢地在太空中旋转，未按照计划加快速度或点燃助推器。

尽管如此，瑞亚和乘组其他人员还是为自己取得的成就感到自豪。虽然他们没能拯救卫星，但他们完成了一项前无古人的复杂任务。作为奖励，他们得以在太空多待一天，在这一天里，他们玩起了儿童玩具，比如弹簧圈和溜溜球，这个有趣的实验旨在向孩子们展示这些物体在失重状态下的表现。

没过多久，瑞亚和她的乘组同事开始了返回卡纳维拉尔角的航程。航天飞机以陡峭的角度，高速降落在肯尼迪航天中心的混凝土跑道上。瑞亚的座位在中舱，她只能通过中舱口的一扇小窗户获得关于他们在天空中位置的信息。着陆很顺利，但在强烈的侧风下，勃为了防止航天飞机偏离跑道用力踩下刹车。

就在这时，瑞亚听到一声巨响，感觉像是有什么东西在她的座位下爆裂了，不过没有警示灯亮起。航天飞机停稳后，宇航员都出来了，那时他们才知道一个轮胎爆炸了，这是航天飞机在着陆过程中第一次发生轮胎爆炸。

胡特在肯尼迪航天中心的运营和检查大楼（Operations and Checkout Building）外等待瑞亚，瑞亚紧紧抱住丈夫，感到如释重负。但她还要见一个人，他们迅速乘喷气式飞机前往休斯敦，小保罗正在那里等待妈妈。

当她的双脚踏上地球后，瑞亚才知道所有媒体都报道了她这次任务——不仅仅是因为参议员杰克·加恩，还是因为这次计划外的抢救工作。后来，安娜告诉瑞亚，几名自认为是机械臂专家的宇航员曾经怀疑瑞亚是否有能力成功完成救援卫星的操作。她从来没有对他们说一句气话，她觉得自己的成功已经是最好的报复了。

不过，当瑞亚在太空时，NASA 有一个人站在她这边。当她把"长曲棍球棒"和"苍蝇拍"缝在一起时，任务控制中心的某个人通过无线电说瑞亚是"一个好裁缝"。萨莉·赖德正好顺道过来看看中心是否需要她的专业知识，无意中听到了这句话，她拍了拍那个人的肩膀，纠正道：

"她是一名好外科医生。"

16
王子与青蛙

经过多年毫无怨言的等待，终于轮到香农上太空了。

香农不是一个寻求聚光灯的人，她也没有卷入争夺早期飞行任务的政治中。她作为有三个孩子的职场母亲加入 NASA，这意味着她没有时间参加下班后的社交活动，包括周五晚上的前哨酒馆聚会，这是宇航员与乔治面对面交流的宝贵时间。当其他女性宇航员聚在一起讨论与她们有关的各种问题时，香农通常会缺席，她得在家做饭和照顾孩子。"下班后我没有太多时间，"香农回忆道，"我的意思是，我得照顾家里。我没有太多的时间去社交。"一直以来，她埋头努力完成分配给她的所有工作，希望这样能带来一次飞行任务。

终于，她的坚持在1983年底的一个星期六早上得到了回报，乔治打电话到她家里，问她是否愿意上太空。香农终于实现了儿时的梦想，她兴奋地说："当然！"但乔治没有告诉她更多，她得等到周一才能知道队友是谁。周一早上，香农来到约翰逊航天中心，她走进与约翰·克雷顿共用的办公室，试着闭口不提自己的任务。但约翰是她最想告知这个消息的人之一。自他们加入NASA起，两人就一直共用办公室，他们之间建立了深厚的友谊。他们经常互相开玩笑，尤其是关于各自家乡的玩笑。"她喜欢俄克拉荷马州，"约翰说，"她曾告诉我那里非常宜居，简直是神仙居所。我总是反驳她说，'不，西雅图才是'。"约翰认为自己的家乡才是最宜居的。

约翰那天早上也表现得有些奇怪，好像在隐瞒什么。香农猜了个八九不离十，最终，她礼貌地问约翰最近是否被分配了飞行任务，他承认了，而她也把自己的秘密全盘托出。两人意识到他们是在同一乘组中，香农再激动不过了，她不仅要飞上太空，还是和一位好朋友一起。

他们很快就知道了乘组其他人员是谁。他们的指挥官是丹·布兰登斯坦，他也是TFNG成员，曾是STS-8任务的飞行员；和萨莉一起执行飞行任务的约翰·法比安将进行他的第二次飞行；最后是飞行员史蒂夫·内格尔，不过这一次他是任务专家。

但是，正如瑞亚的飞行任务经历了多次变化一样，香农的任务也在之后的几年里发生了彻头彻尾的变化。这次任务最初被命名为STS-51-A（安娜飞行任务的最终名称），航天飞机预计于1984年10月发射，搭载一颗通信卫星和一个特殊的研究实验室。到了第二年，情况完全改变了。到1984年8月，该任务变成了STS-51-D（最终成为瑞亚飞行任务的名称）。他们要部署一颗大型的新康卫星，并与一颗名为"长期暴露设施"（Long Duration Exposure Facility）的卫星会合，这是一个公共汽车大小的圆柱体。1984年4月被STS-41-C任务乘组送入轨道的LDEF是时候被回收了，香农所在乘组的任务是将其带回地球。在此过程中，乘组加了两位有效载荷专家：麦道公司的查理·沃克和休斯飞机公司的格雷格·贾维斯。不过，香农很喜欢这些新成员，在共同训练的几个月里，她和格雷格的关系越来越亲密。

但他们的飞行任务再次经历了剧变。就在他们计划升空的一个月前，乘组人员举行了例行新闻发布会，向媒体透露他们部署新康卫星并与LDEF会合的所有细节。新闻发布会结束后，他们走回了宇航员办公室，就在这么短的时间里，这次任务又一次完全改变了，他们将不再携带刚刚对媒体描述的有效载荷。

由于排在前面的瑞亚的任务频繁变动，这影响到了香农所在的乘组。当部署TDRS卫星从瑞亚的任务清单中被删除后，STS-51-D任务乘组人员接手了香农所在乘组本应部署的新康卫星（这最终导致了瑞亚的"太空抢劫"行动）。这导致两组人员交换有效载荷专家。瑞亚所在乘组的法国有效载荷专家帕特里克·鲍德里转去了香农所在的乘组，而查理·沃克则转去了瑞亚所在的乘组。

最后，格雷格·贾维斯被安排到了后续的一个任务乘组，香农因为乘组少了一个朋友而非常难过，但这种不确定性就是当时航天飞机飞行任务分配的常态。变化是常态，宇航员必须接受。

在所有的不确定性之后，香农所在的乘组最终被分配到STS-51-G任务，这次没有再变。他们的任务从部署一颗大型新康卫星变成部署三颗较小的通信卫星。其中一颗卫星名为Arabsat-1B，主要由沙特阿拉伯资助建造，将为阿拉伯联盟国家提供通信服务。在这颗卫星加入的同时，乘组也迎来了一位新的有效载荷专家——一名由沙特阿拉伯精心挑选的专家，其任务是"监督"卫星的部署。

那是1985年3月，乘组人员有了一套全新的有效载荷和新的有效载荷专家。离起飞只有三个月了，他们仍然不知道沙特阿拉伯的宇航员会是谁。在距离发射时间不多的时候，沙特阿拉伯仓促地选拔宇航员，将候选人限制在能说流利英语的飞行员范围内。

这可能看起来有点匆忙且不严谨，但太空计划进行到当时，非宇航员和非有效载荷专家参与航天飞机任务的频率越来越高。长期以来，NASA一直简单地将航天飞机描绘成一辆往返于太空的卡车——任何人都可以安全乘坐，而不仅仅是NASA的宇航员。在宣传这个说法多年之后，NASA终于开始兑现承诺。杰克·加恩（瑞亚所在乘组）的成功飞行促使NASA开始准备让另一位政客——佛罗里达州民主党众议员比尔·尼尔森（Bill Nelson）加入即将到来的太空任务。作为空间科学和应用小组委员会（Subcommittee on Space Science and Applications）的主席，尼尔森在地位上基本上相当于参议院的杰克·加恩，而NASA曾表示有兴趣让NASA拨款和授权小组委员会的所有主席飞上太空。

这增加了想要跨越航天飞机任务门槛的人数：七个月前，也就是1984年8月，里根总统宣布开始在全国范围内进行新一轮的搜寻，这一次要找第一位登上航天飞机的公民宇航员，不过，不是任何人都有资格。里根总统宣布："我将指示NASA从美国最优秀的中小学教师中选择一人，成为我们太空计划历史上的第一位公民乘客。"但NASA并不打算止步于此，他们很快就为后续计划做好准备——把第一位记者送入太空。

许多宇航员认为，这种"人人都能上太空"的趋势是错误的。每当一个座位被分配给一位有效载荷专家、政客或者普通人，就意味着那个座位不会被分配给宇航员——一个花了数年时间训练，以飞上太空为唯一目标的人。此外，一些宇航员也认为NASA犯了一个错误，那就是盲目自信。没有一名宇航员认为航天飞机是可以完全常规化运行，也不可能完全排除故障的可能性。许多宇航员担心，让没有经验的乘客坐在令人垂涎的航天飞机座位上会带来安全风险。

一个来自沙特阿拉伯的新人在最后一刻加入这个乘组可能会让一些人感到有些不安,同时也有人担心这个人将"监督"的有效载荷。Arabsat-1B 接受了三次安全审查。"这颗卫星一次安全审查都没有通过,"约翰·法比安说,"阿比先生认为我们不应该携带它。我认为我们不应该携带它,飞行控制员认为我们不应该携带它,约翰逊航天中心安全办公室认为我们不应该携带它,但我们还是携带它上了太空。"当时,NASA 正在与欧洲的主要发射供应商阿丽亚娜航天公司(Arianespace)进行一场幕后竞赛,看谁能发射更多通信卫星。约翰指出这种无限膨胀的自信已经成为 NASA 品牌的一部分。约翰说:"那时的 NASA 不可能犯错误,我们是不可战胜的。"

因此,乘组人员按计划继续前进,在短短三个月的时间里为他们的全新任务进行训练。除了宇航员们现有的任务,丹还安排了一节关于沙特阿拉伯文化的课程,以让乘组人员了解与被选中加入任务的沙特阿拉伯宇航员互动时的注意事项。他请沙特阿拉伯国家石油公司(沙特阿美,缩写 Aramco)的代表来到约翰逊航天中心,向乘组人员介绍沙特阿拉伯的习俗。

丹后来回忆说:"我们想让他感到受欢迎,不做任何冒犯他们的事情。我们都对沙特阿拉伯文化知之甚少。"在史蒂夫的记忆中,会议上讨论了很多不能做的事和不能说的话:"不可以开关于骆驼的玩笑。不可以开关于后宫的玩笑。不能在他们在场时开这种玩笑。"他回忆起被告知的注意事项,乘组把这些建议铭记在心。

终于,在 4 月,香农和她的队友们知道了第七名乘组人员的身份。令人惊讶的是,他是一位皇室成员。Arabsat-1B 的监督者将是 28 岁的王子苏丹·本·萨勒曼·沙特（Sultan bin Salman Al Saud），沙特阿拉伯国王法赫德（King Fahd）的侄子，他将成为第一名飞上太空的皇室成员，同时也是飞上太空的最年轻的人。很多人怀疑是不是裙带关系为他赢得了这个角色，但沙特王子坚持说，事实上是他说服了家人允许他接受这次任务。

丹已经尽了最大努力让乘组人员为与这位沙特人的互动做好准备，但其实苏丹王子对美国已经相当熟悉了，他说一口流利的英语，因为他在 20 世纪 70 年代的大部分时间里住在美国。他在丹佛大学（University of Denver）攻读大众传播学——选择丹佛大学是因为他想离滑雪场近一些。在业余时间，他对飞行产生了兴趣，并于 1977 年获得了私人飞行员执照。

"骆驼玩笑"的禁令已经被灌输到美国宇航员的脑中，当苏丹王子在发射的几个月前首次在休斯敦介绍自己时，大家都表现得很好，但王子拿自己开玩笑的态度冲击了美国宇航员接受的文化敏感培训。

约翰说："真没想到，我们第一次见到苏丹王子时，他做的第一件事就是讲了个关于骆驼的笑话。"沙特王子说，他在来的路上把骆驼留在外面了。这是一个完美的破冰笑话，美方人员很快意识到没有必要如履薄冰。如果说有什么不同的话，那就是苏丹王子比任何人都更了解美国文化。有时在训练中，美国宇航员会开个玩笑，但法国人帕特里克不能理解，苏丹王子有时会向他解释玩笑的意思。随着时间的推移，STS-51-G 因其国际多样性而被 TFNG 戏称为"王子与青蛙[*]任务"。

虽然苏丹王子和美国乘组人员相处得很融洽，但香农一开始对王子

---

[*] "青蛙"这个称呼通常是对法国人的一种调侃。

有所保留。她不太喜欢沙特阿拉伯文化，尤其是在对待女性方面，所以在最初几周的训练中，她一直保持着距离。但随着时间的推移，她对苏丹王子产生了好感，他们以友好而专业的态度共事，尽管彼此从未完全敞开心扉。因为香农是一名女性，而苏丹来自一个永远不会考虑允许女性参与太空飞行的国家，文化冲突似乎不可避免。但是苏丹王子本人并非这种尴尬情况的原因，相反，尴尬来源于NASA的多名管理人员和沙特官员，因为他们都竭力避免文化方面的错误。

第一次不愉快发生在最后几周紧张的训练中，源于法国人的一项实验安排，该实验涉及生成超声心动图，类似于瑞亚在执行任务期间给自己生成的那种。负责实验的研究员将香农选为在航天飞机上的实验对象，帕特里克将用特殊设计的设备对香农的心脏进行扫描，但研究员希望帕特里克用设备测试更多的对象，而不仅仅是香农。

她想了一会儿。"嘿，看看苏丹行不行，因为他不忙，他是个完美的实验对象。"在太空中，苏丹王子最重要的任务是拍摄Arabsat-1B的工作情况，以及拍摄沙特阿拉伯和中东其他地区的照片。这位研究员觉得这个想法不错，他去询问了NASA的官员，然而，香农第二次见到他时，被告知一个坏消息。

"香农，你的主意是不错，但苏丹王子不能成为［实验对象］。"

"为什么？"香农问。

他向香农解释说，他们只有一个用于实验的电极片，这意味着接触香农皮肤的电极片必须接触苏丹的皮肤。

他解释说："我们不能用接触过你的身体的电极片接触一位皇室成员的身体。"

香农感觉时间倒退到了她职业生涯的早期。之后，她还被告知在执行任务时不要穿短裤，以免拍照时大面积露腿，这种感觉更加强烈了。香农决定无视这些建议，她要认真工作，而不在乎她的做法是否冒犯了任何人。

———

发射前三周，乘组人员仰坐在"发现"号航天飞机内，透过窗户凝视着佛罗里达州的天空。他们在进行必需的装备检查，这意味着演习发射当天的流程：乘车前往发射台，爬进驾驶舱，系上安全带。这是一项单调乏味的工作，他们被绑在坚硬的金属座椅上，等待了很长时间。太空上的任务的确繁忙，不过宇航员在地面上要经历漫长的等待。

当他们水平躺在驾驶舱里时，约翰·克雷顿朝乘组其他人员看去，发现香农闭着眼睛，她睡得很熟，在梦中消磨时光。"我们开始轻声交谈，"约翰回忆道，"我们一直在讨论，'你认为她会在发射当天早上也睡着吗？'"

果不其然，到了6月17日真正发射的时刻，香农再次躺在驾驶舱的座位上，小睡了一会儿，等待倒计时时钟的指针指向零点。她就是这么一个人，沉着、冷静、镇定——一个总是能怡然自若的女性。她对"发现"号非常满意，以至于她偷偷地睡了一觉，直到真正的工作开始。

在倒计时10分钟时，香农醒了。当航天飞机的发动机点火时，她完全清醒了。航天飞机脱离了发射台，向太空呼啸而去。在香农当时所想的所有事情中，最突出的两个字是：终于。"我的意思是，想到自己真的在向太空飞去，这真是一种心满意足的感觉。"她说，当她还是个小女孩的时候，当看到人造卫星划过天空的时候，就梦想着这一刻。

很快就到了解开安全带的时候，但在离开座位之前，约翰·法比安拿出了他带来的一件特殊物品，这是一把锁，是航天飞机带上太空的第一把锁。在航天飞机的外部舱口安装一把锁这一决定是在起飞之前做出的，这在很大程度上归因于 NASA 在那个时期一直在送各种各样的旅行者上太空。约翰回忆道："在之前的一次飞行中发生了一件事——我绝不是针对任何人——这让阿比先生和其他人决定我们需要一个安全机制。"人们对一名乘客的情绪状态提出了质疑，NASA 不希望这样的乘客背负"恶名"。在未来，一名疲惫不堪的宇航员将不会有机会把舱门打开，把所有人都暴露在致命的真空中。

在头三天，香农和其他任务专家一天部署一颗通信卫星：首先是一颗墨西哥卫星，然后是 Arabsat-1B，最后是一颗名为 Telstar-303 的通信卫星，他们轻松顺利地完成了这些操作，每颗卫星都慢悠悠地飘向太空，并按预期运行。

第四天，香农的机械臂技能有了用武之地。正如萨莉和约翰·法比安对他们的有效载荷所做的那样，香农操纵航天飞机上著名的加拿大机械臂，从有效载荷舱中取出一个有效载荷——"斯巴达"。这本是瑞亚所在乘组负责并为之训练的有效载荷，但它被转给了香农和她的乘组。"斯巴达"是一个有自由飞行能力的有效载荷，这意味着它可以脱离航天飞机的主接口，独立运行。其设计目的是研究 X 射线和位于银河系中心的超大质量黑洞。香农用机械臂轻松地将重达 2000 多磅的"斯巴达"从有效载荷舱中举起，并释放到太空中。它将在接下来的 45 个小时里独立工作，窥探我们宇宙中最神秘的那些天体。一旦"斯巴达"完成了任务，宇航员将用机械臂将其回收并放回有效载荷舱。

在整个有效载荷部署过程中，香农始终保持冷静和镇定。所有人都完全放心让香农掌舵。

"你永远不必担心某件事进行得正确与否，因为香农会及时矫正，"约翰后来说，"并不是每个人都有这个本事。我一生中认识的一些最优秀的人都做不到，因为如果他们匆匆忙忙地穿衣服，就可能会忘记一些事情。但香农不会，她会完全按照任务的预期去完成它。"

当香农和其他人在太空轨道上辛勤工作时，地面上的人当然都对苏丹王子感兴趣。王子一边观察 Arabsat-1B，一边拍摄航天飞机经过阿拉伯联盟国家上空时的照片。虽然他在航天飞机上进行了一些科学实验，但还是花了大量的空闲时间阅读古兰经和祈祷。严格来说，作为一名穆斯林，他应该每天向麦加祈祷五次，但在太空轨道上，宇航员们每 24 小时会绕地球 16 圈——他们会以高速飞过麦加上空。王子获得允许，按照佛罗里达时间每天祈祷三次，而不是每绕地球一圈祈祷五次。斋月在发射的第二天就结束了，他也成为第一个在斋月期间在太空中禁食一天的人。

由于很多人都渴望看到这位皇室成员在太空中的风采，NASA 在任务的最后一天安排了一场电视新闻发布会直播。再一次，NASA 在活动举办前就开始担心自己的公众形象。如香农计划的，她在整个飞行任务过程中一直穿着短裤。她的照片已经被传到了地球上，NASA 担心直播时香农光着的腿会出现在镜头里，漂浮在这位沙特阿拉伯皇室成员旁边。

休斯敦的任务控制中心收到了一条官方信息，官方要求乘组人员在新闻发布会上穿长裤。STS-51-G 任务乘组的 CAPCOM 迈克·穆兰接到了这条信息。迈克以前自称是"一头性别歧视的猪"，但他看到这条信息后，立即把它扔进了垃圾桶。

迈克写道："我想打电话给香农，告诉她在新闻发布会上穿丁字裤。"

尽管NASA表示担忧,但新闻发布会的效果还不错,苏丹王子宣称过去的几天已经改变了他。"从这里看地球,当你看到国界和其他边界线消失不见时,世界各地的争端,不仅仅是中东的,看起来只是非常奇怪的事情。"至于香农的光腿,它们一直在画面之外,镜头没有显示她的穿着。

事实证明,STS-51-G任务没有像以前的一些任务那样遭受重大考验,它是一次近乎完美的任务。乘组人员准时返回,当香农再次踏上地球时,她感觉自己的体重比在太空中增加了一倍——这是许多从失重状态过渡到承受地球重力状态的人的共同感受。"我当时想,'哦,天啊,我觉得身体好沉重',"她说,"我在想,我下半辈子都得这样度过了吗?"最终,这种沉重的感觉消退了,香农飞回休斯敦与家人团聚。在那里,她的丈夫和孩子正翘首以盼。

当她最小的儿子向她跑来时,香农做好了准备,等待着儿子嘘寒问暖。

但孩子哭着说:"妈妈,你今晚打算做什么饭?我实在是吃腻了披萨!"

对香农来说,太空飞行是这次任务最顺利的部分。回来之后发生的事情太过具有戏剧性。

作为任务结束后的例行媒体之旅的一部分,乘组人员前往帕特里克的家乡法国以及美国各大城市。计划行程中还包括沙特阿拉伯之行。

这件事从一开始就不顺利。

在沙特阿拉伯的日程安排是所有男性一起参加活动，而香农则参加单独的活动。香农提醒计划人员，她是团队的一员，无论何时，只要乘组露面，她就应该在场。还有入境的问题，当时，任何访问沙特阿拉伯的女性都必须有一名指定的男性监护人或担保人。就香农的情况而言，唯一的办法就是让丹担任这个角色。香农认为这是一种贬低，她拒绝这样的安排。

NASA 想出了一个主意。1979 年，英国女王伊丽莎白二世访问沙特阿拉伯时，该国将她视为"荣誉男士"，这样一来，女王就可以自由地与沙特阿拉伯国王共同进餐和互动交流。NASA 询问香农，为了可以前往沙特阿拉伯，她是否愿意使用同样的头衔，香农毫不犹豫地拒绝了。

"绝对不行，"香农说，"我就是我……我绝不可能接受'荣誉男士'的头衔。"这个请求让她想起了多年前读到的一个事件，1970 年，一支新西兰橄榄球队前往南非，当时南非仍在实行种族隔离制度。这支球队有三名拥有毛利血统的球员和一名拥有萨摩亚血统的球员，由于肤色，他们被南非禁止入境。然而，南非方面找到了让他们入境的办法，赋予了这两位球员"荣誉白人"的头衔，香农当时认为这非常有辱人格。"听着，"她拒绝"荣誉男士"这个想法时说，"这是非常错误的。我就是我"。

当然，其他宇航员听说这件事后，就抓住了开玩笑的机会。一天，迈克·穆兰来到香农的办公室，祝贺她"获得了一位女性所能够获得的最高荣誉——'荣誉男士'的头衔"。迈克的思想可能有所进步，但他的幽默感还没有跟上，在他说出那番话之后的几个星期，他都躲着香农走。

最终，NASA 同意香农不必去沙特阿拉伯，也不必为此接受"荣誉男士"的头衔，尽管如此，这个决定还是让她感到很沮丧。她热爱旅行，总想体验新的地方，但她坚持自己的原则，留守在家，而她所在的乘组集体丢下她，飞往中东去了。

在沙特阿拉伯，他们一下飞机就见到了苏丹王子。他环顾了一圈，发现少了一个人。"香农在哪儿？"他问，约翰·法比安回答："她没有来。"

"她在哪儿？她为什么没来？"

约翰没有说太多细节，只是试图解释香农自己决定不来。这个消息让皇室，尤其是苏丹王子的母亲苏丹娜·宾特·图尔基·阿尔·苏黛里（Sultana bint Turki Al Sudairi）很不高兴，她本想邀请香农参加一个豪华的招待会。后来，乘组其他人员从别人口中得知，法赫德国王给白宫打了一个电话，直接与里根总统通了话。

第二天一早，香农正坐在办公桌前，为自己没能与乘组其他人员一起踏上这段刺激的旅途而感到遗憾。这时电话响了，是一名NASA官员打来的，他告诉香农，她将在一小时后前往沙特阿拉伯。

香农短暂考虑了一下，她不能拒绝这个要求，因为她不能失去工作。她的孩子逐渐长大，她需要为他们的教育攒钱，但难题还不止于此。

香农回答道："我没有护照。"

这位官员告诉香农这不是问题，他们会准备一切。香农挂上电话，立刻从办公桌前起身，离开了约翰逊航天中心，去药店给当天生病在家的儿子买止痛药，然后赶回家。她从家里给正在上班的丈夫迈克尔打了电话。

香农告诉他："我现在要出发去沙特阿拉伯。"还叮嘱丈夫当天一定要准时回家。

香农刚把三套衣服放进行李箱，就看见一辆车驶进了她家的车道。她上了车，司机递给她一本 NASA 为她准备的护照。他们来到机场，迎接香农的是另一个陌生人，那人领她到登机口，两人登上了飞往纽约的飞机。没有人问他们的身份，也没有人问他们要做什么。香农想，"嗯，这挺有意思"。

三个小时后，他们到了纽约，香农被叫下飞机。她正在想接下来该怎么办，另一个男人走过来对她说："跟我来。"于是香农跟了上去，她登上了另一架前往沙特阿拉伯的飞机。当时，飞机过道上有人在做日常祈祷。她完全不知道自己要飞往哪个国家，她决定先睡一觉，然后在飞机第一次降落时下飞机。

香农在夜幕降临后抵达了中东。她不确定自己的确切位置，漫无目的地在到达区徘徊，这时她注意到一个男人向她走来。"我刚接到电话，说你到了，"他说，"你要去哪儿？"

"你问倒我了！"香农回答道。

这个神秘的男人是美国人，似乎在领事馆工作，他告诉香农，他以为她应该和苏丹的母亲苏丹娜一起参加一个活动。他问道："你打算怎么去？"

"我不知道！"香农说，"我甚至不知道要去哪儿。"

他们一起往前走，路过一个穿着传统白袍的沙特男士，他正要登上一架小型白色三菱私人飞机。香农的同伴叫住了这位中东旅客。

"嘿，您要飞哪里？"

"利雅得。"那人回答道。

"她也要去利雅得。您能搭她一程吗？"

"当然！"

很快，香农身处高空，与这位几小时前才认识的沙特阿拉伯商人愉快交谈。他的英语说得很好，当他得知香农也是飞行员后，就让她操控了一会儿飞机。他甚至问她要不要操控着陆，但香农出于谨慎拒绝了，因为她没有接受过那个型号飞机的飞行员熟练检查。

最后，香农和她的新朋友降落在一片漆黑的利雅得。她发现机场上有一辆黑色豪华轿车在等着她，神秘的旅程还在继续。她接受了自己奇怪的命运，上了车，被送到了一家酒店。在那里，她换上了带来的三套衣服中的一套，然后被送往下一个地点。

最后，她来到了一座富丽堂皇的宫殿，在那里见到了已经在沙特阿拉伯待了几天的乘组其他人员及其配偶。在朋友们的围绕中，她才感到稍稍放松。这是一场宴会，她和同事们坐在一张桌子旁，一边欣赏台上身着沙特阿拉伯服装的男女演员表演节目，一边享用美食。香农在那里坐了几个小时，不知道到底发生了什么。不过她还是和乘组其他人员聊了几句，后来她得知苏丹的母亲很高兴她能来，显然香农已经履行了对NASA的职责。

第二天，在酒店休息了一会儿后，香农开始考虑自己到底该怎么回家。她身上只有大约5美元。但又一次，到了该离开的时候，一辆车子把她送到了机场。她在沙特阿拉伯待了还不到24小时，就登上了回家的飞机。

回到休斯敦后，香农向女儿们讲述了这次旋风式旅行中的每一段经历。女儿们被妈妈的行为震惊了，她们惊讶地问："你是说，你搭了一个陌生男人的顺风飞机？"

香农只是耸了耸肩，随遇而安是她的天性。"好吧，你知道，你只能顺其自然。"

17
转折点

1985年底，NASA宇航员个个士气高昂。

所有TFNG成员都上了一次太空，少数幸运儿上了两次。几乎每个人都被分派了一个新的飞行任务。萨莉、朱迪思、安娜、瑞亚和凯西的名字也都回到了乘组轮换名单中。刚刚从太空归来的香农尚未被指派新任务，但不久后她也会被指派一个新任务。

每个人都能感觉到空气中激荡着触电般的兴奋情绪。1985年是航天飞机计划的大丰收之年，那一年，宇航员们总共进行了9次飞行，这是自"哥伦比亚"号首飞以来最多的一年。1986年有望成为战绩更加辉煌的一年，NASA的目标是在未来一年进行多达12次太空飞行。

为了迎接这个挑战，宇航员队伍比以往任何时候都壮大。NASA在1980年和1984年招募了新成员，包括11名女性。每个人都能感觉到微妙的变化正在发生——航天飞机计划正在过渡到一个新的、更有活力的阶段。

变化也发生在萨莉身上，尽管大部分变化不涉及NASA和休斯敦。这一切始于1984年,她在亚特兰大为美国律师协会(American Bar Association)发表了一次演讲。这只是一次例行的演讲活动,就像她被要求做的其他数百次演讲一样。像往常一样,她邀请卡罗琳·亨通一起来,因为在噩梦般的媒体之旅中,卡罗琳这个盟友一直给予萨莉温暖的支持。

萨莉也从这次旅行中发现了机会。她在网球运动员时代认识的老朋友塔姆·奥肖内西住在亚特兰大。她们已经很多年没有见面了。萨莉在大学时期退出网坛后,塔姆在20世纪70年代早期继续参加职业女子网球比赛,甚至参加了温布尔登网球公开赛。退役后,她在佐治亚州立大学(Georgia State University)获得了生物学硕士学位,后来在亚特兰大担任八年级的教师。萨莉在斯坦福大学读研究生时,塔姆和萨莉有过短暂的联系,萨莉甚至邀请塔姆前来观看执行STS-7任务的航天飞机发射。但她们在佛罗里达并没有什么时间相处,萨莉在发射前的隔离期专注于她的任务。不过,对塔姆发出邀请促使两人通过电话重新建立了友谊。

萨莉在登上飞往亚特兰大的航班之前给塔姆打了个电话,询问是否能见个面。"我们太久没见了。"萨莉对塔姆说。她建议塔姆来听她的演讲,之后可以一起吃饭,塔姆高兴地同意了。晚餐时,卡罗琳坐在酒吧里,听萨莉和塔姆回忆起她们做网球运动员时的故事,大家互相开玩笑,享受欢聚时光,那一切就像昨天的事。用完餐分别时,萨莉想,要是能经常和老朋友见面就好了。

从1984年到1985年,萨莉开始定期前往亚特兰大看望塔姆。她们俩从来不会做什么复杂的事。她们主要是在塔姆居住的社区附近散散步,回忆青少年网球巡回赛的日子,或者讨论关于物理和生物的知识。

塔姆说："我们只是开心地谈论我们对未来的梦想和曾经的那些期望。"每一次拜访都只是密友之间的闲谈。但是，每当塔姆告诉她的朋友们萨莉要来时，朋友们都注意到塔姆的眼睛里闪烁着兴奋的光芒。

与此同时，在得克萨斯州，萨莉和史蒂夫的关系正在恶化。萨莉频繁的旅行——无论是去看望家人还是塔姆——影响了他们的关系。史蒂夫回忆道："对她来说，说一句'嘿，我要离开家去度周末'并不是什么不寻常的事。说完她就出门了。她不会问'你介意我去看望我的父母吗？'或者'这个周末你有什么地方想去吗？'而是'我要出门了'。"史蒂夫曾经有过一种感觉——对萨莉来说，他们两人的关系并不是最重要的，现在那种感觉回来了，而且比以前更强烈。不久之后，在1985年年中，萨莉被分配了第三次飞行任务。她又一次开始训练，和史蒂夫每天几乎见不到面。

那年的一天，萨莉在休斯敦训练的间隙抽时间去看望塔姆。她们如往常一样，在塔姆家附近散步，在返回的途中一起吃比萨。回家后，塔姆坐在沙发上，弯腰抚摸她的小狗。就在那时，她感觉到萨莉的手放在了她的腰上。"朋友不会这样做。"塔姆后来谈到这次萨莉的触摸时说。塔姆惊讶地转头看萨莉。"我回头看着她，就那样……就在那一刻。"塔姆说。

塔姆看到了萨莉的眼神，这是饱含爱意的目光。塔姆意识到她对萨莉的感情也是如此。

———

1985年末，朱迪思与一位老朋友重新建立了联系，她拿起电话，拨通了高中时的男友莱恩·纳米的电话，他现在住在洛杉矶。朱迪思手里拿着一只金色的登喜路打火机,这是莱恩的打火机。他刚刚把这只打火机装在信封里寄给她,希望她能在即将到来的航天飞机飞行任务中带着这只打火机。

就像她的朋友萨莉一样,朱迪思和她的前任们保持着良好的关系——她很乐意带着他们的纪念品飞上太空。她仍然偶尔给迈克尔·奥尔达克打电话,告诉对方她生活中发生的大事。在她的第一次飞行中,她带着一个刻有"艾丽莎·巴克"(Elissa Barker)的狗牌,这是她和迈克尔在大学时一起养的狗。在那次飞行中,她还带了一块莱恩送给她的金表。后来,他在上面刻上了她的飞行日期。

在电话里,朱迪思向莱恩保证,他的打火机将会飞上太空。他们聊了一会儿她回来后的计划,朱迪思告诉莱恩,自己的媒体之旅的地点可能会包括洛杉矶。如果成行,她答应会和他见面。"我会把你的打火机带去。"她说。

朱迪思虽然还与前任们保持联系,但这不妨碍她发展新感情。她不再是单身了,她开始和一位名叫弗兰克·卡伯特森(Frank Culbertson)的宇航员同事约会,他曾是一名海军飞行员。弗兰克在1984年被选中,加入了宇航员队伍,两人经常一起外出。这是她一段时间以来第一次与一个人保持稳定的恋爱关系。她在NASA任职期间曾断断续续地与人约会过,有传言说她曾与一名已婚宇航员约会。但无论传言如何,朱迪思在大部分时间里都是单身。在迪克·斯科比家的一次新年前夜派对上,她发现自己在跨年钟声响起时没有人可以亲吻——她是人群中唯一一个没有伴侣的人。后来,她对迪克的妻子琼(June Scobee)说:"我再也不要一个人去参加新年活动了。"

现在,她有了一个可以分享这些时刻的人——不过,局外人一致认为，弗兰克似乎比朱迪思更认真地对待这段感情。

和往常一样，朱迪思非常认真地为下一次飞行任务进行训练。1985年初，她被指派了第二次飞行任务STS-51-L。这次任务的乘组人员大多是同批TFNG成员。迪克·斯科比是指挥官，罗纳德·麦克奈尔和埃里森·鬼冢是除了朱迪思外的另外两位任务专家。迈克·史密斯（Mike Smith）是1980年入选的宇航员，他将在自己的第一次太空任务中驾驶航天飞机。乘组中还有一位有效载荷专家格雷格·贾维斯，他在分配任务方面总是运气不好。他原本被分派到香农所在的乘组，但当原本属于香农任务的有效载荷被转移到瑞亚的任务中后，格雷格被撤了下来。由于参议员加恩留在了瑞亚所在的乘组中，贾维斯被分配到另一次任务——STS-61-C中，但来自佛罗里达州的国会议员比尔·尼尔森再次取代了他的位置。最后，格雷格被分配到STS-51-L任务中，在任务执行期间，他进行了关于失重如何影响某些流体运动的研究。

朱迪思所在的乘组已经集合了一群多元化的宇航员了，但乘组还将迎来一个人——一个与其他人截然不同的人。里根总统曾发誓要找到一位合适的教师并将之送上太空，现在这位教师将加入乘组。

那是一次声势浩大的招募行动，最终选出了一位教师。在11000多名申请者中，NASA挑选了一位来自新罕布什尔州的社会学和历史教师克里斯塔·麦考利夫（Christa McAuliffe）。克里斯塔将与朱迪思所在的乘组一起飞上太空，然后在太空进行两次授课，以及一些科学实验。她几乎立刻就成了媒体的宠儿，出现在所有的早间节目中，甚至出现在约翰尼·卡森的《今夜秀》节目中，而就在几年前，约翰尼还在节目中开过女性宇航员的玩笑。有记者甚至向克里斯塔索要签名。她与朱迪思形成了鲜明的对比，后者努力回避媒体。克里斯塔亲和的态度和充满活力的个性使她成为讨喜的公众人物，甚至引起了其他一些宇航员的嫉妒。

几年前，朱迪思和其他许多宇航员一起，表达了对非科学家和非宇航员加入航天飞机乘组的担忧。她主要认为多位政客的加入"侵犯了他们的空间"，她向一位同事提到，"我们该拿这些人怎么办？"她只有在NASA希望的时候，才碍于面子对这些新人表示支持。

那是因为她心甘情愿把自己的一生奉献给太空事业。如果这意味着要支持NASA的公关噱头，她也会配合。她在太空计划中找到了自己真正的激情，她希望成为NASA推出的冒险秀的前排观众。在一次前往华盛顿特区拜访旧时室友的旅行中，她坐在海滩上（这是她最喜欢的地方之一）告诉她的朋友，有一天她会定居火星。如果这话从别人嘴里说出来，听起来可能很傻，但任何认识朱迪思的人都相信她有机会做到。

当然，在红色星球上生活还需要很多年才能实现。现在，朱迪思满足于获得在"挑战者"号航天飞机上的座位，她将与克里斯塔这位有趣的新人共赴旅程。在朱迪思和克里斯塔一起训练后，她对克里斯塔的态度变得温和了一些，对这位新人照顾有加。克里斯塔的教学重点是社会研究，因此在登上航天飞机之前，她需要努力补习数学和科学知识。认识到这一点后，朱迪思多次一边与克里斯塔喝咖啡，一边给她上速成课，并给她建议，帮助她克服困难。后来，克里斯塔在接受采访时总是高度评价朱迪思，她写信给她的父母说，朱迪思"真的帮了我很多"。

随着飞行准备工作的推进，朱迪思期待着能从舱内看到令人惊叹的太空美景，她在第一次执行任务时完全没法看到。这一次，在发射和着陆过程中，她将坐在驾驶舱，就在飞行员和指挥官的后面。这是萨莉第一次飞行时的座位。朱迪思在模拟机中的加时训练得到了回报。

1985年，萨莉继续每隔几周就逃离休斯敦，前往亚特兰大看望塔姆。到那一年的年底，萨莉和塔姆的关系在过去的五个月里已经超出了单纯的朋友关系。塔姆说："有一段时间，这不太容易，因为她摇摆不定，你知道，她和史蒂夫住在一起。"

但萨莉决心结束这种不确定状态。在年底的一次相聚中，她告诉塔姆，是时候坦白了。她打算告诉史蒂夫她不再爱他了。她想结束的不只是婚姻。她告诉塔姆，她想在NASA至少待到执行第三次飞行任务的时候，即使那很可能是她最后一次上太空。她渴望有朝一日重返学术界。她想再上一次太空，在那之后，是时候做出改变了。

在休斯敦的史蒂夫几乎没有注意到萨莉和塔姆见面性质的变化，但他感觉到与妻子越来越疏离。"我很难过，"他回忆道，"我清楚地记得，我当时在想，不知道还能忍受多久。"他一直在回想在婚礼上发誓不管是顺境还是逆境都要坚持下去时的感受。但这不是他想要的婚姻。

新年前夜到来了，1985年即将结束。萨莉知道，在未来的一年里，自己的私生活将会发生巨变。但在这一年的最后一天，她把这件事抛诸脑后，专注于友情。她的老搭档约翰·法比安在上班时向萨莉提出了一个请求。这是约翰在NASA的最后一天，他的妻子唐娜告诉他，他的婚姻"只限两次太空飞行"。因此，在与萨莉和香农一起执行任务后，约翰就要收起他的宇航员翅膀。在宇航员生涯的最后一天，他希望好好地告个别。他问萨莉是否想和他一起飞最后一次。

两人一起进入了一架T-38，约翰在前座，萨莉在后座，这是他们通常的配置。他们从艾灵顿起飞，在墨西哥湾上空翱翔。那天下午，他们做了所有你能想象到的空中特技，倒立飞行，桶滚，还有更多。约翰知道他可以信任坐在后座上的萨莉，他们像以前一样轮流控制飞机。他们整个下午都在飞翔，直到太阳低垂在地平线上。在空中，他们实现了一个美丽的禅意时刻——完美地结束了一年。

降落后，约翰给了后座的萨莉一个拥抱。"这就是我希望结束飞行的方式，"约翰用有些颤抖的声音对萨莉说，"我想用这种方式记住在这里的时光。"他向萨莉表示，在他的余生里，将永远记得她。

萨莉知道，在不久的将来，她也会面对类似的最后一幕。

朱迪思的飞行任务似乎永远不会顺利开始。最初，她的任务应该在1985年夏天开始，但发射被推迟了两次，目标日期延到1986年1月22日，这是由于他们的主要有效载荷TDRS卫星出现了问题。然后，在1985年12月，NASA又一次将发射推迟到1986年1月23日。到了1月22日，NASA又一次地推迟发射。

终于，在1月25日，他们似乎准备好了在第二天发射。但当晚的天气预报显示，整个发射窗口的天气状况都很糟糕，NASA选择再次推迟发射，以防万一。每个人都觉得有点奇怪。通常情况下，NASA会提前发射。佛罗里达中部的天气总是变幻莫测，果然，1月26日那天晴空万里，与天气预报完全不符。

频繁的延迟考验着乘组人员的耐心。雪上加霜的是，在他们之前的飞行任务——STS-61-C，也是一场噩梦。胡特·吉布森和史蒂夫·霍利都参与了那次任务，当时，他们的航天飞机似乎就是不想起飞。朱迪思焦虑地看着乘组进入"哥伦比亚"号航天飞机，然后在倒计时几秒时发射终止，全体人员从航天飞机中出来，这种情况重复了四次——一次在12月，三次在1986年1月。在第四次尝试时，史蒂夫把自己装扮成格劳乔·马克斯（Groucho Marx）*出现在发射台上。史蒂夫认为自己给航天飞机带来了无法发射的坏运气，如果航天飞机"没有认出他"，他们可能最终会发射成功。

朱迪思觉得这个笑话很有趣，当她到达卡纳维拉尔角时，她甚至戏谑地提到了史蒂夫可能带来的坏运气。朱迪思在肯尼迪航天中心的停机坪上开玩笑说："我希望史蒂夫·霍利从STS-41-D任务以来受到的折磨——延迟任务专家——不会传给我。我想我身后的人也不希望被染上。否则，他们可能会把我赶下航天飞机。"

但是，STS-51-L任务也似乎真的被坏运气缠上了。1986年1月27日，乘组人员终于能够前往发射台，所有人各就各位，系好了安全带。一开始，他们觉得那天肯定能发射成功。但是，出现了一个特别奇怪的问题。地面人员无法正常关闭舱门。要完全关闭舱门，需要拆卸一个装置，但这个装置怎么也卸不下来。地面人员试了所有办法，但无济于事。最终，在折腾了将近一个半小时后，他们用骨锯锯掉了故障装置，解决了问题。但那时已经太晚了。发射台附近刮起了强风，如果航天飞机必须执行"返回发射场"的中止程序，这在这种强风环境下无法实现。风力一直没有减弱，发射窗口逐渐缩小。几个小时后，略显暴躁的乘组人员从阻止他们起飞的舱门口走出来。

那天晚上，朱迪思和乘组其他人员不相信他们会在第二天发射。根据天气预报，夜间气温将降至20华氏度左右（约-6.7℃），对于通常

---

* 格劳乔·马克斯是美国喜剧演员和电影明星，以机智问答及比喻闻名。

气候温和的佛罗里达沿海地区来说,这是一个罕见的寒冷夜晚。大家的共识是,气温太低了,不可能进行发射。宇航员们都挤在宿舍里,显得比平时更放松,因为对第二天能进入太空没有任何期望。

当然,发射的不确定性开始让乘组人员和他们的家人感到压力。罗纳德·麦克奈尔的兄弟和他怀孕的妻子无法一直等待发射,最终决定当天开车回到他们在亚特兰大的家。不过,朱迪思的父亲和哥哥留在了佛罗里达。每一次延迟后,他们都耐心地等待,等着在发射控制中心的屋顶上目送朱迪思飞上天空。

在夜里,正如所有人担心的那样,卡纳维拉尔角上空的空气环流使气温骤降至24华氏度(约-4.4℃)。为了防止航天飞机外围错综复杂的管道冻结,NASA的工程师使用航天飞机的灭火系统抽水。水滴从机体和发射台上滴落下来,随着空气变得越来越冷,开始冻结成冰。尽管他们尽了最大努力,在整个发射台上安装了多个加热器,但航天飞机和附近的服务结构上还是结出了冰柱,它们在黎明的阳光下闪闪发光,就像数千颗狰狞的獠牙。

朱迪思和乘组其他人员早上6点就醒了,比预期几乎早了半个小时。由于天气寒冷,NASA将发射推迟了一个小时,让他们多睡一会儿。但他们睡不着,大家都坐立不安,整装待发。由于时间充裕,他们慢吞吞地走进食堂吃早餐,这是每次太空飞行前的传统。朱迪思坐在白色的大餐桌旁,餐桌中央摆放着华丽的美国国旗和红白玫瑰。菜单上有每次飞行前的保留菜肴——牛排和鸡蛋。那天早上,朱迪思特别想吃蛋白质,她吃了两份牛排和一大份炒蛋。

早餐后,乘组人员挤在一间电话会议室里,听最新的天气简报。他们前一天晚上的担心被证明是多余的。约翰逊航天中心的飞行控制员告诉他们，天气的确很冷，发射台上结了一些冰。工作人员整夜都在发射台上，彻底检查冰层，并尽力清除冰柱。有人担心冰柱可能会在发射过程中脱落，从而对"挑战者"号造成损害。但约翰逊航天中心似乎并不太担心，没有迹象表明寒冷会导致问题。实际上，情况看起来比较乐观。乘组离开会议室去换衣服。

朱迪思穿着浅蓝色的飞行服，从宇航员宿舍大楼的灰色大门出来，走在她的指挥官迪克·斯科比的右后侧。他们立刻被寒冷的空气袭击，但头顶上的天空是一片水晶般清澈的美丽蓝色，这似乎是完美的发射天气。当朱迪思走向运送乘组人员的车辆时，她向聚集在外面的人群轻挥了一下手，然后把手背在身后，转过了路口。

在这时，所有的步骤，所有的动作，都像是朱迪思的肌肉记忆。在执行 STS-41-D 任务时，她已经这样做了很多次，就在前一天发射取消前还走了一遍流程。运送乘组人员的车辆停在发射台旁；这一次，他们从 NASA 的第二个主发射台 LC-39B 发射，这个发射台与 LC-39A 几乎一模一样。电梯把他们带到 195 英尺的高度。穿过悬空走道到达航天飞机的机舱需要走很长一段路，乘组人员小心翼翼地走着，竭力避免在冰上滑倒。在进入航天飞机之前，他们最后一次把目光投向佛罗里达海岸。迪克·斯科比欣赏着晴朗的蓝天，同时安慰着他的乘组。

"这是一个飞行的好日子。"他说。

朱迪思跳着脚取暖，然后进入白色的房间，戴上耳机和头盔。克里斯塔站在她旁边，飞上太空时她将坐在朱迪思下方的中舱里。在进入驾驶舱之前，朱迪思转向她的学员。"好吧，咱们太空见！"

没过多久，朱迪思就回到了驾驶舱内，坐在对着"挑战者"号的控制面板和窗户的硬质金属座椅上。她渴望看到窗外不断变化的景色，但现在必须等待。

"今天早上有点冷。"埃里森坐在朱迪思旁边、飞行员迈克后面的座位上,通过对讲机说。

每个人都知道埃里森怕冷,但他的位置在驾驶舱的一侧,在主窗的视野之外,所以迈克抓住这个机会取笑他。

"埃里森,我这个位置被太阳照得暖融融的,"迈克通过耳机说,"至少我们为怕冷和怕热的人都安排了合适的工位——让你远离阳光。"

飞行控制员在朱迪思的耳机里说话,要求她进行通信检查。那天早上,她感到特别兴奋,大声回答道:"COWABUNGA*!"

当支持人员为中舱的克里斯塔系好安全带后,一股热气突然吹进了舱中。这是收尾团队的礼物,让忍受寒冷的乘组暖和起来。当每个人都为暖流而欢呼时,朱迪思突然大笑起来。

"热风直吹我的'你懂的',"她说,"埃里森觉得这棒极了。"

时间一分一秒地过去,他们都感受到了那种熟悉的痛苦——连续几个小时仰面坐在坚硬的金属座椅上,朱迪思开玩笑说她的屁股硌得生疼。与此同时,有可能再次取消的阴云笼罩着大家。如果他们得再次离开航天飞机,再走一遍同样的流程,那绝对是一场噩梦。在倒计时 9 分钟的时候,倒计时进入了一个计划中的暂停阶段——他们都不确定倒计时是否能继续。

朱迪思说:"我希望我们今天不要重蹈覆辙。"她的兴奋之情渐渐消退。

---

* "COWABUNGA"是一个美国流行文化中的口头用语,最初在 20 世纪 80 年代的动画系列《忍者神龟》(*Teenage Mutant Ninja Turtles*)中流行起来。它是四只忍者神龟之一的米开朗琪罗(Michelangelo)常常使用的口头禅,通常用于表达兴奋、惊喜或喜悦的情绪。

不过，迪克通过对讲机听到了飞行控制员的声音。他们最后一次检查了结冰的情况，现在已经正式准备发射了。"好！"他喊道，朱迪思迅速计算了一下起飞时间：上午11：38。

时间一分钟一分钟地流逝，还剩两分钟，迪克对他的乘组说："欢迎来到太空，伙计们。"

在倒计时6秒时，发动机按计划点火。朱迪思还记得她STS-41-D任务的终止经历，她等着感受机械产生超过100万磅推力时的振动和隆隆的轰鸣。

"好耶，"她如释重负地说。当发动机达到最大推力时，朱迪思再次喊道："好耶！"

然后，发射。朱迪思曾经经历过发射。振动，声音，施加在身上的推力——她清楚地知道这一次会发生什么，并为每一个节点做好了准备。她的队友们也都行动起来，在庆祝发射的同时，读出清单上的每一步。

"休斯敦，'挑战者'号。启动流程。"迪克大声说。

迈克接着庆祝道："干得好！"

航天飞机转了个身，就像它之前的每一次飞行一样。

轮到朱迪思了。"LV，LH。"她在14秒时说，萨莉在第一次飞行中用尽全力才说出同样的缩略语。但朱迪思在这次发射中一点也不紧张。"太棒了！"当"挑战者"号的震动增加时，她喊道。

"达到1马赫。"迈克在发射40秒时喊道。它们的飞行速度超过了音速。仅仅17秒后，他们就增加了发动机的推力，给航天飞机更大的动力以到达最终的轨道。

"动力真强大啊！"随着推力的增加，迈克大叫起来。

"哇哦!"

飞行刚过 1 分钟,就到了再次增加推力的时候了,飞行员要加大油门以提高动力。在任务控制中心中的飞行控制员向"挑战者"号发出了信号。

"'挑战者'号,加大油门。"值班的 CAPCOM 迪克·柯维(Dick Covey)在地面上说。

"收到,"迪克·斯科比说,"加大油门。"

仅仅 3 秒钟后,航天飞机外部出现了一道明亮的闪光。然后是颠簸。在那短暂的一刻,人们意识到出事了。

"哎呀!"迈克说。

18
一个篇章的结束

1986年1月28日早晨,凯西在达拉斯机场打着哈欠。她刚从加州的圣何塞乘早班飞机到达拉斯转机,即将回到休斯敦的家里。她刚刚结束了一周在美国西海岸NASA最大的承包商之一洛克希德公司(Lockheed)的出差,已经精疲力竭。出差是她下一次航天飞机任务不可或缺的一部分,这次任务将把某个巨大的有效载荷送入太空。这是台公交车大小的天文望远镜,它将绕地球运行,将摄像头对准浩渺宇宙的深处,拍摄遥远星系和星云的照片。NASA称其为"哈勃太空望远镜",以纪念著名的天文学家埃德温·哈勃(Edwin Hubble),他是研究银河系以外星系的一位重要科学家。哈勃太空望远镜将不同于NASA部署的任何类型的航天器。

也许哈勃望远镜最引人注目的方面是它会在太空中定期接受"调整"。NASA的想法是,宇航员会定期给它更换组件。随着时间的推移,太空中的设备磨损是不可避免的,宇航员还需要对其进行升级。NASA对哈勃太空望远镜的形容是它将是"耐用的"(serviceable),这是引用的又一个汽车行业的术语。未来,宇航员将驾驶航天飞机依靠在哈勃太空望远镜附近,并围绕望远镜进行太空行走,像汽车机械师修车一样,打开哈勃太空望远镜的"发动机盖"进行维修。

由于凯西和她的团队负责部署望远镜,他们在加州桑尼维尔的一间巨大的白色无尘室里与"哈勃"一起度过了漫长而令人精疲力竭的轮班训练,几乎没时间睡觉。凯西在等待飞往休斯敦的航班时,努力保持清醒。她找到了一部付费电话,打电话给秘书,告诉她那天不能去上班了。凯西原本计划在下午落地后去办公室,但在从加州飞往达拉斯的途中,她几乎立刻就因疲倦而昏睡了一路。她意识到自己实在是太累了,去办公室也没法工作。

电话响了好几次,凯西的秘书杰西才接起了电话。

"喂,"凯西说,"我正在办理值机手续。"她忙不迭地开始解释自己的疲惫,并说她那天下午不能去上班了。

对方听完凯西连珠炮似的话,反应是一段奇怪的沉默。

然后,杰西用颤抖的声音问:"你没听说刚刚发生的事吗?"

———————

在一个场外设施的会议室里,瑞亚和她的队友们正在为下一次任务做准备工作,有人在附近发现了一台电视机。他们本计划当天与一名承包商会面,准备为即将到来的飞行任务接受培训。这本应是一次例行的训练,旨在为太空实验室的部署做准备。

人还没齐,瑞亚建议大家观看STS-51-L任务启动的倒计时直播。当他们打开电视时,瑞亚的一位同事提醒大家,他们正在训练的飞行任务原本计划在那个月执行,今天在航天飞机里的本应是他们这群人。又一次，瑞亚看着朱迪思上太空，等待自己的任务开始。

怀着这样的想法，瑞亚羡慕地看着"挑战者"号升上天空。她已经准备好了，迫切地希望和乘组其他人员一起尽快再次体验发射升空的激动。直到升空后一分多钟的时候，这还是一个完美如画的发射场景，湛蓝的天空万里无云，黑白相间的"挑战者"号从地面飞起。摄像机镜头在航天飞机上拉近，随着它与地球的距离越来越远，视频的分辨率变得越来越低。

突然，一阵颠簸。一瞬间的工夫，一团白色的火焰和烟雾就吞噬了整个航天飞机。摄像机切换到广角镜头，"挑战者"号所在的位置现在是大量的浓烟。航天飞机的固体火箭助推器继续笨拙且歪歪斜斜地向天空爬升。

"看，助推器分离了。"瑞亚不太确定地说。

"不对劲，"另一名乘组人员说，"太早了。"

香农正在任务控制中心里听一个培训讲座。由于在几个月前刚刚从太空回来，她还没有被分配到下一次任务，但她已经回到了日常训练中，训练的一部分是为即将到来的飞行任务提供地面支持。

当她坐在那里听关于作为一名 CAPCOM 如何提供支持的培训时，讲师突然停止了讲话。有人慌慌张张地跑进任务控制中心。

"航天飞机出了点问题。"他说。

震惊之余，香农跑出房间，到处找最近的电视机。

在航天飞机模拟机的驾驶舱里，安娜与吉姆·布克利并排而坐，她

正在练习熟悉的机械臂操作,对于操纵机械臂,她已经游刃有余,了然于心。随着安娜所在的乘组离发射日期越来越近,训练也开始越来越忙。他们的飞行任务 STS-61-H 计划在六周内启动,他们几乎每天都在模拟机里训练。

虽然安娜专注于当前的模拟训练,但她一直对 STS-51-L 任务不放心。"发射还会按照原计划进行吗?"她又问其中一名训练员。安娜所在的乘组与 STS-51-L 任务乘组结下了深厚的友谊。他们在同一时间被分派了任务,并一起喝啤酒祝贺。在他们训练的早期,任务的人员又发生了变更,这是常见的,而安娜原本为之训练的有效载荷现在被"挑战者"号带上了天。前一天晚上,她一直在听天气预报,想着航天飞机是否还能按计划发射。没有任何迹象表明发射会被推迟。

在模拟训练过程中,安娜得知发射倒计时在倒计时 9 分钟时暂停后,正常继续。在那一刻,她要求冻结模拟机状态,好与乘组其他人员一起去会议室观看发射直播。安娜与吉姆并肩而立,他们看到了瑞亚在几英里外看到的同样的景象。

安娜转向她的队友,他们都意识到同一件事:模拟机的训练要暂停了。

萨莉蜷缩在经济舱的座位上,她正再次从亚特兰大飞往休斯敦,她最近每隔一周就会飞这条航线一次。前一天是塔姆的生日,萨莉飞往乔治亚州为她庆生。然而,这次旅行意味着萨莉将错过观看执行 STS-51-L 任务的航天飞机的发射。这是她第一次错过观看航天飞机发射。以前每次发射时,她要么在电视上看直播,要么在卡纳维拉尔角现场观看,要么她本人

就在航天飞机里面。

但太空飞行成为常规之事后,错过观看发射也不足为奇了。航天飞机的飞行任务越来越频繁,这意味着有时会错过观看一两次发射。

在萨莉的航班上,熟悉的"叮"声通过广播传遍了整个机舱,表明机长即将讲话。萨莉想,可能是关于他们到达时间的情况更新,她听着,并没有期望太多。但随着机长的广播讲话,她的心揪了起来。

机长广播说,在刚才的航天飞机发射中发生了一起事故。但除此之外,他并没有说出更多的细节——只知道出了一个大问题。萨莉担心极了。发生了什么?宇航员还好吗?她记得朱迪思在这架航天飞机上……

萨莉拼命地翻自己的包,掏出了她的 NASA 工作证。然后,她解开安全带,来到驾驶舱门口,向机组人员亮出工作证,并解释说自己是 NASA 的宇航员。神奇的是,飞行员让萨莉进入了驾驶舱,给了她一个额外的耳机,让她就可以听到空中交通管制人员传来的消息。此时他们离休斯敦只有 30 分钟的航程,所以飞行员专注于着陆,但很快新的消息就陆续传来。

据报道,宇宙飞船已经完全解体。萨莉突然意识到朱迪思和她所有的伙伴都已经壮烈牺牲……

———————

凯西从机场直接赶去了 NASA,顾不上自己睡眠不足。她对转机航班的记忆模糊不清。只记得自己被震惊得哑口无言,周围都是记者,赶往这座城市报道十年来最大的新闻之一。这些记者似乎对发生的一切感到极度兴奋,她愤怒地听着,气得说不出话来。但虽然愤怒,凯西还是未发一言。"如果你说出一个字,让他们意识到你是宇航员,你就死定了,"她想,"他们会扑上来。这可不是什么好事。"

在约翰逊航天中心,凯西发现她的许多同事像幽灵一样在办公室里游荡。她看到了刚刚直接从机场赶来的萨莉。萨莉满脑子想的都是宇航员们在航天飞机解体时经历的情景——朱迪思经历的情景。萨莉无法停止想朱迪思,朱迪思的座位正是萨莉在两次飞行中坐过的那个。

萨莉后来说:"当我想象事故中驾驶舱里发生的事情时,实际上是从那个视角来想象的。你知道,我想象着自己坐在朱迪思的座位上,想象当时发生的事情,他们……经历的事情。"

没有一个宇航员知道他们到底应该做什么。他们都只是想待在这里,以便在需要时提供帮助。与经历同样感情重创的同袍待在一起,他们也能得到些许慰藉。

瑞亚心如刀绞,她迅速开车回到约翰逊航天中心园区 4 号楼外的停车场。她正要冲进楼里时,看到胡特在门口等着她。胡特从楼上的窗户里看到她的车,于是跑下楼来接她。胡特把瑞亚抱在怀里,两人在得克萨斯州的阳光之下,在来参观的游客面前,一起放声大哭。游客们被弄得莫名其妙,他们还不知道东海岸正在发生的悲剧。

军方宇航员以前也经历过类似的重创,在眨眼的工夫眼看着一个朋友牺牲。这令人悲痛欲绝,然而对他们来说并不陌生。但是对于任务专家来说,刚刚发生的事情是一种从未经历过的恐怖事件。这次灾难的规模对每个人来说都是难以想象的。他们不是失去了一位同袍,而是在一瞬间就失去了七位同袍。四位属于第一批 TFNG,还有第一批的六位女性宇航员之一。

所有人的心都沉浸在悲痛之中,空气中弥漫着迷茫的气息。在悲伤之余,每位宇航员都想着同样的事情,但他们不敢大声说出自己的担忧：这会意味着航天飞机计划的终结吗？

那天晚上，在夜幕之下，安娜驱车前往距离约翰逊航天中心大约6英里的艾灵顿机场，等待NASA的训练喷气式飞机降落。飞机带来重要人物：牺牲宇航员的家人。他们在经历了人生中最糟糕的一天后由飞机接回休斯敦。安娜和其他宇航员在远离摄像机镜头和窥探群众的机场迎接他们，表示他们的慰问。牺牲宇航员的家人们一个接一个地走下飞机的悬梯，穿过停机坪。

但是没有朱迪思的家人。

对于朱迪思的父亲马文和她的弟弟查克来说，"挑战者"号升空后的前几分钟里，他们刚刚松了一口气。他们从发射控制中心的屋顶上观看了一切，就像许多宇航员在以前的发射中所做的那样。马文知道升空后的最初几分钟是最危险的，当航天飞机脱离发射塔时，他的心情稍微放松了一下。他回想起近两年前朱迪思第一次上太空时可怕的发射中止事件，以及在事件发生的最初几分钟里令人不安的焦虑。在那次灾难中，NASA的工作人员匆忙护送他和家人进入一个被称为"待命室"的巨大区域。马文知道原因，这是一种预防措施——以防乘组人员的家人无意中目睹他们的亲人在发射台上的剧烈爆炸中牺牲。

1月28日，当马文看到"挑战者"号冲上天空后，终于不再担心又一次发射中止。在发射后一分多钟里，他还在为女儿感到骄傲。

但突然，"挑战者"号所在的位置出现了巨大的烟雾团，烟雾不断膨胀，在几分钟后，地面上听到了爆炸声。马文眼看着固体火箭助推器从翻滚的烟雾中显现出来，在天空中形成了一个巨大的字母Y。他疯狂地寻找航天飞机脱离这团烟雾的任何迹象，但徒劳无功。

扩音器里传来了 NASA 播音员史蒂夫·内斯比特（Steve Nesbitt）的声音："飞行控制员正在非常仔细地观察情况。显然，发生了重大故障。"

在那一刻，马文知道，朱迪思已经壮烈牺牲了。

在他身边，另一位宇航员的孩子开始哭泣，他意识到了这个噩耗。"爸爸！我要你回来，爸爸！"屋顶上的每个人都开始叫喊和抽泣，但孩子们的哭声留在马文的记忆里，伴随他多年。

然后是情景重现。在乔治的带领下，NASA 的工作人员迅速将这些家属从屋顶上带下来，并护送他们进入马文两年前待过的"待命室"。不同的是，这次进入"待命室"的时机已经太晚了，他们没能防止马文和其他家属目睹他们的亲人壮烈牺牲在 46000 英尺的高空中。

家属挤在一起，试图接受这个完全无法想象的事实——他们的亲人牺牲了。但即使在这一可怕的时刻，马文仍在用自己的爱心温暖着他人。他注意到鬼冢的妻子洛娜悲痛不已，他走过去问她是否还好。"是的，我还好。"洛娜歪靠在墙上说。之后，NASA 的工程师走进来尽力解释刚刚发生的事情，房间突然陷入了一片黑暗之中。洛娜晕倒了，她的身体在靠着墙向下滑时撞到了电灯开关。

三天后，罗纳德·里根总统站在约翰逊航天中心的讲台后，面对数千名哀悼者发表了讲话，所有人都坐在园区露天草坪上的白色折叠椅上。总统讲话时，大多数人都在低头擦眼泪。当里根总统提起遇难的七名"挑战者"号宇航员时，他们的家人紧紧地抱在一起，互相慰藉。鲍

勃·克里平和盖伊·加德纳等一些宇航员忍不住当众流泪。

然而，休斯敦悼念的仪式上没有雷斯尼克一家的身影。他们在"挑战者"号爆炸的那天飞回了俄亥俄州，而其他家属则返回了休斯敦。雷斯尼克一家无法赶到得克萨斯州，所以他们留在阿克伦参加了在以色列圣殿（Temple Israel）为朱迪思举行的个人追悼会。这个追悼会大约有1000人参加，规模比约翰逊航天中心的大型追悼会小，但当这些人试图挤进只拥有500个座位的教堂时，教堂里似乎到处挤满了人。

"我们的犹太传统告诉我们，那些先驱是上帝的伙伴，"监督仪式的拉比[*]对人群说，"朱迪思听到内心的声音鼓励她迎接挑战，向高处攀登。她听到了飞翔的召唤——去触摸天空。在这一点上，她出色地做到了。"

马文和查克坐在第二排聆听。在他们后面，隔着几排的位置上坐着朱迪思的母亲萨拉。她在"挑战者"号失事那一天的经历与雷斯尼克家族男人的经历大不相同。她没有在卡纳维拉尔角观看发射。她甚至没有观看发射直播。当有人打电话告诉她女儿乘坐的航天飞机出了问题时，她正在克利夫兰的公寓里。她立即打开电视，恰好看到"挑战者"号变成了一团齑粉。很快，记者就开始出现在她的门前，也开始打电话。萨拉拒绝了大部分采访请求。在被拒之门外之前，一些记者瞥见了萨拉家中墙上挂着的有关朱迪思成就的报纸剪报。

那天，在以色列圣殿为朱迪思举办的追悼会上，参加悼念的不仅是她的家人和儿时的朋友，朱迪思的NASA家人也到场了。萨莉和凯西都坐在席间，听着悼词。她们选择飞到阿克伦向她们的朋友和同事朱迪

---

[*] 拉比即犹太教教士。

思告别，而不是留在休斯敦。

仪式结束后，哀悼者涌到户外，仰望天空。四架 NASA 的喷气式飞机在头顶上疾飞而过。他们以"缺席队形"飞行，即队形中的两架飞机之间有一个较大的间隔，使整个编队看起来好像缺失了一架飞机。这是一种传统的军礼，在以前已经执行过无数次了。但这一次，缺席的那位同袍是女性。萨莉和凯西与雷斯尼克家族的女人们相拥在一起，她们把手伸向喷气式飞机，做出美国手语的手势"我爱你"。她们用这种形式最后一次向朱迪思致敬。

第二天，萨莉回到休斯敦的家中，这时电话响了。萨莉正与她的朋友 ABC 记者林恩·谢尔和林恩的丈夫拉里在一起。拉里来到休斯敦报道追悼活动。当萨莉接起电话，耳边传来了 NASA 代理局长威廉·格雷厄姆（William Graham）的声音。他打电话告诉她，她被任命为一个总统委员会的成员，该委员会由理查德·尼克松总统时期的国务卿威廉·罗杰斯（William Rogers）领导。她和其他 13 人将负责调查"挑战者"号在升空一分多钟后爆炸的原因。她是唯一的现役宇航员，将与航天界的大人物合作，包括尼尔·阿姆斯特朗和查克·耶格尔。成员还包括颇具争议的理论物理学家理查德·费曼（Richard Feynman），他曾参与开发原子弹的工作。

这是一项艰巨的任务。但萨莉放下电话，转向她的朋友们，说："我必须接受这项任务。"

一个多星期后，也就是 2 月 10 日，萨莉和委员会的其他 13 名成员——都是男性——一起坐在白宫旁一栋办公楼里的一张会议桌旁。这

是一次闭门会议——这是他们第三次全员以官方团体的身份开会。嗯，差不多是全员。查克·耶格尔没有出席前两次会议。借口是他得去"打破另一项纪录"。查克出席了这次会议，但是声称他当晚必须再次离开，直到3月才能回来。

他在场与否并不太重要。这些会议的主要目的是收集事实，帮助委员们更好地了解围绕"挑战者"号发射的事件。萨莉和委员会其他成员开始提问NASA和航天飞机各承包商的数十名工程师和管理人员，将当天出现的问题拼凑在一起。会议持续了几个小时，几乎涵盖了所有能想到的与航天飞机系统有关的话题。萨莉随时提出一些尖锐的澄清性问题。查克在他参加的唯一一次会议上一个问题也没有提出。萨莉觉得他看起来似乎很无聊。

委员会理清了不少情况。就在刚刚过去的一周，委员们开始了解在事故发生的短暂时间内的事件顺序。罪魁祸首是航天飞机的右侧固体火箭助推器，在事故发生前，宇航员们一直担心这一枚助推器可能会成为任务的麻烦。更确切地说，罪魁祸首是助推器内部的一块很薄的材料。助推器各个主体部分之间的接合处以O形圈密封。固体火箭助推器底部接合处的薄橡胶O形圈由于某种原因发生了破裂，导致其内部的高温气体穿透外壳。火焰从O形圈的裂缝中喷出，并像野火一样迅速蔓延，烧到邻近的巨大橙色外部燃料箱，导致大规模的氢气泄漏。随后，在仅仅不到一秒钟，几乎来不及眨眼的时间内，就发生了一连串的事件。随着外部燃料箱的强度受损，连接固体火箭助推器与燃料箱的下部支撑构件开始松动。突然，助推器以上部连接支撑构件为轴，迅速旋转，猛烈撞击外部燃料箱，从破口泄漏的推进剂遇到明火，引发了一场吞噬一切的大爆炸。

这一切发生在一瞬间，乘组甚至还没来得及做出反应。航天飞机上没有配备乘组人员逃生系统，当航天飞机解体时，他们只能坐在座位上，毫无办法。

很快，委员会在航天飞机起飞的录像中发现了一条更加不祥的线索，指向"挑战者"号最终坠落的原因。发射台上的一台摄像机捕捉到了一股黑烟在发射时从右侧固体火箭助推器的底部喷出。黑烟只出现了一瞬间就消失了，但它是证明O形圈问题的有力依据。O形圈的主要功能是保证部件之间接合处的密封，但这次失效了。

收集所有这些信息只是一部分工作。罗杰斯委员会无法准确指出这一系列灾难性事件发生的原因。更令人恼火的是，调查每向前推进一步，媒体似乎都比NASA知道得更多。至少，《纽约时报》似乎无所不知。甚至在委员会开始怀疑O形圈之前，该报就报道称，在爆炸前，右侧固体火箭助推器的燃烧室压力突然下降。然后，在2月5日，该报发表了一篇报道，轰动一时，文章声称固体火箭助推器不能在40华氏度（约4.4摄氏度）以下的温度正常工作，考虑到"挑战者"号发射当天的低温，这是相当令人担忧的一个因素。后来，萨莉和其他委员询问多名任务主管，低温是不是罪魁祸首，但被告知这是正在考虑的许多因素之一。

2月9日，《纽约时报》再次发表了一篇独家报道。该报从NASA的某名内部人员那里获得了一些备忘录，其内容显示，一名工作人员此前曾表示担心O形圈有可能会破裂，导致一场大灾难。

所以，NASA对O形圈的隐患是知情的。罗杰斯委员会对此感到震惊，他们决定召开闭门会议，收集更多信息，挖掘事情的真相。但随着时间的推移，讨论变得异常沉闷。劳伦斯·"拉里"·穆洛伊（Lawrence

"Larry" Mulloy）在 NASA 的马歇尔太空飞行中心负责监督固体火箭助推器的生产，他正在事无巨细地解释助推器接头处的各个细节。萨莉努力听着，那个男人一边滔滔不绝地讲述，一边从一张图表翻到另一张图表。

他冗长的讲解似乎持续了好几个小时，委员会要求短暂休息。在休息期间，萨莉决定回几个电话。其中一个电话是回给《华盛顿时报》的记者的，这位记者听到传言说，在发射前，一家航天飞机承包商向 NASA 表达了对低温的担忧。萨莉很惊讶，她无法证实这是不是谣言，但决定在会议上弄个水落石出。她拿着粉红色的便笺回到会议室，开门见山地提出了问题。

"是否曾经有任何关于 O 形圈或接头潜在问题的内部通信？"萨莉问道。她的意图是把散乱的事实联系起来，她想知道 O 形圈失效和低温之间是否有联系，以及 NASA 内部是否谈到过这一点。

拉里说，他并不记得有过这方面的讨论，但解释说，在发射的前一晚有一个会议，工程师们在会上讨论了低温可能导致的问题。但他们决定发射继续。"我们共同得出结论，预报的气温对发射没有影响。"

萨莉说："我的意思是，我想问，我们在《纽约时报》上读到了 NASA 的内部备忘录，其声称 NASA 内部人员以前提出过侵蚀的问题，我想知道是否存在与低温下发射时 O 形圈的问题有关的备忘录。"

"据我所知，马歇尔太空飞行中心没有任何这样的文件。"拉里回答说。

委员们继续讨论，但不久之后，坐在会议室后面椅子上的一名男子举起了手。没人真正注意到他。坐在后面的人不应该在这次会议上提供任何证词。他们只是作为"非参与者"坐在那里，以备管理层需要他们对某些声明提供支持。与此同时,拉里继续喋喋不休地解释他的图表。

最后,那个举手的人离开座位,走向委员们坐着的主会议桌。拉里看着他走过来,于是转过身,向大家介绍了那个人。

"主席先生,来自 Morton Thiokol 公司的艾伦·麦克唐纳(Al McDonald)有事要说。"拉里说。

委员会成员有些困惑地看着这个突然冒出来的人。

艾伦·麦克唐纳用颤抖的声音说:"关于那次会议,我想说一件事。"他指的是拉里早些时候提到的发射前一晚的最后一次会议,那次会议上所有人似乎都同意低温不会对发射造成问题。

然后,他扔了一颗重磅炸弹。艾伦对会议室里的所有人说,他和 Morton Thiokol 公司(负责制造固体火箭助推器的承包商)的其他同事最初建议不要在低于 53 华氏度(约 11.7℃)的温度下发射。他们掌握的数据表明,随着温度的降低,O 形圈会逐渐失去弹性。

他的声明把在座的所有人都震惊得哑口无言。

"你能不能再次站起来,说大声点,让我们能听到?"罗杰斯主席问道,"我不确定我们是否都听懂了你说的话。"

当艾伦详细说明那次深夜会议和 Morton Thiokol 公司最初的建议时,会议室里的气氛发生了巨变。委员们突然意识到,对低温的担忧确实存在过,工程师们确实建议过 NASA 不要发射"挑战者"号。

萨莉盯着她手里写着关键信息的一页纸。这个有着"NASA 官方文件"标记的表格有两栏。第一栏按降序列出温度。第二栏是基于函数关系,对应每个温度值的 O 形圈的弹性数值。从普通人的视角来看,文

件显示了随着温度的降低，O 形圈变得越来越硬。这些数字是查明"挑战者"号事故原因的关键。在飞行过程中，O 形圈本应保持弹性并填满助推器各个部分之间的间隙，以确保密封。变硬意味着 O 形圈可能会变脆并断裂，O 形圈变硬意味着人员丧命。

一位与 NASA 有关的人给了萨莉这份文件，但直到今天，没有人公开声称对此负责。史蒂夫一直怀疑此人来自 NASA 的众多承包商之一，而塔姆确信这是约翰逊航天中心的一名雇员，这人相信萨莉愿意站出来主持公道。塔姆说："在 NASA 和其他单位，萨莉都享有刚正不阿、有科学头脑的声誉。她不会为政治或诸如此类的事情所牵制。"

萨莉可能不喜欢媒体，但她坚守新闻业的一条重要原则：永远不要透露你的消息来源。她明白说出泄密者的名字可能会导致这人被解雇。而且，如果她自己透露了这些信息，人们也有可能按图索骥，追查到最初的泄密者。所以，她决定秘密地把信息传递出去。但给谁呢？

在她认识罗杰斯委员会的男性成员后的短暂时间里，她已经对他们有了一个总体认知。后来她甚至把对他们的观察写在笔记本上。吉恩·科弗特（Gene Covert）"又高又瘦，身材颀长——留着向下耷拉的灰色小胡子，眼神明亮"；阿尔伯特·"巴德"·惠伦（Albert "Bud" Wheelon）"讲话时字斟句酌，能言善辩"；关于尼尔·阿姆斯特朗，她没有太多要说的，除了在他们第一次见面时注意到了他"有点土气的西装"；她根本不认识查克·耶格尔，因为他似乎从来没有出现过；还有唐·库蒂纳（Don Kutyna），他是一位著名的将军，是空军太空系统的负责人。萨莉在笔记中写道："孩子气，热心于工作，很好的'倾听者'。"她还补充说，他的公文包里总放着巧克力。萨莉从一开始就觉得唐很容易相处。她认为他也是一个正直的人，在消息传递上值得信任。

2月的一个下午，萨莉走在国务院地下室的走廊上，唐在她的左边，她意识到这是一个完美的时刻。萨莉直视前方，打开随身携带的笔记本，抽出一张纸，她一言不发地把它递给唐。当唐停下来看时，萨莉加快步伐走开了，留下她的朋友看着刚被塞到手里的纸片陷入沉思。

唐花了一些时间来理解纸上的内容，他很快就意识到了这些数字的重要性。就像萨莉一样，唐知道他需要把这些信息传递给委员会的某个成员，最好是与政府关系不太密切的人。唐选定了一个目标"共犯"：异于常人的物理学家理查德·费曼。他懂科学，而且不怕公开大声讨论科学事实。将军决定邀请理查德·费曼共进晚餐，趁机传递自己掌握的信息。饭后，唐把这位物理学家带到他的车库去看他那辆1973年的欧宝GT（Opel GT）*。然后，他拆下了汽车的化油器，装模作样地清洗起来。

这时，他开始暗示这次邀请的真实目的。"教授，这些化油器里配置了O形圈，"唐对他说，"当天气变冷时，它们就会漏油。"理查德一句话也没说，只是在思考对方为何这样说。灵光一闪，他突然悟到了。O形圈当然会变硬。直到这个夜晚结束，两人谁也没有再提起O形圈。

2月11日，星期二，罗杰斯委员会在华盛顿特区举行了一次公开会议，大批民众和记者见证了调查的进度。理查德在出席这场会议之前，先去了一家五金店，买了一个C形夹、几把螺丝刀和钳子。他坐在长桌后面两排委员中间，然后特别要了一杯冰水。他没有喝水，而是把它放在面前的桌子上。当委员们一个接一个传递一个固体火箭助推器

---

* 1973年的欧宝GT是一款具有收藏价值的豪车。

接头的模型时，理查德把它截留下来。他用钳子从接头的密封件内取出O形圈，并将其放入冰水中。等到O形圈的温度降低，他伸手按下了面前的按钮，打开了麦克风。

早些时候，劳伦斯·穆洛伊意图弱化温度对O形圈故障的影响。理查德直接对劳伦斯·穆洛伊发出质问，同时拿出了冰水中的O形圈。

他说："我把这个东西从你的密封件里取出来，然后放在冰水里。我发现当你对它施加压力一段时间，然后解除压力，它不会伸展回原来的样子，而是保持施压时的尺寸。"他刚刚向一屋子被震惊的人展示了NASA的管理层一直不愿承认的事实：O形圈在遇冷后会失去弹性。

"我相信这对我们的问题有一定的意义。"理查德总结道。

理查德·费曼因这个小小的科学实验而出名。而这一切都始于一场以萨莉·赖德为关键参与者的"传话筒"游戏。

萨莉帮助破解了O形圈问题，而六人中剩下的四名女性都在"挑战者"号失事之后尽了自己的一分力，她们都不遗余力地为维持太空计划而努力。首先，安娜和她所在乘组的其他人员继续熟悉的模拟机训练。没有人知道这次事故会对计划产生怎样的影响，所以他们继续训练，为航天飞机在不久后再次执行任务而做好准备。这样宇航员和地面人员才能保持技能熟练。

但很明显的是，在未来一段时间里，没有一架航天飞机会飞上太空。在这时，安娜，香农和其他宇航员被分配了烦琐的工作，他们要检查每一份飞行清单和每一份与过去的航天飞机飞行有关的文件。他们的工作是简化之前的所有程序和清单。NASA以前的工作方式是针对每项任务，会列出多种完成方法或重复发文，现在他们希望简化流程，提高效率，以降低风险。香农说："我花了很长很长的时间，坐在那里，一行一行地阅读每一份文件。"这样的工作，他们做了好几个月。

凯西在事故发生前一直忙于新的哈勃太空望远镜计划，所以她没有在事故调查中担任正式角色。相反，她承担了一项非官方的任务，尽最大努力去慰问"挑战者"号乘组人员的家人，帮助他们渡过难关。尽管最初聚集的哀悼者慢慢散去，但凯西仍继续四处奔走慰问。在所有失去亲人的家属中，凯西对"挑战者"号指挥官迪克的遗孀琼·斯科比特别关心。在那次任务之前，凯西与琼和迪克的关系很好。

在爆炸发生后的几个月里，凯西经常去琼的家里与这位悲伤的遗孀坐在餐桌边，听她回忆迪克的过去，特别是迪克与乘组其他人员共事、生活的情景。琼逐渐产生了一个想法，以某种"可传承的"形式表达对"挑战者"号乘组人员的纪念。她对凯西说，她不想只是在某些建筑物和学校的墙上刻上一串名字。她想要的是能在未来几十年里持续激发孩子们想象力的纪念形式，比如一项教育倡议。

凯西帮忙出谋划策，但主要是认真倾听，帮助琼将她的悲伤转化为具体的行动计划。

然而，在纪念乘组人员之前，人们必须先找到他们的遗骸。起初，人们并不确定是否还有任何遗骸。NASA的所有人都认为乘组人员在爆炸中当场遇难，他们几秒钟内就汽化了。没有其他可能性，不是吗？录像画面很清楚。虽然这样的结局是悲惨的，但想到他们去得很快，这让人感到些许安慰。

但在爆炸发生后的几周里，越来越多的人分析了录像，人们循环不断地播放录像带，同时认真仔细地观看，寻找可能被遗漏的微小细节。

随着时间的推移，目光敏锐的分析师们有了一个残酷的发现。在事故的模糊画面中，他们发现一个白色的小点从爆炸的"挑战者"号上弹出，向大海落去。那是驾驶舱。

于是，历史上规模最大的一次水下搜索行动开始了，NASA 动用了海军、海岸警卫队、空军和多家承包商的力量。数十艘军舰、飞机和潜艇，以及数千名搜救人员一起在海底深处搜寻，希望能找到七名宇航员落回地球的位置。NASA 每天花费高达 100 万美元，直到将近六个星期后，美国海军"保护者"号（USS Preserver）上的潜水员在黑暗的深海中发现了驾驶舱的残骸。

驾驶舱躺在它最后的安息之地，看起来像一张皱巴巴的铝箔纸。一家报纸描述道："驾驶舱看起来像是被炸弹炸毁了，碎片在海底堆成了一堆。"这一堆里面是乘组人员的遗骸。朱迪思的残骸是第一批被取出的。潜水员找到了她标志性的几缕头发，以及她一直戴着的金项链。每一位认识朱迪思的宇航员都立刻认出了这条项链。她几乎每天都戴着它，甚至在第一次上太空时也戴着它。

NASA 深知这次行动的敏感性，希望对乘组人员的遗骸打捞工作保密。但是，由于有如此多的记者和公众渴望了解"挑战者"号乘组人员的详细情况，NASA 的打捞工作几乎不可能秘密进行。一排排的摄影师在海岸上严阵以待，时刻观察在这片水域搜寻的船只的动态，而记者们则购买了手持无线电，以调到搜救人员使用的频率，收听最新消息。一天晚上，在黑暗的掩护下，最初找到的遗骸被运往港口。但是有个人为了表示尊重，在载有乘组人员遗骸的容器上覆盖了美国国旗。媒体拍下了一些照片，全世界都知道"挑战者"号的宇航员遗骸被找到了。但要打捞所有东西，还需要三个月的时间。

NASA打捞的所有碎片和乘组人员遗骸最初都被存放在L号机库——肯尼迪航天中心的一个大型开放式仓库里。这个机库成了一个恐怖的陈列馆，陈列着NASA从水中捞出的"挑战者"号的碎片。它也是乘组人员的临时住所。NASA的工程师和宇航员来到机库，开始辨认残骸的工作。

搜寻结束后的一天，瑞亚被要求从L机库取回迈克·史密斯的飞行服并清理干净，以便在他即将到来的葬礼上使用。瑞亚取到了迈克破烂的飞行服，它散发着"工业式的臭味"。她找到了一些洗涤剂，埋头苦干起来。

随着擦洗，飞行服越来越干净。但这对瑞亚来说还不够。她不顾双手肿痛，使劲搓洗着衣服，眼泪止不住流下来。无论她多么卖力，这套衣服对她来说都不够干净。她大声质问，为什么会发生这种事？

1986年夏天，美国宇航局结束了对"挑战者"号乘组人员最后时刻的调查。所有人都祈祷宇航员在航天飞机解体时立即丧生，但调查结果粉碎了他们的期望。调查人员发现，宇航员在航天飞机解体后还活着。这方面的证据可以在宇航员的PEAP（个人外出空气袋）中找到。PEAP是与每个宇航员相连的一个盒子状设备，旨在发生灾难时为他们提供6分钟的氧气。复原的四个PEAP中有三个是激活状态。这表明宇航员在事故发生后仍然活着并有意识，在航天飞机被毁后的一点宝贵时间里，他们主动做出了打开开关的决定。

直到今天，没有人知道他们撞击海面时是否有意识。有一种可能是，在坠入大西洋的两分半钟内的某一时刻，驾驶舱失去了压力，导致乘组在高空中就失去了意识。他们没有穿压力服，只穿着长袖连体服和头盔——在稀薄的空气中几乎没有保护作用。如果他们在高空中昏厥，可以免受以大约每小时 200 英里的速度撞向海面的痛苦，这对于他们来说也许是一种幸运，因为这种撞击相当于一辆汽车迎面撞向一堵水泥墙。但还有一种可能是，驾驶舱缓慢地失压，乘组人员清醒地承受着重力带来的巨大痛苦，向海面坠落，直到眼睁睁从驾驶舱的窗户中看到自己撞向海面。

在所有被激活的 PEAP 中，最值得注意的是飞行员迈克·史密斯的 PEAP。他的 PEAP 开关位于椅背上。这意味着，坐在迈克后面的埃里森或朱迪思在灾难发生后的最初几秒钟里，帮助迈克激活了 PEAP。虽然更有可能是埃里森打开了开关（考虑到他在驾驶舱里的位置，而且曾受过这样的训练），但朱迪思也有可能帮助迈克激活设备。

在那混乱的恐怖的几秒钟里，在完全知道迎接他们的会是什么的情况下，朱迪思在牺牲前所做的最后一件事可能是试图挽救另一名同袍的生命。

调查已接近尾声，罗杰斯委员会正在讨论报告的皮制封面应该用哪种颜色。栗色和蓝色是两个最终选项。委员会成员之一、《航空周刊》（*Aviation Week*）的编辑罗伯特·霍兹（Robert Hotz）发表了一篇关于栗色之"优雅性"的演讲，同时描述了为什么蓝色"不够好"。最后，委员会成员对颜色进行了表决。几乎每个人都选择了栗色，但有两个人喜欢蓝色。然后霍兹转向萨莉。他建议，作为委员会中唯一的女性，也许她可以成为色彩协调员。

她被他的话惹恼了，所以她选择让唐回应。后来，唐对萨莉说，他不敢相信罗伯特对她说了那样的话。

这份报告在应该提交的前一天完成装订，封面是蓝色的皮革，萨莉"背了锅"。

当然，报告封面的颜色是无关紧要的。这份长达450页的报告的内容将永远改变NASA。在报告中，委员会成员详细说明了NASA在固体火箭助推器O形圈问题上的麻烦历史。在"挑战者"号失事之前，多达七次飞行任务，包括朱迪思的第一次飞行任务，经历了某种形式的O形圈爆裂，其中许多次发生在较低的温度下。这是对NASA安全程序，以及该机构增加航天飞机任务频率的压力可能导致的偷工减料的尖锐控诉。该报告建议对NASA的运作方式进行几乎彻头彻尾的改革，甚至建议卫星运营商重新启用不可回收无人火箭发射其有效载荷。

经过四个月的艰苦工作，委员会于1986年6月9日提交了报告。一直以来，萨莉保持了模范的专业精神，她在工作时的行为举止没有显示她个人生活中的任何潜在问题。但她的生活发生了根本性的转变。她觉得和史蒂夫关系的未来充满了不确定性，最终，萨莉为两人做出了决定。1985年底的一天，萨莉告诉史蒂夫，她不想继续这段婚姻了。史蒂夫说："如果她没有率先采取行动，我不知道会发生什么。"但在当时，并没有什么办法来承认这种分离。在"挑战者"号失事之后，两人都投入各自繁重的工作中。所以他们以室友的身份住在一起，直到想出解决办法。在这期间，他们在辛苦工作的同时，还要保守这一秘密。

罗杰斯委员会的报告现已完成，萨莉知道是时候开始她人生的新篇章了。但她还没准备好现在就离开NASA，她知道现在离开不合时宜，因为"挑战者"号失事的伤痛还没有完全愈合。所以她向NASA局长提出了一个提议。她将前往华盛顿特区的NASA总部工作，自此NASA第一位飞上太空的美国女性不再是现役宇航员。

不过，还有一项任务要完成。在局长的要求下，萨莉成立了一个特别工作组，旨在为NASA的未来制定一个大胆而宽泛的框架。随着航天飞机机队暂时停飞，NASA需要新的方向。萨莉和她的团队花了将近一年的时间为NASA制定了一条复杂的新路径。1987年，他们提交了一份报告，其被非正式地称为《赖德报告》（Ride Report），概述了NASA应该注重的四项主要举措。

其中最雄心勃勃的目标是在月球表面建立一个前哨基地，之后是将人类送上火星——这是NASA时至今日仍然渴望实现的两项主要事业。第二重要的目标是使用机器人探索太阳系，这一目标即将完全实现，这要归功于NASA雄心勃勃的行星科学计划。但清单上还有一项令人耳目一新的内容。它被称为"地球任务"，呼吁NASA发射一组卫星，从太空观测地球，并记录地球的天气和气候随着时间的推移而发生的变化。

多年前，当萨莉凝视着包裹地球的蓝色的、边缘模糊的大气层时，那一刻改变了她的生活，这种改变在报告中得到体现。她认为地球的大气层需要得到保护，因此对NASA这个渴望走出人类家园的机构发出呼吁：将目光转向自己的家园。"地球任务"是一个有争议的建议，NASA最初考虑置之不理，萨莉以为这可能会导致自己被解雇。

但她决定做自己命运的主人。上交报告后，萨莉于1987年从NASA退职，并收拾行囊前往加州，她将在斯坦福大学开始新的学术生活。尽管她还将继续往返于亚特兰大和斯坦福大学，但已经到开始新事业的时候了。对萨莉来说,这是一个必要的转变。但对美国来说,这是一个挑战。在失去了第二位飞上太空的女性之后,美国现在又失去了第一位。这位作为太空探索先驱而赢得赞誉的女性不再是宇航员了。

当萨莉为告别做准备时,安娜·费舍尔坐在会议桌旁,周围是一群NASA的官员和管理人员。在参加宇航员选拔委员会的面试近十年后,她即将再次经历整个过程。只不过这一次她将是做出选择的人。她喜欢坐在桌子的这一边,因为她发现选拔宇航员的压力比被选拔要小得多。

选拔新宇航员的确是非常有趣的。NASA仍在为航天飞机重返太空做准备——至少还有一年的时间。由于NASA的未来充满了不确定性,一些人质疑是否需要补充更多的宇航员。但也有人认为该机构需要保持一定的宇航员的数量。他们不知道有多少宇航员会在这次空难后离开(也不知道萨莉正准备离开)。

安娜一个接一个地面试应聘者,发现对一个人的第一印象总是在她脑海中留下深刻印记。从这么多具有技能的申请人中优中择优是一项艰巨的任务,但正如1978年的宇航员选拔委员会所做的那样,她和同事将名单人数缩小到15人。在这群人中,有两名女性将加入宇航员队伍。其中一位名叫梅·杰米森(Mae Jemison)。她的入选让NASA再次创造历史,它迎来了第一位黑人女性宇航员。

花了几十年的时间,该机构终于学到了一个重要的教训:在压力巨大的情况下,勇气和毅力并不是单一性别或种族所独有的品质。

结　语

早在 1978 年 8 月底,也就是这六位女性作为宇航员候选人首次亮相的那一年,一位名叫艾琳·柯林斯（Eileen Collins）的女性在俄克拉荷马州万斯空军基地接受飞行员训练,她听说一批宇航员将在未来几天内来到该基地,接受跳伞求生训练。在这批宇航员（共 35 人）中,有几名是最近选出的任务专家宇航员。受训名单上还有 NASA 挑选的第一批女性宇航员。

对艾琳来说,这是个鼓舞人心的消息。虽然宇航员在基地期间,艾琳从未有机会一睹他们的真容,但仅仅知道他们就在附近,这件事让她重燃斗志。

几年后,艾琳说:"他们和我在同一个基地,这一事实非常令我振奋。我想,总有一天我也要成为宇航员。"

当她还是个小女孩,住在被称为"美国翱翔之都"的纽约州的埃尔迈拉（Elmira）时,她每天都能看到令人眼花缭乱的滑翔机从附近的哈里斯山上空飞过,从那时起,飞行就成了她的第一个真正的爱好。从小学四年级开始,她就一直在酝酿成为一名宇航员的想法,当时她在《初级学术杂志》(Junior Scholastic)上读到一篇关于双子座计划宇航员的文章。当然,她注意到了女性宇航员的缺失,但她认为自己总会有办法成为一名"女性宇航员"。

1976年,这扇大门似乎为艾琳敞开了。就在那一年,空军撤销了关于女性驾驶喷气式飞机的禁令,并允许首批十名女飞行员参加培训——艾琳怀着浓厚的兴趣一直跟踪这个群体的消息。两年后,刚刚大学毕业的艾琳加入了空军的飞行训练计划,踏上了一条最终通往NASA的道路。

但与她之前的女性宇航员不同,艾琳并未被选为任务专家,而是担任航天飞机的飞行员。

曾经有一段时间,人们不清楚以后是否有人——更不用说女性——能够再次飞向太空。普遍的担心是,"挑战者"号事故将终结航天飞机计划和NASA对探索太空的追求。但NASA克服了这个史上最困难的时期之一,或者可以说,前所未有的困难时期。

"挑战者"号悲剧敲响警钟后,NASA彻底重新评估了其安全程序,工程师们对航天飞机进行了重新设计,确保乘组人员在再次被允许登机后更加安全。固体火箭助推器也经历了重大设计变更,提高了冗余度和安全性。NASA也不再施压增加飞行任务频率。美国放弃了在加州发射航天飞机的计划,转而专注于佛罗里达州的发射场。同时,NASA也放弃了所有让更多平民飞上太空的计划,一位本来很有希望的记者因此痛失机会。此时,所有航天飞机宇航员穿的浅蓝色飞行服都被换成了新的橙色压力服——这种压力服能够在航天器突然失去氧气和压力的情况下，保障乘组人员在短时间内的生命安全。

NASA 正在尽最大努力从错误中吸取教训。尽管如此，该机构还需要为那些壮烈牺牲的人做些事情。

朱迪思的家人试图从 NASA 获得赔偿，她的父亲马文最终向朱迪思的前夫迈克尔·奥尔达克寻求法律帮助。迈克尔说："我说过，如果他们愿意，我愿意代表这个家庭。在朱迪思的支持下我读完了法学院。我愿意为他们做这件事。"但正如迈克尔回忆的那样，由于朱迪思在牺牲时未婚且无子女，NASA 不愿向雷斯尼克一家赔付与其他家庭相当的现金补偿。数额的差距导致朱迪思的家人与 NASA 争论不休。迈克尔说，他们与该机构的所有沟通一度中断。

所以他决定找个得力的帮手。他选择了总部位于华盛顿特区的律师事务所 Williams & Connolly，这是一家诉讼巨头。迈克尔说："我告诉 Morton Thiokol 公司，你要么与我和解，要么和他们战斗。"最后，朱迪思的家人得到了迈克尔认为合适的赔偿。

这场悲剧的余波可能让许多人感到无所适从，但黑暗中也出现了一道亮光。琼·斯科比以可传承的形式纪念"挑战者"号乘组人员的梦想实现了，她成立了一个非营利组织"挑战者中心"（Challenger Center），该组织旨在以这些牺牲宇航员的生平来激励孩子们从事科学、技术、工程和数学（STEM）领域的职业。马文在该中心的顾问委员会任职至去世。朱迪思的弟弟查克现在替代了父亲的位置。

"挑战者"号事故在其余五位女性的个人生活和职业生涯中也产生了强烈影响。例如，安娜在太空中的救援任务成了她唯一的一次飞行任务。虽然 NASA 曾计划让她再次上太空，但在"挑战者"号事故之后，在乘组任务分派方面有极大的不确定性，最终导致她离开了 NASA。

1989年，也就是她的第二个女儿卡拉（Kara）出生的那一年，安娜开始了长达七年的休假，专注于照顾家庭。1996年1月，她回归工作，参与了一个完全不同的航天飞机计划。"7年后回归应该是我做过的最艰难的事情。"安娜多年后说。

她最终重新找到了自己的定位，成为国际空间站早期发展中的重要人物。在某个时期，安娜甚至认为她可能会再次飞上太空，因为她发现自己的名字回到了飞行任务的乘组名单中。但又一次悲剧发生了，她再也没能成行。2003年2月1日，"哥伦比亚"号航天飞机在得克萨斯上空重返大气层时解体，机上七名宇航员全部壮烈牺牲。这一灾难导致所有飞行任务暂停，在NASA工作了近40年后，安娜最终于2017年决定退休。"我很失望没有再次上太空，但我也意识到我是多么幸运。"她说，她认为成为少数几名曾经飞上太空的宇航员之一"是一次真正震撼人心的经历"。

瑞亚·塞登留在了NASA，她后来乘"哥伦比亚"号航天飞机飞上太空两次。这两次飞行任务都是太空实验室任务——这也是她自加入航天飞机计划以来梦寐以求的任务。在1993年的最后一次飞行中，瑞亚担任有效载荷指挥官，负责在执行任务期间进行的所有科学实验。她和胡特又有了两个孩子。胡特在NASA任职期间总共执行了五次航天飞机飞行任务，并担任第一次航天飞机与俄罗斯"和平"（Mir）号空间站对接任务的指挥官。

瑞亚于1997年从NASA退休，那时她的女儿埃米莉（Emilee）两岁了。这对夫妇搬到了瑞亚的家乡田纳西州，她在纳什维尔市的范德比尔特医疗集团（Vanderbilt Medical Group）担任了十多年的助理首席医务官。最终，他们搬到了默弗里斯伯勒，这是瑞亚熟悉的家乡。

凯西也留在了 NASA，并执行了两次航天飞机飞行任务。最终，她参加了具有划时代意义的部署哈勃太空望远镜任务——在"挑战者"号事故发生前，她一直在为这项任务进行训练。乘组人员中还有史蒂夫·霍利，这是他执行的五次航天飞机飞行任务中的第三次。这是 NASA 的一次开创性飞行任务，哈勃太空望远镜至今仍在观测宇宙深处。

凯西的公共职务并不局限于 NASA。1988 年，她被任命为美国海军预备役海洋学家，被授予中校军衔。1993 年，美国国会批准任命她为国家海洋和大气管理局（National Oceanic and Atmospheric Administration）的首席科学家。多年后，2014 年，她升任美国国家海洋与大气管理局局长。凯西也从未放弃探索地球最深水域的梦想。她乘坐潜水艇进行了多次探索之旅，包括 2020 年潜入地球上已知的最低点挑战者深渊（Challenger Deep）。她成为第一位完成这个行程的女性，也是唯一一位既进行过太空行走，也到达过海洋最深处的人。

香农是六位女性中最后一个上太空的，但她停留在太空的时间是这六人中最长的。"挑战者"号灾难发生后，她又执行了四次飞行任务，分别乘坐"亚特兰蒂斯"号和"哥伦比亚"号航天飞机。最著名的一次任务发生在 1996 年，当时她乘坐"亚特兰蒂斯"号执行 STS-76 任务，访问了"和平"号空间站。她没有与其他宇航员一起返回地球，而是在"和平"号空间站上待了六个月，大部分时间与两名宇航员尤里·奥努夫里恩科（Yuri Onufrienko）和尤里·乌萨切夫（Yuri Usachov）共同工作和生活。当她返回地球时，成为美国人和女性在太空中连续停留时间最长纪录保持者——直至 2007 年。

对香农来说，这是一次充实而又充满挑战的经历。两位尤里不会说英语，所以香农不得不在为任务训练的那一年同时学习俄语。还有一些其他小麻烦。香农的女儿们送给她一本科幻小说，让她在闲时阅读以打发时间。她一口气读完了这本书，却发现结尾留下了一个很大的悬念，没法预测接下来故事的走向。由于空间站附近没有书店，她一直在苦苦思索剧情将如何发展。不过，香农说，她的女儿卡瓦伊"保证续集将由下一次'进步'（Progress）号货运飞船送上太空"。

尽管爱心包裹配送总要等待，但香农发现，与为期一周的短期任务相比，她更喜欢在太空生活一阵子。

至于萨莉，她按照自己的计划重返学术界，先是在斯坦福大学获得了一个研究员职位，然后在加利福尼亚大学圣地亚哥分校获得了一个更为长期的职务，担任物理学教授。但她在离开 NASA 之后的生活中，最大的重心是公众宣传，尤其是开发各种方法以让儿童参与其中。"我想说，她的大多数朋友都很震惊，"塔姆说，"萨莉？孩子们？这在以前从来都不是她关心的重点。"不过，在她作为美国第一位飞上太空的女性到各处发表演讲期间，她就意识到自己最喜欢对孩子们进行演讲，而且她认为最棒的问题都是孩子们提出的。

萨莉为两个主要项目——地球之眼（EarthKAM）和月球之眼（MoonKAM）组织了外联活动。这两个项目旨在让孩子们有机会使用近地轨道和绕月轨道上的相机拍摄照片。但到目前为止，她将最大的热情投入与塔姆共同设立的名为"萨莉·赖德科学"（Sally Ride Science）公司，这是一家与加利福尼亚大学圣地亚哥分校关联的非营利性机构。该公司的重点是激励儿童，尤其是女童，对太空产生兴趣，从事科学和数学方面的职业。萨莉也一直与 NASA 保持着联系，在"哥伦比亚"号灾难后的调查工作中提供帮助。她曾两次被邀请担任 NASA 局长，但她都拒绝了。

在萨莉和塔姆共同生活的几十年中，她们从未公开过关系，但在事业和爱情上两人始终是矢志不渝的伴侣。在 2011 年，厄运降临了。医生在萨莉的腹部发现一个高尔夫球大小的肿瘤，随后她被诊断罹患胰腺癌。接受了强化治疗和手术后，萨莉于 2012 年 7 月 23 日在加利福尼亚的家中去世，逝世时身边只有亲人陪伴。萨莉·赖德去世后，塔姆在"萨莉·赖德科学"公司网站上发布了讣告，自称是萨莉"27 年的伴侣"。

这则消息立刻被疯狂传播，因为它坐实了萨莉是第一位已知的 LGBTQ 宇航员。各种意见充斥着互联网，有的人谴责塔姆和萨莉多年来保持沉默。但塔姆说，大家的慰问和支持盖过了负面情绪。

塔姆说："我听到一些人——朋友、记者和其他人说，知道我和萨莉是一对情侣，对他们自己出柜和做真正的自己产生了巨大的影响。这真是太棒了！"

在六位女性给 NASA 和世界添上浓墨重彩的一笔后的年月里，女性宇航员的队伍不断壮大。自 1978 年具有历史意义的那批宇航员选拔以来，每一批宇航员中都有女性，而最近的选拔中，男女候选人的人数几乎持平。各种引人注目的"第一"接踵而至。梅·杰米森于 1987 年被安娜所在的宇航员选拔委员会选中，1992 年乘坐"奋进"（Endeavour）号航天飞机进入太空，成为第一位黑人女性宇航员，也是第一位进入太空的有色人种女性。1995 年，艾琳·柯林斯成为第一位驾驶航天飞机的女性，创造了历史。她还在 1999 年成为有史以来航天飞机飞行任

务的第一位女指挥官。2007年，宇航员佩吉·惠特森（Peggy Whitson）成为国际空间站的首位女性指挥官。

艾琳回忆起六位女性先驱时说："她们当时没有任何女性［宇航员］可以作为榜样。她们是史上第一批。对于我们这些后辈来说，我们以她们为榜样。这让我们更自如、更自信、更受欢迎。"

不过，尽管NASA和全世界都取得了长足进步，但要实现完全平等尚需努力。在大约600位进入太空的人中，只有75位是女性（希望在本书出版后不久，这个数字会被超越）。而有色人种女性的人数少得可怜。只有5名黑人女性曾经飞上太空。第一位西班牙裔女性埃伦·奥乔亚（Ellen Ochoa）于1993年飞上太空，此后仅有一位西班牙裔女性。而直到2022年，第一位美国原住民后裔女性妮可·奥纳普·曼恩（Nicole Aunapu Mann）才飞上太空。

与此同时，NASA在几十年前做出的关于女性进入太空的决定至今仍在产生影响。2019年3月，NASA宣布了两名女性将在国际空间站外进行首次全女性太空行走的计划，这次太空行走的地面指挥官也是一位女性。但是，就在她们准备出气闸舱之前，女性宇航员安妮·麦克莱恩（Anne McClain）意识到，中号宇航服才是最适合她的。当时空间站上只有一套中号宇航服，其余都是大号。于是，安妮选择了退出，把唯一一套中号宇航服让给了她的同事，而一名男性宇航员则穿上大号宇航服。

这一变动引起了期待见证这一历史性时刻的人的极度不满。这件事给NASA的宇航服决策带来了关注，该决策始于多年前第一批六名女性加入宇航员队伍之时。多年来，制造和维护较小尺寸的宇航服一直没有得到更多的重视，导致许多身材矮小的女性无法进行太空行走。在

2019年宇航服风波中，宇航员杰西卡·梅尔（Jessica Meir）评论说："人们试图理解为什么我们拥有现在这样的系统——有的技术是在很久以前开发的，有的硬件需要很长时间来验证并测试才能最终应用于太空飞行中——有些决策是在70年代做出的，它们的影响会持续数十年。"

不过，NASA很快就纠正了错误。2019年10月，杰西卡·梅尔和她的好友、宇航员同事克里斯蒂娜·科赫（Christina Koch）终于创造了历史，她们俩都穿上了中号宇航服，飘出国际空间站的气闸舱，在航天飞机外部进行维修并更换电池。

在过去的几年里，太空旅行已经开始与六位女性刚加入NASA时的情形截然不同。最初，载人航天探索完全限制在NASA和政府机构的工作范畴内，但现在，随着商业航天产业的蓬勃发展和壮大，女性和有色人种有了更多的机会，无须联邦政府的批准也能飞上太空。宇航员申请者的简历中也不再需要包括任何驾驶飞机或科研的经验。蓝色起源（Blue Origin）和维珍银河（Virgin Galactic）等公司承诺，可以为有能力支付费用的客户提供快速往返太空的服务。他们甚至弥补了一些历史遗憾。沃利·芬克是1961年通过兰迪·洛夫莱斯测试的13名女性之一。2021年，她搭乘蓝色起源公司的火箭飞往太空边缘，终于有机会亲眼看到太空美景。

与此同时，像SpaceX这样的公司已成为NASA的主要合作伙伴，它在载人航天道路上更进一步，让普通人也能飞上太空。2021年9月，在亿万富翁的支持下，SpaceX公司的一架航天器搭载两位女性，儿时罹患癌症的幸存者海莉·阿克诺克斯（Hayley Arceneaux）和教授希安·普罗克特（Sian Proctor），环绕地球飞行了三天。

NASA在注重女性的地位方面不断进步。2017年，该机构正式宣布设立阿尔忒弥斯计划（Artemis Program），旨在人类首次登月半个多世纪以后重返月球。阿耳忒弥斯是一位古希腊神祇，是太阳神阿波罗的孪生姐妹，这个计划将努力把第一位女性和第一位有色人种送上月球。

2023年4月，NASA朝着实现这一承诺迈出了重要一步。克里斯蒂娜·科赫（第一次全女性太空行走的宇航员之一）与维克多·格洛弗（Victor Glover）被指派执行首次"阿耳忒弥斯"号任务，绕月球飞行。当她们进入太空后，将分别成为第一位前往深空旅行的女性和第一位有色人种。继她们之后，世界将迎来航天历史中又一位伟大女性。NASA将在现役宇航员中选择一人成为第一位登上月球的女性。现在，无论花落谁家，她只需静待选拔。

2012年9月17日，22名退役与现役女性宇航员与NASA约翰逊航天中心的第一位女性主任在休斯敦重聚，向那年夏天早些时候病逝的萨莉·赖德致敬。坐者（从左到右）：卡罗琳·亨通、艾伦·贝克（Ellen Baker）、玛丽·克利夫、瑞亚·塞登、安娜·费舍尔、香农·露西德、埃伦·奥乔亚和桑迪·马格努斯（Sandy Magnus）。站立者（从左到右）：珍妮特·艾普斯（Jeanette Epps）、玛丽·埃伦·韦伯（Mary Ellen Weber）、玛莎·艾文斯、（Marsha Ivins）、特蕾西·考德威尔·戴森（Tracy Caldwell Dyson）、邦妮·邓巴、塔米·杰尼根（Tammy Jernigan）、卡迪·科尔曼（Cady Coleman）、珍妮特·卡万迪（Janet Kavandi）、塞雷娜·奥尼翁－钱塞勒（Serena Auñón-Chancellor）、凯特·鲁宾斯（Kate Rubins）、斯蒂芬妮·威尔逊（Stephanie Wilson）、多蒂·梅特卡夫－林登伯格（Dottie Metcalf-Lindenburger）、梅根·麦克阿瑟（Megan McArthur）、凯伦·尼伯格（Karen Nyberg）和丽莎·诺瓦克（Lisa Nowak）。

作者致谢

这本书是 2020 年至 2022 年进行的 100 多个小时访谈（大部分是在新冠疫情期间使用 Zoom 软件进行的访谈）的结晶。接受我采访的人包括奥古斯塔·冈萨雷斯（Augusta Gonzalez）、芭芭拉·罗杜纳、比尔·科尔森、罗伯特·克里平、邦妮·邓巴、卡罗琳·亨通、查理·沃克、丹·布兰登斯坦、大卫·利斯特玛（David Leestma）、杜安·罗斯、艾琳·柯林斯、法尼·布朗·布兰登伯格（Fani Brown Brandenburg）、弗兰克·休斯（Frank Hughes）、乔治·阿比、杰拉尔德·格里芬（Gerald Griffin）、胡特·吉布森、杰伊·哈尼卡特、杰夫·霍夫曼、约翰·克雷顿、约翰·法比安、琼·斯科比·罗杰斯（June Scobee Rodgers）、林恩·谢尔、玛格丽特·魏特坎普（Margaret Weitekamp）、玛丽安·戴森（Marianne Dyson）、迈克尔·卡苏特（Michael Cassutt）、迈克尔·奥尔达克、迈克·穆兰、瑞亚·塞登、里克·豪克、香农·露西德、史蒂夫·霍利、苏·奥基、泰比·卡勒（Taibi Kahler）、塔姆·奥肖内西和韦恩·黑尔（Wayne Hale）。

虽然由于安娜·费舍尔受限于合同义务无法直接与我对话，但我参加了她的各种公开演讲和问答活动,以这种方式在公开论坛上提出详细的问题。特别是在肯尼迪航天中心举办的"与宇航员聊天"活动上。通过聆听多场安娜的演讲,我从她处获得了许多迫切问题的答案。我也没能与凯西·沙利文直接交谈,因为她也受到合同中排除性条款的约束。

约翰逊航天中心的"口述历史项目"(Oral History Project)是我研究工作的一个支柱,正是这个项目激发了我写这本书的灵感。在该中心历史学家的不懈努力下,该项目现已采访了约 1000 名参与者,其中包括对前宇航员和 NASA 关键人物的数小时采访。除朱迪思·雷斯尼克外,其他五位首批女性宇航员都接受了该项目的采访,她们毫无保留地回答问题,叙述自己的故事。我对此表示万分感激。

通过《信息自由法》(Freedom of Information Act),我从 NASA 获得了这六位女性接受采访时的音频和视频,以及萨莉和朱迪思首次飞行前的新闻发布会视频。我还获得了安娜·费舍尔所在的乘组在航天飞机上召开新闻发布会的视频。

休斯敦大学清湖分校(University of Houston-Clear Lake)的约翰逊航天中心档案馆藏有早年间的人物传记、与宇航员选拔有关的文件以及与六位女性宇航员的首飞有关的材料,我获得了誊本和 NASA 的文件。Archive.org 上可以下载六位女性中每个人在航天飞机飞行过程中的空对地音频,长达数小时。我对这些音频进行了转写。我从约翰逊航天中心和肯尼迪航天中心多年的年表和新闻稿中提取了一些细节,包括约翰逊航天中心简报(JSC Roundups),即每月发放给 NASA 人员的内部备忘录。NASA 还藏有大量关于最初航天飞机任务的新闻资料袋。

塔姆·奥肖内西慷慨地向我提供了由萨莉·赖德亲自录制的珍贵音频日记。萨莉在日记中详细描述了她在航天飞机上的时光,以及在她历史性太空之旅后的欧洲之行见闻。国家航空航天博物馆还收藏了许多萨莉的旧记录和笔记本,这些都对我非常有用。

我在纽约公共图书馆翻阅了许多档案,获得了数百篇关于六位女性的报纸和杂志报道,其中很多都是这些女性最初入选时对她们的采访。我从范德比尔特大学的电视新闻档案中找到了美国广播公司(ABC)、全国广播公司(NBC)和哥伦比亚广播公司(CBS)的一百多条电视新闻报道,这些都与这六位女性的飞行任务和成就相关。我还从约翰尼·卡森档案和《迪克·卡维特(Dick Cavett)秀》相关档案中提取了一些素材。

本书只描述了这六位不可思议女性的生活缩影。要真正写好她们的故事,需要六本独立的书,但我只签约了一本。幸运的是,在我的书面世之前已有许多内容丰富的文本,它们都精彩地描述了这些女性的工作和生活。其中许多文章和书籍的背景和细节在很大程度上都为我的写作提供了基础。

六位女性中的几位也撰写了自己的故事。瑞亚·塞登的书《奔向太空轨道》(Go for Orbit)记录了她在NASA工作期间的精彩经历。我自己在写作过程中多次翻阅这本书的签名本,从她的字里行间更好地理解她在那些关键时刻的情绪。凯西·沙利文的书《哈勃上的手印》(Handprints on Hubble)也是一本非常有价值的读物,这本书涵盖了她早年的生活、她创造历史的太空行走,当然还有她在开创性的哈勃太空望远镜方面的研发工作以及部署哈勃太空望远镜的经历。香农·露西德也写了一本书,名叫《风滚草》(Tumbleweed),记录了她在"和平"号空间站上六个月的经历……不幸的是,她职业生涯中的这一大亮点并不属于我这本书的范围。对于那些希望深入了解这六位女性的奋斗和胜利的读者，我强烈推荐上述这些书。

如果您想详细了解萨莉·赖德的生平，林恩·谢尔的《萨莉·赖德：美国第一位女性宇航员》（Sally Ride: America's First Woman in Space）将是最好的选择。林恩生动地描述了这位低调内向的地球女性，而且，林恩大胆的报道成为我写这本书的重要起点。《萨莉·赖德：美国第一位女性宇航员》特别介绍了萨莉离开 NASA 后的传奇职业生涯。正如林恩和塔姆所指出的，萨莉作为宇航员的工作只占她生命中的九年，她的生活远不止飞向太空。

朱迪思·雷斯尼克是一个非常注重隐私的人，因此有关她生活的详细记载相对较少。要深入了解她的个性和职业生涯，我所依赖的关键文件和记录并不多。《君子》（Esquire）杂志曾发表一篇关于朱迪思的专题报道，她的父亲和母亲也贡献了相关信息。《华盛顿邮报》曾出版一本关于"挑战者"号悲剧的书，克里斯蒂娜·斯波拉（Christine Spolar）为之撰写了关于朱迪思的一章，以纪念七位捐躯的宇航员。此外，曾与朱迪思一起参加 STS-41-D 飞行任务的宇航员迈克·穆兰写了一本幽默风趣、引人入胜的回忆录，记录了他在 NASA 工作的时光。这本书名为《乘坐火箭》（Riding Rockets），其中讲述了他与朱迪思的关系。我在写作本书时曾多次参考《乘坐火箭》。

我这本书的重点是首批六位女性宇航员，因此并没有在通过兰迪·洛夫莱斯宇航员测试的那 13 位女性身上用很大篇幅。为了了解这段历史，我求助于玛格丽特·魏特坎普和她那本精彩著作《合格的素质，不合适的性别》（Right Stuff, Wrong Sex），这本书对这些女性的历史和她们为飞向太空而奋斗的历程进行了极为详尽的研究。该书更深入地介绍了杰姬·科克伦（Jackie Cochran），以及她参与启动该项目并导致其取消的经历。如果您想了解那个时代，我非常推荐《合格的素质，不合适的性别》。

我非常依赖的其他书籍还包括迈克尔·卡苏特（Michael Cassutt）的《宇航员成就者》（The Astronaut Maker），这本书深入刻画了乔治·阿比的形象；还有戴维·谢勒（David Shayler）和科林·伯吉斯（Colin Burgess）的《美国国家航空航天局首届航天飞机宇航员选拔》（NASA's First Space Shuttle Astronaut Selection），这本书生动记述了整个TFNG以及他们融入NASA的过程。在撰写本书的过程中，我还有幸参考了《真正的太空先锋》（The Real Stuff）、《太空轨道上的翅膀》（Wings in Orbit）、《"挑战者"号发射决策》（The Challenger Launch Decision）、《燃烧的蓝色》（The Burning Blue）和Netflix的《"挑战者"号：最后的飞行》（Challenger: The Final Flight）系列纪录片。关于本书的全部资料来源，请访问我的网站lorengrush.com。

如果没有这么多人坦诚而热心的帮助，我不可能完成这本书。最重要的是，我要感谢六位女性中仍然健在的几位，她们在力所能及的情况下参与了我的项目，指引我查阅各种资料，帮助我更好地讲述她们的故事。她们耐心地回复了我的无数电子邮件，接听了数不清的电话，多年来她们与我和其他人分享的故事使这个梦想项目成为现实。

我还要感谢六位女性的前同事，特别是她们同批的TFNG宇航员。他们中的许多位接受我的采访长达几个小时，详细对我讲述他们的人生故事。在采访中，有那么几个短暂的瞬间，我有身临其境之感，仿佛自己就是当年TFNG培训期间趴在墙上的一只飞虫。我要特别感谢胡特·吉布森、史蒂夫·霍利、约翰·法比安和里克·豪克,他们与我交谈了很久,为我提供了生动而深刻的细节。除此之外,我还要对每一位同意为这本书与我交谈的人表示诚挚的感谢。

我非常感谢塔姆·奥肖内西与我分享她对萨莉生活的回忆,并将萨莉在 NASA 工作期间的重要文件和录音提供给我。

我还要感谢 NASA 的工作人员,特别是詹妮弗·罗斯·纳扎尔(Jennifer Ross Nazzal)、布兰迪·迪恩(Brandi Dean)、布赖恩·奥多姆(Brian Odom)、罗伯特·杨和霍莉·麦金泰尔(Holly McIntyre),他们为我提供了所需的人脉和资源。

我要向纽约公共图书馆的保罗(我不知道他姓什么)致谢。当我在新冠疫情最严重期间着手写书时,我天真地以为既然必须整天待在家里,写书应该很容易,但我很快就意识到,在美国各大档案馆都关闭的情况下开展研究工作是十分困难的。图书馆的研究员保罗耐心地花了几个小时教导我熟悉迷宫般的线上档案系统,在他的帮助下,我足不出户就获取了大量信息。

如果着手写作之前,没有那些 NASA 编年史作者与我分享他们的见解,包括林恩·谢尔、迈克尔·卡苏特(Michael Cassutt)、戴夫·谢勒(Dave Shayler)和斯蒂芬·斯莱特(Stephen Slater),我将一事无成。如果我的作品能有他们多年来讲述的故事和收集的作品一半好,我就很满足了。

在此我特别感谢罗伯特·珀尔曼(Robert Pearlman),在整个过程中,他是我的太空历史学家向导,为我提供了宝贵的建议,帮助我搜索资料来源并核查史实。您接听了我所有的电话,我感激不尽,对于您的善意和帮助,我将永怀感激。

我也非常感谢克里斯汀·斯波拉（Christine Spolar）和斯科特·斯宾塞（Scott Spencer），他们愉快地帮助我回顾了将近30年前的报道和记忆。我同样感谢瑞安·米拉杰（Ryan Millager）帮助我打开了通往过去回忆的大门。

为了有时间专注于这本书的写作，我连续的两个雇主——The Verge和彭博社（Bloomberg）——慷慨地给了我需要的时间，允许我暂停全职报道工作。不是每个人都能享有这种奢侈的机会的，我知道自己能获得这么多时间是非常幸运的。我还想强调我在The Verge的时光，这个地方成就了今天的我，将我打造成为一名记者，并给予了我写这本书所需的技能。在那里工作的七年改变了我的生活。

对于我的编辑里克·霍根（Rick Horgan），感谢您理解我想要通过这本书讲述的故事，并提供了实现它的平台。我真心认为我们共同创造了一个特别的成果。苏珊·卡纳万（Susan Canavan），感谢您在2020年选中默默无闻的我，并给了我一个机会。您对我来说是守护神一样的存在，您的帮助改变了我的生活。

对斯特凡（Stephan），我的导师，简单的一声感谢远远不够表达您给予我的指导和建议的意义。起初，写这本书的感觉就像是在一条伸手不见五指的走廊里徘徊，但您帮我打开了灯。

在我投身研究太空历史之前，我首先是一名太空记者，我有幸与一群特别杰出的太空记者同行共事，他们是我认识的最具有互助精神和最具有才华的人。只有极少数人了解我们的工作，我感到非常荣幸能成为这个特殊群体的一员。

感谢我的朋友们，感谢你们坚定不移的支持，并忍受我长时间缺席聚会。莉娅（Lea）、丹（Dan）和海莉（Hayley），感谢你们帮助我在动图世界里找到方向。最重要的是，克里斯蒂娜，我爱你，有你的肩膀可以依靠是我毕生之幸。

多亏了我的父亲和母亲吉恩和乔伊斯·格鲁什（Gene Gush 和 Joyce Gush）。他们在约翰逊航天中心为航天飞机计划工作几十年，因此我的身体里流淌着航天人的血液。我感谢父母把我带到这个世界，也引领我进入了航天世界，并且在我进行所有荒谬的尝试时给予我支持。你们为我准备了一个极好的发射台，我非常爱你们俩。

当然，我还想感谢我的队友，克里斯。在我们共度的岁月中，你给予我的支持和指导足以再写一本书。唯愿与君携手探索宇宙。

索 引

（索引中页码为英文版页码，即本书页边码）

A

Abbey, George　乔治·阿比　3–4, 8, 10, 79–81, 85, 89–90, 95, 98–99, 101, 104–108, 116, 122, 135, 145, 149–154, 174–191, 194–196, 203, 215–216, 222, 229, 237–239, 253, 269, 271, 287–288, 306, 308, 310–312, 325–326, 329, 334

ABC　美国广播公司　103, 156, 181, 221

aborted launches　发射终止　241–253

"abort once around"　"中止一次"　155

acronyms　缩写　133

Aero Commander　一家飞机制造公司　60–61

affirmative action program　平权行动计划　16

Agnew, Spiro　斯皮罗·阿格纽　140

Air Canada　加拿大航空公司　55

Air Force, US　美国空军　111

Air Force Academy, US　美国空军学院　168

Air Force School of Aerospace Medicine, US　美国空军航空航天医学院　269–270

Air National Guard　空军国民警卫队　310

air pressure, low　极低气压　263

air travel　乘飞机旅行　18–19, 22

Alcoholism　酗酒　35

Aldrin, Buzz　巴兹·奥尔德林　4

all-astronauts meeting　全体宇航员例会　121

Allen, Joe　乔·艾伦　288, 292–293, 299, 301–302

Alvin submersible　"阿尔文"号潜艇　37, 88, 391

American Bar Association　美国律师协会　344

Anfuso, Victor　维克多·安福索　70

Anik satellites　Anik 卫星　223, 290

Antennas　天线　279–280, 283, 315–316, 323

Anxiety　焦虑　232

Apollo missions　阿波罗任务　4, 75, 78–79, 103, 121, 138–140, 144–145, 155, 205, 208–209, 238, 259, 266

Apollo-Soyuz Test Project　阿波罗－联盟测试计划　75

Arab League　阿拉伯联盟　328, 335

Arabsat　Arabsat（卫星）　328–335

Aramco　沙特阿拉伯国家石油公司（沙特阿美）　330

Arceneaux, Hayley　海莉·阿克诺克斯　396

Arianespace　阿丽亚娜航天公司　329

Armstrong, Neil　尼尔·阿姆斯特朗　4, 10, 178, 231, 369, 375

Artemis program 阿尔忒弥斯计划 396–397
Asian American astronauts 亚裔美国宇航员 105, 111
astronaut applications 宇航员申请 80
astronaut attire 宇航员服装 1, 121, 150–151, 165, 263–266, 273, 281, 284, 288, 292, 294, 381, 389, 395
astronaut candidates (ASCANs) 宇航员候选人 122–123, 127, 129
"astronaut maker" "宇航员造就者" 187
Astronaut Office 宇航员办公室 145
astronaut pins 宇航员胸针 153
astronauts 宇航员 2, 9–10, 21, 29, 32, 37–38, 47, 56–99, 105, 110–139, 159–191, 194, 209, 217, 246, 249, 293–294, 329, 343, 346, 394–395
Astronaut Selection Office (NASA) 宇航员选拔办公室（NASA） 81
Astronaut Support Personnel 宇航员支持人员 201
"astronettes" "女性宇航员" 65
Astronomy 天文学 133
Astrophysics 天体物理学 44
"astrotot" "宇航宝宝" 200–201
Astrovan (crew transport vehicle) 运送乘组人员的车辆 251, 296, 354
Atkinson, Joseph 约瑟夫·阿特金森 79
Atlantis shuttle "亚特兰蒂斯"号航天飞机 392
Atmosphere 大气层 226, 384
atmospheric plasma 大气等离子体 227
Auñón-Chancellor, Serena 塞雷娜·奥尼翁－钱塞勒 398

B

Bagian, Jim 吉姆·巴吉安 174–175, 177
bail-out procedures 逃生程序 250–251
Baker, Ellen 艾伦·贝克 398
Baptist Memorial Hospital (Memphis) 孟菲斯市浸礼会纪念医院 12
Barker, Elissa 艾丽莎·贝克 346
Baseball 棒球 39
Baudry, Patrick 帕特里克·鲍德里 310, 312, 327, 331-332

Bean, Alan 艾伦·比恩 162–163, 169
Beggs, James 詹姆斯·贝格斯 311
Berman, Jules 朱尔斯·伯格曼 103–104
Beth El Synagogue 贝斯埃尔犹太教堂 53
Big Bend National Park 大弯国家公园 263
bin Salman Al Saud, Sultan 苏丹·本·萨勒曼·沙特 330–340
bint Turki Al Sudairi, Sultana 苏丹娜·宾特·图尔基·阿尔·苏黛里 339–341
Black astronauts 黑人宇航员 105, 111, 178, 187, 189, 194, 394–395
black holes 黑洞 335
Black Panthers 黑豹党 14
"Blow-by" "漏气" 262
Blue Origin 蓝色起源 396
Bluford, Guion "Guy" 圭恩·"盖伊"·布鲁福德 111, 187, 194
Bob Hope's Salute to NASA: 25 Years of Reaching for the stars 《鲍勃·霍普向美国宇航局致敬：25年的星际探索》 231–232
Bobko, Karol "Bo" 卡罗尔·"勃"·鲍勃科 307, 309-310, 316, 321- 322, 324
Boeing 波音 747 飞机 102, 134–136, 146
Brandenstein, Dan 丹·布兰登斯坦 130, 132, 135, 176, 229, 326, 330, 337
Breastfeeding 哺乳 290
Brokaw, Tom 汤姆·布罗考 156–157, 210–211
Buchli, Jim 吉姆·布克利 118, 123, 361
Bushnell telescope 博士能牌望远镜 41–42

C

Caldwell Dyson, Tracy 特蕾西·考德威尔·戴森 398
Camel cigarettes 骆驼牌香烟 293–294
cancer research 癌症研究 25
candy stripers 穿糖果色条纹制服的人 26, 29
Cape Canaveral, Fla. 佛罗里达州卡纳维拉尔角 6, 27, 135, 144, 164, 175, 187, 218, 227, 238, 252-253, 295, 305, 323, 353, 362
"Cape Crusaders" "海角十字军" 7, 164, 167
Capsule Communicator (CAPCOM) 任务控制中心里负责与太空中的宇航员进行

通信的人员（CAPCOM） 182, 190, 221, 257–258, 260, 289–290, 319, 336, 357, 361
Carpenter, Scott　斯科特·卡彭特　69
Carrying the Fire (Collins)　《携带火焰》（柯林斯）　83
Carson, Johnny　约翰尼·卡森　115–116, 214, 348
CBS　哥伦比亚广播公司　110
Cernan, Gene　吉恩·塞尔南　156
Cerro Tololo Inter-American Observatory　托洛洛山美洲天文台　116
Chaffee, Roger B.　罗杰·B.查菲　139
Challenger Center　挑战者中心　389
Challenger Deep　挑战者深渊　391–392
Challenger disaster　"挑战者"号灾难　ix, 343–368, 370–372, 374, 377–385, 388–389, 392
Challenger missions　"挑战者"号任务　1–10, 214–215, 219, 223–224, 227–235, 277–278, 281
changing rooms　换衣间　273
Chapel Civilian Assembly Center　上海闸北拘留营会中心　18
Charles, Prince of Wales　查尔斯王子　102
childbirth, of Rhea　瑞亚分娩　199–201
children, Sally's outreach programs for　萨莉为儿童组织的外联活动　393
children's toys　儿童玩具　323
Chung, Connie　康妮·钟　109
citizen astronauts　公民宇航员　329
Civil Rights Act (1964)　《民权法案》(1964)　76
civil rights movement　民权运动　14
classroom training　教室培训　132–134
Clear Lake Hospital (Houston)　休斯敦克利尔湖医院　200
Cleave, Mary　玛丽·克利夫　226–227, 398
Coats, Mike　迈克·科茨　117, 170, 237–238, 240, 249, 254, 257, 259
Cobb, Geraldyn "Jerrie"　杰拉尔丁·"杰里"·科布　56–57, 60, 63–71, 75
Cochran, Jacqueline　杰奎琳·科克伦　65
Coleman, Cady　卡迪·科尔曼　398
Collins, Eileen, as first women to pilot Shuttle and command Shuttle mission　艾琳·柯林斯成为第一位驾驶航天飞机和担任任务指挥官的女性　387–388, 394
Collins, Martha Layne　玛莎·莱恩·柯林斯　304
Collins, Michael　迈克尔·柯林斯　4, 83, 264
Colson, Bill　比尔·科尔森　38, 44, 46–47, 171, 216
Columbia Accident Investigation Board　"哥伦比亚"号事故调查委员会　ix
Columbia disaster　"哥伦比亚"号灾难　ix, 390, 393
Columbia shuttle　"哥伦比亚"号航天飞机　145–147, 153–159, 177, 343, 351–352, 390, 392
communications satellites　通信卫星　243, 253, 255, 290, 307, 312, 314–315, 328–329, 334–335　另见卫星；特定卫星
Communism　共产主义　20
computers, in Challenger space flight　"挑战者"号的电脑　219
Conrad, Pete　皮特·康拉德　150–151, 266
Constellations　星座　41–42
continental drift　大陆漂移　36
cosmic rays　宇宙射线　281
cosmonauts　苏联宇航员　71–73, 202–203, 233–234, 392
Covert, Gene　吉恩·科弗特　375
Covey, Dick　迪克·柯维　357
Creighton, John　约翰·克雷顿　132, 326, 333
Crew Optical Alignment Sight (COAS)　乘组人员光学对准瞄准器　300
Crippen, Bob　鲍勃·克里平　145, 148, 187–188, 193, 197–198, 207, 209–213, 217, 225, 227, 230, 270–271, 273–277, 279–280, 282, 367
C-sections　剖宫产　200
Culbertson, Frank　弗兰克·卡伯特森　346–347
cutoff　中断　248

D

"deadstick" landings　滑翔着陆　160

decompression sickness（"the bends"） 减压病 269–270, 281
Defense Department, US 美国国防部 141, 145, 299
Densification 致密化 147
Depression 抑郁症 35
Derek, John and Bo 波·德里克和约翰·德里克 239
disaster preparedness 灾难应急 154–155
Discovery missions "发现"号任务 236–262, 298，300, 305, 313, 324, 333
Disneyland 迪士尼乐园 190
Disposable Absorption Containment Trunk (DACT) 一次性吸收式收集器 265
dive tanks 潜水池 266–267, 272–273
divorce 离婚 52, 55, 181, 245, 383
dogfights 空中格斗 131
Doonesbury (comic strip) 杜恩斯伯里漫画 314
Dream Is Alive, The (documentary) 《梦想成真》（纪录片） 255
duct tape 胶带 318–319
Dunbar, Bonnie 邦妮·邓巴 226, 398
Dunes Hotel & Country Club 沙丘酒店及乡村俱乐部 230

E

Earhart, Amelia 阿梅莉亚·埃尔哈特 65, 209
Earth 地球 133, 225–226, 254, 272, 282–284, 303, 336, 384
deployment of Earth-imaging radar 部署地球成像雷达 278–281
EarthKAM 地球之眼 393
Earth sciences 地球科学 36
Eastern Intercollegiate Women's Singles Championship (tennis) 美国东部大学校际女子单打冠军（网球） 43
Echocardiograms 超声心动图机 312, 332
Edwards Air Force Base 爱德华兹空军基地 101, 159, 227, 261
Eisenhower, Dwight 艾森豪威尔总统 57–59
Elizabeth II, Queen of England 英国女王伊丽莎白二世 337–338
Ellington Field Joint Reserve Base 艾灵顿联合预备役基地 127, 152, 364
emergency prep procedures 紧急情况程序 201–202, 209
Endeavour shuttle "奋进"号航天飞机 394
Engineering 工程 34, 163
engine malfunction 发动机熄火 160
Enterprise (shuttle prototype) "企业"号（航天飞机原型） 102
Epps, Jeanette 珍妮特·艾普斯 398
Equal Employment Opportunity Office (NASA) NASA平等就业机会办公室 76
exit nozzle malfunction 喷嘴故障 258–260

F

Fabian, Donna 唐娜·法比安 350
Fabian, John 约翰·法比安 117, 128, 132–133, 150, 162, 168, 172–173, 187, 193, 197, 218, 223–224, 326, 329–330, 334–335, 339, 350–351
Fahd, King 法赫德国王 330, 339
Fairlawn Elementary School (Akron) 阿克伦市费尔劳恩小学 48
Farkas, Bertalan 贝塔兰·法卡斯 234
fax machine 传真机 318
fecal matter 粪便 265
Feminine Mystique, The (Friedan) 《女性的奥秘》（弗里丹） 76
feminism, feminists 女权主义，女权主义者 76, 172, 229
Feynman, Richard 理查德·费曼 369, 375–377
Fire 火情 250–253, 271–275, 305–306, 370
fire suppression system 灭火系统 250–251
Fisher, Anna Lee 安娜·李·费舍尔 x, 1–10, 26–32, 85–87, 89–91, 94–96, 101, 104, 107, 109, 111–114, 119–124, 127, 129, 132–136, 150–155, 161–162, 166, 171, 179–182, 187, 189, 195, 201–202, 205, 266, 284, 285–305, 309, 316, 324, 326, 343, 361–362,

索 引

364–365, 377, 384–385, 390, 398
Fisher, Bill 比尔·费舍尔 26, 31, 82,
  85–86, 94, 104, 107, 109, 119, 132, 150,
  161, 171, 179–180, 201–202, 287–290, 294,
  295–296, 297-299
Fisher, Kara 卡拉·费舍尔 390
Fisher, Kristin 克里斯汀·费舍尔 2, 288–289,
  294–296, 299, 303–304
Fleetway Inc. 弗利特韦公司 60
Fletcher, James 詹姆斯·弗莱彻 76
Flickinger, Donald D. 唐纳德·D.弗利金
  格 61–63, 64–65
FOG (friend of George) 乔治帮 176
Fonda, Jane 218
Fontainebleau Hotel (Miami Beach) 迈阿密
  海滩旁的枫丹白露酒店 62
food preparation and testing 食物包测试
  152–153
Fort Campbell 坎普贝尔堡 28, 29
Freedom 自由 8, 27
free-electron lasers 自由电子激光 44
Free Speech Movement 言论自由运动 14
Friday happy hour 周五酒吧打折夜 176
Friedan, Betty 贝蒂·弗里丹 76, 233
Friendship 友谊 7, 69
Frosch, Robert 罗伯特·弗罗什 101, 108
Fullerton, C. Gordon C. 戈登·富勒顿 102
Funk, Wally 沃利·芬克 65, 66, 396

G

Gagarin, Yuri 尤里·加加林 28
Gardner, Dale 戴尔·加德纳 288, 292–293,
  298, 300–302
Gardner, Guy 盖伊·加德纳 174–175, 367
Garn, Jake 杰克·加恩 310–312, 314, 318,
  324, 328, 347
Gemini program 双子座计划 78, 205, 388
gender bias 性别偏见 46–47, 207–208
General Electric J85 通用电气公司 J85 发动
  机 127
geography 地理 133
geology 地质学 33–34, 36
g-forces 重力 129, 136, 381

Gibson, Emilee 埃米莉·吉布森 391
Gibson, Julie 朱莉·吉布森 160
Gibson, Paul Seddon 保罗·塞登·吉布森
  8, 200–201, 306–307, 313, 324
Gibson, Robert "Hoot," 罗伯特·"胡特".
  吉布森 117, 131, 145, 159–161, 168–172,
  177, 180, 183–186, 195–196, 199–201,
  307–309, 313, 324, 351, 391
Gilruth, Bob 鲍勃·吉尔鲁斯 72
"Glamornauts" "魅力女字航员" 115
Glenn, John, 约翰·格伦 10, 21, 69–70, 178
Glover, Victor 维克多·格洛弗 397
Goddard, Robert 罗伯特·戈达德 19–20
Goddard Space Flight Center 戈达德太空飞
  行中心 19–20
Good Morning America (TV show) 《早安美
  国》(电视节目) 110
Graham, William 威廉·格雷厄姆 368
gravity 地球引力 143
Gregory, Frederick 弗雷德里克·格雷戈里
  111, 130–131, 162
Griffin, Gerry 格里·格里芬 231–232
Griggs, Dave 戴夫·格里格斯 307, 314,
  317–318, 320–323
Gripsholm, MS "格里普斯霍尔姆"号 18
Grissom, Gus 格斯·格里索姆 21, 139
Gyroscopes 陀螺仪 314

H

"Hair" (song) 歌曲《头发》 257
hairstyle, in Discovery mission "发现"号任
  务中的发型 255–258, 261
Haise, Fred 弗雷德·海斯 102
Halloween 万圣节 295
Harbor General Hospital (Los Angeles) 洛杉
  矶海港综合医院 26, 31
Harris, Eddie 埃迪·哈里斯 92–93
Harris, Ruth Bates 露丝·贝茨·哈里斯
  76–78
Harris, Tom 汤姆·哈里斯 60–62
Hart, Jane Briggs "Janey" 简·"珍妮"·布
  里格斯·哈特 56–57, 67–68
Hart, Philip 菲利普·哈特 67–68

Hartsfield, Henry "Hank" 亨利·"汉克"·哈茨菲尔德 237, 246, 249–250, 251, 254, 255, 257, 259
hatch door, malfunction of 舱门故障 352
hatch lock 舱门锁 334
Hauck, Frederick "Rick" 弗雷德里克·"里克"·豪克 117, 118, 123, 132–133, 135, 187, 198, 213, 222, 225, 227, 288–290, 292, 295, 300
Hawley, Steve 史蒂夫·霍利 7, 116, 132, 170–172, 177, 190, 196–199, 208, 211, 228–229, 232–234, 237, 238–239, 250, 258, 260, 345, 349–352, 374, 383, 391
Hayes, Karen 凯伦·海斯 26–27
heat shields 隔热屏障 147
Hermann Hospital (Houston) 休斯敦赫尔曼医院 200
high-altitude pressure suits 高空压力服 263–264
Hispanic astronauts 西班牙裔宇航员 395
Hoffman, Jeff 杰夫·霍夫曼 307, 314–315, 317–318, 320–323
Homestead Air Force Base 霍姆斯特德空军基地 125
Honeycutt, Jay 杰伊·哈尼卡特 85, 108
"honorary man" title "荣誉男士"的称号 337–338
"honorary whites" "荣誉白人"的称号 338
Hotz, Robert 罗伯特·霍兹 382
House of Representatives, US, Subcommittee on Space Science and Applications 美国众议院空间科学与应用小组委员会 328
Hubble Space Telescope 哈勃太空望远镜 x, 358, 377, 391
Hudson, CSS "哈德逊"号 33, 37
Hughes Aircraft 休斯飞机公司 316, 327
Huntoon, Carolyn 卡罗琳·亨通 7, 79–81, 95, 99, 113, 119, 164–166, 196–197, 231, 344, 398
Hurrle, Rhea 瑞亚·赫勒 66
hydraulics systems 液压系统 133
Hydrazine 联氨 271–275
hydrogen fires 氢气火情 252

I

imaging radar 成像雷达 272
IMAX camera IMAX 摄影机 255–258, 283
Inertial Upper Stage (IUS) 惯性上面级（IUS） 288, 290
infrared cameras 红外相机 264
Institute for Plasma Research 等离子体研究所 82
Insulation 绝缘 254
insurance, on satellites 卫星保险 290–291
International Astronautical Federation 国际天文航海联合会 233
International Space Station 国际空间站 390, 394–396
International Underwriting Association (IUA) 国际保险协会 290
internment camps 集中营 18
Islam 穆斯林 335–336, 340 另见苏丹·本·萨勒曼·沙特
Ivins, Marsha 玛莎·艾文斯 398

J

Jarvis, Greg 格雷格·贾维斯 312, 327, 347
Jemison, Mae, as first Black woman to fly in space 梅·杰米森，第一位进入太空的黑人女性 385, 394
Jernigan, Tammy 塔米·杰尼根 398
Jessie (secretary) 杰西（秘书） 359
jet backpacks 喷气背包 285, 292, 302
jet flight training 喷气式飞机训练 124, 127–132
Jewish Americans, first in space 第一位进入太空的犹太裔美国人 241
Johannesburg, South Africa 南非约翰内斯堡 18
John Gaston Hospital (Memphis) 孟菲斯约翰加斯顿医院 11–12, 16
Johnson, Lyndon B. 林登·B. 约翰逊 68
Johnson Space Center (JSC), Houston 休斯敦约翰逊航天中心 74–99, 104, 108, 110–124, 152, 174, 176, 182–183, 209, 228, 231, 305, 329, 354, 367, 398

索引

jokes 玩笑 250, 258, 293–294, 302, 330–331, 338, 352
Judaism, in Judy Resnik's heritage 朱迪思·雷斯尼克传承的犹太教 49–50, 53, 241–242, 367
Junior Scholastic 《初级学术杂志》 388

K

Kamanin, Nikolai 尼古拉·卡马宁 71
Kazakhstan 哈萨克斯坦 202
Kavandi, Janet 珍妮特·卡万迪 398
KC-135 (Vomit Comet) KC-135 "呕吐彗星" 136–138, 152–153, 180
Kennedy, John F. 约翰·F. 肯尼迪 68
Kennedy Space Center 肯尼迪航天中心 6, 7, 147–148, 154, 164, 201, 215, 245–246, 296, 303, 323, 352
Kennywood theme park 肯尼伍德主题公园 50
Kerr-McGee 科麦奇公司 22–24
Kerwin, Joe 乔·科文 269
King, Billie Jean 比利·简·金 41, 46, 208, 233
Koch, Christina 克里斯蒂娜·科赫 395–396, 397
Koch, Ed 埃德·科赫 229
Korkowski, Jim 吉姆·科科夫斯基 263
Kraft, Chris 克里斯·克拉夫特 72, 108, 111–112, 153, 184–185, 187–191
Kranz, Gene 吉恩·克兰茨 138–139
Kutyna, Don 唐·库蒂纳 375–376, 382

L

Landsat 4 satellite Landsat 4 卫星 272
land survival training 陆地生存训练 127
Launch Control Center (LCC) 发射控制中心 4, 7, 167–168, 217, 249, 353–354
Lebedev, Valentin 瓦伦汀·列别捷夫 203
Leestma, Dave 戴夫·利斯特玛 271–284
Life 《生活》杂志 20, 73
life-support systems 生命支持系统 133
Liftoff 升空 254, 356
liquid cooling garments 液体冷却服 273

Lloyd's of London 伦敦劳埃德保险公司 290
Lockheed 洛克希德公司 358
logo, for Shuttle astronauts 航天飞机宇航员的标志 123
Long Duration Exposure Facility (LDEF) 长期暴露设施 327
Los Angeles Dodgers 洛杉矶道奇队 39
Los Angeles Times 《洛杉矶时报》 109, 210
Lovelace, Alan 艾伦·洛夫莱斯 310, 311
Lovelace, William Randolph "Randy" II 威廉·伦道夫·"兰迪"·洛夫莱斯二世 61–63, 73, 396
Lovelace Clinic 洛夫莱斯诊所 62–67, 71
Low, George 乔治·洛 69–70
Lucci, Susan 苏珊·卢奇 304
Lucid, Kawai Dawn 卡瓦伊·道恩·露西德 24, 392
Lucid, Michael (husband), 迈克尔·露西德（丈夫）23–25, 97, 106, 119, 339
Lucid, Michael (son) 迈克尔·露西德（儿子）96
Lucid, Shandara 珊达拉·露西德 25
Lucid, Shannon Wells 香农·威尔斯·露西德 x, 6–7, 9, 16–25, 82, 85, 89, 90–91, 95–97, 101, 106, 108, 110, 112, 119, 124, 126, 130–132, 151–152, 155, 166, 169, 180–181, 195, 325–343, 347, 350, 360–361, 377, 392, 398

M

Magnus, Sandy 桑迪·马格努斯 398
makeup kit, for Sally's flight 为萨莉的飞行任务准备的化妆包 205–206
Malmstrom Air Force Base 马尔姆斯特罗姆空军基地 170
Mann, Nicole Aunapu, as first Native American woman in space 妮可·奥纳普·曼恩，第一位飞上太空的美国原住民后裔女性 395
Manned Maneuvering Unit (MMU) 载人机动装置 285, 292
Manned Spacecraft Center 载人航天器中心 72

Māoris 萨摩亚 338
marine geology 海洋地质学 88–89
Marquardt Corporation 马夸特公司 34–35
marriages 结婚 159–161
Marshall Space Flight Center 马歇尔太空飞行中心 265–266, 371–373
Mars mission 火星任务 140–141, 348, 383–384
McArthur, Megan 梅根·麦克阿瑟 398
McAuliffe, Christa 克里斯塔·麦考利夫 347–349, 355
McBride, Jon 乔恩·麦克布莱德 132, 277, 281, 283
McCandless, Bruce, II 布鲁斯·麦坎德利斯二世 265–266, 285–286, 292
McClain, Anne 安妮·麦克莱恩 395
McDonald, Allen 艾伦·麦克唐纳 373
McDonnell Douglas 麦道公司 244, 286, 291, 327
McGuire, Terry 特里·麦圭尔 92, 232
McNair, Ronald 罗纳德·麦克奈尔 111, 347, 353
meals, in space 在太空中吃饭 222
Mecca 麦加 335
Mecikalski, Mark 马克·梅西卡尔斯基 31
MECO (main engine cutoff) 主发动机熄火 158, 220, 250
Meconium 胎粪 200
media 媒体 91, 103–117, 119, 125–126, 155–157, 166, 179–181, 190, 192–194, 200, 206–214, 217, 229–235, 237, 256–258, 261, 267–268, 276–277, 294, 303, 327, 336–337, 348, 368, 371–374
medical profession, male dominance in 医学领域的男性主导地位 11–12, 15
Meir, Jessica, spacewalk of 杰西卡·梅尔进行太空行走 395
Memphis Veterans Administration Hospital 孟菲斯退伍军人管理局医院 85
Mercury Seven 水星七人组 20, 58, 62–64, 66, 68–69, 78, 80, 91, 122–123
Metcalf-Lendenburger, Dottie 多蒂·梅特卡夫－林登伯格 398

microgravity (zero-G) 微重力 203, 222, 312, 314, 320
Milky Way 银河系 335
Mini-submarines 微型潜艇 37
Mir space station "和平"号空间站 391–392
Mission Control 任务控制中心 138, 182–183, 204, 220–226, 249, 256–259, 279–281, 290, 315–324, 336
mission specialists 任务专家 38, 78–79, 82, 84, 101, 111, 127–128, 150, 170, 326, 383, 387–388
Mission to Planet Earth 地球任务 384
Miss Mitwidie's Dance Studio 米特维迪小姐的舞蹈室 12
Mojave Desert 莫哈韦沙漠 101, 163
Mommaerts, Elizabeth 伊丽莎白·莫默茨 42
moon base 月球基地 140
MoonKAM 月球之眼 393
moon missions 月球任务 4, 68, 95, 140, 396–397
Morton Thiokol 一家航天飞机承包商 143, 261–262, 373, 389
Motherhood 母亲的责任 8, 96–97, 108, 110, 166, 195–196, 211–212, 288–290, 293, 294–299, 303–304, 306–308, 313, 324–325, 337, 339, 342, 390–391
"Mother of the Year" Anna as 安娜获得"年度母亲"奖 304
motion sickness 眩晕 314
Muir Woods 缪尔森林 119
Mullane, Mike 迈克·穆兰 117, 150, 162, 172, 194, 237, 238–241, 242, 244–246, 250, 252, 254, 257, 259, 260, 336, 338
Mulloy, Lawrence "Larry" 劳伦斯·"拉里"·穆洛伊 371–373, 376
"Mustang Sally" (song) 歌曲《野马萨莉》 6

N

Nagel, Steve 史蒂夫·内格尔 155, 326
Nahmi, Len 莱恩·纳米 52, 55, 83, 118, 172, 245, 346
napping 小睡 333

索 引

NASA 美国国家航空航天局 7, 9–10, 25, 32, 37–38, 47, 55–59, 61–62,68, 72–81, 108–114, 125,133, 140–141, 145–147, 161–169, 205–206, 238, 329–330, 365–366, 380–381, 383–389, 394–396

NASA Astronaut Group 8 NASA 第 8 组宇航员 111, 123

National Advisory Committee for Aeronautics (NACA) 国家航空咨询委员会 57

National Aeronautics and Space Council 国家航空航天委员会 68

National Air and Space Museum 国家航空航天博物馆 83, 208–209, 229

National Institutes of Health (NIH) 美国国立卫生研究院 54, 95

National Mother's Day Committee 全国母亲节委员会 304

National Oceanic and Atmospheric Administration 国家海洋和大气管理局 391

nausea 恶心 203, 222, 254, 299–300, 314

Naval Reserve, U.S. 美国海军预备役 391

Naval School of Aviation Medicine, U.S., women's space travel testing at 女性在佛罗里达州彭萨科拉的美国海军航空医学院进行太空飞行测试 66–67

NBC 美国全国广播公司 104, 107, 156–157, 210

Neal, Roy 尼尔·罗伊 104

Nelson, Bill 比尔·尼尔森 328, 347

Nelson, George "Pinky" 乔治·"小指头"·尼尔森 170

Nesbitt, Steve 史蒂夫·内斯比特 366

New York Times 《纽约时报》 179, 371–372

Nichols, Nichelle 尼切尔·尼科尔斯 74–75, 80

Nichols, Ruth 露丝·尼科尔斯 64

nicknames 绰号 123, 240

Nixon, Richard 理查德·尼克松 77–78, 140–141, 368

Nobel Prize 诺贝尔奖 113

Northrup Strip 诺斯拉普跑道 155

Nowak, Lisa 丽莎·诺瓦克 398

Nyberg, Karen 凯伦·尼伯格 398

O

Oceanography 海洋学 36–37, 133, 391–392

Ochoa, Ellen 埃伦·奥乔亚 395, 398

Odlum, Floyd 弗洛伊德·奥德伦 65

Okie, Sue 苏·奥基 41–42, 87, 107, 207–210

Oklahoma City Veterans Hospital 俄克拉荷马市退伍军人医院 66

Oklahoma Medical Research Foundation 俄克拉荷马州医学研究基金会 21, 25, 85, 106

Oldak, Michael 迈克尔·奥尔达克 47–50, 53–55, 245, 346, 389

Onizuka, Ellison "El" 埃里森·鬼冢 111, 177, 347, 355–356, 366, 381

Onizuka, Lorna 洛娜·鬼冢 366

Onufrienko, Yuri 尤里·奥努夫里恩科 392

Operations and Checkout Building 运营和检查大楼 324

Optometry 验光师 54

orbit 太空轨道 158, 254

orbital dance 太空轨道舞蹈 223

O-rings O 形圈 144, 261–262, 370–377, 382

O'Shaughnessy, Tam 塔姆·奥肖内西 40, 216, 232, 344–345, 349–350, 362, 374, 393–394

Outpost Tavern 前哨酒馆 169, 176, 196

oxygen supply 氧气供应 300

P

pad abort 发射台中止 248

Palapa satellites 帕拉帕卫星 223, 291, 300–303, 316

Panama Canal Treaty 《巴拿马运河条约》 97

pancreatic cancer 胰腺癌 393

parachutes, in Space Shuttle recovery 航天飞机回收过程中使用降落伞 144

parachute survival training 跳伞求生训练 124–127

parajumpers 伞兵 154, 155

Pauley, Jane 简·波利 210

Payload Assist Module (PAM) 有效载荷辅助模块 286

374　她们登上了太空

payloads　有效载荷　253, 255, 287, 290
payload specialists　有效载荷专家　328
people of color　有色人种　59, 75–77, 79, 105, 111, 178, 187, 189, 194, 394–395
personal egress air packs (PEAP)　个人外出空气袋　380–381
personal hygiene kit　个人卫生用品包　205
"personal rescue sphere"　"个人救援球"　93
Pe-Te's Cajun BBQ House　Pe-Te 先生的卡真风味烧烤屋　99, 176
photographs　照片　223–224, 235, 260, 272
physical exercise　健身　138
physical tests, in astronaut selection process　宇航员选拔过程中的体验　85, 91
physics　物理学　42–43
piano　钢琴　51, 53
pilots　飞行员　58–59, 62, 68–69, 84, 101, 111, 117, 131–132, 135, 388
Pinsky, Lawrence　劳伦斯·平斯基　94
Piper Clipper airplane　派珀"快船"飞机　21–22
planetary science program　行星科学计划　384
planned holds　计划中的暂停阶段　356
plate tectonics　板块构造　36
Playboy pinup calendar　《花花公子》杂志挂历　162, 197
politicians　政客　310–312, 328–329, 347
POWs　战俘　18
pranks　恶作剧　167–168, 176–177, 204, 240–241
pre-breathe　预呼吸　281
pregnancy　怀孕　2, 24, 183–186, 195–196, 199–202, 287–288
pressure suits　压力服　152, 389
private contractors, on Shuttle flights　航天飞机任务中的私人承包商　244
Proctor, Sian　希安·普罗克特　396
Project Mercury　水星计划　20
Project WISE (Women in Space Earliest)　太空女性智慧计划　64
propellants, for shuttle rockets　航天飞机火箭的推进剂　142–143
psychological testing　心理测试　66, 85, 92–93

Q

quarantine　隔离　214, 295–296, 312–313, 344
Quran　古兰经　335

R

racing　赛车　54
Ramadan　斋月　336
RCA　美国无线电公司　48, 53–54
Reagan, Ronald　罗纳德·里根　210, 227–228, 230, 303, 329, 339, 347, 367
Redbook　《红皮书》杂志　179
Redstone rocket　水星–红石运载火箭　27
refueling procedure　补充燃料程序　271–275
Reginald, Arthur　亚瑟·雷金纳德　48
relay satellites　中继卫星　280–281
Remote Manipulator System (RMS)　遥控系统　149–150
rendezvous and proximity operations (RPO)　会合和接近操作　186
Resnik, Anna　安娜·雷斯尼克　49
Resnik, Charles "Chuck,"　查尔斯·"查克"·雷斯尼克　52, 245, 365, 367, 390
Resnik, Harold　哈罗德·雷斯尼克　49
Resnik, Judy　朱迪思·雷斯尼克　ix, 8–10, 47–55, 83, 87, 89, 94–95, 100–101, 104, 107, 109, 112, 117–118, 123–124, 127, 130, 132, 135–136, 150, 155–157, 162, 166–169, 172–173, 180–183, 187, 189, 236–237, 241–249, 255–258, 236–262, 305, 307, 308, 343, 346–347, 348–349, 351–357, 360, 362–367, 381–382, 389
Resnik, Marvin　马文·雷斯尼克　49, 51–54, 87–88, 107, 237, 242–243, 245, 257, 353, 365–366, 389–390
Resnik, Ray Jacob　拉夫·雅各布·雷斯尼克　49
Resnik, Sarah　萨拉·雷斯尼克　50–53, 245–246, 252, 367–368
"return to launch site"　"返回发射场"　147–148, 155
Reynolds, Frank　弗兰克·雷诺兹　156

Richards, Dick 迪克·理查兹 258
Ride, Dale 戴尔·赖德 39–41
Ride, Karen "Bear" 凯伦·"小熊"·赖德 39, 198, 210
Ride, Sally 萨莉·赖德 ix, 3, 8–10, 38–47, 81–82, 87–90, 93–95, 97, 101–102, 106–107, 109, 112, 116, 119–120, 124–126, 132–133, 135–136, 149–150, 158, 166, 168, 170–172, 180–183, 187–190, 192–199, 203–239, 241, 244, 247, 256–257, 259, 266–268, 270–271, 275–280, 287, 292, 306–307, 309, 324, 326, 334, 343–345, 349–350, 357, 362–364, 368–369, 371–372, 374–377, 382–385, 392–394, 398
Ride Report 《赖德报告》 383–384
robotic arm 机械臂 142, 149–150, 182–183, 186–189, 241, 244, 259, 278–279, 292–293, 301–302, 310, 312, 314, 317–318, 320–321, 324, 334–335, 361
Roduner, Barbara Cheek 芭芭拉·奇克 / 罗杜纳 51–52
Rogers, William 威廉·罗杰斯 368, 373
Rogers Commission 罗杰斯委员会 ix, 368–377, 382–384
Rosegate (bouquet controversy) "玫瑰门"（关于玫瑰花束的争议） 228–229
Ross, Duane 杜安·罗斯 84, 100
Roush, John Edward 约翰·爱德华·罗什 56
RSLS abort (redundant set launch sequencer) RSLS 发射终止（冗余集发射序列器） 249
Rubins, Kate 凯特·鲁宾斯 398
Russ (neurosurgery resident) 拉斯（神经外科住院医生） 15–16
Russian language 俄语 392

S

safety procedures, NASA's revamping of NASA 改进安全程序 388–389
salaries, for astronauts 宇航员的薪酬 120
Sally K. Ride Elementary School 萨莉·K. 赖德小学 231

Sally Ride Science "萨莉·赖德科学"公司 393
Salyut 7 space station "礼炮 7 号"空间站 275
Satellites 卫星 141, 223–224, 258, 271–275, 278–281, 286–288, 290–294, 299–303, 317, 321–322, 327, 334–335, 358, 384
Satellite communications, see communications satellites 卫星通信，见通信卫星
Saturn V rockets "土星五号"火箭 4, 72, 121, 154
Saudi Arabia 沙特阿拉伯 328–342
Savitskaya, Svetlana 斯韦特兰娜·萨维茨卡娅 202–203, 233–235, 275, 284
science fiction 科幻小说 19
Scobee, Dick 迪克·斯科比 135, 170, 199, 347, 354–357, 378
Scobee Rodgers, June 琼·罗杰斯·斯科比 347, 378, 389
Scripps Institution of Oceanography (San Diego) 圣地亚哥斯克里普斯海洋研究所 9, 266–267
scuba diving, scuba certification 水肺潜水，水肺潜水认证 9, 138, 266, 269
Seddon, Clayton 克莱顿·塞登 12–13
Seddon, Edward 爱德华·塞登 13, 14, 200, 308
Seddon, Margaret "Rhea" 玛格丽特·"瑞亚"·塞登 x, 8–9, 11–16, 30, 81, 85, 89–92, 95–96, 101, 103–104, 106, 108, 110, 112, 114, 116–117, 120, 124–129, 131, 133, 138, 152–154, 159–161, 166–167, 169, 171, 180–181, 183–186, 195–196, 199–201, 206, 305–324, 326–328, 332–334, 343, 347, 359–360, 362–364, 380, 390–391, 398
Selleck, Tom 汤姆·塞莱克 240
Senate, US, Appropriations Committee of 美国参议院拨款委员会 310
Sesame Street (TV show) 电视节目《芝麻街》 233
Sewing 缝 318, 324
sexism 性别歧视 12, 65, 71–73, 76, 91, 95–96, 109, 110, 112, 115–116, 152, 156–157,

162–169, 172, 180–181, 193, 197, 211–213, 232, 261, 348, 382
Shanghai, China　中国上海　17–19
Shell Oil Company　壳牌石油公司　119
Shepard, Alan　艾伦·谢泼德　10, 21, 27–28, 288
Sheraton Kings Inn (Houston)　休斯敦喜来登国王酒店　89
Sherr, Lynn　林恩·谢尔　181, 221
shorts, Judy's appearance in　穿着短裤的朱迪思　260–261
Shuttle Avionics Integration Laboratory (SAIL)　航天飞机航空电子集成实验室　151–152
Shuttle chasing　为航天飞机护航　160, 163
Shuttle Pallet Satellite (SPAS-01)　航天飞机托盘卫星（SPAS-01）　186–187
Shuttle simulators　航天飞机模拟机　203–204
silica tiles　石英隔热瓦　146–147
Simulation Supervisors (Sim Sups)　模拟机主管　148–149, 203–204
simulators, simulations　模拟机，模拟　148–149, 198, 244–245, 265–266, 293–294, 310, 349, 361
Skylab　天空实验室　75, 121
Slayton, Deke　德克·斯雷顿　80
sleep deprivation　缺少睡眠　167
Smith, Mike　迈克·史密斯　347, 355, 357, 381
socks, in urine collection　使用袜子吸收尿液　260
software, for Space Shuttle　航天飞机的软件　150
solar array, deployment of　展开太阳能电池板　258
solar eclipse　日食　169–170
Solar Max satellite, retrieval of　回收"太阳极大年"卫星　291–292
solar panels　太阳能电池板　243–244, 279
solar system, robotic exploration of　使用机器人探索太阳系　384
solid rocket boosters　固体火箭助推器　143–148, 370–371, 373, 382, 388
Sony Walkman　索尼随身听　225

sound barrier, breaking of　突破音障　65, 163
Soviet Union　苏联　13, 20, 28, 57, 61, 67–68, 71–73, 75, 141, 202, 233–234, 275–276
Soyuz capsule　"联盟"号太空舱　202
Soyuz rocket　"联盟"号火箭　275
Space Adaptation Syndrome (SAS)　太空适应综合征　203, 222, 254, 299–300, 313–314
Space Age, onset of　太空时代的开始　13
Space and Naval Medicine Congress　太空和海军医学大会　64–65
Spacelab　太空实验室　308, 390
Space Race　太空竞赛　13, 57, 67–68, 71–73, 141, 202, 275–276
Space Shuttle　航天飞机　2, 5, 38, 74–76, 98, 101–102, 133, 142–148, 150, 154–155, 157–158, 266
Space Shuttle program　航天飞机计划　16, 25, 74–99, 100–117, 122, 134–136, 140–158, 183, 186, 328, 343, 348, 383–385, 388
space station, proposal for　空间站项目　141
space suits, see astronaut attire　宇航服，见宇航员服装
Space Task Group　太空任务小组　140
space travel　太空旅行　56–73
spacewalks　太空行走　151, 259, 265–269, 272–274, 281–286, 292, 300–303, 309, 317–323, 320–323, 395–396
SpaceX　SpaceX 公司　396
SPARTAN (Shuttle Pointed Autonomous Research Tool for Astronomy)　斯巴达（用于天文学的航天飞机自主研究工具）　307, 317, 334–335
SPAS satellites　SPAS 卫星　223–224, 235, 292, 307, 334
Special Advisory Committee on Life Sciences (NASA)　生命科学特别咨询委员会（NASA）　61–62
speed of sound　音速　357
spreadsheet, for astronaut choice　选拔宇航员的评估表格　188–189
Sputnik　"斯普特尼克"号　13, 15, 57, 334
spy satellites　间谍卫星　141
stalking　跟踪　242–243

Stanford University 斯坦福大学 39, 43–45, 82, 384, 392
Star Trek (TV show) 电视剧《星际迷航》 74, 80, 106
Steinem, Gloria 格洛丽亚·斯泰纳姆 218, 235, 240
STEM 科学、技术、工程和数学 389
Stinger "毒刺" 293, 301–302
STS (Space Transportation System), see Space Shuttle program STS（太空运输系统），见航天飞机计划
Sullivan, Barbara 芭芭拉·沙利文 35, 89
Sullivan, Donald 唐纳德·沙利文 34–35
Sullivan, Grant 格兰特·沙利文 35, 37, 267
Sullivan, Kathy 凯西·沙利文 9, 33–38, 82–83, 88–90, 93, 95, 101, 105–106, 112, 115, 119, 124, 133, 152, 155–156, 163–164, 167–168, 175, 180–181, 195, 206, 263, 264–284, 309, 343, 358–359, 363–364, 368, 377–378, 391–392
Superman stunt 模仿超人 174–175, 177
Superstition 迷信 278
"SWAT Team" "拍蝇队" 319
Syncom satellites 新康卫星 255, 257, 290, 315–324, 327–328

T

T-38 jets T-38 喷气式飞机 127–132, 159, 160, 166, 167, 169–170, 184
tampons 卫生棉条 206
Tarzan (film) 《人猿泰山》 239
TDRS (Tee-Druss) communications satellite TDRS（发音为 tee-druss）通信卫星 243, 311, 327, 351
teachers, in search for citizen astronauts 在教师中寻找公民宇航员 329
Teague Auditorium 蒂格礼堂 111–112, 211
Teasing 相互取笑 167–168, 172
Teets, Richard 理查德·蒂茨 38
Teleprinter 电传打字机 318–320
Telstar satellite Telstar 卫星 334
Temple Israel 以色列圣殿 367–368

tennis 网球 39–43, 45–46, 94, 212, 344
Tereshkova, Valentina 瓦莲京娜·捷列什科娃 71–73, 75, 202
terminators 晨昏线 284
test pilots 试飞员 58–59, 62, 68, 69, 135
Thagard, Norm 诺姆·萨加德 203, 212, 222, 230
therapy 治疗 232–233
Thiokol, 见 Morton Thiokol
Thirty-Five New Guys (TFNGs) 三十五新人 123–124, 129, 145, 148
"tilt-table test" "倾斜台测试" 63
time-speed-distance (TSD) sports car rallies 时间－速度－距离（TSD）跑车拉力赛 48
Tingle, Anna, see Fisher, Anna Lee 安娜·廷格尔，见安娜·李·费舍尔
Tingle, Elfriede 埃尔弗里德·廷格尔 29, 296–298
Tingle, Riley 赖利·廷格尔 28–29
Today Show 《今日秀》 110, 210, 285–287, 290
toilets 厕所 137–138, 218, 254, 260, 265
Tonight Show 《今夜秀》 214, 348
TOP GUN pilots 美国海军战斗机武器学校飞行员 131
trauma training 创伤救援训练 154
trick questions, in astronaut interviews 宇航员面试中的"挖坑"问题 97–98
Trudeau, Garry 加里·特鲁多 314
Truhill, Jerri Sloan 杰里·斯隆·特鲁希尔 65
Tyson, Molly 莫莉·泰森 38–39, 44–47, 102, 216–217, 232

U

urination 小解 137–138, 258–260, 264–265
urine bags 尿袋 259
Usachov, Yuri 尤里·乌萨切夫 392

V

Vance Air Force Base 万斯空军基地 126–127, 387
Vandenberg Air Force Base 范登堡空军基地 238

Vanderbilt Medical Group 范德比尔特医疗集团 391
Vehicle Assembly Building (VAB) 飞行器组装楼 154
Vietnam War 越南战争 14, 97, 117, 130
Virgin Galactic 维珍银河 396
Voas, Robert 罗伯特·沃阿斯 72
volcanoes 火山 33
volleyball 排球 38–39, 44
Vomit Comet (KC-135) "呕吐彗星" (KC-135) 136–138, 152–153, 180
vomiting 呕吐 203
Von Braun, Wernher 沃纳·冯·布劳恩 72
Vostok-K rocket "东方-K"型火箭 71–72

W

Walker, Charlie 查理·沃克 244, 247, 254, 312, 314, 327
Walker, Dave 戴夫·沃克 288–289, 294
Washington Times, Challenger disaster covered in 《华盛顿时报》对"挑战"者号灾难的报道 372
Waste Collection System 排泄物收集系统 137
wastewater disposal 倾倒废水 258–260
Watergate scandal 水门事件 77–78
water survival training 水上生存训练 125–126
Wayfarers Chapel (Rancho Palos Verdes) 兰乔帕洛斯弗迪斯的旅行者礼拜堂 86
WB-57F aircraft WB-57F 飞机 152, 263
Webb, James 詹姆斯·韦伯 66
Webber, Mary Ellen 玛丽·埃伦·韦伯 398
Weightless Environment Training Facility (WETF) 失重环境训练设施 151, 272–273
Weightlessness 失重 129, 136–137, 230, 282, 299–300, 314, 323, 336–337, 347
Weight Watchers 《慧俪轻体》 180
Wells, Joseph Oscar 约瑟夫·奥斯卡·威尔斯 17, 22
Wells, Myrtle 默特尔·威尔斯 17–18, 19
Westar 6 satellite 西联星 6 号卫星 286, 291, 302–303, 316
Wheelon, Albert "Bud" 阿尔伯特·"巴德"·惠伦 375
White, Ed 埃德·怀特 139
White Sands Test Facility 白沙试验场 155, 274
Whitson, Peggy, as first commander of International Space Station 佩吉·惠特森，为国际空间站的首位女性指挥官 394
Williams, Don 唐·威廉姆斯 164, 307, 321, 322
Williams & Connolly 律师事务所 389
Wilson, Stephanie 斯蒂芬妮·威尔逊 398
Wind River Range 风河山脉 268
Woman in Space Program 太空中的女性计划 65, 66
Women 女性 16–17, 21–25, 29–30, 42, 44, 48–50, 53–54, 58–61, 64, 69–73, 76, 128, 161–164, 185, 213–214, 269–270, 331–332, 337–342
Women Airforce Service Pilots (WASPs) 女子航空勤务飞行队 58, 65
women astronauts 女性宇航员 32, 37–38, 55–57, 75–76, 79, 91, 108–109, 114, 125–126, 150–151, 163–166, 168–169, 178–191, 226–227, 265, 385, 387, 394–395
women pilots 女飞行员 58, 60, 62–63, 67–68
Women's Movement 妇女运动 108, 241
World War II 第二次世界大战 18, 29, 58, 61, 65, 232
Wright, Frank Lloyd 弗兰克·劳埃德·赖特 86
Wright Field 莱特机场 64

X

Xerox Corporation 施乐公司 87, 107
X-rays X射线 335

Y

Yeager, Chuck 查克·耶格尔 163, 369, 375
Young, John 约翰·杨 95, 122, 145, 148, 170, 175–176, 184–186

Z

Zoo Crew "动物园"乘组 239–241, 253, 259

图片来源

Getty

GettyImages-154338106.jpg: 照片由 NASA/AFP 通过 Getty Images 提供。

GettyImages-450830449.jpg: 照片由 Leigh Vogel/WireImage 提供。

GettyImages-1268501763.jpg: 照片由 Space Frontiers/Archive Photos/Hulton Archive/Getty Images 提供。

GettyImages-1396884670.jpg: 照片由 Space Frontiers/Archive Photos/Hulton Archive/Getty Images 提供。

GettyImages-1150980236.jpg: 照片由 NASA/Interim Archives/Getty Images 提供。

GettyImages-542334360.jpg: 照片由 John Bryson/Sygma 通过 Getty Images 提供。

Alamy

Ken Hawkins / Alamy 图片库

Associated Press

图书在版编目（CIP）数据

她们登上了太空：第一批 NASA 女性宇航员成长纪实 /
（美）洛伦·格鲁什 (Loren Grush) 著；莫晓星译．
北京：社会科学文献出版社，2025.3. -- ISBN 978-7-5228-4593-7

Ⅰ．I712.55

中国国家版本馆 CIP 数据核字第 20251JB169 号

她们登上了太空
第一批NASA女性宇航员成长纪实

著　　者 /	〔美〕洛伦·格鲁什（Loren Grush）
译　　者 /	莫晓星
出 版 人 /	冀祥德
责任编辑 /	杨　轩
文稿编辑 /	邹丹妮
责任印制 /	王京美
出　　版 /	社会科学文献出版社（010）59367069 地址：北京市北三环中路甲29号院华龙大厦　邮编：100029 网址：www.ssap.com.cn
发　　行 /	社会科学文献出版社（010）59367028
印　　装 /	三河市东方印刷有限公司
规　　格 /	开 本：889mm×1194mm 1/32 印 张：12.875　插 页：0.75　字 数：308 千字
版　　次 /	2025年3月第1版　2025年3月第1次印刷
书　　号 /	ISBN 978-7-5228-4593-7
著作权合同 登 记 号 /	图字01-2024-0151号
定　　价 /	98.00元

读者服务电话：4008918866

▲ 版权所有 翻印必究